聲韻學16堂課

16 Lessons of Phonology

盧國屏 / 著

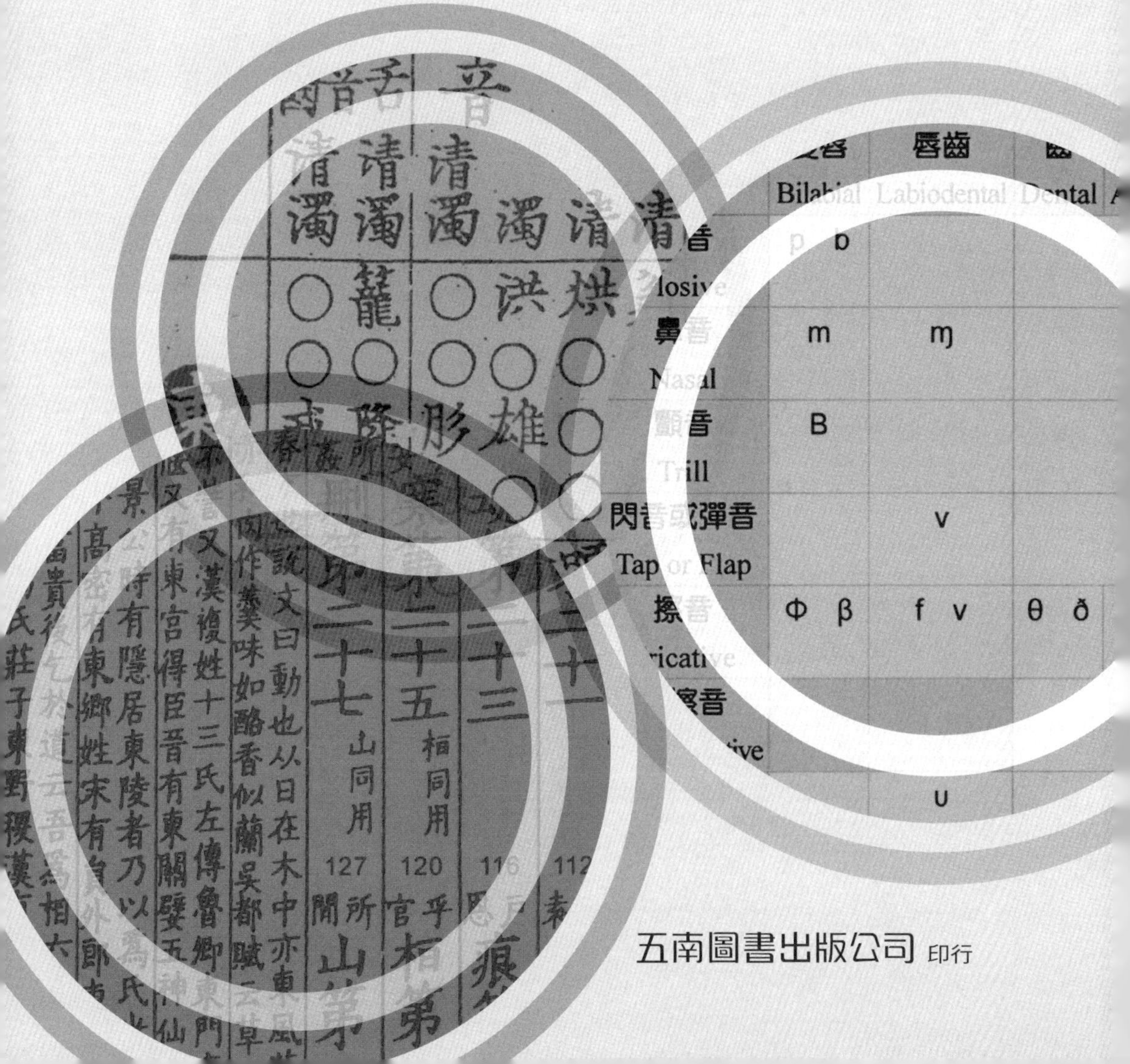

五南圖書出版公司 印行

序

16堂課，指的是16個重點單元。若以時間計，聲韻學一學年約有32週的課，預計兩週一個單元加上彈性的進度調整，以及同學的用心，希望能藉由這16單元，給大家一個條理清晰、學習簡易的內容與進程。

「聲韻學」其實就是「漢語語音史」，與「文學史」、「思想史」、「文字學」、「訓詁學」等，同為中文系的骨幹課程。它研究的是漢語語音的歷史流變與實際現象，而掌握語音工具，又是進入下一階段漢語語義系統學習，非常重要的一個進程。語言文字的專業，是我們進入古典甚至現代文獻的必備能力，不論經、史、子、集；義理、考據、辭章都必須要有這項能力與專業，而聲韻學就是其中的一個重心。

語音不像文字具有視覺型態，我們可以看見數千年前的文字，卻聽不見古代的實際發音，因此一般人對於現代語音的學習感到容易，對於古音系統的掌握就感覺比較辛苦。聲韻的學習必須通過歷代記音法與記音文獻，這其實是一種將聽覺轉換成視覺，再用視覺還原出聽覺的雙重過程，尤其在古代漢語音的部分尤其必要，而這也是同學在學習上必須先調整好的心態。

本書的次序與架構如下：基本聲韻觀點與知識、基礎語音學、古典語音文獻、中古語音系統、近代語音系統、現代語音系統、上古語音系統。書中將中古音系提前，作為承上啓下的學習基準，而不是先現代、近代音系，這是與其他聲韻學書籍不同之處。在音值擬測與音理分析的部分，則兼採諸諸家，例如：董同龢、王力、謝雲飛、林慶勳、竺家寧、耿振生等聲韻學前輩專家之說，但取捨折衷之間則盡量求其連貫。每個單元前有〈學習進程與重點提示〉、〈專詞定義〉；單元後有〈課後測驗〉。期待能使同學的學習，能有較為清楚易簡、可以依循的輪廓。

此書是我近年來，為漢語系列撰寫與出版的第四本書，與之前的《當代文字學概論》、《訓詁演繹：漢語解釋與文化詮釋學》、《漢語語言學》，共構成漢語學習系統的系列。這系列書籍，除了整理教學上的材料外，也提出了我對漢語研究的一些小小觀點。如果再加上之前的《爾雅》研究系列：《清代爾雅學》、《爾雅與毛傳之比較研究》、《爾雅語言文化學》，便是個人在漢語形、音、義系統理論與社會文化應用上的初步架構。自知這些系列都還不夠成熟，但希望可以部分完成我「學者應為社會與學界貢獻」的理念與認知。當然，來自學界與社會的所有指教，也必定會成為我日後更加精進的動力。

我要再次感謝恩師——李威熊教授、周何教授，從我做為研究生直到今天，數十年來不斷的鞭策與支持。也要感謝淡江大學中文系的所有先進同仁們，給我各種教、研、學的優質環境與鼓勵。當然，五南圖書出版公司的主編惠娟、責編天如，多年來給我許多寶貴的編寫與出版建議，她們是學術界最好的夥伴與動力。

淡江大學中文系教授

盧國屏

2010/2/22

目　次

序　(3)

第1堂課　聲韻學概說　1

學習進程與重點提示　1

專詞定義　2

一、聲韻學研究範圍　3

二、聲韻學屬性與內涵　4

三、聲韻學異稱　4

四、漢語語音分期　5

五、研究聲韻之材料　6

六、聲韻學基礎學科　9

七、聲韻學功用　10

課後測驗　13

第2堂課　基礎語音學　15

學習進程與重點提示　15

專詞定義　16

一、語音學範疇　17

二、語音屬性　18

三、語音元素　21

四、發音器官　27

五、元音類別　28

六、輔音類別　29

七、音變規律　30

八、音變形態與原因分析 42
課後測驗 43

第3堂課 漢語音節系統 45
學習進程與重點提示 45
專詞定義 46
一、音節定義 47
二、音節與音素量 48
三、音節結構 49
四、聲韻系統 51
五、漢語音節表 53
六、漢語聲調 53
課後測驗 62

第4堂課 古漢語聲韻知識與方言概說 63
學習進程與重點提示 63
專詞定義 64
一、聲類知識 65
二、韻類知識 70
三、漢語方言概說 77
課後測驗 86

第5堂課 反切注音與韻書簡史 87
學習進程與重點提示 87
專詞定義 88
一、漢語注音歷史 89

二、反切注音法 90
三、韻書簡史 96
課後測驗 106

第6堂課 《廣韻》研究 107

學習進程與重點提示 107
專詞定義 108
一、切韻系韻書 109
二、《廣韻》由來與版本體例 112
三、反切的功用與限制 114
四、反切系聯 115
五、《廣韻》的聲母 124
六、《廣韻》的韻母 127
課後測驗 138

第7堂課 等韻圖研究 139

學習進程與重點提示 139
專詞定義 140
一、何謂等韻圖 141
二、四等與洪細 142
三、等韻圖源流 144
四、《韻鏡》體例 148
五、《韻鏡》聲母編排與辨識 155
六、《韻鏡》功能與檢索方法 164
課後測驗 166

第8堂課　中古語音系統(一)：聲母　167

學習進程與重點提示　167

專詞定義　168

一、何謂中古音　169

二、中古聲母擬測材料與方法　172

三、各家擬音對照表　177

四、中古聲母擬音　179

五、中古聲母音值總表　189

課後測驗　189

第9堂課　中古語音系統(二)：韻母與聲調　191

學習進程與重點提示　191

專詞定義　192

一、中古韻母擬測材料與方法　193

二、中古韻母擬音　195

三、各家擬音對照表　201

四、中古韻母音值總表　204

五、中古聲調　207

課後測驗　209

第10堂課　中古後期語音系統：宋代　211

學習進程與重點提示　211

專詞定義　212

一、中古以後的語音簡化　213

二、中古後期與近代音的研究法　214

三、宋代韻書　216

四、宋元等韻圖 228

五、中古後期語音演變總論 241

課後測驗 247

第11堂課 近代語音系統㈠：元明 249

學習進程與重點提示 249

專詞定義 250

一、近代音概說 251

二、元代《中原音韻》 251

三、明代語音材料 257

課後測驗 264

第12堂課 近代語音系統㈡：清代 265

學習進程與重點提示 265

專詞定義 266

一、清代語音材料 267

二、西方學者擬音 271

三、近代音研究法 276

四、官話的意義與內涵 280

課後測驗 284

第13堂課 現代漢語語音系統：國語 285

學習進程與重點提示 285

專詞定義 286

一、國語由來與設計 287

二、注音符號由來與設計 289

三、國語聲母系統 294
四、國語韻母系統 294
五、國語聲調系統 298
六、國語拉丁字母拼音系統 299
七、「國語」一詞的由來 307
課後測驗 309

第14堂課 中古到現代的語音演化 311
學習進程與重點提示 311
專詞定義 312
一、現代音的淵源 313
二、中古到國語的聲母演化 315
三、中古到國語的韻母演化 329
四、中古到國語的聲調演化 342
課後測驗 343

第15堂課 上古語音系統㈠：研究法與韻部 345
學習進程與重點提示 345
專詞定義 346
一、研究材料與方法 347
二、上古韻研究分期 349
三、蒙昧期的古韻研究 350
四、發展期的古韻研究 351
五、確立期的古韻分部 355
六、成熟期的古韻分部 372
七、各家分部對照表 377

八、上古韻部擬音 379

課後測驗 381

第16堂課 上古語音系統㈡：聲母與聲調 383

學習進程與重點提示 383

專詞定義 384

一、材料與研究法 385

二、錢大昕上古聲母理論 386

三、夏燮上古聲母理論 389

四、章太炎上古聲母理論 390

五、黃侃上古聲母理論 391

六、曾運乾上古聲母理論 393

七、錢玄同：邪紐古歸定 394

八、上古聲母擬音 395

九、上古聲母總論 401

十、上古聲調 402

課後測驗 415

參考書目 417

第1堂課

聲韻學概說

學習進程與重點提示

*聲韻學概說→範圍→屬性→異稱→漢語分期→材料→功用→*基礎語音學→範疇→分類→分支學科→語音屬性→音素→發音器官→收音器官→元音→輔音→音變規律→原因分析→漢語音節系統→定義→音節與音素量→音節結構→聲母類型→韻母類型→聲調系統→古漢語聲韻知識→認識漢語音節系統→掌握術語→材料→方法→方言概說→認識反切與韻書→漢語注音歷史→反切原理→反切注意事項→韻書源流→廣韻研究→切韻系韻書→廣韻體例→四聲相配→四聲韻數→反切系聯→聲類→韻類→等韻圖研究→語音表→開合洪細等第→等韻圖源流→韻鏡體例→聲母辨識法→韻圖檢索法→中古音系→中古音定義→擬測材料→聲母音值擬測→韻母音值擬測→聲調音值擬測→中古後期音系→韻書→韻部歸併→等韻圖→併轉為攝→語音音變→語音簡化→近代音系→元代語音材料→明代語音材料→清代語音材料→傳教士擬音→官話意義內涵→現代音系→國語由來→注音符號由來→注音符號設計→國語聲母→國語韻母→國語聲調→拉丁字母拼音系統→國語釋義→中古到現代→現代音淵源→語音演化→演化特點→聲母演化→韻母演化→聲調演化→上古音系→材料→方法→上古韻蒙昧期→上古韻發展期→上古韻確立期→上古韻成熟期→韻部音值擬測→上古聲母理論→上古聲母擬音→上古聲母總論→上古聲調理論→上古聲調總論

專詞定義

聲韻學	又稱「音韻學」，研究漢語語音的科學，主要核心是音節中的聲母、韻母、聲調系統的共時與歷時變化，所以稱為「聲韻學」。研究內容包括：語音史、語音演變、聲韻學史、聲韻學術語等。研究對象則包括「上古音系」、「中古音系」、「近代音系」、「現代音系」。
聲　母	漢語音節的前半段，簡稱「聲」。聲母由輔音擔任，例如「台」[t-ai]中的[t]；聲母不是音節的必要成分，也可以是零形式，就稱為「零聲母」，例如「灣」[-uan]就是零聲母音節。
韻　母	漢語音節的後半段，簡稱「韻」。由「介音」、「主要元音」、「韻尾」三部分組成，例如「天」[t-ian]中的[i]、[a]、[n]，或「怪」[k-uai]中的[u]、[a]、[i]。「介音」由元音擔任、「主要元音」由元音擔任、韻尾則有元音、輔音兩種形式。韻母的「主要元音」為必要成分，其餘二者可以是零形式。
聲　調	音節在發音過程中的音高、音低形式，是漢語音節附屬在韻母上的必要語音成分。音的高低由氣流在空氣傳導中的震動次數決定，次數多音高、次數少則音低。具備聲調系統的語言稱「聲調語言」，漢藏語系的絕大多數語言屬之，少部分的印歐語系語言如瑞典語、克羅埃西亞語等，也是聲調語言。
漢語語音史	聲韻學的內部分支學科，主要研究歷代共時音系及其演變規律。根據近年研究趨勢，漢語音包括：原始漢語音系、上古音系、漢代音系、魏晉南北朝音系、中古音系、晚唐五代音系、宋代音系、元代音系、明代音系、清代音系。基礎聲韻學則多分為「上古音」、「中古音」、「近代音」、「現代音」四期。

一、聲韻學研究範圍

(一)聲母、韻母

「聲韻學」研究的主要對象是漢語「音節」的結構與其歷史演變，也就是漢語的語音歷史。「聲」、「韻」二字，就是漢語音節的結構名稱。漢語音節結構如下：

漢語音節			
聲　母	韻　母		
	介　音	主要元音	韻　尾

「聲」指的是漢語音節結構中的「聲母」，「韻」則指「韻母」，因此「聲韻學」可以說是研究漢語「聲母」、「韻母」的學科。

(二)「聲調」

「聲調」是音節在發音時的音高形式變化，是漢語音節的必要語音成分。漢語是一種「聲調語言」，每一個音節都具備「聲調」，並且由韻母中的「主要元音」決定聲調的種類，換句話說，聲調是附屬在韻母之上的「外加語音成分」，並不占有音節發音的時間。

漢語的每一個音節都有其聲調，而在漢語歷史上，不同階段又有著不同的聲調類型。「聲韻學」既然是研究漢語音節的學科，那麼聲調當然也是聲韻學研究的主要對象。歷代漢語音節結構中的「聲母」、「韻母」、「聲調」三者，便是「聲韻學」研究的範疇。

二、聲韻學屬性與內涵

漢語是一個歷史悠久的語言系統，歷代流傳下來的語音資料非常豐富，而且都成為研究語音歷史的重要文獻，成為聲韻學科的取材來源。

根據研究的對象、範疇、材料、時代、特性等條件來觀察，聲韻學具有以下的學科屬性與內涵：

1.聲韻學研究漢語語音系統。

2.聲韻學研究漢語音節系統。

3.聲韻學研究漢語聲母、韻母、聲調。

4.聲韻學研究歷代漢語語音文獻。

5.聲韻學研究歷代的漢語音節變化。

6.聲韻學研究漢語的語音變遷規律。

三、聲韻學異稱

「聲韻學」這個學科，或是這門課程的名稱，歷來有許多不同名稱，包括：

1.聲韻學	2.中國聲韻學	3.中國語音學
4.中國音韻學	5.漢語語音學	6.漢語音韻學

名稱中有「中國」的，目的在強調這是中國的語音研究，以區別於外國語音研究。名稱中有「漢語」的，目的在強調這是「漢族」的語音研究，以區別於外族的、中國境內少數民族的語音研究。名稱中有「音」或「語音」的，目的在強調這是漢語的「音節」、「音素」的研究。名稱中有「聲」、「韻」的，則強調這是研究漢語音節中「聲母」、「韻母」的學科。

名稱雖有不同，強調的重心似乎有異，但事實上這些名稱從學科的「內涵」與「所指」上來看均相同，其研究漢語語音中「音節結構形式」與「音節歷史演變」的學科本質是完全一致的。

四、漢語語音分期

為漢語音進行分期，就代表了各階段語音是具有差異的。分期的標準必須依據漢語語音史而來，而語音史的研究尚有許多空間有待投入。目前的分期與差異研究，是依據歷代語音文獻的記錄與分析、語音的研究與考證、方言的比對與印證等工作而完成。目前最普遍與簡易的漢語音分期如下：

分　期	年　代
上古音	周秦兩漢BC1100～AD200
中古音	魏晉－唐宋AD200～AD1200
近代音	元明清AD1200～AD1900
現代音	民國AD1900～現代

漢代以前為「上古音」階段，研究語音的資料有《詩經》、《楚辭》等先秦文獻，來提供該期語音的考證。當時「反切拼音法」尚未形成與使用，「韻書」也尚未編輯，語音實際也與漢代以下的語音階段截然不同，因此歸之為「上古音」，這也是目前漢語音研究可以上溯的最早階段。

魏晉開始，「反切拼音法」大量運用、「韻書」開始出現、隋以後的「切韻系韻書」成為專業的語音紀錄與分類專書，而精密呈現語音內涵的「等韻圖」也在唐末出現。因此，魏晉到宋代除了接續上古音而為「中古音」階段，更因為這時期語音文獻的量大質精，於是成為目前研究漢語音歷史的最重要階段。

元明清時期，北方「官話系統」成為漢語正宗；《中元音韻》一書，是此期北方官話最重要韻書。由於時代的接續與語音的變化，遂將此期歸之為「近代音」，以區別前期。

民國以後，語音承續官話系統，另又制定新式「注音符號」，以推行「國語」。此時的漢語研究借助了西方語音研究的新方法，以「國際音標」來精密標注與解釋「音素」。此時期由於語音與語音研究都邁入新紀元，因此歸之為「現代音」。

五、研究聲韻之材料

漢字不是音素拼音文字，所以不能直接反映歷史上不同時期的實際語音狀況，因此研究漢語古音系統，通常是藉由各種歷史文獻的分析歸納，交叉比對，間接的掌握古代漢語的語音面貌。雖然如此，但是長久的研究下，也呈現了許多重要成果。以下我們分期的介紹一些聲韻研究材料。

㈠現代音

現代音因為是現代人使用的語音系統，每一個音節都可以藉由發音而實際聽到，所以針對語音的研究極為簡便與精密。目前的各種漢語拼音法都是研究材料，例如大陸的「漢語拼音」、臺灣的「注音符號」、「通用拼音」等，都可以提供現代音研究之資。

㈡近代音

近代音的研究以韻書、等韻圖，以及當時元曲劇本中的用韻為主，並且可以輔以方言的印證，以臻精密。宋以後的等韻圖數量極多，例如《等韻圖經》、《五方元音》、《明顯四聲等韻圖》、《音韻逢源》，都是研究近代音的重要韻圖。韻書的數量也很多，重要者如：

《禮部韻略》	（宋）丁度
《集韻》	（宋）丁度
《壬子新刊禮部韻略》	（金）劉淵
《五音集韻》	（金）韓道昭
《古今韻會》	（元）黃公紹
《古今韻會舉要》	（元）熊忠
《中原音韻》	（元）周德清
《中州音韻》	（元）卓從之
《洪武正韻》	（明）宋濂等
《韻略易通》	（明）蘭茂
《韻略匯通》	（明）畢拱辰
《五方元音》	（明）樊騰鳳
《音韻闡微》	（清）李光地等

㈢中古音

中古音的研究以「韻書」與「等韻圖」為最重要的資料，再加上詩人用韻的統計、佛經中的梵文對音、方言的印證等方法，都使得本期語音系統的研究，獲得科學的結論。以下是此期最重要的語音文獻：

韻　書	《切韻》	（隋）陸法言
	《廣韻》	（宋）陳彭年
等韻圖	《韻鏡》	（五代）作者不詳

㈣上古音

上古音階段雖然沒有韻書、韻圖這些直接表現語音的語音文獻，但是可以研究該期古音的文獻與資料仍然是豐富多元的，例如：

古韻語	1.指此期的各種押韻文獻。 2.例如《詩經》、《楚辭》、《老子》等。 3.此類文獻都以韻文方式呈現，歸納其韻腳，就可以得知當時韻母系統，是考證古韻的重要材料。
形聲字	1.指上古已經造出的「形聲字」。 2.形聲字均有諧聲偏旁，即所謂的「聲符」。 3.利用這些諧聲偏旁，即可以歸納出上古「韻部」和「聲類」。 4.形聲字造字的年代從上古到中古皆有，又可以成為考證上古音演變的科學材料。
古籍異文	1.「異文」，指一書的不同版本、傳本，或不同書籍記載同一事物的互異字句。 2.聲韻學上尤其使用上古典籍中相同內容的同音異字。 3.例如《左傳》：「陳恆」、《史記》：「田恆」（人名）；「陳」、「田」今讀不同，但上古音必相同，可據以考察古音。 4.例如《爾雅》：「孟諸」、《史記》：「明都」（地名）。「孟」、「明」；「諸」、「都」今讀不同，但上古音必相同，可據以考察古音。
假借字	1.指上古典籍中之同音通假字。 2.例如《左傳》：「莊公寤生」，「寤」假借字，「牾」本字。 3.例如《易繫辭》：「往者屈也、來者信也。屈信相感而利生焉。」「信」假借字，「伸」本字。 4.今音不同，但上古必同音，所以可以通假互換使用，於是可據以考察古音。
聲　訓	1.指藉由語音分析詞義、用聲音相同或相近的字來解釋字義，推求字義的來源，說明其命名的原由的訓詁方法。 2.例如《說文》：「日，實也。」「月，闕也。」「火，燬也。」 3.解釋用字與被解釋字，或聲同或韻同，皆可據以考察古音。
直音法	1.包括「讀如」、「讀若」、「讀為」、「讀與某同」等。 2.例如《說文》：「卸，讀若汝南人書寫之寫。」「自，讀若鼻。」 3.例如《詩·鄭箋》：「純，讀如屯。」（〈野有死　〉） 4.例如《禮記·鄭注》：「孚，讀為浮。」（〈聘義〉） 5.直音用字必與被注音字音同、音近，可據以考察古音。
譬況注音法	1.指用描寫、形容、比喻等方式所進行的注音法。 2.例如《公羊傳·莊二十八年》：「春秋伐者為客、伐者為主。」《何休注》：「伐人為客，讀伐長言之。見伐者為主，讀伐短言之。」「長言」指語音拉長，「短言」指音節短促的類似「入聲」聲調的發音。

譬況注音法	3.例如《公羊傳・宣公八年》：「曷為或言而，或言乃？乃難乎而也。」《何休注》：「言乃者，內而深；言而者，外而淺。」「內而深」、「外而淺」，是描寫因發音部位與方法的差異，導致音值不同，於是可以表示不同的意義。

六、聲韻學基礎學科

學習聲韻學所應先具備的基礎知識，或是先修課程，包括：

(一)文字學

漢語語音由漢字做紀錄與承載，當時代過去語音消失後，進行語音研究便需要有當時的記音符號，漢字作為一種記音符號，當然也就提供語音訊息。漢字從上古音到現代音的歷史中，一直是一脈相承具有連續性的一套完整記音系統，「文字學」的課程，提供了漢字演變與造字理論的知識，於是成為後續研究語音演變的重要知識與課程。

(二)語言學

語言學是一個體系龐大的學科，主體內容包括語言的形成、語言的類別、語言的結構、語言的語法、語言的發展、語言的變化、語言的系屬等。其中語言結構的部分則會介紹語音元素、音節結構等內容。漢語是人類語言的一種，音節又以「聲母」、「韻母」為主體結構，所以聲韻學自然是理論語言學的一環。在學習聲韻學之前，最好可以先對人類語言相關問題有些基本認識，掌握了語言系統的大方向，再進入聲韻研究時，就不會茫然不知所措。

(三)語音學

語言學系統中的「語音學」，是進入聲韻學很重要的基礎知識之一，語音學研究人類語音系統的形成、語音的屬性、音素的類型與差異、發音器官、發音方法、語音的變化規律等。人類的「語音元素」包括「元音」、「輔音」，也就是俗稱的「母音」、「子音」兩大類，漢語也不例外。漢語聲母、韻母的構成元素也就是這些母音、子音；漢語的歷史很長，其中必然出現歷代的音變；人類的音變一定具有其可分析的規則，語音學的訓練，就提供了理解這些規則的知識。因此要學習聲韻學，語音學的基礎知識是一個必要的學習過程。

七、聲韻學功用

聲韻學和漢語史、漢語方言學、文字學、訓詁學、校勘學、古典文學、文獻學、古籍整理等學科有密切關聯，它的功用與目的也是多元靈活的。

㈠建立漢語語音史的基礎

要研究漢語語音、認識漢語音的特點和發展規律，並建立學習系統，就必須要有漢語語音史。語音史的建立，首先必須研究出漢語各階段的聲、韻、調系統，也就是上古、中古、近代、現代語音這個縱向的語音發展與演變。而聲、韻、調的研究，正是聲韻學科的目的與功用，換句話說，聲韻學是建立漢語語音史的必要學科。

㈡從事訓詁解釋的必要工具

訓詁學是認識漢語完整體系的最重要學科，以歸納形音理論為核心，以研究漢語語義系統為目的。語義的呈現，靠的是字形與語音系統，換句話說，文字語音是語義的承載工具，也是研究語義的必要過程。

訓詁學又是一門漢語解釋學，其所建構的漢語理論，可以應用在文獻中語言材料的解釋上，使我們閱讀無礙。例如以下《詩經·

邶風·柏舟》的例子：

日居月諸，胡迭而微。
心之憂矣，如匪澣衣。
靜言思之，不能奮飛。

第二句的解釋自毛詩以下都說：「我心中非常煩憂，就像穿著沒有洗過的衣裳般，讓人難過。」這個解釋其實似是而非，因為用沒洗過的衣服表示內心煩憂，這比喻其實沒有一定的邏輯。事實上這「澣衣」指的是「翰音」，「澣、翰」二字上古同音，「衣」在上古屬「微」部、「音」屬「侵部」，一為陰聲韻、一為陽聲韻，是陰陽對轉語音相通的標準形式，在詩歌作者的方言中，甚至可能是同音的。「翰音」又是什麼意思呢，其實是古代「雞」的代稱，例如《禮記·曲禮》：「凡祭宗廟之禮……羊曰柔毛，雞曰翰音。」「匪」字是「篚」的古字，《說文》便說：「匪，器似竹篋。」〈柏舟〉詩說的正是：「我心中煩憂，就如關在籠中的雞，靜下來想想，真恨不能奮飛而去。」「翰音」與「奮飛」也才有了對應。可見語音的研究，對於古代文獻的訓詁解釋有多麼大的幫助。

㈢研究古典詩歌聲律的基礎

古典詩歌講求韻律與節奏，但無論平仄或押韻，其本質都是語言屬性，而不是文學屬性，所以要掌握詩歌韻律，就必須通曉語音的特性與實際。例如陳子昂〈登幽州台歌〉：

前不見古人，後不見來者[-ia]。

念天地之悠悠，獨愴然而涕下[-a]。

今天讀起來不押韻，但在古音中「者」、「下」同屬「馬」韻，主要元音相同，自然是押韻的。所有古典詩歌都押韻，當然就要通曉其斷代的語音。不獨押韻，聲母也一樣是詩歌用力的地方，例如蘇東坡詩〈大風留金山兩日〉：

塔上一鈴獨自語，明日顛風當斷渡。
朝來白浪打倉崖，倒射宣窗做飛雨。

鄧廷楨《雙硯齋筆記》卷六說：「顛當、斷渡皆雙聲字，代鈴作語，音韻宛然，可謂靈心獨絕。」這幾個字的聲母，從中古到今天沒變，所以我們仍然可以感聽而得，至於所有古音的聲母音值，就需要聲韻學的研究與學習了。

㈣研究與學習方言的利器

現代方言都來自一個漢語淵源，其後因為區域差異、族群遷徙等因素，而產生了分化與演變。研究漢語方言本身就需要借助聲韻學的專業，而理解方言與共同語的差異，也需要借助聲韻知識。例如，本地閩南語中「尖、秋、心」都是舌尖音[ㄗ、ㄘ、ㄙ]聲母，可是國語都是舌面前[ㄐ、ㄑ、ㄒ]聲母。其實閩語中根本沒有舌面前音，中古以後的舌面前聲母，是[ㄗ、ㄘ、ㄙ]銜接[-i]介音後，產生「顎化作用」後的音變，所以國語裡有了[ㄐ、ㄑ、ㄒ]聲母，而閩語則保存了古音系統。

課後測驗

1.漢語音節結構爲何？

2.聲韻學的屬性與內涵爲何？

3.漢語音分爲幾期？

4.聲韻學研究的材料有哪些？

5.聲韻學具有哪些功用？

第2堂課

基礎語音學

學習進程與重點提示

聲韻學概說→範圍→屬性→異稱→漢語分期→材料→功用→***基礎語音學→範疇→分類→分支學科→語音屬性→音素→發音器官→收音器官→元音→輔音→音變規律→原因分析***→漢語音節系統→定義→音節與音素量→音節結構→聲母類型→韻母類型→聲調系統→古漢語聲韻知識→認識漢語音節系統→掌握術語→材料→方法→方言概說→認識反切與韻書→漢語注音歷史→反切原理→反切注意事項→韻書源流→廣韻研究→切韻系韻書→廣韻體例→四聲相配→四聲韻數→反切系聯→聲類→韻類→等韻圖研究→語音表→開合洪細等第→等韻圖源流→韻鏡體例→聲母辨識法→韻圖檢索法→中古音系→中古音定義→擬測材料→聲母音值擬測→韻母音值擬測→聲調音值擬測→中古後期音系→韻書→韻部歸併→等韻圖→併轉為攝→語音音變→語音簡化→近代音系→元代語音材料→明代語音材料→清代語音材料→傳教士擬音→官話意義內涵→現代音系→國語由來→注音符號由來→注音符號設計→國語聲母→國語韻母→國語聲調→拉丁字母拼音系統→國語釋義→中古到現代→現代音淵源→語音演化→演化特點→聲母演化→韻母演化→聲調演化→上古音系→材料→方法→上古韻蒙昧期→上古韻發展期→上古韻確立期→上古韻成熟期→韻部音值擬測→上古聲母理論→上古聲母擬音→上古聲母總論→上古聲調理論→上古聲調總論

專詞定義

語音學	研究語音的科學，包括語音的特性、成分、結構、變化、變化規律等。傳統語音學只在語音的定性研究，例如元音、輔音、聲調、重音等。現代語音學則加入生理、聲學科技，對語音進行定量研究，例如利用語音儀器，對語音特性、頻率、振幅等型態進行測量。其所屬分支學科包括：「普通語音學」、「描寫語音學」、「生理語音學」、「聲學語音學」、「聽覺語音學」、「歷史語音學」、「實驗語音學」、「比較語音學」等。
語音屬性	「語音」指語言的聲音，是語言系統的物質外殼。人類語音與自然界其他聲音一樣，產生自物體的震動，具有「物理屬性」。它由人的發音器官發出，並由人的聽覺器官接收，具有「生理屬性」。它的形式與表達的意義，不由個人決定，而由社會決定，也就是約定俗成的「社會屬性」。
語音元素	簡稱「音素」。從音值中分析出來的語音最小單位；語流中可以感知的最小單位，例如「端」[t-uan]中的[t]、[u]、[a]、[n]四者。人類語音元素可以分為「元音」、「輔音」兩大類，所有語音都由這兩種音素組成。
元　音	音素的一類，又稱「母音」。發音時氣流通過聲帶，造成週期性的顫動，發音器官各部位肌肉保持均衡的緊張狀態，氣流暢通舒緩不受明顯阻礙，音值清晰、響度較大。其類別與差異，由開口度大小、唇形展圓決定。
輔　音	音素的一類，又稱「子音」。發音時氣流在聲道中，受到某一點或幾點的完全阻礙或不完全阻礙而成的音，音值較弱、響度較小，沒有元音的共伴就不容易從聽覺感知。其類別與差異，由發音部位、發音方法決定。

音變規律	語音演變的規律，有「語流音變」、「歷史音變」兩類。
語流音變	又稱「連讀音變」、「聯合音變」，指連續語流中，音素互相影響，或是說話時高低、快慢、強弱不同所產生的變化，常見的有「同化」、「異化」、「清化」、「濁化」、「鼻化」、「顎化」等。
歷史音變	指一種語言或一組有親屬關係語言的語音，由一個階段發展到另一個階段中所發生的變化。例如中古濁音聲母發展到現代漢語，發生了「濁音清化」的歷史音變，只剩下一個「ㄖ」[ʐ]濁音。

一、語音學範疇

「語音學」，是語言學中研究人類語音系統的一個分支學科，主要研究語言的語音元素、發音機制、語音特性、言語中的語音變化、音變規則等。根據其研究對象、範圍、目的等差異，語音學可以分為以下各種類型：

一般語音學 （General Phonetics）	1.又稱「普通語音學」。 2.研究一般語音現象的學科。 3.不限定於某一種語音系統的研究。
描寫語音學 （Descriptive Phonetics）	1.記錄與描述實際語音的學科。 2.記錄某一地區的語音，或是某一時代的語音，並予以分析研究，即是描寫語音學之範疇。
歷史語音學 （Phonology）	1.研究語音歷史演變與發展實際的學科。 2.聲韻學也就是一種歷史語音學。
發音語音學 （Phonetics）	1.研究發音器官、發音部位、發音方法的學科。 2.語音學的基礎學科。 3.可以應用在病理治療中。

音位學 （Phonemics）	1.分析語音的最小單位，以觀察語音組織的學科。 2.音位是人類語音中可以區別意義的最小單位，是音韻學、聲韻學分析的基礎概念。
音響學 （Acoustics）	1.研究聲音的高低、長短、洪細、共鳴等現象的學科。 2.包括各種聲響的研究，不限定是人的語音。

二、語音屬性

語音具有生理、物理、社會三大屬性，生理屬性指發音、收音系統；物理屬性指語音氣流的傳導；社會屬性指語言運作的場域。透過三者的成熟共構，語音系統才能被運作出來，成為人類溝通的工具。

㈠生理屬性

語言系統中的語音，是透過生理的發音器官和收音器官來運作與接收的。發音器官種類繁多，功能複雜，是一組精密運作的器官，大別之如下：

發音器官		
類　別	器官構造	主要功能
呼吸器官	肺、氣管	產生氣流，形成發音動力，進行氣流運輸。
喉頭、聲帶	喉頭、聲帶	氣流的通道，並進行氣流的調節震動。
調節器官	口腔、鼻腔、咽腔	阻礙調節氣流，使氣流有不同運作，在共鳴器中形成不同語音。

發音器官使人類可以發出語音，但如果沒有「收音器官」，人類就無法聽到語音，語言系統仍然無法成立。收音器官指的就是人類的「聽覺器官」，主要就是耳朵，構造與功能如下：

收音器官		
類　別	器官構造	主要功能
外耳	耳朵外部、耳道、耳膜	共鳴器、具有放大聲音的功能。
中耳	聽小骨：垂骨、砧骨、鐙骨	提高聲音能量、保護內耳免受強音傷害。
內耳	耳蝸、隔膜	接收聽小骨傳遞的震動、傳遞訊號至大腦。

發音、收音器官使我們可以說話、聽話；複雜的器官種類與功能，又使我們可以發出具有差異的語音、接收不同形式的聲音，理解意義而後做出反應。

㈡物理屬性

人類發出來具有意義的聲音，叫做「語音」。語音的傳導和其他所有聲音一樣，是經由氣流物理振動產生「聲波」，再通過聽覺感知而完成。聲波的形成、傳播都屬於物理現象，這就是語音的物理屬性。

對語音進行分析，就是透過其物理屬性來進行。物理形式運作的差異，使我們的語音具有音高、音長、音強、音色四種可以分析的特質：

語音物理屬性		
聲音形式	意　義	原因與功能
音　高	聲音的高低	1.由氣流在空氣中每秒振動次數的高低，所謂「音頻」決定聲音高低。 2.振動次數多、音頻高，聲音高。 3.振動次數少、音頻低，聲音低。 4.是聲調、語調的決定因素。 5.具有辨別意義之功能。 6.例如國語「西」音高、「夕」音低。

語音物理屬性		
聲音形式	意　義	原因與功能
音　長	聲音的長短	1.由聲波持續的時間長短所決定。 2.振動總時間長，聲音長。 3.振動總時間少，聲音短。 4.漢語聲調中，「平」、「上」、「去」聲較長，古漢語中「入」聲，相對較短。 5.具有辨別意義之功能。 6.例如國語「陽」音長、閩南語「竹」音短。
音　強	聲音的強弱	1.由聲波的振動幅度「振幅」所決定。 2.「振幅」的單位是「分貝」。 3.分貝越大，音越強。 4.分貝越小，音越弱。 5.說話用力大，振幅越大，音越強。 6.說話用力小，振幅越小，音越弱。 7.具有辨別意義之功能。 8.例如漢語的「輕聲」，「孫子」的「子」輕聲是親屬稱謂的第三代。「子」發第三聲，可以指「孫子兵法」或「孫臏」。
音　色	聲音的特色	1.又叫「音質」。 2.一個聲音區別於其他聲音的最本質特徵。 3.由發音物體不同、方法不同、共鳴器形狀不同決定音質差異。 4.例如「人聲」和「小提琴聲」不同；「鼻音」和「擦音」不同；「笛」和「二胡」共鳴器不同 5.不同聲音間差異的最顯著特色。 6.一般所謂「樂音」、「噪音」；「悅耳美聲」、「破鑼嗓子」；聲音「粗」、「細」等，均是「音色」不同。

語音中的「音高」、「音長」、「音強」、「音色」四者，是相對概念，不是絕對概念，也就是說要在對比的環境中得到比較結果。例如，女生的聲音不一定都比男生高；而一位「男高音」唱歌的高音，可能就比所有人的音高，但這位男高音也可能在任何時

候，以低沉的聲音說話，例如教訓孩子，這時候發音就相對的低了。

㈢社會屬性

語言的社會屬性，指的是語言系統必須通過社會的「約定俗成」，而後才能有效運作的特質。前述的氣流物理振動屬性，使得發音器官的聲音，可以傳遞至其他人的聲音器官，完成聲音傳導。但是這樣的聲音形式與語義間的對應，如果沒有社會共同的認定遵守，語音仍然無法成立。

語音的社會約定俗成表現在兩方面：第一，一個語音在同一社會具有相同意義，例如漢語裡發「月亮」的語音，代表天上的星球「月」，所有漢語社會都共同認知；漢語裡發「太陽」的語音，代表天上恆星「日」，所有人也共同認知。由此擴大而言，漢語的語音和語義的任何結合，是透過使用漢語的社會中人所約定俗成的。第二，語音具有社會區隔性，例如閩南語不能在全體漢語社會中使用；漢語不能在說英語的社會中溝通，而反之亦然。

由於語音具有社會屬性，所以全人類的語音系統差異，也就代表社會的差異，人類有近六千種語言，也就有六千個不同的語音社會，沒有共同語就無法互相溝通。因此語音的差異在人類社會中，就成了族群與社會的差異圖騰之一，人們經常以說話的語音系統不同，來判斷是否「非我族類」，這就是語音的社會屬性所造成。

三、語音元素

㈠音素定義

語音元素就是「音素」，指構成語音的最小單位，也就是我們說話時語音流轉過程中的最小單位；如果從聽覺角度來說，音節中可以由收音器官感知的最小語音單位就是「音素」。人類可以發出很多不同的語音，但是一般人聽到的都是音素組合後的「音節」，比較熟知的概念也是音節。欲知道音素，就必須分析音節內部的最小語音單位，例如「天」的讀音[t-ian]，其中有四個音素；「地」的讀音[d-i]，有兩個音素。歸納人類音素，大別之有二種，那就是「元音」、「輔音」，也就是俗稱的「母音」、「子音」。

㈡標音符號

要充分了解人類語音、記錄語音或是對音素進行各種分析，就需要有可以將音素轉變為書面符號的「音標」。為了精確記錄人類語音，語音學家創制了許多的音標符號系統，其中最通行國際的便是「國際音標」。

國際音標是歐洲的「語音學教師協會」（The Phonetic Teacher's Association）於1888年所制定，後來此協會更名為「國際語音學會」（International Phonetic Association），制定的音標就叫做「國際音標」（International Phonetic Alphabet）。

國際音標是一種「音素型音標」，經過廣泛的語音田野調查後，任何一個人類語音都設計有一個相對應的符號，以利精準記音。其符號以多數國家通用的小寫印刷體拉丁字母為基礎，有不敷使用時，再採用一些變通符號，例如倒寫的[ɒ]、[ɐ]；大寫字母[A]、[E]；合體字母[æ]、[œ]；或是希臘字母[β]、[θ]；以及改變字母形狀成為新符號[ŋ]、[ʂ]。

國際音標由於設計簡易，與拼音國家的拉丁字母同一系統，所以成為國際通用的音標系統。又由於全面涵蓋人類音素，因此可以用來標注世界上所有語音系統，包括少數民族語音、各地方言，甚至古音系統。

以下是2005年最新修訂的國際音標表所有內容（The International Phonetic Alphabet）：

1.輔音（肺部）（Consonants Pulmonic）

	雙唇 Bilabial	唇齒 Labiodental	齒 Dental	齒齦 Alveolar	齒齦後 Postalveolar	捲舌 Retroflex	硬顎 Palatal	軟顎 Velar	小舌 Uvular	喉壁 Pharyngeal	聲門 Glottal
塞音 Plosive	p b			t d		ʈ ɖ	c ɟ	k g	q ɢ		ʔ
鼻音 Nasal	m	ɱ		n		ɳ	ɲ	ŋ	ɴ		
顫音 Trill	B			r					ʀ		
閃音或彈音 Tap or Flap		v		ɾ		ɽ					
擦音 Fricative	Φ β	f v	θ ð	s z	ʃ ʒ	ʂ ʐ	ç ʝ	x Y	χ ʁ	ħ ʕ	h ɦ
邊擦音 Lateral frieative				ɬ ɮ							
無擦通音 Approximant		ʋ		ɹ		ɻ	j	ɰ			
邊通音 Lateral approximant				ſ		ɭ	ʎ	ʟ			

上表中若音標成對出現，則左邊為清音，右邊為濁音。塗色的部分已判定為不可能發音的組合。

2.輔音（非肺部）（Consonants Non-pulmonic）

嗒嘴音 Click		吸氣音 Voiced implosive		擠喉音 Ejectives	
ʘ	雙唇 Bilabial	ɓ	雙唇 Bilabial	’	例如： Examples:
ǀ	齒 Dental	ɗ	齒／齒齦 Dental/alveolar	p’	雙唇 Bilabial
!	齒齦（後） (Post)alveolar	ʄ	硬顎 Palatal	t’	齒／齒齦 Dental/alveolar
ǂ	顎齦 Palatoalveolar	ɠ	軟顎 Velar	k’	軟顎 Velar
ǁ	齒齦邊 Alveolar lateral	ʛ	小舌 Uvular	s’	齒齦擦 Alveolar fricative

3.元音（Vowels）

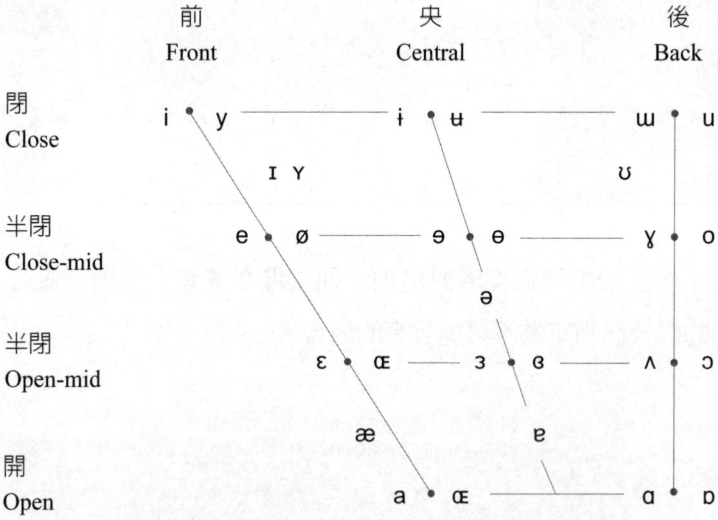

若音標成對出現，則左邊為不圓唇音，右邊為圓唇音。

4.其他符號（Other Symbols）

ʍ	清唇軟顎擦音 Voiceless labial-velar fricative	ɕ ʑ	齦顎擦音 Alveolo-palatal fricatives
w	濁唇軟顎通音 Voiced labial-velar approximant	ɺ	齦邊閃音（齦邊彈音） Alveolar lateral flap
ɥ	濁唇硬顎通音 Voiced labial-palatal approximant	ɧ	同時發ʃ和x Simultaneous ʃ and x
ʜ	清會壓擦音 Voiceless epiglottal fricative		塞擦音及雙連音必要時可加連結線把兩個音標聯起來 例：k͡p t͡s e.g.: Affricates and double articulations can be represented by two symbols joined by a tie bar if necessary
ʢ	濁會厭擦音 Voiced epiglottal fricative		
ʡ	會厭塞音 Epiglottal plosive		

5.超音段音位（Suprasegmentals）

ˈ	主重音 Primary Stress	ˌfoʊnəˈtɪʃən
ˌ	次重音 Secondary Stress	
ː	長音 Long	eː
ˑ	半長音 Half-long	eˑ
˘	特短 Extra-short	ĕ
|	小句（音步）組 Minor (foot) group	
‖	主句（語調）組 Major (intonation) group	
.	音節間斷 Syllable break	
‿	連接（不間斷） Linking (absence of a break)	

聲調及詞重音TONES & WORD ACCENTS					
平調Level			起伏調Contour		
ȅ 或	˥	高 Extra high	ě 或	˩˥	升調 Rising
é or	˦	中高 High	ê or	˥˩	降調 Falling
ē	˧	中 Mid	é	˦˥	高升調 High rising
è	˨	中低 Low	è	˩˨	低升調 Low rising
ȅ	˩	低 Extra low	ȅ	˧˦˧	升降調 Rising-falling
↓		降階 Downstep	↗		升語調 Global rise
↑		升階 Upstep	↘		降語調 Global fall

6.附加符號（Diacritics）

◦	清化 Voiceless	n̥ d̥	..	漏氣濁音 Breathy voiced	b̤ a̤	齒化 Dental	t d
ˇ	濁化 Voiced	s̬ t̬	"	吱嘎音 Creaky voiced		舌尖化 Apical	t d
h	送氣 Aspirated	tʰ dʰ	w	舌唇化 Linguolabial	tʷ dʷ	舌葉化 Laminal	t d
̹	更圓 More rounded	ɔ̹	j	唇化 Labialized	tʲ dʲ	鼻音化 Nasalized	e
̜	更展 Less rounded	ɔ̜	ɣ	顎化 Palatalized	tˠ dˠ	鼻音除阻 Nasal release	dⁿ
+	較前 Advanced	u	ʕ	軟顎化 Velarized	tˤ dˤ	邊音除阻 Lateral release	dˡ
-	較後 Retracted	e̠		喉壁化 Pharyngealized		無聲除阻 No audible release	d

++	較央 Centralized	ë		軟顎化或咽化 Velarized or Pharyngealized	ɫ
×	中央化 Mid-centralized	ě		較高（抬） Raised	(= 濁齒齦擦音) (= voiced alweolar fricative)
ˈ	成音節 Syllabic	ṇ		較低（降） Lowered	(= 濁雙唇通音) (= voiced bilabial approximant)
ˆ	不成音節 Non-syllabic	e̯		舌根前移 Advanced Tongue Root	
	捲舌化 Rhoticity			舌根後移 Retracted Tongue Root	

四、發音器官

聲音由物體振動而產生，語音也是如此，氣流由肺部產生，通過氣管，振動了聲帶，並且經過各種發音部位的阻礙或調節，而後就能發出許多不同聲音。

要了解元音、輔音，必須先理解人類發音器官，因為所有語音都由發音器官發出。分析音素的性質與差異，就須從發音器官與發音方法差異著手。以下是發音器官圖：

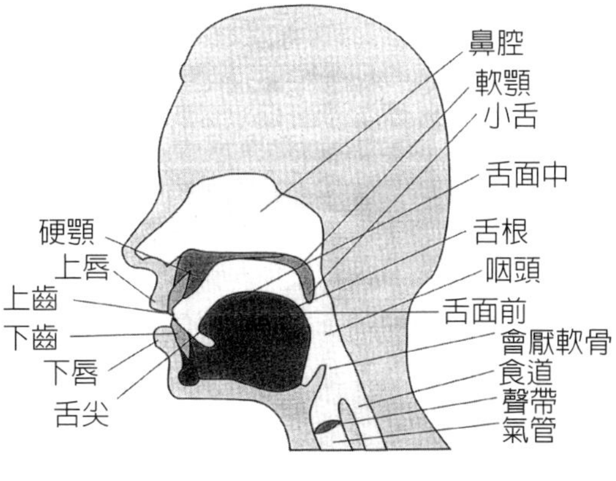

五、元音類別

「元音」又叫「母音」，是發音時氣流沒有受到發音器官明顯阻礙，於是順暢而發出的音，其音值明確而響亮。元音發音與發音器官中的舌、唇最有關係，經過舌與唇的位置或型態改變，氣流與音值就有差異。決定元音性質與差異的因素，歸納之有三：舌位高低、舌面前後、唇形展圓。

舌	舌　位	降　低	開口度大	a、A
		升　高	開口度小	i、y
	舌　面	舌面隆起部分偏前	前元音	i、e
		舌面隆起部分居中	央元音	ə
		舌面隆起部分偏後	後元音	u、o
唇	展	橫向展開	展唇元音	i、w
	圓	聚成圓形	圓唇元音	u、y

根據上述元音發音條件，人類可以發出的元音如下：

㈠舌面元音

舌面元音是最普遍的元音，以舌面為控制氣流的主要部位，可以抬高、降低改變氣流方向；也可以由舌面前、中、後三位置調節氣流。下表中，逗號前者為展唇元音、後者為圓唇元音：

	最　高	次　高	中　高	中　低	次　低	最　低
前	i, y	ɪ	e, ϕ	ɛ, œ	æ	a
央	ɨ, ʉ		ə		ɐ	A
後	w, u	U	ɤ, o	ʌ, ɔ	ɒ	ɑ

㈡舌尖元音

舌尖元音以舌尖調節氣流，發音時舌尖上升，接近上齒背或硬顎前部，氣流通道窄小，但不阻礙氣流。

舌尖前元音	舌尖後元音
ɿ, ʮ	ʅ, ʯ
ɚ	

六、輔音類別

「輔音」又叫「子音」，是發音時氣流受到發音器官明顯阻礙，再經調節後所發出來音，只有氣流聲響，相對於元音其音值較弱而不明顯。決定輔音性質與差異的兩大因素是「發音部位」和「發音方法」，部位造成氣流阻礙點、方法則指氣流如何調節而出：

(一)發音部位

發音部位（器官位置）	定義（氣流阻礙點）	輔音舉例
1.雙唇音	氣流阻礙點在上下唇形成的音。	[p]ㄅ、[p´]ㄆ、[m]ㄇ
2.唇齒音	氣流阻礙點在上齒和下唇形成的音。	[f]ㄈ
3.舌尖音	舌尖向上接觸上齒齦形成的音。	[t]ㄉ、[t´]ㄊ、[n]ㄋ、[l]ㄌ
	舌尖向前抵住上下齒背後形成的音。	[ts]ㄗ、[t´s]ㄘ、[s]ㄙ
4.捲舌音	舌尖向上捲起接觸前硬顎形成的音。	[tʂ]ㄓ、[t´ʂ]ㄔ、[ʂ]ㄕ
5.舌尖面音	舌尖和舌面前之間部位接觸上齒齦形成的音。	[tʃ][dʒ]（國音無）
6.舌面前音	氣流阻礙點在舌面前部和前硬顎形成的音。	[tɕ]ㄐ、[t´ɕ]ㄑ、[ɕ]ㄒ
7.舌面中音	氣流阻礙點在舌面中段與上顎中段形成的音。	[c]（國音無）
8.舌根音	氣流阻礙點在舌根與軟顎形成的音。	[k]ㄍ、[k´]ㄎ、[x]ㄏ
9.小舌音	氣流阻礙點在舌面最後端與小舌形成的音。	[N]、[R]（國音無）
10.喉音	緊縮聲門形成的音。	[ʔ]、[h]（國音無）

㈡發音方法

方 法	定 義	舉 例
1.鼻音	發音時某一部位阻礙氣流，軟顎下降打開通往鼻腔孔道，氣流由鼻腔而出所形成的音。	[m]ㄇ、[n]ㄋ
2.塞音	發音時某一部位完全封閉，再迅速放開，氣流衝出所形成的音。又叫做「爆裂音」。	[p]ㄅ、[p´]ㄆ [t]ㄉ、[t´]ㄊ [k]ㄍ、[k´]ㄎ
3.擦音	發音時口腔某一點封閉不完全，留有一個狹小縫隙，氣流從縫隙中摩擦而出所形成的音。是「摩擦音」的簡稱。	[f]ㄈ、[x]ㄏ [ɕ]ㄒ、[ʂ]ㄕ [ʐ]ㄖ、[s]ㄙ
4.塞擦音	發音時口腔某一點完全封閉，迅速放開一個縫隙；氣流前半衝出，後半摩擦而出所形成的音。	[tɕ]ㄐ、[t´ɕ]ㄑ [tʂ]ㄓ、[t´ʂ]ㄔ [ts]ㄗ、[t´s]ㄘ
5.邊音	舌頭的某一部分完全封閉，氣流由舌兩邊流出形成的音。	[l]ㄌ
6.顫音	氣流快速流動，使舌尖、雙唇或小舌發生快速顫動現象，並連續拍打發音器官的另一部分，例如上齒齦或舌根所形成的音。	[r]、[R]（國音無）
7.閃音	發音器官輕微顫動一次，是簡易的顫音。類似閉塞不全的塞音。	[ɾ]、[ɽ]（國音無）

七、音變規律

人類語音隨時變化，短時間內不易察知，但從語音歷史上來分析，就很容易看見音變的現象。聲韻學研究漢語語音歷史，其中階段性的音變現象就是研究的主要方向之一，例如現代國語與古漢語的關係。而對於古音的研究與擬測，除了還原古音的實際之外，更重要的意義其實在能夠對於聲韻的演變，提供各種可能性與現象的解釋。要具備這種解釋的能力，就必須掌握人類語音音變的一些規律，這是學習聲韻學的重要課題。

(一)同化

兩個鄰近的音，在發音時相互影響、相互適應，使其中一個音變得與另一個音相同或相似，這種音變現象叫做「同化作用」。

音節內部的同化作用，往往表現在音與音的發音部位的協調。例如輔音如果位在圓唇元音之前時，就經常被同化為圓唇化輔音，國語裡的「都」[t-u]、「國」[k-uo]，原本聲母是展唇輔音[t]、[k]，當與後面的圓唇元音[u]相鄰，在發音時就被同化為圓唇的發音形式。英語的「do」、「cool」的展唇[d]、[c]，受到圓唇[o]的影響變成圓唇的[d]、[c]，也是同樣道理。

不同音節之間也會發生同化現象，尤其發生在兩音節相連的音素上，也就是前一音節的最後一個音素，或後一音節的第一個音素。這兩個位置以輔音音素居多，因此容易發生輔音的同化作用，例如現代漢語「麵包」一詞，由原本各自獨立的兩個音節[m-ian]、[p-au]組成，理論上應該是[mian-pau]，但在組成後的實際發音卻成了[miam-pau]，這是因為「開口」的[n]受到「閉口」的[p]的同化，於是在連續發音時也成了閉口的[m]。英語的詞綴[im-]只用在[b]、[p]、[m]開始的詞根之前，例如「imburse」（償還）、「impossible」（不可能）、「immediate」（直接），這是原本的詞綴[in]受到閉口的[b]、[p]、[m]同化而音變，字形反應了語音變化於是寫成[im-]，少數沒有音變的詞如「inbeing」（本質）、「input」（輸入）、「inmate」（同住者），倒成了例外。

音節內同化以輔音最多，元音很少。不同音節的元音又多被輔音隔開，所以同化也少，但仍有例外，例如有道菜叫「木須肉」原本應是「木樨肉」，這是因為「木樨」[mu-ɕi]中的展唇元音[i]，受到圓唇元音[u]的同化，而成了圓唇的[y]，於是音節成了

[mu-ɕy]，字形也就改寫成了「木須」，這就是一種元音的同化。

㈡異化

兩個原本相同或相近的音，在銜接時發生了互相排斥的現象，使得其中一個音產生音變，這種現象叫做「異化作用」。

漢語裡輔音元音的異化並不多見，聲調的異化最為普遍，例如「跑馬」、「旅館」、「老闆」、「保險」、「友好」，第一個音節的第三聲調改唸第二聲，這是因為三聲是一種「先降後升」的聲調，當兩個三聲音節銜接時，降與升的發音形式重複，便不易於連續發音，於是在互相排斥的異化作用下，第一個三聲唸成第二聲，就省略了原先的「降」的部分，發音就順暢些。當上述第一個音節與非三聲音節銜接時，這種異化就不會出現，例如「跑步」、「旅行」、「老師」、「保證」、「友誼」，第一音節都保持第三聲調。

輔音、元音異化部分，例如漢語「尾巴」一詞，由[uei]、[pa]組成，但是語音發音有[i-pa]的唸法，這是因為[uei-pa]中的[u]、[e]、[i]三個元音，在發音形式上差異性很大，[u]是開口度小的圓唇元音、[e]是開口度居中的元音、[i]是開口度小的展唇元音，三者相銜接本無發音困難問題，但是當與[pa]銜接表義時，三個差異性大的元音銜接就不是全部必要，於是互相排斥的結果，[u]、[e]被[i]異化而音素失落，就成了[i-pa]。另外，在現代漢語實際發音中，[uei-pa]、[i-pa]都有人唸，這種情況只要表義不會混淆就可以兩音並行，不需要強分對錯。

一些漢語古今音變的例子，也常見到異化的作用。例如「門」古音[m-uən]、「本」古音[p-uən]，到現代漢語唸做[m-ən]、[p-ən]，這是因為圓唇介音[u]，與閉口聲母[m]、[p]的發音形式相近，所以在音變過程中，因為異化導致音素失落，於是現代漢語裡就沒有了[u]介音。又例如「朝」古音[t-iau]、今音[tʂ-au]，這是因為原聲母[t]與介音[i]雖然發音形式相容，但是在聲母音變為[tʂ]後，捲舌聲母[tʂ]與舌位平高的[i]在發音部位上不相容，於是介音[i]被聲母[tʂ]異化而音素失落。

英語裡的兩個清音輔音銜接時，後一個輔音銜接的元音為重音時，第二個輔音的發音就會濁音化，這是因為重音元音的影響，使前兩的清音輔音異化而成為一清一濁的連續輔音，發音時也就清楚明辨。例如：

詞　彙	KK音標	實際發音
「school」	[skul]	[sgul]
「spend」	[spend]	[sbend]
「still」	[stil]	[sdil]

㈢顎化

「顎化」是一種普遍的音變現象，當輔音後接一個舌位接近硬顎的高元音，例如[i]、[j]時，輔音受到元音同化使發音部位也向硬顎接近，就叫「顎化作用」。

現代漢語中[tɕ]（ㄐ）、[t´ɕ]（ㄑ）、[ɕ]（ㄒ）三個舌面前輔音聲母的形成，就是因為舌根聲母[k]（ㄍ）、[k´]（ㄎ）、[x]（ㄏ）；舌尖聲母[ts]（ㄗ）、[t´s]（ㄘ）、[s]（ㄙ），當後接高元音[i]、[j]時受到同化，於是舌位往上顎移動所形成的舌面前輔音。例如以下這些音的聲母音變：

京	[k]→[tɕ]	ㄍ→ㄐ
巧	[k′]→[t′ɕ]	ㄎ→ㄑ
訓	[x]→[ɕ]	ㄏ→ㄒ
尖	[ts]→[tɕ]	ㄗ→ㄐ
秋	[t′s]→[t′ɕ]	ㄘ→ㄑ
星	[s]→[ɕ]	ㄙ→ㄒ

顎化是語音演變的一種普遍現象，英語裡的「key」[ki]，舌根輔音[k]受到高元音[i]的顎化，發音時成為舌尖輔音[c]，部位往顎靠近。「question」的[t]唸[ch]、「nature」的[t]唸[tʃ]、「procedure」的[d]唸[dʒ]，這些也都是標準的顎化現象。

㈣脣化

「脣化」是「圓脣化」的簡稱，指某個音受圓脣音同化而成為圓脣形式的作用。

現代漢語裡經常擔任音節中介音的[y]（ㄩ）元音，其產生就跟脣化作用有關。古音中原本有兩個[iu]、[ju]介音，到了中古後期的音變階段，由於[i]、[j]是展脣元音、[u]是圓脣元音，其銜接在實際發音中並不方便，於是[u]、受到[i]、[j]的異化而音素失落，但是因為兩者的結合從上古音階段即已有之，音素失落在實際發音中也是漸進的，於是[u]的圓脣發音形式殘存在[i]、[j]的展脣發音形式上，使得展脣的[i]、[j]帶了圓脣的發音形式，於是[y]（ㄩ）這個新元音正式產生。現代漢語裡的[i]（ㄧ）、[y]（ㄩ）、[u]（ㄨ）三者，其發音嘴形就是展、半圓、圓的差異。

輔音原本並不以「展脣」、「圓脣」的發音形式做區別，但若輔音與圓脣元音銜接，也會受到圓脣元音影響產生脣化現象。例如以下現代漢語音節中輔音聲母的實際發音：

1.「不」[p-u]的聲母[p]（ㄅ）受到[u]（ㄨ）的影響，在發音時成了圓唇形式的[p]。
2.「鋪」[p´-u]的聲母[p´]（ㄆ）受到[u]的影響，在發音時成了圓唇形式的[p´]。
3.「母」[m-u]的聲母[m]（ㄇ）受到[u]的影響，在發音時成了圓唇形式的[m]。
4.「福」[f-u]的聲母[f]（ㄈ）受到[u]的影響，在發音時成了圓唇形式的[f]。
5.「度」[t-u]的聲母[t]（ㄉ）受到[u]的影響，在發音時成了圓唇形式的[t]。
6.「兔」[t´-u]的聲母[t´]（ㄊ）受到[u]的影響，在發音時成了圓唇形式的[t´]。
7.「路」[l-u]的聲母[l]（ㄌ）受到[u]的影響，在發音時成了圓唇形式的[l]。
8.「朱」[tʂ-u]的聲母[tʂ]（ㄓ）受到[u]的影響，在發音時成了圓唇形式的[tʂ]。
9.「處」[t´ʂ-u]的聲母[t´ʂ]（ㄔ）受到[u]的影響，在發音時成了圓唇形式的[t´ʂ]。
10.「書」[ʂ-u]的聲母[ʂ]（ㄕ）受到[u]的影響，在發音時成了圓唇形式的[ʂ]。
11.「女」[n-y]的聲母[n]（ㄋ）受到[y]（ㄩ）的影響，在發音時成了圓唇形式的[n]。
12.「綠」[l-y]的聲母[l]（ㄌ）受到[y]的影響，在發音時成了圓唇形式的[l]。
13.「具」[tɕ-y]的聲母[tɕ]（ㄐ）受到[y]的影響，在發音時成了圓脣形式的[tɕ]。

14.「去」[t´ɕ-y]的聲母[t´ɕ]（ㄑ）受到[y]的影響，在發音時成了圓脣形式的[t´ɕ]。

15.「續」[ɕ-y]的聲母[ɕ]（ㄒ）受到[y]的影響，在發音時成了圓脣形式的[ɕ]。

以上現代漢語凡輔音後接圓脣圓音[u]、[y]，輔音便出現圓脣現象，這就是圓脣化作用的影響。英語的子音後接圓脣[u]、[o]母音時，一樣也出現脣化現象，例如「cook」、「took」、「tool」、「door」、「too」、「zoo」、「tour」、「cool」、「shoe」、「so」、「no」、「to」、「go」、「tube」、「Susan」、「suable」、「Cuba」、「dual」等皆是。

㈤弱化

從強勢音變為弱勢音的作用叫「弱化」，通常是音素在非重讀音節裡面，改變了原來音值的一種變化現象。元音的弱化比較明顯，包括前、後元音變為央元音，複元音變為單元音，緊元音變為鬆元音等情形。例如「豆腐」的「腐」[f-u]的[u]元音在音節中輕讀、「棉花」的「花」在實際音讀中由[x-ua]弱化為[x-uə]。

現代漢語「個」、「了」、「的」，在「一個」、「不了」、「我的」這些詞組中時發[k-ə]、[l-ə]、[t-ə]，相較於「個別」[k-ɤ]、「了解」[l-au]、「的確」[t-i]的[ɤ]、[au]、[i]，前述的央元音[ə]就是弱化的結果，語音中輕讀的「輕音」其發音較弱，正是主要元音弱化所形成的現象。

漢語韻母中某些「複元音」的產生，也和弱化有關，例如閩語的「北」[p-at]國語唸[p-ei]、「飽」[p-ak]國語唸[p-au]、客語的「熟」[s-uk]國語唸[ʂ-ou]、「百」[p-ak]國語唸[p-ai]，這些音節在方言及古漢語中都是塞音[t]、[k]收尾的入聲音節，但是在語音演變的過程中，改讀成響度較低的[i]、[u]，形成了今日的複元音，可見國語的[i]、[u]韻尾，是由古音中的塞音韻尾演變而來，這也是一種弱化現象。

輔音的擦音化也是一種弱化，最明顯的就是古音中的雙唇清塞音[p]、[p´]、濁塞音[b]，演化出唇齒擦音[f]的過程，例如閩語「肥」[p-]、「蜂」[p´-]、「平」[b-]在現代漢語中都改唸唇齒擦音[f]聲母，由塞音到擦音，就是一種弱化。

英語的口語中，為了語流速度的加快，也會有弱化的現象，例如「of」的[f]、「but」的[t]。另外[i]元音在非重音節中的弱化，也非常明顯，例如「eleven」、「belong」、「effect」、「Alice」中的[i]都從長元音弱化為短元音的輕讀。

㈥清化

由原先振動聲帶的濁音，音變為不振動聲帶的清音，就是「清音化」。古漢語中有許多振動聲帶的輔音，現代漢語都改唸清音，是漢語音變中的普遍現象，例如：

「平」古音：雙唇濁塞音聲母[b-]
　　　今音：雙唇送氣清塞音聲母[p´-]
「定」古音：舌尖濁塞音聲母[d-]
　　　今音：舌尖清塞音聲母「t-」
「其」古音：舌根濁塞音聲母[g-]
　　　今音：舌面前清塞擦音聲母[t´ɕ-]

濁音清音化，在音值上的最大差異，就是由響度大的濁音變為響度小的清音。濁音是振動聲帶的音、清音是不振動聲帶的音，語音的強度自然降低，所以是弱化作用的一種。現代漢語裡只剩下一個「ㄖ」[ʐ]為全濁輔音，其餘的輔音都是清音，相較於閩語中保存的大量濁音輔音，可以明顯看出漢語音朝發音簡易發展的軌跡。

英語裡的濁音也常被鄰近的清輔音影響而清化，特別在實際口語之中，例如「of course」、「a scent of flower.」，「o」受鄰近的「f」清化成為[ə]（央元音）。「This dog comes.」裡的「dog」，「d」受前輔音「s」影響、「g」受後輔音「c」影響，在實際發音中都清音化了。

㈦濁化

清音改讀濁音，不是語音歷史演變的規律，而是實際發音時清音受濁音影響而濁音化的現象。謝雲飛先生《語音學大綱》舉出以下三組例子：

「毛筆」[mau pi]→[mau-bi]
「目的」[mu ti]→[mu-di]
「西瓜」[ɕi kua]→[ɕi-gua]

這三組詞中第二音節的聲母分別為清音的[p]、[t]、[k]，當音節相銜連讀時，此三個清音受到前後音值較強的[i]、[u]元音的影響，於是成了濁音的[b]、[d]、[g]。這種例子並不是一種規律，當「鉛筆」[t´ɕian pi]、「他的」[t´a tɤ]、「冬瓜」[tuəŋ kua]時，清音沒有受到元音影響，就仍讀清音。

英語裡也有清音濁化現象，例如「has」、「eyes」、「extensions」、「exposes」、「dailies」裡的「s」發的都是[z]的

音。另外「discussion」的「c」由[k]濁化為[g]；「stand」、「out of」的「t」由[t]濁化為[d]；「school」的「ch」由[ch]濁化為[g]；「spring」的「p」由[p]濁化為[b]。

㈧音素失落

音素在音變過程中從音節中消失，便是音素失落。當音素被弱化、異化到到最後，音值成了零，就代表這音素完全的消失。

古漢語有入聲韻尾音節，凡韻尾為[p]、[t]、[k]三個塞音者便是入聲，聲調中「平、上、去、入」的「入聲韻」即是。這些韻尾在音變過程中，逐漸失落，到了現代漢語已沒有了入聲這個聲調，例如：

「合」古音[h-ap]今音[x-ɤ]、
「骨」古音[g-ut]今音[k-u]、
「樂」古音[l-ok]今音[l-ɤ]。

另外古漢語音節有個雙唇鼻音[-m]的「陽聲韻」，現在[-m]也全部失落改讀舌尖的[-n]，例如「鹽」古音[-iam]今音[-ian]、「添」古音[t´-iam]今音[t´-ian]、「談」古音[t´-am]今音[t´-an]。除了韻尾音素的失落，漢語音節的聲母也可能發生音素失落，例如「文」古音[m-uən]今音[m-ən]、「物」古音[m-u]今音[u]。

上古漢語有一種複聲母，由兩個輔音共同擔任音節的中的聲母，例如「來」[ml-ai]、「麥」[ml-ai]的聲母即是，中古以後複聲母形式消失，聲母都由單輔音擔任，這就是複聲母中的一個音素失落所造成，所以從中古漢語到現代漢語「來」發音[l-ai]、「麥」發音[m-ai]，明顯就是上古[ml-]形式的音素失落與分化。

英語的發展歷史中，音素失落也是普遍現象，例如中古英語「hring」、「hleap」、「hneck」，在現代英語裡發「ring」、「leap」、「neck」，音節前的[h]音已經失落。希臘文第一個字母是「alpha」、第二個是「beta」，在古拉丁語中組合成「alphabetum」，現代英語則為「alphabet」，其中音素失落現象極為明顯。「woman」的詞源是「wife」（女人）和「man」（人），由「wifeman」[waɪfmən]到「woman」[ˈwumən]，是因為[w]的圓唇特性，同化了[aɪf]的展唇，使「ife」音素丟失，並且生成了新的圓唇的[o]音素。「history」由「his」、「story」構成，組合成詞發音的時候[s]就只留下一個，另一個音素失落。

㈨類推

「類推」指某一種語言形式在語言發展過程中，受到另一種語言形式影響，進而發生與這種形式具有相同性質的語言變化的過程。

假設A:B=C:D，那麼知道A、B、C後就可以類推出D，這是人類語言發展中的常態，例如「老虎」:「猴子」=「老鷹」:「燕？」，一般人很容易就會類推出「燕子」。類推的語言發展，會使語言具有正面的規則性與條理化，例如再從上述例子類推，就產生了：

「老虎」→獅子、豹子、兔子、驢子
「老鷹」→燕子、鴿子、鴨子、雞子
「老鼠」→蚊子、蝨子、蟲子、螂子

類推又具有擴展與延伸性，例如上述語言形式從動物類擴伸到器物類，如：「斧頭」→鋤頭、榔頭、鑽頭→鞭子、釘子、剪子、鉗子、錐子、起子。

社會新詞的產生，類推也提供了造詞的規律性，例如以「領」表示社群，「白領」源自英語「white-collar worker」、「藍領」源自英語「blue-collar worker」，現在類推之下，又產生了「粉領」一詞，大陸普通話更類推出了「綠領」表示從事環保工作的人員、「灰領」表示從事電器、機械、土木、水道等工作的人員。在生活語詞中這種類推現象，具有積極的創造規律，使語言應用更增效率，例如：

式	中國式、美國式、分離式、拋棄式、自由式、蛙式
族	網路族、上班族、草莓族、銀髮族、哈韓族、阿達一族
性	學術性、實用性、藝術性、可塑性、商業性、排他性
網	公路網、鐵路網、航空網、人際網、醫療網
手	水手、大提琴手、投手、捕手、一壘手、機槍手、樂手

漢語裡有許多具形容詞功能的疊詞，其產生與數量之大和語言類推也有一定關係，例如：

「白茫茫」、「白濛濛」、「白嫩嫩」、「白花花」、「白淨淨」、「白皙皙」、「白皚皚」；「樂陶陶」、「樂融融」、「樂呵呵」、「樂悠悠」；「淚涔涔」、「淚汪汪」、「淚潸潸」；「冷冰冰」、「冷清清」、「冷颼颼」；「亂哄哄」、「亂糟糟」、「亂紛紛」。

語音使用也會類推，例如杭州方言「黃」、「王」同音[w-aŋ]，唸國語時看見「黃」唸[x-uaŋ]，於是立刻將國語「王」也唸成

[x-uaŋ]；「胡」、「吳」都唸[x-u]，國語「胡」正唸[x-u]，於是「吳」也成了[x-u]。

民初的語言學、藝術學者劉復（半農），在1920年時創作了一首著名的情詩〈叫我如何不想她〉，這個「她」字是劉復首創，並且也是第一次進入文獻紀錄，其後廣泛使用至今。這是一個由「他」字類化的標準典型，應用於性別差異也很方便。其後有人模仿造出了「您」，表示第三人稱的尊敬語，不過並沒有被大眾接納使用，於是很快消失，成了類化失敗的例子。

英語裡的「shrive」過去式本為「shrived」，是很一般的[-ed]形式，但是受到了「drive」過去式「drove」、「strive」過去式「strove」的類化，「shrive」的過去式現在做「shrove」。反之，「swell」的過去分詞應該是「swollen」，但類推結果現在唸成了「swelled」。

八、音變形態與原因分析

語音變化有廣義狹義兩種型態：廣義變化，指音位的改變或整個語音系統的變化。狹義變化，指不改變音位的前提下，語音音段的部分特徵出現的變化。

本堂課所說的音變規律，指的就是狹義的音變，其音位意義不變，但音節中的音素則出現了變化。聲韻學所研究的歷史語音學，對象正是這種漢語系統不變，但音節出現歷時變化的部分。

語流為什麼會變化，這是因為在連續話語時，以省力輕鬆為原則與要求下，配合說話自然度與順暢性的聯合作用，所產生的自然結果。這種音變，對於發音人與收音人而言，雖然語音與獨立的單音節的標準形式不同，但雙方語音傳遞無礙，也不會影響到交流的雙方。換句話說，發音的標準形式仍是正統音值，但說話時候，為了省力輕鬆而產生的音變，也不會影響意義的辨認。這就是為什麼語音隨時變化，但大家仍然可以溝通的原因。

語流產生音變的原因很多，情況也很複雜，如同前文所述。但歸納起來，它源於三種現象，第一，是社會與文化的改變，例如社會擴大，語義量增加。第二，是說話人省力輕鬆的自然要求，這也配合了語義量擴大後，必須發音的音節數量增加所必須增加的語流時間。第三，則是實際的語流音變，經過歸納分析後，所呈現的各種現象，例如本文所介紹的音素失落、同化、異化等。此三種原因與現象在互動、連動的關係下，人類語音也就不斷呈現各種不同的音變形式了。

課後測驗

1.語音學的範疇包括哪些？

2.人類語音有哪三大屬性？

3.何謂「音素」？又分兩大類？

4.何謂「元音」？如何分類？

5.何謂「輔音」？如何分類？

6.音變規律有哪些？

7.何謂「異化」、「同化」？試舉例說明之。

第3堂課

漢語音節系統

學習進程與重點提示

聲韻學概說→範圍→屬性→異稱→漢語分期→材料→功用→基礎語音學→範疇→分類→分支學科→語音屬性→音素→發音器官→收音器官→元音→輔音→音變規律→原因分析→***漢語音節系統→定義→音節與音素量→音節結構→聲母類型→韻母類型→聲調系統***→古漢語聲韻知識→認識漢語音節系統→掌握術語→材料→方法→方言概說→認識反切與韻書→漢語注音歷史→反切原理→反切注意事項→韻書源流→廣韻研究→切韻系韻書→廣韻體例→四聲相配→四聲韻數→反切系聯→聲類→韻類→等韻圖研究→語音表→開合洪細等第→等韻圖源流→韻鏡體例→聲母辨識法→韻圖檢索法→中古音系→中古音定義→擬測材料→聲母音值擬測→韻母音值擬測→聲調音值擬測→中古後期音系→韻書→韻部歸併→等韻圖→併轉為攝→語音音變→語音簡化→近代音系→元代語音材料→明代語音材料→清代語音材料→傳教士擬音→官話意義內涵→現代音系→國語由來→注音符號由來→注音符號設計→國語聲母→國語韻母→國語聲調→拉丁字母拼音系統→國語釋義→中古到現代→現代音淵源→語音演化→演化特點→聲母演化→韻母演化→聲調演化→上古音系→材料→方法→上古韻蒙昧期→上古韻發展期→上古韻確立期→上古韻成熟期→韻部音值擬測→上古聲母理論→上古聲母擬音→上古聲母總論→上古聲調理論→上古聲調總論

專詞定義

音　節	從連續語流中分割出來的最小語音單元；是由一個或一個以上的音素所組成的語音單位；是語音實際發音時的最小意義單位。從聲學語音學而言，是語流中兩個聲學音變點之間的一個段落。從發音語音學而言，是語流中兩個發音動作變化點之間的段落。從聽覺語音學而言，是連續語音信號中可以感知變化之間的段落。
漢語音節	從結構形式而言，有前段「聲母」、後段「韻母」、上加成素「聲調」三部分，「韻母」又分為「介音」、「主要元音」、「韻尾」三段落。從組成音素而言，「聲母」由輔音擔任；「介音」、「主要元音」由元音擔任；「韻尾」則有元音、輔音兩類。所有段落中只有「主要元音」和「聲調」是音節必要成分，其餘可以是零形式。
音節表	漢語聲韻系統中聲母、韻母、聲調三要素，綜合配列而成的語音表。一般以表格形式製作，橫列聲母、縱列韻母和聲調，在不同的聲韻位置上填出有關的漢字，有音無字畫圈或方框，沒有此音就空白。傳統等韻圖，便是依據這種精神而製作。音節表是漢語聲韻研究的一項重要內容，研究韻書或其他聲韻資料，一般都要製作出音節表。從音節表中，可以考知某一時代音系中聲母、韻母、聲調三者之間的配合規律。
綜合語	語言類型學所分出的一種語言類型，具有較高比例語素詞語的語言。又分「黏著語」、「屈折語」兩類，都是具有詞型變化的語言類型，差異在一個詞型可以表達一種或數種語法意義的數量。大多數的印歐語系、阿爾泰語系、日語、韓語都屬此類。

分析語	語言類型學所分出的一種語言類型，又稱「孤立語」。此類語言不以詞型變化來表達語法意義，而是通過獨立的虛詞和固定的詞序列來表達語法意義，所以此類語言缺乏多數的格變化。漢藏語系是分析語的主要語言區域。

一、音節定義

「音節」，是由一個或一個以上的音素所組成的語音單位，是語音實際發音時的最小意義單位，也是從聽覺上可以感知並且區分的語音基本單位。

世界上的語言系統約六千種，雖然以音節溝通是所有語言系統的共同點，但是由於語言差異，所以各語言的音節結構仍有不同。古今語言學者對於如何判定音節的不同觀點與定義，大約有以下幾種：

元音說(1)	古希臘	由一個元音或一個元音和幾個輔音聯合構成的語音單位。
元音說(2)	古印度	有多少元音就有多少音節。
呼氣說	奧地利（J.Storm）	音節是一組用一次呼氣發出來的聲音，有多少次呼氣就有多少個音節，呼氣力最弱的位置就是音節分界線。
響度說	丹麥（Jesperson）	將聲音響度分成八級，響度最大的位置就是音節中心，響度最小的位置就是音節分界。
緊張度說	法國（Grammot）	以發音時肌肉緊張程度與變化劃分音節，肌肉由緊張到放鬆的過程為一音節，最緊張的位置就是音節中心。

二、音節與音素量

要理解漢語音節結構，可以先理解世界語言中兩種音節差異對比。世界語言大別之有「綜合語」、「分析語」兩大類，綜合語包括「黏著語」、「屈折語」，分析語則指「孤立語」，其型態差異如下：

綜合語 synthetic language	黏著語 Agglutinative Language	1.具有詞型變化的一種語言類型。 2.藉由在名詞、動詞等的詞尾黏著不同詞尾的方式，呈現語法功能與意義。 3.原則上一種詞型，只表達一種意思或一種語法功能。	日語、韓語蒙古語、芬蘭語、土耳其語、匈牙利語
	屈折語 Fusional Language	1.具有詞型變化的一種語言類型。 2.藉由在名詞、動詞等的詞尾黏著不同詞尾的方式，呈現語法功能與意義。 3.一種詞型變化，可以表示多種不同的語法意義與功能。	拉丁語、英語、俄語、法語、德語、波蘭語
分析語 Analytic Language	孤立語 Isolating Language	1.不具有詞型變化的語言類型。 2.不藉由詞型變化呈現語法功能與意義。 3.以獨立的虛詞和固定的詞序表達語法意義與功能。	漢語、越語、壯語、苗語

簡單來說，「綜合語」、「分析語」最大不同，就是音節結構的變形與否，漢語與其他多數語系的差異，也就在此。音節可以變形，其長度就不會固定，反之不變形的孤立語，音節長度就有了規範。此所謂「音節長度」，我們可以音節內部音素容量來理解，例如以下漢語與英語的對比：

英　語	漢　語	音節音素量差異
go[go] going[ˈgoɪŋ] gone[gan]	去[t´ɕ-y] 正在去[t´ɕ-y] 去[t´ɕ-y]過了	1.英語以詞型變化，表達時態差異與語法意義，音節中的音素量或長或短。
translate（動詞） [trans′let]	翻譯[f-an] [i]	2.漢語以虛詞與詞序表達時態與語法意義，音節的音素量固定不變。
translatable（形容詞） [trans′letəbl]	可翻譯[f-an] [i]的	
translative（形容詞） [trans′letɪv]	翻譯[f-an] [i]的	
translation（名詞） [trans′leʃən]	翻譯[f-an] [i]	
translator（名詞） [trans′letɚ]	翻譯[f-an] [i]者	

「黏著語」、「孤立語」一般是作為語法上分析詞型是否變化，以區別世界語言類型的概念。這種概念，對於我們要理解漢語音節結構中，「聲母」、「韻母」的功能區分與內涵時，是有絕對助益的。漢語音節不變形的孤立特質，使得漢語音節內的音素含量與組織在音節完成後就不能隨意更動，也就是固定而不變的。由於所有漢語音節都是孤立音節，所以其音素最大量也是被固定的，於是漢語音節就可以有規律的在內部結構形成「聲母」、「韻母」兩個段落，這也是漢語與其他語系很大的差異點。

三、音節結構

「音節」是語音結構的基本單位，是一般人說話、聽話時可以感知的最小語音片段。音節內部組成元素是「音素」，由一個到數個音素所組成。民初語言學者劉復，將漢語音節分為「頭」、「頸」、「腹」、「尾」、「神」五單元，其意義如下：

音　節				
頭	頸	腹	尾	神
聲　母	介　音	主要元音	韻　尾	聲　調

聲調是一種漢語音節的上加成分，不在音節結構之內，而是附屬在主要元音之上。就漢語音節內部結構而言，則可以歸納為「聲母」、「韻母」前後兩個段落：

<table>
<tr><th colspan="4">漢語音節</th></tr>
<tr><td rowspan="2">聲　母</td><td colspan="3">韻　母</td></tr>
<tr><td>介　音</td><td>主要元音</td><td>韻　尾</td></tr>
<tr><td>p</td><td>i</td><td>a</td><td>u</td></tr>
</table>

漢語由於孤立語特質，音節本身沒有型變，所以漢語音節是一種「最大音素量固定」的結構體，所以才可以將音節分為前段「聲母」、後段「韻母」。以現代漢語來說，音節內部的音素由最少一個到最多五個，不能超過，例如以下所有漢語音節的音素組成形式：

漢語音節			
聲母	韻母		
	介音	主要元音	韻尾
ts	u	a	n
t	u	a	n
	u	a	n
		a	n
		a	
t		a	
t	u	o	
t		a	n

漢語音節中的「聲母」、「介音」、「韻尾」不是必要單位，但是「主要元音」則是每個音節都必須具備的部分。漢語「聲母」由輔音擔任、「介音」由元音擔任、「主要元音」由元音擔任、韻尾則元音、輔音均有。

由於漢語音節所包含的音素最大量受限，所以在聽感上相對於英語音節為短，而且發音長度也大致相當。在漢語裡，通常一個漢字的讀音就是一個音節，如「臺北市」就是三個單字、三個音節。漢語在世界語言中是「孤立語」、「聲調語」、「單音節詞根語言」，這些特質都跟漢語「最大音素量固定」的音節結構是有關的。

四、聲韻系統

從語音元素角度而言，音節由「元音」、「輔音」組成；從音節功能與音位角度而言，漢語音節結構則有「聲母」、「韻母」、「聲調」之分。

歷代漢語音節結構，都有「聲母」、「韻母」、「聲調」三個部分組成，只是在不同的語音斷代，聲母、韻母、聲調的內涵與數量也有差異，這也就是為何漢語有上古音、中古音、近代音、現代音之別的原因。

在學習古漢語之前，我們先以現代國語的聲母、韻母系統為例，來了解漢語的聲韻系統。若以國語的注音符號系統而言，聲母有21個，韻母則有16個。漢語的聲母由輔音擔任，韻母中的介音、主要元音由元音擔任，韻尾則元音、輔音皆有。其系統如下，並附注音符號、漢語拼音、通用拼音對照表，以供了解音節與音素的關係：

國音聲母表（注音符號與國際音標）							
	塞　音	送氣塞音	塞擦音	送氣塞擦音	擦　音	鼻　音	邊　音
雙脣音	ㄅ[p]	ㄆ[p´]				ㄇ[m]	
脣齒音					ㄈ[f]		
舌尖音	ㄉ[t]	ㄊ[t´]				ㄋ[n]	ㄌ[l]
舌根音	ㄍ[k]	ㄎ[k´]			ㄏ[x]		
舌面前音			ㄐ[tɕ] ㄓ[tʂ]	ㄑ[t´ɕ] ㄔ[t´ʂ]	ㄒ[ɕ] ㄕ[ʂ] ㄖ[ʐ]		
舌尖音			ㄗ[ts]	ㄘ[t´s]	ㄙ[s]		

國音韻母表（注音符號與國際音標）			
ㄧ[i]	ㄚ[a]	ㄞ[ai]	ㄢ[an]
ㄨ[u]	ㄛ[o]	ㄟ[ei]	ㄣ[ən]
ㄩ[y]	ㄜ[ɤ]	ㄠ[au]	ㄤ[aŋ]
	ㄝ[e]	ㄡ[ou]	ㄥ[əŋ]
			ㄦ[ɚ]

注音符號、通用拼音、漢語拼音對照表					
注音符號	通用拼音	漢語拼音	注音符號	通用拼音	漢語拼音
ㄅ	b	b	ㄢ	an	an
ㄆ	p	p	ㄣ	en	en
ㄇ	m	m	ㄤ	ang	ang
ㄈ	f	f	ㄥ	eng	eng
ㄉ	d	d	ㄦ	er	er

注音符號、通用拼音、漢語拼音對照表					
注音符號	通用拼音	漢語拼音	注音符號	通用拼音	漢語拼音
ㄊ	t	t	ㄧ	i,yi	i, yi
ㄋ	n	n	ㄨ	u,wu	u,wu
ㄌ	l	l	ㄩ	yu	ü,u,yu
ㄍ	g	g	ㄧㄚ	ia, ya	ia, ya
ㄎ	k	k	ㄧㄝ	ie, ye	ie, ye
ㄏ	h	h	ㄧㄞ	iai, yai	iai, yai
ㄐ	ji	j	ㄧㄠ	iao, yao	iao, yao
ㄑ	ci	q	ㄧㄡ	iou, you	iu, you
ㄒ	si	x	ㄧㄢ	ian, yan	ian, yan
ㄓ	jh	zh	ㄧㄣ	in, yin	in, yin
ㄔ	ch	ch	ㄧㄤ	iang, yang	iang, yang
ㄕ	sh	sh	ㄧㄥ	ing, ying	ing, ying
ㄖ	r	r	ㄨㄚ	ua, wa	ua, wa
ㄗ	z	z	ㄨㄛ	uo, wo	uo, wo
ㄘ	c	c	ㄨㄞ	uai, wai	uai, wai
ㄙ	s	s	ㄨㄟ	uei, wei	ui, wei
零　韻	-ih	-i	ㄨㄢ	uan, wan	uan, wan
ㄚ	a	a	ㄨㄣ	un, wun	un, wen
ㄛ	o	o	ㄨㄤ	uang, wang	uang, wang
ㄜ	e	e	ㄨㄥ	ong, wong	ong, weng
ㄝ	ê	ê	ㄩㄝ	yue	ue, yue
ㄞ	ai	ai	ㄩㄢ	yuan	uan, yuan
ㄟ	ei	ei	ㄩㄣ	yun	un, yun
ㄠ	ao	ao	ㄩㄥ	yong	iong, yong
ㄡ	ou	ou			

五、漢語音節表

現代漢語常用音節約有四百個，凡由聲母與韻母相拼合成具有意義的音節，便是我們每天說話所可能發出的音節。以下是兩岸現代漢語的音節表，根據音節表，就可以完整理解漢語音節的組成元素、方式與結構。

(一)普通話音節表

Table des syllabes du Chinois Mandar普通话音节表

http://www.bluetec.com.cn/asp/mymandarin/pinyin/syllables.htm

	零声母	b	p	m	f	d	t	n	l	g	k	h	j	q	x	zh	ch	sh	r	z	c	s
a	a 啊	ba 八	pa 怕	ma 妈	fa 发	da 大	ta 他	na 拿	la 拉	ga 噶	ka 卡	ha 哈				zha 扎	cha 插	sha 沙		za 杂	ca 擦	sa 洒
o	o 喔	bo 波	po 坡	mo 摸	fo 佛																	
e	e 饿			me 么		de 德	te 特	ne 呢	le 乐	ge 哥	ke 科	he 喝				zhe 遮	che 车	she 蛇	re 热	ze 则	ce 册	se 色
er	er 二																					
-i																zhi 知	chi 吃	shi 师	ri 日	zi 字	ci 次	si 丝
ai	ai 爱	bai 白	pai 拍	mai 买		dai 带	tai 胎	nai 奶	lai 来	gai 该	kai 开	hai 海				zhai 摘	chai 拆	shai 晒		zai 灾	cai 猜	sai 塞
ei	ei 诶	bei 北	pei 陪	mei 美	fei 非	dei 得		nei 内	lei 累	gei 给		hei 黑				zhei 这		shei 谁		zei 贼		
ao	ao 凹	bao 包	pao 跑	mao 猫		dao 刀	tao 掏	nao 脑	lao 老	gao 高	kao 靠	hao 好				zhao 招	chao 抄	shao 烧	rao 饶	zao 早	cao 操	sao 扫
ou	ou 欧		pou 剖	mou 某	fou 否	dou 豆	tou 偷	nou 耨	lou 楼	gou 沟	kou 口	hou 后				zhou 周	chou 抽	shou 收	rou 肉	zou 走	cou 凑	sou 艘
an	an 安	ban 班	pan 盘	man 满	fan 翻	dan 单	ran 滩	nan 南	lan 蓝	gan 干	kan 刊	han 汉				zhan 站	chan 产	shan 山	ran 然	zan 赞	can 参	san 三
en	en 恩	ben 本	pen 喷	men 门	fen 分			nen 嫩		gen 根	ken 肯	hen 恨				zhen 真	chen 尘	shen 身	ren 人	zen 怎	cen 岑	sen 森
ang	ang 昂	bang 帮	pang 旁	mang 忙	fang 方	dang 当	tang 汤	nang 囊	lang 浪	gang 钢	kang 康	hang 航				zhang 张	chang 昌	shang 商	rang 让	zang 脏	cang 仓	sang 桑
eng		beng 崩	peng 碰	meng 梦	feng 风	deng 灯	teng 疼	neng 能	leng 冷	geng 更	keng 坑	heng 横				zheng 争	cheng 称	sheng 生	reng 扔	zeng 增	ceng 层	seng 僧
ong						dong 冬	tong 通	nong 农	long 龙	gong 工	kong 空	hong 轰				zhong 中	chong 冲		rong 容	zong 宗	cong 葱	song 松
i	yi 衣	bi 比	pi 批	mi 米		di 地	ti 梯	ni 你	li 力				ji 鸡	qi 七	xi 西							
ia	ya 鸭								lia 俩				jia 家	qia 掐	xia 虾							
ie	ye 夜	bie 别	pie 撇	mie 灭		die 跌	tie 贴	nie 捏	lie 列				jie 接	qie 切	xie 些							
iao	yao 腰	biao 标	piao 飘	miao 秒		diao 雕	tiao 挑	niao 鸟	liao 料				jiao 交	qiao 敲	xiao 肖							
iu	you 有			miu 谬		diu 丢		niu 牛	liu 流				jiu 九	qiu 秋	xiu 羞							
ian	yan 烟	bian 边	pian 片	mian 面		dian 电	tian 天	nian 年	lian 连				jian 尖	qian 千	xian 先							
in	yin 因	bin 宾	pin 拼	min 民				nin 您	lin 林				jin 金	qin 亲	xin 心							
ing	ying 英	bing 兵	ping 平	ming 名		ding 丁	ting 听	ning 宁	ling 令				jing 京	qing 清	xing 星							
iang	yang 羊							niang 娘	liang 亮				jiang 江	qiang 枪	xiang 香							
u	wu 屋	bu 不	pu 扑	mu 木	fu 夫	du 读	tu 突	nu 怒	lu 路	gu 姑	ku 哭	hu 呼				zhu 朱	chu 出	shu 树	ru 入	zu 租	cu 粗	su 苏
ua	wa 挖									gua 瓜	kua 夸	hua 花				zhua 抓		shua 刷				
uo	wo 窝					duo 多	tuo 拖	nuo 糯	luo 罗	guo 锅	kuo 阔	huo 活				zhuo 桌	chuo 戳	shuo 说	ruo 若	zuo 做	cuo 错	suo 缩
uai	wai 歪									guai 乖	kuai 快	huai 坏				zhuai 拽	chuai 揣	shuai 摔				
ui	wei 威					dui 堆	tui 推			gui 归	kui 亏	hui 会				zhui 追	chui 吹	shui 水	rui 瑞	zui 最	cui 催	sui 虽
uan	wan 弯					duan 端	tuan 团	nuan 暖	luan 乱	guan 关	kuan 宽	huan 换				zhuan 砖	chuan 穿	shuan 栓	ruan 软	zuan 钻	cuan 窜	suan 酸
uen	wen 温					dun 吨	tun 吞		lun 轮	gun 滚	kun 捆	hun 昏				zhun 准	chun 春	shun 顺	run 润	zun 尊	cun 村	sun 孙
uang	wang 王									guang 光	kuang 筐	huang 慌				zhuang 装	chuang 窗	shuang 双				
ueng	weng 翁																					
ü	yu 鱼							nü 女	lü 绿				ju 居	qu 区	xu 须							
üe	yue 月							nüe 虐	lüe 略				jue 决	que 缺	xue 学							
ün	yun 云												jun 军	qun 群	xun 寻							
üan	yuan 元												juan 捐	quan 圈	xuan 宣							
iong	yong 用												jiong 窘	qiong 穷	xiong 胸							

漢語拼音音節表

a	bo	bi	hu	si	bei	hao	shou	rui	an	en	lin	yun	wang	tong	qing	tian	nuo	luan
ba	po	pi	zhu	ei	pei	zhao	rou	zui	ban	ben	jin	ang	eng	nong	xing	nian	luo	guan
pa	mo	mi	chu	ai	mei	chao	zou	cui	pan	pen	qin	bang	beng	long	ying	lian	guo	kuan
ma	fo	di	shu	bai	fei	shao	cou	sui	man	men	xin	pang	peng	gong	lia	lian	kuo	huan
fa	wo	ti	ru	pai	dei	rao	sou	bie	fan	fen	yin	mang	meng	kong	jia	jian	huo	zhuan
da	e	ni	zu	mai	nei	zao	you	pie	dan	nen	dun	fang	feng	hong	qia	qian	zhuo	chuan
ta	me	li	cu	dai	lei	cao	miu	mie	tan	gen	tun	dang	deng	zhong	xia	xian	chuo	shuan
na	de	ji	su	tai	gei	sao	diu	die	nan	ken	lun	tang	teng	chong	biao	niang	shuo	ruan
la	te	qi	wu	nai	hei	yao	niu	tie	lan	hen	gun	nang	neng	rong	piao	liang	ruo	zuan
ga	ne	xi	nu	lai	zei	ou	liu	nie	gan	zhen	kun	lang	leng	zong	maio	qiang	zuo	cuan
ka	le	yi	lu	gai	wei	pou	jiu	lie	kan	chen	hun	gang	geng	cong	diao	xiang	cuo	suan
ha	ge	bu	ju	kai	ao	mou	qiu	jie	han	shen	zhun	kang	keng	song	tiao	jiong	suo	guang
zha	ke	pu	qu	hoi	bao	fou	xiu	qie	zhan	ren	chun	hang	heng	yong	niao	qiong	guai	kuang
cha	he	mu	xu	zhai	pao	dou	dui	xie	chan	zen	shun	zhang	zheng	bing	liao	xiong	kuai	huang
sha	zhe	fu	yu	chai	mao	tou	tui	ye	shan	cen	run	chang	cheng	ping	jiao	qua	huai	zhuang
za	che	du	zhi	shai	dao	lou	gui	nue	ran	sen	zun	shang	sheng	ming	qiao	kua	zhuai	chuang
ca	she	tu	chi	zai	lao	gou	kui	lue	zan	wen	cun	rang	zeng	ding	xiao	hua	chuai	shuang
sa	re	nu	shi	cai	nao	kou	hui	jue	can	bin	sun	zang	ceng	ting	bian	zhua	shuai	juan
ya	ze	lu	ri	sai	lao	hou	zhui	que	san	pin	jun	cang	seng	ning	pian	shua	duan	quan
wa	ce	gu	zi	wai	gao	zhou	chui	xue	yan	min	qun	sang	weng	ling	mian	duo	tuan	xuan
o	se	ku	ci	ei	kao	chou	shui	yue	wan	nin	xun	yang	dong	jing	dian	tuo	nuan	yuan

(二)國語音節表

韻母	調	ㄅ	ㄆ	ㄇ	ㄈ	ㄉ	ㄊ	ㄋ	ㄌ	ㄍ	ㄎ	ㄏ	ㄐ	ㄑ	ㄒ	ㄓ	ㄔ	ㄕ	ㄖ	ㄗ	ㄘ	ㄙ	0
	1															之	吃	師		資	差	思	
	2															直	持	時			詞		
	3															只	尺	使		子	此	死	
	4															知	赤	是	日	自	次	四	
ㄇ	2																						嘸
ㄚ	●	吧		嗎				哪	啦														
ㄚ	1	吧	啪	嗎	發	答	他	那	啦	咖	咖	哈				查	差	殺		扎	拆	撒	啊
ㄚ	2	拔	爬	麼	罰	打		拿	拉	噶		蝦				炸	查	啥		雜			啊
ㄚ	3	把		嗎	法	打	塔	那	拉		卡	哈				眨	叉	傻		咋	礤	灑	啊
ㄚ	4	罷	怕	罵	髮	大	踏	那	落	尬		哈				炸	差	沙			嚓	薩	啊
ㄛ	●	蔔	桲						咯														
ㄛ	1	般	頗	摸																			喔
ㄛ	2	百	婆	麼	佛																		哦
ㄛ	3	跛	頗	抹																			
ㄛ	4	柏	破	沒																			哦
ㄛ	●			麼		的		呢	了							著							
ㄛ	1								肋	格	科	呵				折	車	奢					阿
ㄛ	2					得		哪		格	殼	何				哲		折		則			哦
ㄛ	3									個	可					者	尺	舍	若				噁
ㄛ	4						特	那	樂	個	可	和				這	徹	社	熱	側	測	色	惡
ㄞ	●								來														
ㄞ	1	掰	拍			待	台			該	開	嗨				齋	差	篩		哉	猜	塞	唉
ㄞ	2	白	排	埋			台	獶	來			還				擇	柴				才		挨
ㄞ	3	百	排	買		歹	呔	乃		改	凱	海				窄		色		仔	彩		矮
ㄞ	4	敗	派	賣		大	太	耐	賴	概	愾	害				責	絜	殺		在	蔡	賽	愛
ㄟ	1	悲	呸		非		忒		勒		剋	黑											
ㄟ	2		陪	沒	肥				雷									誰		賊			誒

韻母	調	ㄅ	ㄆ	ㄇ	ㄈ	ㄉ	ㄊ	ㄋ	ㄌ	ㄍ	ㄎ	ㄏ	ㄐ	ㄑ	ㄒ	ㄓ	ㄔ	ㄕ	ㄖ	ㄗ	ㄘ	ㄙ	0
ㄟ	3	北	培	美	菲	得		哪	壘	給													
ㄟ	4	被	配	妹	費			內	類							這							
ㄠ	1	包	泡	貓		刀	濤		撈	高	尻	蒿				著	超	燒		遭	操	騷	凹
ㄠ	2	薄	跑	貓		叨	濤	撓	勞			號				著	朝	韶	饒	鑿	曹		熬
ㄠ	3	保	跑	卯		導	討	腦	老	搞	考	好				找	吵	少	擾	早	草	掃	拗
ㄠ	4	報	泡	冒		到	套	鬧	落	告	靠	好				照	耖	少	繞	造	肏	掃	奧
ㄡ	●						頭		嘍														
ㄡ	1		剖			都	偷		摟	句	摳	齁				週	抽	收		鄒		搜	區
ㄡ	2		抔	謀	罘		頭	羺	樓			侯				軸	愁	熟	柔				吘
ㄡ	3		剖	某	否	斗	黈		摟	狗	口	吼				肘	醜	手	粈	走		擻	偶
ㄡ	4					讀	透	耨	露	夠	扣	後				宙	臭	受	肉	奏	湊	嗽	噢
ㄢ	●																			咱			
ㄢ	1	般	番	顢	翻	單	探	囡		乾	看	憨				占	摻	山		簪	參	三	安
ㄢ	2		般	蠻	煩		談	難	蘭			含					單		然	咱	殘		唵
ㄢ	3	阪	坢	滿	反	膽	坦	攤	懶	感	砍	喊				展	產	閃	染	攢	慘	散	俺
ㄢ	4	辦	判	慢	犯	但	探	難	爛	幹	看	漢				站	顫	單		贊	燦	散	案
ㄣ	●			們													傖						
ㄣ	1	奔	噴	悶	分					跟						真	瞋	身			參	森	嗯
ㄣ	2		盆	們	墳					哏		痕					陳	什	人		岑		
ㄣ	3	本	呠	瞞	粉					艮	肯	很				診	抻	沈	忍	怎			
ㄣ	4	笨	噴	悶	分	扽		嫩		亙	掯	恨				陣	稱	甚	認	譖			摁
ㄤ	●																	上					
ㄤ	1	幫	髈		方	當	湯	囊	啷	剛	康	夯				章	昌	傷		髒	藏	桑	骯
ㄤ	2		旁	忙	房		堂	囊	郎		扛	行					長		瓤		藏		昂
ㄤ	3	榜	嗙	莽	訪	黨	躺	曩	朗	港		酐				長	場	上	壤	駔		嗓	軮
ㄤ	4	棒	胖		放	當	趟	饢	浪	鋼	抗	行				長	唱	上	讓	藏		喪	盎
ㄥ	1	崩	彭	蒙	風	登	騰		棱	更	坑	亨				正	稱	生	扔	曾	噌	僧	鞥
ㄥ	2	甭	朋	盟	逢		藤	能	稜			行					成	繩	仍		曾		
ㄥ	3	繃	捧	蒙	諷	等			冷	頸	挳					整	逞	省					

韻母	調	ㄅ	ㄆ	ㄇ	ㄈ	ㄉ	ㄊ	ㄋ	ㄌ	ㄍ	ㄎ	ㄏ	ㄐ	ㄑ	ㄒ	ㄓ	ㄔ	ㄕ	ㄖ	ㄗ	ㄘ	ㄙ	0
ㄥ	4	榜	碰	夢	鳳	鄧			愣	更		橫				正	稱	勝		綜	蹭		
ㄦ	2																						而
ㄦ	3																						爾
ㄦ	4																						二
ㄧ	●								裡														
ㄧ	1	逼	批	咪		提	摘	妮	哩				機	期	西								一
ㄧ	2	鼻	皮	迷		的	提	呢	離				及	其	息								疑
ㄧ	3	比	否	米		底	體	你	理				己	起	喜								以
ㄧ	4	比	屁	密		的	弟	泥	力				記	氣	系								意
ㄧㄚ	●												家										呀
ㄧㄚ	1												家	招	蝦								呀
ㄧㄚ	2												夾		俠								牙
ㄧㄚ	3					哆			倆				假	卡									雅
ㄧㄚ	4												價	洽	下								壓
ㄧㄛ	●																						喲
ㄧㄛ	1																						唷
ㄧㄛ	4																						育
ㄧㄝ	●								咧				家										
ㄧㄝ	1	鱉	撇	咩		跌	貼	捏	咧				接	切	些								耶
ㄧㄝ	2	別				碟		茶					結	伽	協								耶
ㄧㄝ	3	癟	撇				鐵		咧				解	且	寫								也
ㄧㄝ	4	彆		滅			帖	涅	列				解	切	謝								業
ㄧㄞ	2																						崖
ㄧㄠ	1	標	漂	喵		雕	挑		撩				交	悄	消								要
ㄧㄠ	2		嫖	描			調		聊				嚼	橋	淆								搖
ㄧㄠ	3	表	漂	秒		鳥	挑	鳥	了				角	巧	小								咬
ㄧㄠ	4	俵	票	妙	覅	掉	跳	尿	料				教	殼	校								要
ㄧㄡ	1			哂		丟		妞	溜				究	秋	修								優
ㄧㄡ	2							牛	流					球									由

韻母	調	ㄅ	ㄆ	ㄇ	ㄈ	ㄉ	ㄊ	ㄋ	ㄌ	ㄍ	ㄎ	ㄏ	ㄐ	ㄑ	ㄒ	ㄓ	ㄔ	ㄕ	ㄖ	ㄗ	ㄘ	ㄙ	0
ㄧㄡ	3							扭	柳				久	糗	宿								有
ㄧㄡ	4			謬				拗	六				就		宿								有
ㄧㄢ	1	邊	片			顛	天	拈					間	千	先								煙
ㄧㄢ	2		便	眠			田	年	連					前	賢								言
ㄧㄢ	3	扁	諞	免		點	舔	輾	臉				簡	淺	顯								眼
ㄧㄢ	4	變	片	面		電	瑱	念	練				間	歉	現								研
ㄧㄣ	1	彬	拼										今	親	心								因
ㄧㄣ	2		頻	民				您	林					琴	尋								銀
ㄧㄣ	3		品	敏				拰	凜				緊	寢	伈								引
ㄧㄣ	4	鬢	聘						吝				進	沁	信								印
ㄧㄤ	1												將	槍	相								央
ㄧㄤ	2							娘	量					強	詳								陽
ㄧㄤ	3								兩				講	搶	想								養
ㄧㄤ	4							釀	量				將	嗆	像								樣
ㄧㄥ	1	兵	乒			丁	聽		拎				經	清	星								應
ㄧㄥ	2		平	名			停	寧	靈					情	行								迎
ㄧㄥ	3	屏		酩		頂	挺	擰	令				警	請	省								影
ㄧㄥ	4	並		命		定	聽	寧	另				經	親	行								應
ㄨ	1	晡	撲		夫	都	突		嚕	孤	哭	乎				諸	出	書		租	粗	蘇	於
ㄨ	2		菩	模	服	獨	圖	奴	爐	骨		和				竹	除	熟	如	足	殂	俗	無
ㄨ	3	補	普	母	父	肚	土	努	魯	古	苦	虎				主	處	數	辱	組			五
ㄨ	4	不	暴	目	服	度	吐	怒	路	故	庫	護				著	處	數	入		促	速	物
ㄨㄚ	•																						哇
ㄨㄚ	1									瓜	誇	華				抓	欻	刷					哇
ㄨㄚ	2											華							挼				娃
ㄨㄚ	3									寡	垮					爪		耍					瓦
ㄨㄚ	4									掛	跨	話						刷					瓦
ㄨㄛ	•									過													
ㄨㄛ	1					多	脫		落	過		豁				桌	戳	說		作	磋	些	喔

韻母	調	ㄅ	ㄆ	ㄇ	ㄈ	ㄉ	ㄊ	ㄋ	ㄌ	ㄍ	ㄎ	ㄏ	ㄐ	ㄑ	ㄒ	ㄓ	ㄔ	ㄕ	ㄖ	ㄗ	ㄘ	ㄙ	0
ㄨㄛ	2					度	陀	娜	羅	國		和				著			挼	作	矬		踒
ㄨㄛ	3					朵	妥	橠	裸	果	擴	火								左	脞	所	我
ㄨㄛ	4					墮	拓	諾	落	過	括	和					綽	數	若	作	錯	逤	握
ㄨㄞ	1									乖	喎					拽	揣	摔					歪
ㄨㄞ	2											懷					膗						
ㄨㄞ	3									拐	蒯					跩	揣	甩					崴
ㄨㄞ	4									怪	會	壞				拽	揣	率					外
ㄨㄟ	1					堆	推			規	虧	輝				追	吹			堆	催	雖	微
ㄨㄟ	2						頹				魁	回					垂	誰	蕤		漼	隨	為
ㄨㄟ	3						腿			鬼	傀	悔				沝		水	蕊	嘴	璀	髓	委
ㄨㄟ	4					對	退			會	愧	會				墜	吹	說	瑞	最	脆	歲	為
ㄨㄢ	1					端	湍			關	寬	歡				專	穿	栓		鑽	攛	酸	灣
ㄨㄢ	2						團		巒			還					傳		撋		攢		完
ㄨㄢ	3					短		暖	卵	管	款	緩				轉	喘		軟	纂		匴	晚
ㄨㄢ	4					段	彖		亂	觀		換				轉	串	涮		賺	竄	算	玩
ㄨㄣ	1					敦	吞		掄		坤	婚				屯	春		犉	尊	村	孫	溫
ㄨㄣ	2						屯		論			混					純				存		文
ㄨㄣ	3					盹	吨		稐	滾	捆	睔				準	蠢	吮		撙	忖	損	穩
ㄨㄣ	4					頓	褪		論	棍	困	混				稕		順	潤	圳	寸	愻	問
ㄨㄤ	●											慌											
ㄨㄤ	1									光	框	荒				裝	創	雙					汪
ㄨㄤ	2										狂	凰					床						王
ㄨㄤ	3									廣	俇	晃				奘	闖	爽					網
ㄨㄤ	4									逛	況	晃				狀	創	灀					望
ㄨㄥ	1					東	通		隆	工	空	轟				中	充			宗	從	松	翁
ㄨㄥ	2						同	農	龍			紅					重		容		從		
ㄨㄥ	3					懂	統		籠	拱	恐	哄				種	寵		冗	總		聳	蓊
ㄨㄥ	4				甮	動	同	弄	弄	共	空	鬨				中	衝			從	欉	送	甕
ㄩ	●													戌	蓿								

韻母	調	ㄅ	ㄆ	ㄇ	ㄈ	ㄉ	ㄊ	ㄋ	ㄌ	ㄍ	ㄎ	ㄏ	ㄐ	ㄑ	ㄒ	ㄓ	ㄔ	ㄕ	ㄖ	ㄗ	ㄘ	ㄙ	0
ㄩ	1												車	區	需								於
ㄩ	2								驢				局	渠	徐								於
ㄩ	3							女	旅				舉	取	許								與
ㄩ	4							衄	率				據	去	續								與
ㄩㄝ	1												嗟	缺	削								約
ㄩㄝ	2												覺	瘸	學								
ㄩㄝ	3								掠				蹶		雪								噦
ㄩㄝ	4							虐	略				倔	卻	血								說
ㄩㄢ	1												捐	圈	宣								淵
ㄩㄢ	2													全	還								原
ㄩㄢ	3												卷	犬	選								遠
ㄩㄢ	4												卷	勸	旋								遠
ㄩㄣ	1												軍	逡	勳								暈
ㄩㄣ	2													群	尋								員
ㄩㄣ	3												蜠										允
ㄩㄣ	4												俊		訊								員
ㄩㄥ	1												扃	芎	兄								擁
ㄩㄥ	2													穹	雄								喁
ㄩㄥ	3												煛										永
ㄩㄥ	4														詗								用

六、漢語聲調

所謂「聲調」，是音節中有區別意義作用的音高形式變化，是附屬在漢語音節韻母上的語音外加成分，又叫「字調」。所謂「音高」指的是氣流在空氣中每秒振動次數，振動次數越多聲調越高、振動次數越少聲調越低。

聲調的實際音高變化狀況稱為「調值」，也就是聽覺上可以感知的音高與音低，或者由高而低，或者由低而高；聲調的類別稱為「調類」，如古漢語的「平、上、去、入」、現代漢語的「一、二、三、四」。

為了精準簡便的標記調值，現代一般採用語音學家趙元任先生的「五度調標法」。把聲調的音高分為低、半低、中、中高、高五度，依次以1、2、3、4、5表示。以下是現代漢語聲調符號，可以具體知道聲調的調值狀態與差異：

一聲	二聲	三聲	四聲
平調（55）	上升調（35）	降升調（315）	降調（51）

聲調由於具有辨義功能，所以在漢藏語系中非常重要，和聲母、韻母共構成漢語音節三要素。聲調不同，音節意義就不同。例如，同樣的漢語[pa]音節，四聲不同就有「八」、「拔」、「把」、「爸」四個意思；再加上同樣一聲的[pa]音節，又有「扒」、「芭」、「巴」、「吧」、「叭」、「捌」、「疤」、「粑」、「笆」等等不同的意思，對於母語非漢語而要學習漢語的人而言，這是一項複雜且最難學好的語音要素。

現代漢語調類「一、二、三、四」，和古漢語的調類「平、上、去、入」並不直接等同。現代的語音可以直接聽到，所以理解也容易，但是古音只留存在語音文獻上，所以理解古音必須通過文獻學習，古代聲調也是如此，因此有關古音階段的聲調狀況，我們留待古音的課程中再行理解。

課後測驗

1.何謂「音節」？語言學者有哪些不同觀點？

2.何謂「綜合語」、「分析語」、「孤立語」？

3.漢語音節由哪三部分組成？

4.音節表的功能何在？

5.何謂「聲調」？現代漢語「一、二、三、四」聲調有何差異？

第4堂課

古漢語聲韻知識與方言概說

學習進程與重點提示

聲韻學概說→範圍→屬性→異稱→漢語分期→材料→功用→基礎語音學→範疇→分類→分支學科→語音屬性→音素→發音器官→收音器官→元音→輔音→音變規律→漢語音節系統→定義→音節與音素量→音節結構→聲母類型→韻母類型→聲調系統→***古漢語聲韻知識→認識漢語音節系統→掌握術語→材料→方法→方言概說***→認識反切與韻書→漢語注音歷史→反切原理→反切注意事項→韻書源流→廣韻研究→切韻系韻書→廣韻體例→四聲相配→四聲韻數→反切系聯→聲類→韻類→等韻圖研究→語音表→開合洪細等第→等韻圖源流→韻鏡體例→聲母辨識法→韻圖檢索法→中古音系→中古音定義→擬測材料→聲母音值擬測→韻母音值擬測→聲調音值擬測→中古後期音系→韻書→韻部歸併→等韻圖→併轉為攝→語音音變→語音簡化→近代音系→元代語音材料→明代語音材料→清代語音材料→傳教士擬音→官話意義內涵→現代音系→國語由來→注音符號由來→注音符號設計→國語聲母→國語韻母→國語聲調→拉丁字母拼音系統→國語釋義→中古到現代→現代音淵源→語音演化→演化特點→聲母演化→韻母演化→聲調演化→上古音系→材料→方法→上古韻蒙昧期→上古韻發展期→上古韻確立期→上古韻成熟期→韻部音值擬測→上古聲母理論→上古聲母擬音→上古聲母總論→上古聲調理論→上古聲調總論

專詞定義

字　母	簡稱「母」，是早期聲母的代表字。唐德宗貞元年間，沙門智廣《悉曇字記》在字下注有「亦名字母」字樣；敦煌出土唐代卷子有《歸三十字母例》，列出三十個漢字，也就是三十個字母。
聲　紐	又稱「紐」、「音紐」、「聲類」，指古代漢語聲母的類別，在中古時期稱為「字母」。清代錢大昕、陳澧等人，認為舊時字母名稱乃襲用梵文而來，不適用於漢字，所以陳澧在系聯了《廣韻》反切上字後，就改稱為「聲類」、「聲紐」。
韻　類	韻母的類別。即韻書中一個韻裡不同的反切下字的類別，例如《廣韻》「東」韻，反切下字就分「紅、公、東」；「弓、戎、中、融、宮、終」兩種韻母類別，陳澧在系聯反切下字後，稱之為「韻類」。
五　音	古代漢語五大類聲母的總稱，以發音部位和發音方法來區分聲母類型，包括：「唇音」、「舌音」、「牙音」、「齒音」、「喉音」。最早見於《守溫韻學殘卷》、《玉篇》所附〈五音聲論〉、《廣韻》所附〈辨字五音法〉。後又有細分為「七音」、「九音」者，習慣上仍可以「五音」總稱之。
韻　攝	等韻圖歸納韻書的韻部而成的若干大類，「攝」即統攝之義，每攝之中包含若干個主要元音、韻尾相近的韻。名稱最早見於〈四聲等子〉，但前此的韻圖已經有了類似的觀念。「攝」的目的在以簡馭繁，同時也因為韻圖的語音較韻書趨於簡化所致。明清時期因為語音變化，歸攝之法漸廢，攝與韻的概念也逐漸相混。

方　言	一種語言的地方變體。它與語言的關係是個別與一般的關係，語言是一般、方言是個別。同屬一種語言的各方言，有其共同的歷史來源、大同小異的基本詞彙和語法結構，其現代的形式在語音上必定有相互對應的關係。在有民族共同語的社會裡，方言是相對於共同語而言的，共同語處於主導的地位，方言則處於從屬地位。

一、聲類知識

(一)聲母、聲紐、零聲母

1.聲母

漢語音節從結構上分析，可以分成前後兩部分，前一部分就叫做「聲」，或「聲母」，例如國語「盧」[l-u]中的[l-]、「國」[k-uo]中的[k-]即是。「聲」或「聲母」，是漢語音節結構的專有名詞，和語音學上的「元音」、「輔音」表示語音元素的概念不同，歷來漢語的「聲」、「聲母」均由「輔音」擔任，這是面對兩者時需要釐清的觀念。

漢語裡許多音節的聲母部分，並沒有音素在其中，例如「一」[-i]、「阿」[-a]、「安」[-an]、「有」[-iou]，從音節結構上而言，這些音節仍然含有「聲母」、「韻母」兩段落，只不過聲母部分是空的，沒有音素在其中，所以一般我們稱之為「零聲母」，這就是「音節結構」與「語音元素」在概念上需要釐清的地方。

2.聲紐

匯聚一群同聲母的雙聲字，選取其中一字來代表這一群雙聲字，這個字就是「聲紐」，又叫做「字母」。例如，在古代聲韻文獻中看見的「幫、滂、並、明」、「端、透、定、泥」這些字樣，古人也就稱為「聲紐」。這種情況就類似現代國語中，[ㄅ]這個符號擔任「不」、「幫」、「博」、「抱」這些音節中聲母的統一符號，也就是古人所謂的「聲紐」了。

「紐」是「樞紐」之意，古代的反切注音並沒有統一的符號，只要符合雙聲疊韻原理的字，就可以擔任注音的符號，也就是反切上下字。從事韻文寫作，或是研究語音的人，為了要統一這樣的情況，或是為了辨識某一群雙聲字方便起見，於是有了「聲紐」這種代表字的出現。

3.零聲母

漢語音節中凡是沒有以輔音起首的音節，稱為「零聲母」。漢語音節結構是「聲母—介音—主要元音—韻尾」，其中聲母一定由輔音擔任，介音、主要元音一定由元音擔任，因此一個音節以元音起首，就表示該音節的聲母部分，沒有音素在其中，這就是「零聲母」，例如「義」[-i]、「歐」[-ou]、「為」[-uei]。

㈡字母

1.字母定義

「字母」是一種中古聲母的代表字，是「聲紐」的異稱，最早見於佛經典籍，後來漢語等韻圖表也採用「字母」作為聲母代表字。現存等韻圖中的字母都是36個，所以歷來都稱之為「三十六字母」，過去也以為是唐末沙門守溫所創。後來發現了敦煌唐寫本「守溫韻學殘卷」，字母只有30個，證明了宋代通行的三十六字母系統應該是後人增補而成。

2.三十字母系統

敦煌殘本「南梁漢比丘守溫述」：

唇音	不芳並明	
舌音	端透定泥	是舌頭音
	知徹澄日	是舌上音
牙音	見（君）溪群來疑	等字是也
齒音	精清從	是齒頭音
	審穿禪照	是正齒音
喉音	心邪曉	是喉中音清
	匣喻影	是喉中音濁

3.三十六字母系統

宋元等韻圖所列三十六字母系統如下：

幫滂並明	唇音重
非敷奉微	唇音輕
端透定泥	舌頭音
知徹澄娘	舌上音
見溪群疑	牙音
精清從心邪	齒頭音
照穿床審禪	正齒音
影曉匣喻	喉音
來日	舌齒音

4.《廣韻》四十一聲類

中古音的時間很長，期間一定有著音變存在，歷來討論中古聲母，已經不依據前述兩種字母系統，而是依據清代陳澧歸納宋代《廣韻》的反切系統，後人再與等韻圖對照，所得出的中古四十一聲類系統：

重唇音	幫滂並明
輕純音	非敷奉微
舌頭音	端透定泥
舌上音	知徹澄娘
牙音	見溪群疑
齒頭音	精清從心邪
正齒音	莊初床生俟
	照穿神審禪
喉音	影喻為曉匣
半舌音	來
半齒音	日

㈢五音、七音、九音

傳統語音文獻上有所謂「五音」、「七音」、「九音」的專有名詞，其所指的是漢語聲母的發音部位，也代表著古人對於輔音發音部位的分析。「五音」、「七音」、「九音」所指如下：

五　音	唇音、舌音、牙音、齒音、喉音
七　音	唇音、舌音、牙音、齒音、喉音、半舌音、半齒音

九　音	重唇音、輕唇音、舌頭音、舌上音、齒頭音、正齒音、牙音、喉音、舌齒音

以下我們將九音與現代語音學的發音部位與發音方法做對照，並且以國際音標標注音素，就可以知道古代音韻學中對於輔音已有的精密辨析。

九　音	聲　母	現代語音學術語
重唇音	幫[p]、滂[p´]、並[b]、明[m]	雙唇塞音、鼻音
輕唇音	非[pf]、敷[p´f]、奉[bv]、微[ɱ]	脣齒擦音、鼻音
舌頭音	端[t]、透[t´]、定[d]、泥[n]	舌尖塞音、鼻音
舌上音	知[ȶ]、徹[ȶ´]、澄[ȡ]、娘[ȵ]	舌面塞音、鼻音
牙　音	見[k]、溪[k´]、群[g]、疑[ŋ]	舌根塞音、鼻音
齒頭音	精[ts]、清[t´s]、從[dz]、心[s]、邪[z]	舌尖塞擦音、擦音
正齒音	莊[tʃ]、初[t´ʃ]、崇[dʒ]、生[ʃ]、俟[ʒ]	舌尖面塞擦音、擦音
正齒音	章[tɕ]、昌[t´ɕ]、船[dʑ]、書[ɕ]、禪[ʑ]	舌面塞擦音、擦音
喉　音	影[ʔ]、云[rj]、以[ɸ]、曉[x]、匣[r]	喉塞音、舌根擦音、喉擦音、無聲母
舌齒音	半舌音 來[l] 半齒音 日[ȵʑ]	舌尖邊音 舌面鼻音

㈣發送收

古代音韻學中的「發、送、收」術語，首見於清代方以智的《通雅》：「於波梵摩得發、送、收三聲，其法係以聲母發聲之狀態而定。故定發、送、收為橫三，蓋自梵書中來也。」此後江永、錢大昕、戴震、洪榜、陳澧諸人皆承用之，而微有異同。陳澧於《切韻考》一書中說：「發、送、收之分別最善，發聲者，不用力而出者也，送氣者，用力而出者也，收聲者，其氣收斂者也。」

其實所謂「發」者，乃指不送氣之塞音與塞擦音，如：「見、端、幫、影、莊、精、照」等聲母；「送」者乃指送氣之塞音、塞擦音與擦音，如「溪、透、滂、穿、初、清、曉、匣、審、神、禪、疏、心、邪、非、敷」等聲母；「收」聲則包含鼻音、邊音及半元音，如「明、微、泥、娘、疑、來、喻、為」等聲母。這些專有名詞，在清代的古音學中，其實沒有統一的定義，各家用詞也不一，名義混亂，直到現代語音學中，統一了各個發音部位、發音方法的名詞與定義，就不致混淆了。

二、韻類知識

㈠韻、韻母

研究古音的時候，「韻」、「韻母」的概念必須要釐清，例如漢以後有「韻書」的出現，又將所有字分成若干「韻」，寫韻文的人拿著「韻書」，進行韻文的「押韻」。這些「韻」、「押韻」的概念和「韻母」其實是不同的，而古人所謂「韻頭」、「韻腹」、「韻尾」所指又為何？這些概念我們釐清如下：

韻　母		
介　音	主要元音	韻　尾
韻　頭	韻　腹	韻　尾
u	a	n　（灣）
i	a	n　（煙）
y	a	n　（圓）
	a	n　（安）
	韻	
	押　韻	

「韻書」中的「韻」，或押韻的「韻」，指的是漢語韻母結

構中的「主要元音」、「韻尾」兩部分，漢語韻文中的押韻，只要求這兩部分一樣就可以押韻，所以上表中的「灣」、「煙」、「圓」、「安」四個字是同「韻」的。但是語音研究則要求的是「韻母」，韻母相同必須是「介音」、「主要元音」、「韻尾」均相同才可以，如此一來「灣」、「煙」、「圓」、「安」便不是相同韻母的音節了。

㈡韻類

「韻類」也就是韻母類型，清代陳澧根據《廣韻》切語上下字，考察隋代以後切韻系韻書的音系。他將切語上字系聯歸納後而得出的各種不同聲母類別稱為「聲類」，切語下字系聯歸納後而得出的各種不同韻母類別稱為「韻類」。

陳澧將反切下字系聯後，發現《廣韻》書中歸入一個韻部的字，以韻母介音而言，其實兼具有「開、合、洪、細」之音，這些可以押韻的字，因為介音的不同，所以其韻母是不相同的，於是又將「開、合、洪、細」不同的音再行分類，於是得出了《廣韻》的「韻類」。例如「東」韻中，反切下字經系聯結果，「紅、公、東、空」是一類，「弓、戎、中、宮、終、融」是一類，這兩組下字，雖然同在「東」韻之中，但是韻母並不相同，前者是[-uŋ]、後者是[-juŋ]，於是一個「東」韻，就有了這兩類的「韻類」。

㈢韻攝

「韻攝」是古代等韻學者所創，是一種精密分析韻書各韻內涵差異的做法，對於研究中古音系有很大幫助。以下是韻攝的相關知識，以及「中古韻攝等呼配合表」：

韻攝定義	將韻書中主要元音、韻尾相同或相近的韻，歸納為一個大類，此大類就稱之為「韻攝」，「攝」為「總攝」、「統領」之義。
韻攝由來	等韻學家為了解釋切韻系韻書的語音，把《廣韻》的206韻歸納為若干大類，每一大類又按照一定之音理製成一個或幾個圖表，並用一個字做這個大類的名稱，這是一種以「韻」為基準的大類，因此就稱之為「韻攝」。
16韻攝	通攝、江攝、止攝、遇攝、蟹攝、臻攝、山攝、效攝、果攝、假攝、宕攝、曾攝、梗攝、流攝、深攝、咸攝。
韻攝條件	同一韻攝的韻，必須符合「主要元音」、「韻尾」相同或相近的條件，因此每一韻攝所包含的韻的數量不同。
韻攝作用	1.分析韻與韻之間的語音關係或差異。 2.解釋整體的語音系統與架構。 3.反映漢語音韻發展變化的情況。

中古韻攝等呼配合表

攝	呼	一　等	二　等	三　等	四　等
通	開　口	東		東	
	合　口	冬		鍾	
江	開　口	江			
止	開　口			支脂之微	
	合　口			支脂微	
遇	開　口			魚	
	合　口	模		虞	
蟹	開　口	咍泰	佳皆夬	祭廢	齊
	合　口	灰泰	佳皆夬	祭廢	齊
臻	開　口	痕	臻	真欣	
	合　口	魂		諄文	
山	開　口	寒	刪山	元仙	先
	合　口	桓	刪山	元仙	先
效	開　口	豪	肴	宵	蕭
果	開　口	歌		歌	
	合　口	戈		戈	
假	開　口		麻	麻	
	合　口		麻		

中古韻攝等呼配合表					
攝	呼	一　等	二　等	三　等	四　等
宕	開　口	唐		陽	
	合　口	唐		陽	
梗	開　口		庚耕	庚清	青
	合　口		庚耕	庚清	青
曾	開　口	登		蒸	
	合　口	登		蒸	
流	開　口	侯		尤幽	
深	開　口			侵	
咸	開　口	覃談	銜咸	鹽嚴	添
	合　口			凡	

㈣韻部

「韻部」，是指稱上古漢語「韻」的單位時的名稱。研究上古音的學者，以歸納上古韻語和形聲字諧聲偏旁的方式，所獲得的上古韻數量與內涵的認知，聲韻學者就稱之為「韻部」。

歸納上古韻部起於宋代吳棫，他在《毛詩叶韻補音》等著作中發現《詩經》的押韻現象是有規則的，於是利用對韻腳字系統的考察，把中古韻類歸納成上古的九個「韻部」。吳棫的上古韻部研究，為後代的學者開闢了研究古音的新途徑，繼之而起的例如段玉裁歸納上古韻十七部、章太炎二十三部、黃侃二十八部等，可謂後出轉精。

上古音因為欠缺專業語音文獻，於是聲韻學者所採用的研究方法，是以已經研究縝密的中古音系來上溯與歸併，再證之以上古韻文押韻資料，於是得出了目前的上古韻部結果。所以「韻部」一詞有「大類」的意義，也專指上古音系的韻母狀況，與中古音的「韻」、「韻攝」等專有名詞，是不可以混為一談的。

㈤陰聲韻、陽聲韻、入聲韻

「陰聲韻」、「陽聲韻」、「入聲韻」，是依據漢語音節「韻尾」不同，或是音節最後一個音素的差異所做的分類。其定義與差異如下：

以元音收尾的音節	陰聲韻	阿[a]、大[t-a]、代[t-ai]、勞[l-au]	
以輔音收尾的音節	陽聲韻	鼻音收尾	雙唇[m]：金[k-im]（古漢語） 舌尖[n]：安[an] 舌根[ŋ]：黃[x-uaŋ]
	入聲韻	塞音收尾	雙唇[p]：合[x-ap]（古漢語） 舌尖[t]：質[jet]（古漢語） 舌根[k]：屋[uk]（古漢語）

古漢語中「陰聲韻」、「陽聲韻」、「入聲韻」三種音節均有，到了現代漢語時，陽聲韻中的雙唇鼻音韻尾[-m]消失，改讀為舌尖[-n]或舌根[-ŋ]，古音只保存在方言音系之中。另外入聲韻[-p]、[-t]、[-k]韻尾，也在現代漢語中消失，方言音則大量保存。

㈥旁轉、對轉

「旁轉」、「對轉」，是聲韻學者研究漢語韻尾語音轉變與互通現象的專有名詞，指的是「陰聲韻」、「陽聲韻」、「入聲韻」三者在音變過程中的互通現象，「轉」為「轉變」、「相通」之義。以下分別說明之：

旁　轉	
1.某一個陰聲韻轉變為另一個陰聲韻	例如「夜」： 古音[ia]→今音[ie] [a]→[e] 是元音舌位升高、開口度縮小的旁轉

旁　轉	
2.某一個陽聲韻轉變為另一個陽聲韻	例如「江」： 上古音[k-ɔŋ]→中古音[k-aŋ] [ɔ]→[a] 是元音舌位降低、開口度變大的旁轉

對　轉		
對轉現象	1.陰聲韻轉變為陽聲韻 2.陽聲韻轉變為陰聲韻 3.入聲韻轉變為陰聲韻、陽聲韻 4.陰聲韻、陽聲韻轉變為入聲韻	
對轉條件	陰、陽、入聲韻的主要元音必須相同	對轉之例： 陰聲韻[a]、陽聲韻[an]、[am]、[aŋ] 陰聲韻[i]、陽聲韻[in]、[im]、[iŋ] 陰聲韻[ə]、陽聲韻[ən]、[əm]、[əŋ]
對轉規律	1.主要元音不變，韻尾變為同一個發音部位的尾音，或音素丟失。 2.原本沒有韻尾，就在主要元音後加一個尾音。	例如「特」： 1.[z-iə]→[d-ək]（陰聲韻→入聲韻） 2.[d-ək]→[t΄-ə]（韻尾[-k]丟失，入聲韻→陰聲韻） 例如「等」： [z-iə]→[t-əŋ]（陰聲韻→陽聲韻）

漢語裡的「對轉」音變，通常要先經過「旁轉」的過程，而後完成音變，否則陰、陽、入聲韻的原本差異，很難直接對轉。王力先生《漢語音韻學》中舉了一個「慢」字音變的例子，我們整理如下：

1.「慢」：中古音[m-an]→蘇州音[m-ɛ]

2.[m-an]旁轉→[m-ɛn]

3.[m-ɛn]韻尾[-n]音素丟失

4.陽聲韻[m-ɛn]對轉→陰聲韻[m-ɛ]

漢語音的歷史很久，幾經音變，所以「旁轉」、「對轉」現象早已存在。清代古音學大盛，專研音變者眾，戴震分析古音，已經以「陰」、「陽」相配，但未立陰陽之專名，到孔廣森之時明言

「陰陽對轉」，「對轉」、「旁轉」遂成為一套學說。近代章太炎先生作〈成均圖〉一文，立下「正對轉」、「次對轉」、「近旁轉」、「次旁轉」、「交紐轉」、「隔越轉」等名稱，陰陽對轉的理論於是有了進一步的發揮。

㈦四等、開合、洪細

漢語音節中「介音」、「主要元音」均由元音擔任，「四等」、「開合」、「洪細」便是古代聲韻學者，對於這兩個位置的元音差異與特徵，所做的精密分析與分類。

唐代開始出現的「等韻圖」，已經將這些精密分析的結果與術語，應用在語音分析圖表之上。歷代學者也經常說明解釋這些術語的內容，例如清代江永《音學辨微》：「一等洪大，二等次大，三四皆細，而四尤細。」不過學習者面對這些內容積極相關的術語，經常一頭霧水，不知所措，加上古人的說解經常是形容式的用語，就更讓學習者摸不著頭緒了。以下，我們便將這些相關概念，集中說明之：

等第	洪細	定義	元音特徵	中古韻舉例	《廣韻》各韻等第
一等	洪音	沒有[i][j]作為介音或主要元音的音節	主要元音開口度最大、舌位最低最後的韻母	豪韻 [ɑu]-[ɑ]	冬、模、泰、灰、咍、魂、痕、寒、桓豪、歌、唐、登、侯、覃、談、東戈（部分）
二等			主要元音開口度次大、舌位次低稍後的韻母	肴韻 [au]-[a]	江、皆、佳、夬、臻、刪、山、肴、耕、咸、銜、麻庚（部分）
三等	細音	有[i][j]作為介音或主要元音的音節	主要元音開口度小、舌位高的韻母	宵韻 [jæu]-[jæ]	鍾、支、脂、之、微、魚、虞、祭、廢、真、諄、欣、文、仙、元、宵、陽、清、蒸、尤、幽、侵、鹽、嚴、凡、東戈麻庚（部分）

等第	洪細	定義	元音特徵	中古韻舉例	《廣韻》各韻等第
四等			主要元音開口度最小、舌位最高的韻母	蕭韻 [ieu]-[ie]	齊、先、蕭、青、添

開口呼	開口呼	沒有介音且主要元音不是[i][u][y]的音節。	以開口度大或是展唇的元音為主，故名「開口呼」	「大」[t-a] 「沒」[m-ei]
	齊齒呼	介音、主要元音是[i]的音節。		「比」[p-i] 「加」[tɕ-ia]
合口呼	合口呼	介音、主要元音是[u]的音節。	以開口度小或是圓唇的元音為主，故名「合口呼」	「姑」[k-u] 「關」[k-uan]
	撮口呼	介音、主要元音是[y]的音節。		「魚」[y] 「捐」[-yan]

三、漢語方言概說

㈠漢語七大方言

中國由於腹地廣大，地理與社會區隔，所以擁有近百種的區域方言，主要包括「官話」、「吳語」、「湘語」、「贛語」、「粵語」、「客語」、「閩語」七大方言區域，而這些方言其實都來自同一個漢語的淵源，這是標準的語言分化現象。

七大方言區域下，又各有若干的差異，這又是分化中的分化。語言的分化，指一種語言系統的內部又分為若干種的方言系統，或是這些方言進而發展成幾種獨立的語言的分化現象。以下是漢語七大方言：

漢語方言與區域	
官話	指華北、東北及西北地區、湖北大部、四川、重慶、雲南、貴州、湖南北部、江西沿江地區、安徽中北部、江蘇中北部所使用的母語方言。使用人數約為漢語總人口的70%。

漢語方言與區域	
吳 語	或稱吳方言、江南話、江浙話。主要在江蘇南部、浙江大部分、上海市、安徽南部部分地區。使用人數約為漢語總人口的8.4%。
湘 語	或稱湘方言、湖南話、老湖廣話。主要在湖南使用，廣西、四川境內也有少量分布。使用人數約為漢語總人口的5%。
贛 語	或稱贛方言、江西話，以南昌話為代表，主要用於江西中北部、安徽西部及南部、湖北東南部、湖南東部靠近江西一帶，以及湖南西部的部分地區。使用人數約為漢語總人口的2.4%。
粵 語	或稱粵方言、廣東話、白話、廣府話。以廣州話為代表，主要用於廣東省中西部、廣西南部、香港、澳門等地以及東南亞、北美的主要華人社區。使用人數約為漢語總人口的5%。
客 家	或稱客家方言、客方言、客語。在中國南方的客家人中廣泛使用，主要包括廣東東部、北部、福建西部、江西南部及西北部、廣西東南部、臺灣、四川等地，以梅縣話為代表。使用人數約為漢語總人口的5%。
閩 語	或稱閩方言，在福建、臺灣、廣東東部及西南部、海南、廣西東南部、浙江東南部等地以及東南亞的一些國家使用。由於閩語的內部分歧比較大，通常分為閩北方言、閩東方言（以福州話為代表）、莆仙方言、閩中方言、和閩南方言（以廈門話或臺灣通行腔為代表；潮汕話、雷州話、海南話也屬於閩南方言），影響力最大的是閩南語，使用人數約為漢語總人口的5%。

語言分化的主要原因是社會的分化，如果再加上地理幅員廣闊的因素，一個語言的分化就在所難免。分隔後的社會由於往來溝通的量減少，各自生活區域的地理、物產、天候、人文等的差異，就出現了方言的差異。有了區域方言後，與其他區域的方言差異，又形成了區域社會差異的標誌，分化的現象就會越形擴大。中國境內的方言數量龐大，主要就是地理與社會因素所造成。

近代英語與美語的差異，也源自於社會與地理的區隔。歐洲英國與美洲的美國，族群同為盎格魯撒克遜人（English），語言也都是英語。數百年前，歐陸本土的英國人開始往北美洲遷徙，並且在兩百多年前獨立為美國。僅僅兩百年的區隔，當代的美語與其母語英語，已經在語音、詞彙上有了很大差異，從廣義角度而言，這也是一種語言的分化。

(二)漢語方言舉例

各方言既然都來自一個漢語淵源，就一定程度保存了古漢語形式，也就成為研究古漢語的必要參考，也是學習聲韻學應有的觀念與材料。以下根據謝雲飛先生《中國聲韻學大綱》提供五種研究古漢語重要方言的聲母、韻母、聲調系統，這些資料在進入到古漢語研究的篇章時，也可以取以比對參考。

1.蘇州方言

(1)聲母

[p]（邊布百）	[p´]（鋪普潑）	[b´]（蒲步薄）
[m]（矛母莫）	[f]（方風福）	[v]（文武復）
[t]（多帝得）	[t´]（湯吐託）	[d´]（堂地特）
[n]（奴內諾）	[l]（良里烈）	[ts]（資借作）
[ts´]（倉親測）	[s]（蘇先速）	[z]（情從俗）
[tɕ]（九軍吉）	[tɕ´]（區起乞）	[dʐ]（其巨局）
[ȵ]（牛年玉）	[ɛ]（希香蓄）	[k]（姑過各）
[k´]（口可客）	[g´]（跪狂共）	[ŋ]（俄傲額）
[h]（花海黑）	[ɦ]（胡形滑）	[○]（衣羊翼）

(2)韻母

[ɿ][ɥ]（資之豬）	[i]（妻西耳）	[u]（波多過）
[y]（魚居巨）	[ɒ]（介帶家）	[iɒ]（諧邪謝）
[uɒ]（懷怪壞）	[æ]（早刀好）	[iæ]（蕭小弔）
[e]（來蘭三）	[ie]（兼田先）	[ue]（規回關）
[o]（花奢罵）	[io]（靴）	[uo]（夥卦蛙）

[ø]（寒安滿） [iø]（圓眷權） [uø]（官寬換）
[Y]（走州謀） [iY]（九有幼） [ən]（跟本登）
[in]（今新玲） [uən]（困袞昆） [yən]（君云運）
[aŋ]（耕生盲） [iaŋ]（羊獎亮） [uaŋ]（橫）
[ɒŋ]（浪當岡） [uɒŋ]（黃光廣） [oŋ]（東從翁）
[ioŋ]（雄用兄） [ɒˀ]（白格赤） [iɒˀ]（卻腳）
[aˀ]（合瞎法） [iaˀ]（甲洽夾） [uaˀ]（括闊滑）
[ɤˀ]（黑鴿得） [iɤˀ]（力接亦） [uɤˀ]（國落忽）
[yɤˀ]（月越缺） [ɔˀ]（毒谷足） [iɔˀ]（玉曲覺）
[ṇ]（姆） [ṇ]（唔） [ŋ̣]（五魚）

(3)聲調

（44）陽平（東風空） （24）陽平（同隆寒）
（41）上聲（總並馬） （513）陰去（背快凍）
（31）陽去（隊畫賣） （4）陰入（滴谷尺）
（23）陽入（敵及力）

2.梅縣方言

(1)聲母

[p]（幫兵北） [p´]（普平白） [m]（眉望莫）
[f]（方花護） [v]（萬鑊屋） [t]（當冬德）
[t´]（湯啼讀） [n]（那奴農） [l]（來林力）
[ts]（精張脂） [ts´]（車助敘） [s]（時生絲）
[ȵ]（嚴倪捏） [k]（古格過） [k´]（起奇跪）
[ŋ]（牙俄呆） [h]（河荒希） [○]（因衣羊）

(2)韻母

[ɿ]（私詩） [i]（美機） [u]（姑都）

[a]（巴花）	[ɔ]（火河）	[ɛ]（細）
[iu]（幽求）	[ia]（借遮）	[ui]（歸鬼）
[ua]（卦寡）	[uɔ]（果過）	[ai]（懷哉）
[uai]（怪乖）	[ɔi]（菜稅）	[au]（交好）
[iau]（妖小）	[eu]（狗搜）	[am]（監三）
[iam]（念檢）	[im]（林心）	[an]（間藍）
[uan]（彎慣）	[ɔn]（寒專）	[uɔn]（端亂）
[en]（根生）	[ien]（田線）	[in]（真蒸）
[un]（倫袞）	[iun]（永準）	[aŋ]（生硬）
[iaŋ]（病頸）	[ɔŋ]（唐江）	[iɔŋ]（鄉養）
[uɔŋ]（廣光）	[uŋ]（東雙）	[iuŋ]（隆松）
[ip]（急立）	[ap]（甲盒）	[iap]（業葉）
[at]（沒達）	[uat]（括滑）	[ɔt]（葛刷）
[et]（責克）	[iet]（越厥）	[uet]（國或）
[it]（一必）	[ut]（骨忽）	[iut]（悅屈）
[ak]（隻格）	[iak]（壁逆）	[ɔk]（學捉）
[iɔk]（卻藥）	[uɔk]（郭落）	[uk]（谷木）
[iuk]（菊欲）	[m]（嘸）	[ŋ̍]（五蜈）

(3)聲調

（44）陰平（東光）	（12）陽平（聊黃）
（31）上聲（好董）	（42）去聲（帝漢）
（21）陰入（篤的）	（4）陽入（毒敵）

3.福州方言

(1)聲母

[p]（幫平）	[p´]（飛鋪）	[m]（明尾）

[t]（丁啼）	[t´]（透抽）	[n]（日奴）
[l]（柳梨）	[ts]（莊精）	[ts´]（清車）
[s]（詩蘇）	[k]（溝群）	[k´]（開敲）
[ŋ]（傲瓦）	[h]（希花）	[○]（因延）

(2)韻母

[i]（機飛）	[u]（姑粗）	[iu]（久秋）
[y]（書許）	[a]（蝦炒）	[ia]（額寧）
[ua]（華卦）	[ɔ]（褒高）	[iɔ]（廚綠）
[uɔ]（課補）	[e]（排你）	[ie]（世啟）
[ai]（開皆）	[uai]（怪快）	[ɔi]（對雷）
[uɔi]（外貝）	[ei]（被器）	[ay]（豆內）
[œy]（處住）	[au]（交巧）	[ou]（度富）
[eu]（浮口）	[ieu]（嬌聊）	[aŋ]（寒柄）
[iaŋ]（病命）	[uaŋ]（橫還）	[ieŋ]（先念）
[ɔŋ]（端算）	[iɔŋ]（唱建）	[uɔŋ]（光送）
[iŋ]（金經）	[uŋ]（公魂）	[yŋ]（宮允）
[œŋ]（雙冬）	[aiŋ]（冷硬）	[eiŋ]（陣性）
[auŋ]（很項）	[ouŋ]（訓江）	[ayŋ]（銃）
[œyŋ]（仲近）	[aˀ]（答八）	[uaˀ]（活闊）
[ieˀ]（業傑）	[iɔˀ]（卻說）	[uɔˀ]（忽國）
[iˀ]（逆侄）	[uˀ]（毒術）	[yˀ]（錄逐）
[œˀ]（六雹）	[aiˀ]（瑟刻）	[eiˀ]（橘失）
[auˀ]（各駁）	[ouˀ]（哭學）	[ayˀ]（殼）
[æyˀ]（菊乞）	[m̩]（嘸）	[ŋ̩]（口語用）

(3)聲調

（44）陰平（通歸）　（52）陽平（平郎）

（31）上聲（假桶）　（213）陰去（帝退）

（242）陽去（地洞）　（23）陰入（滴答）

（4）陽入（敵達）

4.廈門方言

(1)聲母

[p]（幫部）	[p´]（普芳）	[b]（馬武）
[t]（丁豆）	[t´]（透湯）	[l]（來南日）
[ts]（情正）	[ts´]（親春叉）	[s]（蘇時疏）
[k]（見其）	[k´]（溪空）	[g]（牛鵝）
[h]（花反）	[○]（烏以）	

中古「日」母字在廈門語的老派讀法是[ʥ]，新派讀法是[l]，甚而還有讀作[d]的，本書根據新派讀法以定其音位。

(2)韻母

[i]（機兒）	[ui]（對水）	[u]（母廚）
[iu]（酒州）	[a]（家怕）	[ia]（謝借）
[ua]（歌）	[ɔ]（姑布）	[o]（課寶）
[e]（計牙）	[ue]（火瓜）	[ai]（介排）
[uai]（乖怪）	[au]（包膠）	[iau]（叫笑）
[am]（男甘）	[iam]（鹽念）	[im]（心枕）
[an]（限但）	[ian]（堅免）	[uan]（般泉）
[in]（真印）	[un]（軍倫）	[ɔŋ]（工光）
[iɔŋ]（陽弓）	[iŋ]（明幸）	[ap]（合甲）
[iap]（葉劫）	[ip]（急執）	[at]（拔葛）
[uat]（越缺）	[iet]（熱結）	[it]（一密）

[ut]（忽律） [ɔk]（國毒） [iɔk]（藥菊）

[ik]（格伯） [m̩]（「不敢」讀作[m̩] kan˨）[ŋ̍]（黃）

(3)聲調

（55）陰平（東湯） （24）陽平（唐同）

（51）上聲（董廣） （11）陰去（帝計）

（33）陽去（弄地） （32）陰入（滴答）

（5）陽入（白毒）

5.廣州方言

(1)聲母

[p]（幫並） [p´]（普平） [m]（明文）

[f]（火快非） [t]（端洞） [t´]（通同）

[n]（南年） [l]（來臨） [ʧ]（則政）

[ʧ´]（情楚） [ʃ]（思常） [j]（雨陰）

[k]（見近） [k´]（曲強） [ŋ]（疑銀）

[h]（口何） [kw]（光桂） [k´w]（曠葵）

[w]（烏黃）

(2)韻母

[i]（支衣） [u]（烏姑） [y]（書如）

[a]（霞沙） [ua]（華瓜） [ɔ]（楚河）

[uɔ]（果貨） [e]（車者） [ie]（夜野）

[œ]（靴） [ui]（回恢） [ai]（快賣）

[uai]（乖怪） [ɐi]（泥揮） [uɐi]（規桂）

[ɔi]（開才） [ei]（幾飛） [œy]（余舉）

[iœy]（稅銳） [iu]（小叫） [au]（茅包）

[ɐu]（求口） [iɐu]（由幽） [ou]（豪保）

[im]（鹽甜）	[am]（南談）	[ɐm]（金心）
[iɐm]（陰飲）	[in]（延展）	[un]（潘管）
[yn]（專損）	[an]（凡但）	[wan]（慣關）
[ɐn]（根巾）	[iɐn]（引人）	[wɐn]（坤君）
[ɔn]（寒干）	[œn]（春準）	[iœn]（閏俊）
[iŋ]（停命）	[uŋ]（東隆）	[iuŋ]（終庸）
[aŋ]（行庚）	[waŋ]（橫）	[ɐŋ]（耕增）
[wɐŋ]（轟宏）	[ɔŋ]（唐幫）	[wɔŋ]（光黃）
[œŋ]（長窗）	[iœŋ]（陽樣）	[ip]（協接）
[ap]（夾答）	[ɐp]（合急）	[iɐp]（及入）
[it]（傑結）	[ut]（撥末）	[yt]（說越）
[at]（拔怯）	[wat]（滑闊）	[ɐt]（侄七）
[iɐt]（一日）	[wɐt]（忽鬱）	[ɔt]（葛喝）
[œt]（卒出）	[ik]（益食）	[uk]（穀木）
[iuk]（菊肉）	[ak]（革摘）	[wak]（劃）
[ɐk]（德則）	[wɐk]（或）	[ɔk]（學岳）
[wɔk]（國郭）	[œk]（卻掠）	[iœk]（藥約）
[m̩]（唔）	[ŋ̩]（用於口語）	

(3)聲調

（55或53）陰平（幫東）	（21）陽平（明陵）
（35）陰上（桶酒）	（23）陽上（動並）
（33）陰去（帝計）	（22）陽去（地漏）
（5）上陰入（出汲）	（33）下陰入（迫倪）
（22或2）陽入（傑奪）	

課後測驗

1.何謂「聲母」、「零聲母」、「字母」？

2.何謂「五音」、「七音」、「九音」？

3.「韻母」與「押韻」有何異同？

4.何謂「陰聲韻」、「陽聲韻」、「入聲韻」？

5.「等第」、「開合」、「洪細」各指什麼？彼此關係爲何？

6.何謂「方言」，中國有哪些主要方言？

第5堂課

反切注音與韻書簡史

學習進程與重點提示

聲韻學概說→範圍→屬性→異稱→漢語分期→材料→功用→基礎語音學→範疇→分類→分支學科→語音屬性→音素→發音器官→收音器官→元音→輔音→音變規律→漢語音節系統→定義→音節與音素量→音節結構→聲母類型→韻母類型→聲調系統→古漢語聲韻知識→認識漢語音節系統→掌握術語→材料→方法→方言概說→***認識反切與韻書→漢語注音歷史→反切原理→反切注意事項→韻書源流***→廣韻研究→切韻系韻書→廣韻體例→四聲相配→四聲韻數→反切系聯→聲類→韻類→等韻圖研究→語音表→開合洪細等第→等韻圖源流→韻鏡體例→聲母辨識法→韻圖檢索法→中古音系→中古音定義→擬測材料→聲母音值擬測→韻母音值擬測→聲調音值擬測→中古後期音系→韻書→韻部歸併→等韻圖→併轉為攝→語音音變→語音簡化→近代音系→元代語音材料→明代語音材料→清代語音材料→傳教士擬音→官話意義內涵→現代音系→國語由來→注音符號由來→注音符號設計→國語聲母→國語韻母→國語聲調→拉丁字母拼音系統→國語釋義→中古到現代→現代音淵源→語音演化→演化特點→聲母演化→韻母演化→聲調演化→上古音系→材料→方法→上古韻蒙昧期→上古韻發展期→上古韻確立期→上古韻成熟期→韻部音值擬測→上古聲母理論→上古聲母擬音→上古聲母總論→上古聲調理論→上古聲調總論

專詞定義

注　音	採用各種符號來標注文字發音及語調的動作與形式，又稱「標音」、「拼音」。歷來漢字的標準注音有三種形式：一是使用雙聲、疊韻的兩個漢字為符號，拼出被注字的音，也就是「反切」；二是使用拉丁字母為基礎的標音符號，例如「國際音標」、「漢語拼音」、「通用拼音」，這類通常又被稱為「拼音」。三是使用原有語言特點創造的符號，例如「注音符號」，也簡稱為「注音」。
反　切	也叫「反」、「翻」、「切」、「反言」、「反音」、「反語」，是用兩個漢字注出另一個漢字的傳統注音法，原理是漢語音節的雙聲、疊韻，是中國古代對於漢字字音結構的分析法。反切是歷史上使用最久的漢字注音法，唐代以前稱「反」、「翻」、「切」，宋代《廣韻》全部改稱「切」。
音素音標	表現音節中音素數量與內涵的標音工具，所有在實際語流中出現的音素都必須有一個符號紀錄與標注，例如「國際音標」、「漢語拼音」、「通用拼音」。國語注音符號的一個符號可能代表兩個音素，例如「ㄓ」[tʂ]、「ㄢ」[an]，所以注音符號就不是音素型音標。
韻　書	供寫作韻文時查檢韻字用的分韻編排的字典。歷代韻書編撰體例或異，但都是類聚同音字為一「小韻」，類聚若干小韻為一「韻」、「大韻」，並以排列在最前的常用字為一韻的標目名稱，例如「東」韻、「江」韻。史載最早的韻書是魏李登的《聲類》、晉呂靜的《韻集》，目前皆已亡佚。現存最早的韻書，是簡稱「切一」的敦煌石窟唐寫本陸法言《切韻》殘卷，現藏倫敦大英博物館。現存最完整且最早的韻

	書，是北京故宮所藏唐寫本王仁煦《刊謬補缺切韻》，簡稱「王三」。現今使用最廣、研究最詳盡的韻書，是宋代陳彭年編修的《大宋重修廣韻》。第一部記錄口語語音的韻書，則是元代周德清的《中原音韻》。

一、漢語注音歷史

為漢語、漢字注音的起源很早，在周代末期文獻中已經出現。到了漢代，因為經書研究與解釋的需要，產生了大規模與專業的漢字注音，例如《說文解字》就很注重文字注音。從早期注音法成形，到今天熟知的「注音符號」，以及「漢語拼音」、「通用拼音」這兩種「音素型音標」，歷代漢語注音方式與發展如下：

拼音法	方　式	原理與舉例	使用期間
讀如法 讀若法	以音同或音近的字當注音字。	同音或音近原理，例如《說文》：「琄，讀若眉。」	周～漢。是反切拼音法之前最普遍的注音法。
譬況法	以描摹形容的方式說明字音。	《淮南子·說林訓》：「亡馬不發戶轔」，高誘注：「轔讀近鄰，急氣言乃得之。」	周～漢
直音法	以同音字當注音字。	宋《九經直音》：「胥、須」、《辭海》：「吳音吾」、《辭源》：「廈音夏」	漢～現代
反　切	用兩個漢字來注一個字的音。第一個字（反切上字）注聲母，第二個字（反切下字）注韻母和聲調。	運用漢語音節中雙聲疊韻原理。如《廣韻》：「絳，古巷切。」「孝，呼教切。」	東漢～清

拼音法	方　式	原理與舉例	使用期間
注音符號一式	為改革反切注音法上下字符號不統一而制定的漢字標音符號。聲母符號21個，韻母符號16個。	運用漢語音節中雙聲疊韻原理。如「東，ㄉㄨㄥ」、「南，ㄋㄢˊ」。	1912～現代
漢語拼音	中國大陸漢語普通話的拉丁拼寫法或轉寫系統。	採音素拼音方式，為語言中的每一個母音子音制定一個拉丁字母，以完整拼寫漢語音節之內容。	1958～現代 ISO：7098
注音符號二式	臺灣的國語拉丁字母拼寫系統。	採音素拼音方式，為語言中的每一個母音子音制定一個拉丁字母，以完整拼寫漢語音節之內容。	1986制定，並未真正推行，使用時間很短。
通用拼音	臺灣華語拉丁字母拼音法。	採音素拼音方式，為語言中的每一個母音子音制定一個拉丁字母，以完整拼寫漢語音節之內容。	1998～現代

二、反切注音法

「反切」，是用兩個漢字來為一個漢字注音的方法，也是對漢字字音結構的一種分析法。反切的兩個漢字，因為古書都是直書，所以上一個稱「反切上字」，下一個稱為「反切下字」。在使用注音符號和字母拼音之前，這是中國古代最主要且使用時間最長的注音方式，也是研究古代聲韻系統非常重要的材料。

㈠反切原理

反切之所以可以用漢字為漢字注音，是採用了漢語音節之間「雙聲疊韻」的原理。清代陳澧《切韻考》卷一說：「切語之法，以二字為一字之音。上字與所切之字雙聲，下字與所切之字疊韻。上字定其清濁，下字定其平上去入。」我們舉《廣韻》：「東，德洪切」說明如下：

	被注音字	反切上字	反切下字
反　切	東	德	紅
國際音標	t-uŋ	t-	-uŋ
注音符號	ㄉ-ㄨㄥ	ㄉ-	-ㄨㄥ
漢語拼音	d-ong	t-	-ong

1.被注音字「東」的聲母是舌尖清塞音[t-]、韻母是[-uŋ]。

2.於是反切上字也必須是相同聲母的字，例如本例中的反切上字「德」。

3.反切下字也必須是相同韻母的字，例如本例中的「紅」。

4.這就是所謂雙聲疊韻原理，拼出來的音就一定是「東」的聲母與韻母。

5.陳澧說的「上字定清濁」的「清濁」，指的是漢語輔音中的不振動聲帶的「清音」、振動聲帶的「濁音」，漢語聲母由輔音擔任，所以聲母有「清聲母」、「濁聲母」之分。既然是注音，那麼反切上字的清濁，就一定要與被注音字相同屬性，例如「東」與「德」都是清聲母。

6.陳澧說的「下字定平上去入」，指的是聲調，漢語聲調由音節韻母中的主要元音決定，既然是注音，那麼反切下字的聲調，就一定要與被注音字相同聲調，例如「東」、「紅」都是「平聲」。

㈡選字原則

反切注音法以雙聲疊韻為原理，漢語因為同音的音節數量很多，所以誰可以作為反切上下字，並沒有規定與統一，例如「東」可以「德紅切」，也可以「端紅切」、「多紅切」、「得紅切」、「丁紅切」、「都紅切」、「當紅切」、「冬紅切」。另外，也可以做「德公切」、「端公切」、「德冬切」、「端冬切」，所拼出來的音都一樣。

在反切應用的年代中，既然上下字沒有統一規定，那麼其選字原則就是：

1.凡與被注音字雙聲就可以擔任上字

2.凡與被注音字疊韻就可以擔任下字

這對注音者而言是一種便利，在語音的共時階段中，也不會有任何不方便，只要不是選了罕用字即可。但是當語音階段過去，音變開始產生後，後人看前人的反切就因為音變而有了困擾，甚至是誤讀，而這也就是民國以後注音符號系統，之所以統一了各個聲母、韻母符號式樣的原因了。

㈢反切由來

反切注音法由來已久，但確切的產生年代，各家說法稍有出入，茲整理如下：

1.有漢字就有反切

清代劉熙載《說文雙聲．序》說：

> 切音……起於始制文字者也。許氏《說文》於字下繫之以聲，其有所受之矣。夫六書中較難知者莫如諧聲，疊韻、雙聲，接諧聲也。許氏論形聲，及於江河二字，方許氏時未有疊韻、雙聲之名，然河、可為疊韻；江工為雙聲，是其實也。

這是將形聲字的製作與反切概念合一的說法。另外，清代顧炎武《音學五書．音論》則將「合音字」視為反切：

> 按反切之語，自漢以上即已有之。宋沈括謂古語已有二聲合為一聲者，如不可為叵、何不為盍……愚嘗考之經傳，蓋不只此，如《詩經・牆有茨》傳，茨，蒺藜也，蒺藜正切茨字。

此二家所謂形聲字也好，「合音字」也好，其實都不是反切的開始，也不能等同於反切。形聲字是一種造字理論與方法，其聲音符號的功能是注音，當然就有著聲音關係，但這與反切有意識的分析聲母、韻母，以適當上下字注音的概念，是完全不同的體制。至於「合音」，更是語音發音時「急讀」、「緩讀」的原因所致，更不是有組織性的注音系統，與反切是不可以混為一談的。

2.起於東漢應劭、服虔

黃侃《聲韻略說》引章炳麟之說：

> 服虔、應劭訓說《漢書》，其反語已著於篇，明其造端漢末，非叔然創意為之。且王子雍（肅）與孫叔然，說經相攻如仇讎，然子雍亦用反語，其不始叔然可知。

服、應二人注解《漢書》，使用了不少的反切注音，保存在《漢書》之中，所以反切在東漢使用的說法，較為可信。

3.三國魏孫炎所創

南北朝顏之推《顏氏家訓・音辭篇》說：

> 孫叔然創《爾雅音義》，是漢末人獨知反語。至於魏

世，此事大行。

後世遂有主張反切起於漢末三國時期者。其實顏之推只說孫炎有《爾雅音義》一書，該書確是全書使用反切，但是顏氏並未說反切之法是孫炎所造，因此這個說法不夠真確。

㈣反切名稱

「反切」兩個字的意義，根據宋邱雍《禮部韻略》云：「音韻輾轉相協謂之反，兩字相摩以成聲謂之切。」馬宗霍《音韻學通論》引《禮部韻略》云：「音韻輾轉相協謂之反，亦做翻，兩字相摩以成聲謂之切。」又引金韓道昭《五音集韻》序云：「夫切韻者，蓋上切下韻，合而翻之，因號以為名。」又黃公紹《古今韻會》云：「一韻輾轉相協謂之反，一韻之字相摩以成聲謂之切。」又引《玉鑰匙》云：「反切二字，本同一理。反即切也，切即反也，皆可通用。」

簡單來說，「反」是「反覆」之義，「切」是「切磋」、「相拼」、「相合」之義。將反切上下字的讀音相合，並且多次快速連讀，就可以得出被注音字的發音，這就是「反切」二字的意義。

反切注音法的形式，在唐代以前都叫「某某反」，之後才改為「某某切」，例如：

1.《漢書・地理志》應劭注：「汘，羌肩反」、「湔，子千反」、「沓，長答反」。
2.《顏氏家訓・音辭篇》：「兄，當為所榮反。」
3.《史記・張耳陳餘列傳》唐司馬貞《索隱》：「鉏閑反」。

根據顧炎武《音論》，到了唐代宗大歷年間，由於「反」字敏感，所以才都改成了「某某切」，也就是我們今天看到的形式。

(五)反切注意事項

1.時代差異

反切注音法由來已久，漢以後的韻書、字書、注解文獻等，均以反切進行注音，因此當我們利用反切研究古音之時，就必須要有時代差異、語音差異的觀念，才不致誤用。

目前所見反切注音，橫跨中古音、近代音到清末，將近兩千年的使用時間。其間的音變現象，就是後人使用反切要特別注意的，絕不能以現代語音來使用反切，例如「哀，鳥開切」讀成「**ㄋㄞ**」、「敖，五勞切」讀成「**ㄨㄠ**」、「販，方願切」讀成「**ㄈㄩㄢ**」，這絕非中古音的實際，因為這些被注音字和反切上下字，在漢語歷史中都已經音變了。

2.語音分析

反切是研究古音的利器，但是所有古代反切都必須經過分析與歸納，得出其聲母類型、韻母類型，並且進行音值擬測之後，才能理解反切所顯示的正確音值。

例如「販，方願切」，「方」在中古音屬於「非」母，「願」屬於「元」韻，「非」母由中古前期「幫」母分化而來，於是「販」的中古音是：前期[p-juan]、後期[f-juan]。

從這個例子可以看出，反切的保存對古音研究具有積極意義，只要針對這些注音例子進行縝密的語音分析，就可以輕易的進入古音系統。聲韻學對於中古音系的研究就是如此展開的，這些知識的應用將在後續的課程中陸續出現。

㈥反切價值

針對語音字音進行任何的注音，事實上都必須立基於語音分析的前提之上，其注音也才能成立。反切注音法在成熟之後，被大量運用在語音注音之上，因此造就了「韻書」的編輯，沒有反切，韻書又何能為漢字做語音分類。

韻書大量出現，大量保存古代反切之例，這又為後人研究漢語音歷史發展，提供了最佳材料。換個角度想，目前我們使用的「注音符號」系統，表現與記錄了現代漢語與漢字的實際音讀；當西元2500年，甚至更遠以後，漢語音一定有了音變，與現代漢語不同，我們現在的語音在那時一定成了「古漢語」。那後人如何研究我們的語音呢，此時「注音符號」就是一種具體語音文獻了，只要後人研究清楚「ㄅ」、「ㄉ」、「ㄐ」、「ㄧ」、「ㄚ」、「ㄤ」這些符號的定義，也就可以理解這些符號所代表的古音狀況了。這和我們現在使用反切研究古音的邏輯，是完全一樣的，理解此點，也就理解了反切的研究價值，一點也不可怕。

三、韻書簡史

㈠韻書起源與類型

1.韻書功能

「韻書」，是一種分析漢字聲、韻、調形式，並且依據其相同性質，分韻編排的字典。這種書主要是為分辨、規定文字的正確讀音而做，因此每一個字都有嚴謹的反切注音，同時又有字義的解釋和字體的記錄，所以具有了漢字形、音檢索與辨明的雙重功能。

2.產生條件

文字形體的變遷、反切注音方法的發明，是韻書產生的條件。漢魏以後，篆書、古文變為隸書、草書，字形變化很大，形聲字的聲符逐漸音變，與當代音不同，於是文字的正確讀音就沒有一定標準，不但寫作韻文有困難，社會的交際也有障礙，具有當代正確音讀功能的韻書也就應運而生。

漢魏之時，反切注音法受佛經翻譯的影響，逐漸盛行，這也提供了韻書在編寫時的讀音準確的依據。到了六朝，四聲的聲調差異在佛經翻譯過程中被發現，引起了文人的注意，文學創作特別講究聲律，這也與韻書的出現與盛行是相輔相成的。六朝的韻書多是依據方言音編寫，不同區域的韻書就有了音韻上的差異。直到隋代統一天下，才出現了因應政治統一形勢需要、便利各地人士共同應用的《切韻》，此後，唐宋明清因為統一與科舉考試出現，於是皆有官修之韻書，其目的就在以共同語統一全國的音韻了。

3.編輯目的

韻書的編輯目的，是為了文人創作時用字的參考與精準，古韻文都必須押韻，所以韻書就按韻編排。直到今天，創作古韻文的人，仍然需要使用歷代韻書。不過這樣精密的漢字音節的分析，加上又有當代的反切注音在其中，所以當音韻學研究興起後，韻書就成了歷代研究古音的重要材料。時至今日，我們研究古代漢語音，仍然必須借助歷代韻書的分析與紀錄。

4.韻書三型

韻書供文人創作使用，這從歷代韻書的編輯體例就可以得知。歷代韻書的體例大致有三類：第一類是先按漢字聲調分類，再在每一類聲調之下分韻部，每一韻內再按同音字依序排列，例如宋代的《廣韻》。第二類是先分韻部，每一韻內再按聲調分類，然後在每一聲調內按同音字依序排列，如元代的《中原音韻》。第三類是先分韻部，每一韻再按聲母分類，然後再在同音字內按聲調依序編排，例如《韻略易通》。無論如何分類，每部韻書都是精密分析漢字聲、韻、調的工具書，不但文人可以取用，對於古音研究當然也是必要的文獻了。

㈡最早的韻書

中國最早的韻書是三國時期魏李登編著的《聲類》，和晉代呂靜編著的《韻集》。《隋書・經籍志》著錄有《聲類》十卷，《魏書・江式傳》說：「晉呂靜仿品登之法作《韻集》五卷，宮商角徵羽各為一篇。」這是中國韻書的最早紀錄。

這兩書早已失傳，目前只有後世輯本。根據唐代封演《聞見記》說，《聲類》是「以五聲命字，不立諸部」。「五聲」、「宮、商、角、徵、羽」原是古代的音樂術語，這二書就是依此五音編排，跟後來的韻書按聲調或韻部編排方式不同。不過從此以後韻書大量出現，根據《顏氏家訓・音辭篇》所說：「自茲厥後，音韻蜂出，各有土風，遞相非笑。」韻書成了韻文與語音研究的重要工具書，李登與呂靜居功厥偉。

㈢六朝韻書

六朝時期的文學講究音韻，研究語音的人也多，所以韻書數量非常多。根據宋代《廣韻》記載，有以下四部：夏侯該《韻略》、陽休之《韻略》、周思言《音韻》、李季節《音譜》、杜臺卿《韻略》。

又根據《隋書・經籍志》記錄，有周研《聲韻》、段弘《韻集》、張諒《四聲韻集》、逸名《群玉典韻》、李季節《修續音韻決疑》、陽休之《韻略》、沈約《四聲譜》、夏侯詠《韻略》、釋靜洪《韻音》等。《南史》記錄了兩部，周彥倫《四聲切韻》、王斌《四聲論》。

上述六朝韻書目前均已亡佚，一因隋代陸法言集大成之作《切韻》出現、二則語音不斷流變，韻書通常供當代韻文專家使用，音韻既變，之前用的韻書當然也就失去工具價值。不過從目錄中的記載，我們可以看見漢以後對於音韻的講求，是越來越注重了。

㈣隋代《切韻》

隋代陸法言《切韻》，是前代韻書的繼承和總結，又是後世傳統韻書演變的基礎，是韻書史上劃時代的巨著，更是中古漢語音的代表韻書。

《切韻》成書於隋文帝仁壽元年（601），是參考呂靜《韻集》、夏侯該《韻略》、陽休之《韻略》、李季節《音譜》、杜臺卿《韻略》等著作的基礎上寫成的。《切韻》計五卷，以平、上、去、入四聲分卷，共193韻，按反切的發聲分音，在每一韻目前都有一個數字標明韻目次序，一共收字12,158字。

《切韻》是在隋文帝開皇（581～600）初年，陸法言的父親陸爽在朝廷做官時，劉臻、顏之推、盧思道、李若、蕭該、辛德源、薛道衡、魏彥淵這八個當時的著名學者到陸法言家聚會時，討論了編訂新韻書的綱領性意見，陸法言執筆把大家商定的審音原則記下來，而後於隋文帝仁壽元年編寫完成的。

《切韻》是在研究分析了六朝韻書的基礎上編寫而成，根據《廣韻》所載陸法言《切韻序》說：

昔開皇初，有儀同劉臻等八人，同詣法言門宿。夜永酒闌，論及音韻。以今聲調，既自有別。諸家取捨，亦復不同。吳楚則時傷輕淺，燕趙則多傷重濁。秦隴則去聲為入，梁益則平聲似去。又支（章移切）、脂（旨夷切）、魚（語居切）、虞（遇俱切），共為一韻；先（蘇前切）、仙（相然切）、尤（于求切）、侯（胡溝切），俱論是切。欲廣文路，自可清濁皆通；若賞知音，即須輕重有異。呂靜《韻集》，夏侯該《韻略》，陽休之《韻略》，周思言《音韻》，李季節《音譜》，杜臺卿《韻略》等，各有乖互。江東取韻，與河北復殊。因論南北是非，古今通塞。欲更捃選精切，除削疏緩，蕭（該）顏（之推）多所決定。魏著作（淵）謂法言曰：「向來論難，疑處悉盡，何不隨口記之。我輩數人，定則定矣。」法言即燭下握筆，略記綱要，博問英辯，殆得精華。於是更涉餘學，兼從薄宦，十數年間，不遑修集。今返初服，私訓諸弟子，凡有文藻，即須明聲調。屏居山野，交游阻絕，疑惑之所，質問無從。亡者則生死路殊，空懷可作之歎；存者則貴賤禮隔，以報絕交之旨。遂取諸家音韻，古今字書，以前所記者定之，為《切韻》五卷。部析毫釐，分別黍累，何煩泣玉，未得縣金。藏之名山，昔怪馬遷之言大；持以蓋醬，今歎揚雄之口吃。非是小子專輒，乃述群賢遺意；寧敢施行人世，直欲不出戶庭。于時歲次辛酉，大隋仁壽元年。

可見這是一部將南北朝各種不同韻書的音韻差異，做一個定型分析整理的作品，可以說是韻書史上最為重要的里程碑，在音韻史上具有最重要地位。不過《切韻》一書也已經亡佚，現在可以看到的只是敦煌出土的唐人抄本《切韻》的片段和一些增訂本。目前研究中古音的最重要韻書，已經由繼承《切韻》音系與精神的宋代《廣韻》所取代。

㈤唐代韻書

自從有了《切韻》表現統一的音系後，唐代的韻書幾乎都是《切韻》的增訂本，所以又稱為「切韻系韻書」，包括宋代的《廣韻》也仍然是切韻系韻書，這一系列的韻書，成為研究中古音系的最重要韻書。

唐代韻書很多，最重要的有孫緬《唐韻》、李舟《切韻》。孫緬《唐韻》是《切韻》的一個增修本，時間約在唐玄宗開元二十年（732）之後，因為它定名為《唐韻》，曾獻給朝廷，所以雖是私人著述，卻帶有官書性質，比起較它早出的王仁煦《刊謬補缺切韻》還更著名。《東齋記事》說：「自孫緬集為《唐韻》，諸書遂廢。」原書現已不存在。據清代卞永譽《式古堂書畫匯考》所錄唐元和年間《唐韻》寫本的序文和各卷韻數的記載，全書5卷，共195韻，與王仁煦《切韻》同，上、去二聲都比陸法言《切韻》多一韻。《唐韻》對字義的訓釋，既繁密又有出處、憑據，對字體的偏旁點畫也極考究，使得韻書更加具有字典的性質，這也是《唐韻》更加受人重視的一個原因。

李舟《切韻》已經亡佚，它在收[-n]音和收[-m]音的陽聲韻部的次序排列以及入聲韻部和平、上去三聲韻部的配合方面，都有一些特點，對後世的韻書中韻目的排列是有影響的，王國維就認為李舟《切韻》甚至是宋代韻書之祖。

㈥宋代韻書

1.《廣韻》

《廣韻》全名《大宋重修廣韻》，是宋真宗大中祥符元年（1008）陳彭年等人奉詔根據前代韻書修訂成的一部韻書，是中國古代第一部官修的韻書。由於《廣韻》繼承了《切韻》、《唐韻》的音系，是漢魏以來集大成的韻書，也是目前研究古音最重要的一部韻書。

《廣韻》共5卷，計206韻，包括平聲57韻（上平聲28韻，下平聲29韻），上聲55韻，去聲60韻，入聲34韻。《廣韻》每卷的韻目下面都有一些韻目加注「獨用」，或與某韻「同用」的字樣。

從王仁煦的《刊謬補缺切韻》開始，及至孫愐的《唐韻》，注釋逐漸加多，並且引文都有出處，韻書便具有詞書、字典的性質。到了《廣韻》，這種體制已成定型，可以說是一部按韻編排的同音字典。《廣韻》的字數，較以前的韻書增加得很多。據它卷首的記載，共收字26,194個，注解的文字191,692個。明代邵光祖《切韻指掌圖檢例》說：「按《廣韻》凡二萬五千三百字，其中有切韻（指反切）者三千八百九十文，即有小韻三千九百八十。」近年有人統計，《廣韻》的小韻實際是三千七百多個。總之，《廣韻》的韻數、小韻數、字數都較以前的韻書有增加，《廣韻》的名稱本來就有增廣隋唐韻書的意思。《廣韻》之後的正統韻書，如《五音集韻》、《古今韻會舉要》、《洪武正韻》皆是以《切韻》、《廣韻》、《集韻》、《禮部韻略》為根基發展而來。

2.《集韻》

《集韻》宋仁宗景祐四年（1037），即《廣韻》頒行後三十一年，宋祁、鄭戩給皇帝上書批評《廣韻》「多用舊文，繁省失當，有誤科試」（李燾《說文解字五音譜敘》）。宋仁宗遂令丁度等人重修《廣韻》，到宋英宗治平四年（1067）重修完畢，英宗賜名《集韻》，頒行天下。《集韻》與《廣韻》不同之處有以下六點：

⑴增加卷次，由五卷增加至十卷。

⑵調整韻部，精簡注釋，適度刪減注解的字數。

⑶增加所收字數，所有有根據的正體字、俗體字、古體字都收，所以字數增加到53,525字，比《廣韻》多了27,331字，成為歷史上收字最多的韻書。

⑷糾正和補充字義，增加了古籀文、異體字做證據。

⑸將注音提前，先注音後解釋字義。

⑹引證大量古書，保存了許多可貴的原文和本義，這也是《集韻》在文獻上最大的成就和功績。

《集韻》編成以後，由於代表中古後期的宋代音，因此在元、明之時並不流通，直到清代古音學發達，才被清代古音學者具體研究。

㈦元代韻書

1.《五音集韻》

《五音集韻》金代韓道昭作，書成於金衛紹王時，約西元1212年，較宋代劉淵《王子新刊禮部韻略》的成書刊行早四十年。全書分160韻，比《廣韻》少46韻，比《王子新刊禮部韻略》多53韻。平聲共44韻，上聲43韻，去聲47韻，入聲26韻。《五音集韻》的「五音」，指的是喉、牙、舌、齒、唇。

2.《古今韻會舉要》

《古今韻會舉要》是《古今韻會》的精簡本，原《古今韻會》是元代黃公紹於元世祖至元二十九年（1292）所編，簡稱《韻會》。這是一部廣徵典故，上至《說文》中的籀體古文，下到隸書俗文，無所不收，非常注重訓詁解釋的韻書。

但是與黃公紹同時期又同鄉的熊忠，卻嫌《古今韻會》「卷帙浩繁」、「四方學士不能遍覽」，於是刪繁舉要，補收闕遺，於大德元年（1297）改編成《古今韻會舉要》，全書30卷，形式上承用傳統分韻，但在實際劃分韻類和聲類時，卻照顧到了當時的實際語音，這對漢語語音史的研究有不小的貢獻。此外，這部韻書徵引古代典籍，大量說明文字通假問題，糾正了《說文》的不少錯誤，為研究古代文字形、音、義的關係，提供許多珍貴可靠的證據。

3.《中原音韻》

《中原音韻》是第一部完全擺脫正統韻書束縛，根據實際語音另創編排體例所編成的韻書。此書是元代周德清根據當時戲曲家，如關漢卿、馬致遠、鄭光祖、白樸等人的戲曲作品用韻字編輯而成，元統元年（1333）寫成定本，正式刻印發行。《中原音韻》的編排，體例簡明實用，和過去韻書截然不同，全書分19韻，韻目都用兩個字標出。四聲不分立，這和元曲的四聲通押有關，平聲分陰、陽，入聲分別派入平、上、去，所以其四聲是陰平、陽平、上、去，和其他韻書不同。

《中原音韻》不但根據戲曲押韻字編成，又用來指導作曲用韻，協調平仄聲律，特別重視了當時的語音實際，也反映了當時的口語、說話音。《中原音韻》和過去韻書依據官話、讀書音的體例不同，對於掌握當代語音、研究口語方言與官話間語音演變規律，具有重大價值。

㈧明代韻書

1.《洪武正韻》

《洪武正韻》是明太祖洪武八年（1375）樂韶鳳、宋濂等十一人奉詔編成的一部官修韻書，全書16卷，平聲、上聲、去聲各22部，入聲十部，共分韻76部。此書編輯原則是「一以中原雅音為定」，也就是要以當時官話為準，所以經過六次修改才定稿。清代學術界對此書頗為輕視，沒有翻刻過此書，這固然有其政治原因，然而也和它糅雜南北語音的毛病不無關係。

2.《韻略易通》

《韻略易通》，明代蘭茂於英宗正統七年（1442）所編，全書分20韻，前10韻平、上、去、入四聲俱全，後10韻無入聲。此書將聲類明確劃分為20類，並用一首〈早梅詩〉來概括20聲類，分別是：「東風破早梅，向暖一枝開。冰雪無人見，春從天上來。」每一個字就代表一類的聲母。《韻略易通》雖是韻書，但是對於聲類的劃分卻是其重大貢獻，尤其對於考定《中原音韻》的聲類，具有重要參考價值。

㈨清代韻書

1.《佩文韻府》

《佩文韻府》是清初一部權威的官修韻書以及詞典，由康熙皇帝命張玉書、陳廷敬等二十餘人所編，成書於康熙五十年（1711），共212卷。全書詞彙依韻編排，共收單字一萬九千多，典故五十多萬條，任何文章典故均輯錄於此書，是中國依韻排列的最大詞典。全書依據《平水韻》106韻編排，每個韻部排列同韻部的字，字下列出以此字收尾的詞，以單字統詞語。每個字的字頭下，以反切注音，之後簡單訓釋並標明出處。

2.《音韻闡微》

清代真正的韻書，首推李光地等人奉詔編修的《音韻闡微》，書成於雍正四年（1726），共18卷，韻目依106韻分部，各韻部中字依「開、齊、合、撮」四呼和36字母排列。此書根據當時北方官話的語音來定音切，其反切上字用「支」、「微」、「魚」、「虞」、「歌」、「麻」韻的字，清音用「影」母字、濁音則用「喻」母字，下字則取其能收本韻的字，字義的解釋則稍簡略。

《音韻闡微》最大特色及成就，就是對反切所進行的改革，改變了舊韻書的拼切，使反切變得簡便、順暢、易讀，克服了原先用法繁複而取音難的缺點。《音韻闡微》由於已經到近代音的晚期，所以對於傳統反切進行改革，以符合當代應用所需，後來的《辭源》、《辭海》的注音仍然採用的是《音韻闡微》的反切。而此書也就成為我們研究近代語音演變的重要資料，在聲韻學史上具有重要地位。

課後測驗

1.漢語歷來有哪些注音法，原理與特性爲何？

2.「反切」二字之意義爲何？依據之語音原理爲何？

3.「反切」對於語音研究的價値何在？

4.韻書編輯之目的背景與條件爲何？

5.請簡述歷代韻書之發展。

第6堂課

《廣韻》研究

學習進程與重點提示

聲韻學概說→範圍→屬性→異稱→漢語分期→材料→功用→基礎語音學→範疇→分類→分支學科→語音屬性→音素→發音器官→收音器官→元音→輔音→音變規律→原因分析→漢語音節系統→定義→音節與音素量→音節結構→聲母類型→韻母類型→聲調系統→古漢語聲韻知識→認識漢語音節系統→掌握術語→材料→方法→方言概說→認識反切與韻書→漢語注音歷史→反切原理→反切注意事項→***韻書源流→廣韻研究→切韻系韻書→廣韻體例→四聲相配→四聲韻數→反切系聯→聲類→韻類***→等韻圖研究→語音表→開合洪細等第→等韻圖源流→韻鏡體例→聲母辨識法→韻圖檢索法→中古音系→中古音定義→擬測材料→聲母音值擬測→韻母音值擬測→聲調音值擬測→中古後期音系→韻書→韻部歸併→等韻圖→併轉為攝→語音音變→語音簡化→近代音系→元代語音材料→明代語音材料→清代語音材料→傳教士擬音→官話意義內涵→現代音系→國語由來→注音符號由來→注音符號設計→國語聲母→國語韻母→國語聲調→拉丁字母拼音系統→國語釋義→中古到現代→現代音淵源→語音演化→演化特點→聲母演化→韻母演化→聲調演化→上古音系→材料→方法→上古韻蒙昧期→上古韻發展期→上古韻確立期→上古韻成熟期→韻部音值擬測→上古聲母理論→上古聲母擬音→上古聲母總論→上古聲調理論→上古聲調總論

專詞定義

《切韻》	韻書名，五卷，隋代陸法言所編。成書於仁壽元年（601），是中國古代第一本體系完整的韻書。當時律詩已趨成形，古今異地的語音差異已引起學界注意，此書即為正音、統一用韻標準而編寫。原書已佚，僅存作者原序。另有敦煌出土唐寫本《切韻》殘卷三種，編號分別為S2055.S2129.S2683。根據各項材料考知，全書共193韻，先分聲調再分韻類，共計：平聲54韻、上聲51韻、去聲56韻、入聲32韻，收字一萬二千左右，較《廣韻》少一半。《切韻》音系性質尚難確認，大致是當時的標準語或讀書音。此書是唐宋韻書的始祖，對古代韻書韻部的分類和體例的定型有決定性的影響。對考察中古音、上推上古音都有重大意義。
切韻系韻書	以隋代陸法言《切韻》為藍本，進行增字、加注而未改變原音系本質與編排體例的一系列韻書。它是所有韻書系統中，一個獨立而又最重要的系列。唐宋時期的韻書，多屬此系列，現存最重要的則有《刊謬補缺切韻》、《唐韻》、《廣韻》、《集韻》，在漢語聲韻學史上占有重要地位，是考定古音的重要資料。周祖謨輯有《唐五代韻書集存》，是集此系韻書之大成。
《廣韻》	韻書名，五卷，全稱《大宋重修廣韻》。宋代陳彭年、邱雍奉詔據前代《切韻》、《唐韻》等韻書修訂而成。書成於景德四年（1007）。收韻字26,194個，注解字數191,692字。共206韻，多於《切韻》的韻數，係據《唐韻》增補。平聲字多分為兩卷，共計：上平聲28韻、下平聲29韻、上

	聲55韻、去聲60韻、入聲34韻。不計聲調，則206韻為61韻類，90個韻母。分韻之細，是沿襲唐韻書兼顧古音方音的結果，不只反映單一音系。此書是切韻系韻書集大成之作，是考證中古音系最早最完整的材料。
反切系聯	清代陳澧所創，聲韻研究方法之一。研究反切注音的被切字與反切用字之間的關係，藉以歸納其所代表音系的聲母類與韻母類。陳澧考察《廣韻》三千多組反切，運用四百多個反切上字、一千多個反切下字，根據「同用」、「互用」、「遞用」三種基本條例，把聲韻類別系聯出大致輪廓。再使用三個輔助條例，將尚未系聯者系聯歸類。此法客觀可靠，極受後人重視，在處理反切、歸納聲韻的工作中一直是主要方式。

一、切韻系韻書

今日研究古音系統，都必須借助《廣韻》一書，《廣韻》是上承隋代《切韻》的重要韻書，所以學習《廣韻》就必須先對「切韻系韻書」的形成有所概念。

㈠定義

隋代陸法言的《切韻》，是目前可見到的最早的韻書。自從《切韻》統一南北朝時期韻書後，凡是以《切韻》為首，在體例、內容、音系上皆承襲《切韻》而來的韻書就叫做「切韻系韻書」，唐代的韻書、宋代《廣韻》、《集韻》都是。《切韻》是中古音系的代表韻書，其系列韻書當然也就成為研究中古音的重要材料。

㈡《切韻》之形成

切韻系韻書成為後來研究中古音、上古音的最重要韻書，這與當初《切韻》的編成有重大關係。《切韻》序說：

昔開皇初，有儀同劉臻等八人，同詣法言門宿。夜永酒闌，論及音韻。以今聲調，既自有別。諸家取捨，亦復不同。吳楚則時傷輕淺，燕趙則多傷重濁。秦隴則去聲為入，梁益則平聲似去。又支（章移切）、脂（旨夷切）、魚（語居切）、虞（遇俱切），共為一韻；先（蘇前切）、仙（相然切）、尤（于求切）、侯（胡溝切），俱論是切。欲廣文路，自可清濁皆通；若賞知音，即須輕重有異。呂靜《韻集》，夏侯該《韻略》，陽休之《韻略》，周思言《音韻》，李季節《音譜》，杜臺卿《韻略》等，各有乖互。江東取韻，與河北復殊。因論南北是非，古今通塞。欲更捃選精切，除削疏緩，蕭（該）顏（之推）多所決定。魏著作（淵）謂法言曰：「向來論難，疑處悉盡，何不隨口記之。我輩數人，定則定矣。」法言即燭下握筆，略記綱要，博問英辯，殆得精華。於是更涉餘學，兼從薄宦，十數年間，不遑修集。今返初服，私訓諸弟子，凡有文藻，即須明聲調。屏居山野，交游阻絕，疑惑之所，質問無從。亡者則生死路殊，空懷可作之歎；存者則貴賤禮隔，以報絕交之旨。遂取諸家音韻，古今字書，以前所記者定之，為《切韻》五卷。部析毫釐，分別黍累，可煩泣玉，未得縣金。藏之名山，昔怪馬遷之言大；持以蓋醬，今歎揚雄之口吃。非是小子專輒，乃述群賢遺意；寧敢施行人世，直欲不出户庭。于時歲次辛酉，大隋仁壽元年。

根據陸法言的序，知道其編輯《切韻》的原因是：

1.各地方言聲調不同，例如「吳楚則時傷輕淺，燕趙則多傷重濁。秦隴則去聲為入，梁益則平聲似去」。為使當時人知道這些實際差異，以便於詩文撰寫或是往來溝通之所需，所以編輯《切韻》。
2.當時口語之辨音不夠精細，例如「支（章移切）、脂（旨夷切）、魚（語居切）、虞（遇俱切），共為一韻；先（蘇前切）、仙（相然切）、尤（于求切）、侯（胡溝切），俱論是切」，為改變這種誤差，所以編輯《切韻》。
3.當時流行之韻書如呂靜、夏侯該、陽休之、周思言、李季節、杜臺卿等人之作，均「各有乖互」，頗不一致，參考韻書為文的人，莫衷一是，於是編輯《切韻》，以為統一。
4.各地用韻又不盡相同，所謂「江東取韻，與河北復殊」，於是編輯可以多方關照的《切韻》。

基於以上幾點語音上的問題，所以陸法言「論南北是非，古今通塞」、「捃選精切，除削疏緩」編成了《切韻》，提供了隋代大一統下的語音統一之代表韻書，也為各家所通用，於是其餘韻書逐漸亡佚，而唐宋韻書繼之而起，切韻系韻書於是成為今日研究古音的必備韻書。

㈢《切韻》之內容

《切韻》一書在宋代《廣韻》編成後逐漸亡佚，直到清光緒三十三年於敦煌發現《切韻》殘卷，再歷經研究之後，《切韻》的大致面貌才再度呈現。根據殘卷所記錄及各家研究，《切韻》內容如下：

1.以平上去入四聲分卷，平聲字多又分上下二卷，全書共五卷。

2.平聲上卷26韻、下卷28韻、上聲51韻、入聲32韻，共分193韻。

3.全書所收字數據封演《聞見記》所載為12,150字。

4.書前有陸法言、長孫訥言兩篇序文

5.字之分韻與南北朝韻文押韻系統相當，確可反映南北朝的實際語音。

㈣切韻系韻書之共同體例

《切韻》以後的韻書，在體例上均相沿習，其共同特點是：

1.最少193韻、最多206韻

2.以四聲分卷，平聲字多再分上下卷。

3.每韻之內排比若干群同音字。

4.在每群同音字的第一個字之下以反切注音。

5.一字有兩讀音者，分別加注反切。

二、《廣韻》由來與版本體例

㈠由來

古代科舉考試以詩賦取士，韻書成了讀書人必備的工具書，也造就了隋唐時代大量韻書的編成。隋唐韻書都為私修，到了宋代科考越加謹嚴，做詩押韻總要有個官方標準，使師生皆有依據，因此開始有了官修的韻書，作為考試標準。

宋真宗大中祥符元年（1008），陳彭年、邱雍奉旨重定《切韻》，於是編成了中國第一部官修韻書，書成之後賜名《大宋重修廣韻》，簡稱《廣韻》，從此之後科考有了標準，《廣韻》也成了後世研究古音的必要工具書。

㈡版本

《廣韻》目前流通的版本有繁本、簡本共七種，差異主要是所收字數及注解的多寡。此七種版本如下：

1. 古逸叢書覆宋本重修廣韻（繁本）。
2. 古逸叢書覆元泰定本（簡本）。
3. 張氏澤存堂重刊宋本（繁本）。
4. 小學彙函張氏本（即澤存堂本）。
5. 小學彙函內府本（簡本）。
6. 新化鄧氏重刊張氏本（即澤存堂本）。
7. 商務印書館影印古逸本（繁本）。

其中張氏澤存堂重刊宋本，是目前最普遍的版本，書後有六種附錄：「雙聲疊韻法」、「六書」、「八體」、「辨字五音法」、「辨十四聲例法」、「辨四聲輕清重濁法」是簡本所無者。

㈢體例

《廣韻》是按韻編排條列式的語音工具書，也可以視為一種同音字典，全書編排體例如下：

1. 全書共收26,194字。
2. 注解文字共191,692字。
3. 所有字分別歸納排列在206個「韻」之下。
4. 此206韻稱為「大韻」，或「大韻目」。
5. 206個韻按聲調不同而分卷，韻母相同、聲調不同，就立為不同韻部。
6. 全書共分五卷：第一卷「上平聲」、第二卷「下平聲」、第三卷「上聲」、第四卷「去聲」、第五卷「入聲」。漢語裡平聲的字最多，所以分立兩卷，但聲調仍是「平、上、去、入」。

7.平聲共計57韻、上聲55韻、去聲60韻、入聲34韻。

8.每一個大韻所收的字，依據完全同音之條件，依序排列在一起。

9.每一群同音的字，以第一個字為代表，此字稱為「小韻」或「小韻目」。例如卷一「蟲、沖、种、盅、爞、苹、翀」七個同音字，以「蟲」字為首，這個「蟲」字，就是這群字的「小韻」、「小韻目」。

10.全書小韻目共計3,890個，每個小韻目的同音字數不一，例如東韻小韻目「同」有45字、青韻小韻目「靈」有87字、紙韻小韻目「水」只有一個字。

11.每群同音字，在小韻目之上，以圓圈隔開，以利讀者翻檢。

12.每個小韻目在注解的文字最後，加注這組同音字的反切注音和同音字數，其餘的字就不再注音。

13.一字而有幾個讀音者，均分別加注反切，正讀的反切叫「正切」、又讀的反切叫「又切」。例如：

卷數	一字兩讀	正切	又切
卷三養韻	「上」：「時掌切又音尚」	時掌切	尚
卷四漾韻	「上」字 小韻目「尚」字：「時亮切」 「上」字則另注有：「時兩切」	時亮切	時兩切

三、反切的功用與限制

(一)反切與古音

《廣韻》書中所保存的大量反切，是後人研究中古音系的最重要語音材料，因為這些反切是由隋唐宋代的人所注音，當然也就真切的記錄了當時的語音系統。中古音系有多少個聲母，多少個韻母，都透過反切記錄下來，所以在我們進入古音前，就必須先研究反切。

㈡反切的用字

現代人要直接以反切看中古聲母、韻母，是有其困難與不便的，這是因為反切注音法在選字時的寬鬆原則所造成。

反切注音法以雙聲疊韻為原理，而漢語裡同音的音節數量很多，在反切使用的時代，哪個字可以作為反切上下字，並沒有規定與統一，例如「東」可以「德紅切」，也可以「端紅切」、「多紅切」、「得紅切」、「丁紅切」、「都紅切」、「當紅切」、「冬紅切」。另外，也可以做「德公切」、「端公切」、「德冬切」、「端冬切」，所拼出來的音都一樣。

在反切應用的年代中，既然上下字沒有統一規定，那麼其選字原則就是：凡與被注音字雙聲就可以擔任上字、凡與被注音字疊韻就可以擔任下字，這對注音者而言是一種便利，在語音的共時階段中，也不會有任何不方便，只要不是選了罕用字即可。

但是當語音階段過去，音變開始產生後，後人看前人的反切就因為音變而有了困擾，甚至是誤讀。當然我們現在面對這麼多的反切組合，也就無法立刻知道當時有多少聲母、多少韻母了。

四、反切系聯

因應前述反切在研究上的不便，清代陳澧在他的《切韻考》一書中，提出了「反切系聯」的解決方法。他依據反切「雙聲疊韻」的原理，針對《廣韻》所有反切條分縷析，於是歸納出了中古聲母和韻母數量類別。至此，中古音系裡聲母韻母的狀況，才清楚的浮現出來。

以下我們將《切韻考》所介紹六條反切系聯方法，分「基本條例」、「分析條例」、「補充條例」三步驟來說明。

㈠基本條例

此條例目的與功能，在求同類聲母、韻母之上、下字的聚合，共兩條，第一條處理反切上字、第二條處理反切下字。

1.第一條

《切韻考》：

切語上字與所切之字為雙聲，則切語上字同用者、互用者、遞用者，聲必同類也。同用者，如冬、都宗切；當、都朗切，同用都字也。互用者，如當、都朗切；都、當孤切，都當二字互用也。遞用者，如冬、都宗切；都、當孤切，冬字用都、都字用當也。今據此系聯之為切語上字四十類。

⑴此條處理《廣韻》反切上字，目的在歸納相同聲母類型的反切上字。

⑵依據反切注音法「上字與被注音字必須雙聲」的原理。

⑶凡符合反切上字「同用」、「互用」、「遞用」現象者，則聚合在一起，而為相同聲母類型的反切上字。

⑷「同用」者如：

冬　都宗切

當　都朗切　（同用都為上字，則冬、當、都三字同聲母。）

⑸「互用」者如：

當　都朗切

都　當孤切　（互用對方為上字，則當、都二字同聲母。）

⑹「遞用」者如：

冬　都宗切

都　當孤切　（冬用都、都用當，當用都，遞相循環使用。）

⑺以上舉例，表解如下：

冬　都宗切
　　　　　　同用
當　都郎切　　　　遞用
　　　　　　互用
都　當孤切

⑻由於反切上字的選字，採取只要雙聲即可的寬鬆條件，才必須使用此系聯方式，將同類聚集。

⑼根據此條例與方法，《廣韻》中「冬」、「當」、「都」三字，在中古音時期是相同聲母類型的字。

⑽經過基本條例的系聯，《廣韻》一書共計有40個不同類型的聲母。

2.第二條

《切韻考》：

切語下字與所切之字為疊韻，則切語下字同用者、互用者、遞用者，韻必同類也。同用者，如東、德紅切；公、古紅切，同用紅字也。互用者，如公、古紅切；紅、户公切，紅公二字互用也。遞用者，如東、德紅切；紅、户公切，東字用紅字、紅字用公字也。今據此系聯之為每韻一類、二類、三類、四類。

⑴此條處理《廣韻》反切下字，目的在歸納相同韻母類型的反切下字。

⑵依據反切注音法「下字與被注音字必須疊韻」的原理。

⑶符合反切下字「同用」、「互用」、「遞用」現象者，則聚合在一起，而為相同韻母類型的反切下字。

⑷「同用」者如：

東　德紅切

公　古紅切　（同用紅為下字，則東、公、洪三字同韻母。）

⑸「互用」者如：

公　古紅切

紅　戶公切　（互用對方為下字，則公、紅二字同韻母。）

⑹「遞用」者如：

東　德紅切

紅　戶公切　（東用紅、紅用公，公用紅，遞相循環使用。）

⑺以上舉例，表解如下：

東　德紅切 } 同用

公　古紅切 } 遞用

紅　戶公切 } 互用

⑻由於反切下字的選字，採取只要疊韻即可的寬鬆條件，才必須使用此系聯方式，將同類聚集。

⑼根據此條例與方法，《廣韻》中「東」、「公」、「紅」三字，在中古音時期是相同韻母類型的字。

⑽《廣韻》206韻中，每韻下最多可以區別出四類的韻母，各類下字的聚合就是由基本系聯條例而來。

㈡分析條例

此條例目的與功能，在求不同類聲母韻母之上下字的區別，共兩條，第一條處理反切上字、第二條處理反切下字。

1.第一條

《切韻考》：

《廣韻》同音之字，不分兩切語，此必陸氏舊例也。其兩切語下字同類者，則上字必不同類，如紅、户公切；烘、呼東切，公東韻同類，則户呼聲不同類。今分析切語上字不同類者，據此定矣。

(1)此條處理《廣韻》反切上字，目的在區別不同類型聲母的反切上字。

(2)有些反切上字，在中古音時期不同音，但後來音變成為同音。為求研究上的精密，我們不能以現代語音為據，認為這些反切上字是同聲母，於是要用此條例中的方法進行區別與確認。

(3)為避免讀者混淆音讀，《廣韻》反切用字體例是：同一音的兩個字，一定類聚在一起使用同一個反切，不會分開兩處，做出兩組不同的切語。於是兩組不同反切，一定就代表了不同的音讀。

(4)依據這原則，訂出了分析條例。凡是兩組反切，其下字如果是相同韻母，那麼上字就一定不是相同聲母，而必須加以區別。

(5)例如：

切　語	上字 必不同聲母	下字 同韻母	說　明
紅　戶公切	戶	公	1.前提：下字「公」、「東」已經由「基本條例」聚合為同類韻母。 2.於是上字「戶」、「呼」必為不同類的聲母，必須加以區別。
烘　呼東切	呼	東	

⑹在現代漢語中「紅、烘」；「戶、呼」，已經都音變為相同的[x-]（ㄏ）聲母，但是經過分析條例加以比對後，證實其中古音聲母並不同類，於是在系聯工作中，就加以區別開來，不能混淆。

2.第二條

《切韻考》：

上字同類者，下字必不同類，如公、古紅切；弓、居戎切，古居聲同類，則紅戎韻不同類。今分析每韻二類、三類、四類者，據此定矣。

⑴此條處理《廣韻》反切下字，目的在區別不同類型韻母的反切下字。

⑵有些反切下字，在中古音時期不同韻母，但後來音變成為同韻母。為求研究上的精密，我們不能以現代語音為據，認為這些反切下字是同韻母，於是要用此條例中的方法進行區別與確認。

⑶為避免讀者混淆音讀，《廣韻》反切用字體例是：同一音的兩個字，一定類聚在一起使用同一個反切，不會分開兩處，做出兩組不同的切語。於是兩組不同反切，一定就代表了不同的音讀。

⑷依據這原則，訂出了分析條例。凡是兩組反切，其上字如果是相同聲母，那麼下字就一定不是相同韻母，而必須加以區別。

⑸例如：

切語	上字 同聲母	下字 必不同韻母	說明
公 古紅切	古	紅	1.前提：上字「古」、「居」已經由「基本條例」聚合為同類聲母。
弓 居戎切	居	戎	2.於是下字「紅」、「戎」必為不同類的韻母，必須加以區別。

(6)在現代漢語中「公、弓」；「紅、戎」，已經都音變為相同的 [-uəŋ]（ㄨㄥ）韻母，但是經過分析條例加以比對後，證實其中古韻母並不同類，於是在系聯工作中，就加以區別開來，不能混淆。

(7)《廣韻》206韻中，每韻下可以區別出一類到四類不等的韻母，各類下字的區分開來，就是由分析條例所完成。

(三)補充條例

此條例目的與功能，在將經過基本系聯、分析系聯後，仍然未合、未分或有疑義的反切上下字進行最終處理，確定其應合或應分，務使所有反切上下字，均歸入其應屬的聲母、韻母類型中。補充條例亦有兩條，分別處理上字與下字。

1.第一條

《切韻考》：

> 切語上字既系聯為同類矣，然有實同類而不能系聯者，以其切語上字，兩兩互用故也。如多、得、都、當四字，聲本同類，多、得何切；得、多則切；都、當孤切；當、都郎切，多與得、都與當兩兩互用，遂不能四字系聯矣。今考廣韻一字兩音者，互注切語，其同一音之兩切

語，上二字聲必同類。如一東：涷、德紅切、又都貢切；一送：涷、多貢切，又音東。都貢、多貢同一音，則都多二字實同一類也。今於切語上字不系聯而實同類者，據此以定之。

⑴此條處理《廣韻》反切上字，目的在將兩組各自互用的上字，找出證據證明其關聯性，而後可以系聯在一起。

⑵有些反切上字，因為兩兩互用的關係而未能系聯一起，例如

<table>
<tr><td>多，得何切</td><td rowspan="2">多、得互用為上字</td><td>都，當孤切</td><td rowspan="2">都、當互用為上字</td></tr>
<tr><td>得，多則切</td><td>當，都郎切</td></tr>
</table>

由於兩組各自互用，那麼第一組「多、得」與第二組「都、當」是否該系聯一起呢？就產生了疑慮。

⑶漢字常有一字多音現象，根據《廣韻》反切注音體例，凡是一字有兩個音讀的，必須同時注出正讀的音與另外一個又讀，以使讀者知道此一字兩音，也簡省了翻查的時間。

⑷根據這些「一字兩音必互注切語」的線索，就可以解決某些切語「兩兩互用」的情形，例如：

<table>
<tr><th>卷次例字</th><th>反　切</th><th>互注切語</th><th>說　明</th></tr>
<tr><td>卷一：
一東「涷」</td><td>德紅切
又都貢切</td><td>都貢（又讀）=多貢（卷四之正讀）</td><td rowspan="2">經交叉比對：都貢、多貢其實同音，於是都、多二字實同一類聲母。</td></tr>
<tr><td>卷四：
一送「涷」</td><td>多貢切
又音東</td><td>東（又讀）=德紅（卷一之正讀）</td></tr>
</table>

⑸既然「都」、「多」經此證明為同聲母，那麼前述兩組互用的反切「多、得」、「都、當」，也就找到了關聯的證據，

「多、得、都、當」均為同類聲母，於是可以進行系聯，而其他互用例子也就可以依例完成。

2.第二條

《切韻考》：

切語下字既系聯為同類矣，然亦有實同類而不能系聯者，以其切語下字，兩兩互用故也。如朱、俱、無、夫四字，韻本同類，朱、章俱切；俱、舉朱切；無、武夫切；夫、甫無切，朱與俱、無與夫兩兩互用，遂不能四字系聯矣。今考平上去入四韻相承者，其每韻分類亦多相承，切語下字既不系聯，而相承之韻又分類，乃據以定其分類，否則，雖不系聯，實同類耳。

⑴此條處理《廣韻》反切下字，目的在將兩組各自互用的下字，找出證據證明其關聯性，而後可以系聯在一起。

⑵有些反切下字，因為兩兩互用的關係而未能系聯一起，例如

<table>
<tr><td>朱，章俱切</td><td rowspan="2">朱、俱互用為下字</td><td>無，武夫切</td><td rowspan="2">無、夫互用為下字</td></tr>
<tr><td>俱，舉朱切</td><td>夫，甫無切</td></tr>
</table>

由於兩組各自互用，那麼第一組「朱、俱」與第二組「無、夫」是否該系聯一起呢？就產生了疑慮。

⑶下字部分，不需要如前一條上字使用「一字兩音互注切語」的考據方式來決定是否同類，而是依據《廣韻》「平上去入四韻相承，每韻分類亦多相承」的原則處理。由於《廣韻》以四聲分卷，所以同音而聲調不同的字，就被分入平上去入四個單元

中，如此一來，各卷中的反切下字分類，理論上也就應該相同。

⑷例如：

聲調 卷數韻目	反切下字分類數	韻母類數	說　明
平聲 卷一虞韻	朱、俱（互用） 無、夫（互用）	參考上、去聲系聯為一類	1.依據《廣韻》平上去入四韻相承，分類亦多相承之原則 2.直接將平聲亦歸併一類
上聲 卷三麌韻	矩瘐主雨武甫禹羽	一類	
去聲 卷四遇韻	遇句戍注具	一類	

⑸其餘反切下字兩兩互用，不得系聯的例子，在此原則之下，也就或合、或分一一系聯完成。

五、《廣韻》的聲母

㈠早期字母系統

在陳澧之前，早已有所謂的「字母」作為漢語聲母的代表名稱，最早的有南梁守溫30字母，後又有增益的36字母，分別如下：

30字母系統

依據敦煌殘本「南梁漢比丘守溫述」：

脣音　不芳並明

舌音　端透定泥　是舌頭音

　　　知徹澄日　是舌上音

牙音　見（君）溪群來疑　等字是也

齒音　精清從　是齒頭音

審穿禪照　是正齒音
喉音　心邪曉　是喉中音清
匣喻影　是喉中音濁

36字母系統

依據等韻圖《韻鏡》所列字母系統：

幫滂並明	唇音重
非敷奉微	唇音輕
端透定泥	舌頭音
知徹澄娘	舌上音
見溪群疑	牙音
精清從心邪	齒頭音
照穿床審禪	正齒音
影曉匣喻	喉音
來日	舌齒音

㈡系聯後的聲母

前述兩種現存最早的漢語聲母標目，雖然較早，但只能代表唐宋間的部分語音情況，並不完全和《廣韻》的聲母相當。經過了陳澧將《廣韻》452個反切上字系聯後，《廣韻》一書的聲母系統較全面的呈現，整個切韻系韻書所代表的中古音系，也才更為精密。後人又再參酌等韻圖表，於是又有了41、51、57聲母的歸納，均係承襲陳澧系聯法而再加修正。以下便是系聯後的陳澧40聲母，和較為通行的黃侃41聲母：

廣韻聲母與反切上字表

發音部位	陳澧40聲母		反切上字	黃侃41聲母	
重脣音	1	幫	邊布補伯百北博巴卑并鄙必彼兵筆陂畀逋比	1	幫
	2	滂	滂普匹譬披丕	2	滂
	3	並	蒲步裴薄白傍部平皮便毗弼婢	3	並
	4	明微	莫慕模謨摸母明彌眉綿靡美	4	明
清脣音	5	非	方封分府甫	5	非
	6	敷	敷孚妃撫芳峰拂	6	敷
	7	奉	房防縛附符苻扶馮浮父	7	奉
			巫無亡武文望（陳澧與明母合併）	8	微
舌頭音	8	端	多德得丁都當冬	9	端
	9	透	他託土吐通天台湯	10	透
	10	定	徒同特度杜唐堂田陀地	11	定
	11	泥	奴乃諾内嬭那	12	泥
舌上音	12	知	知張豬徵中追陟卓竹	13	知
	13	徹	抽癡楮褚丑恥敕	14	徹
	14	澄	除場池治持遲佇柱丈直宅	15	澄
	15	娘	尼拏女	16	娘
舌根音	16	見	居九俱舉規吉紀几古公過各格兼姑佳詭	17	見
	17	溪	康枯牽空謙口楷客恪苦去丘墟袪詰窺羌欽傾起綺豈區驅	18	溪
	18	群	渠強求巨具臼衢其奇暨	19	群
	19	疑	疑魚牛語宜擬危玉五俄吾研遇虞愚	20	疑
喉音	20	影	於央憶伊衣依憂一乙握謁紆挹烏哀安煙鷖愛	21	影
	21	曉	呼荒虎馨火海呵香朽羲休況許興喜虛	22	曉
	22	匣	胡乎侯戶下黃何	23	匣
	23	喻四	余餘予夷以羊弋翼與營移悅	24	喻
	24	喻三	于羽雨雲云王韋永有薳榮為洧筠	25	為
齒頭音	25	精	將子資即則借茲醉姊遵祖臧作	26	精
	26	清	倉蒼親遷取七青采醋麤千鹿此雌	27	清
	27	從	才徂在前藏昨酢疾秦匠慈自情漸	28	從
	28	心	蘇素速桑相悉思司斯私雖辛息須胥先寫	29	心
	29	邪	徐祥詳辭辞旬寺夕隨	30	邪

廣韻聲母與反切上字表					
發音部位	陳澧 40聲母		反切上字	黃侃 41聲母	
舌尖面音	30	照二	莊爭阻鄒簪側仄	31	莊
	31	穿二	初楚創瘡測叉廁芻	31	初
	31	牀二	牀鋤鉏豺崱士仕崇查雛俟助	33	牀
	33	審二	疏疎山沙砂生色數所史雙	34	疏
舌面前音	34	照三	之止章征諸煮支職正止占脂蒸	35	照
	35	穿三	昌尺赤充處叱春齒	36	穿
	36	牀三	神乘食實示	37	神
	37	審三	書舒傷商施失矢試式識賞詩釋始申	38	審
	38	禪三	時殊嘗常蜀市植殖寔署臣是氏視成	39	禪
舌　音	39	來	來盧賴洛落勒力林呂良離里郎魯練	40	來
齒　音	40	日	如汝儒人而仍兒耳	41	日

六、《廣韻》的韻母

㈠《廣韻》206韻

《廣韻》是以「韻」編排的韻書，所有疊韻而可以在詩文中押韻的字，就編排在一個「韻」之下，此韻一般就簡稱為「韻」或「韻目」，又叫「韻部」，相對於一個韻目之內的小韻目時則叫「大韻目」，總計全書有206韻。

《廣韻》中多達206個韻，但不代表全書的韻母類型有這麼多，因為《廣韻》以聲調分卷，同一種韻母類型因聲調差異，就會被分在不同的卷。如果不計聲調差異，合併相同類型韻母的韻，則只有以下61種：

206韻四聲相承表				
	平聲	上聲	去聲	入聲
1	東	董	送	屋
2	冬	○	宋	沃
3	鍾	腫	用	燭
4	江	講	絳	覺
5	支	紙	寘	
6	脂	旨	至	
7	之	止	志	
8	微	尾	未	
9	魚	語	御	
10	虞	麌	遇	
11	模	姥	暮	
12	齊	薺	霽	
13			祭	
14			泰	
15	佳	蟹	卦	
16	皆	駭	怪	
17			夬	
18	灰	賄	隊	
19	咍	海	代	
20			廢	
21	真	軫	震	質
22	諄	準	稕	術
23	臻	○	○	櫛
24	文	吻	問	物
25	欣	隱	焮	迄
26	元	阮	願	月
27	魂	混	慁	沒
28	痕	很	恨	○
29	寒	旱	翰	曷
30	桓	緩	換	末
31	刪	潸	諫	黠

206韻四聲相承表				
	平聲	上聲	去聲	入聲
32	山	產	襉	鎋
33	先	銑	霰	屑
34	仙	獮	線	薛
35	蕭	篠	嘯	
36	宵	小	笑	
37	肴	巧	效	
38	豪	皓	號	
39	歌	哿	箇	
40	戈	果	過	
41	麻	馬	禡	
42	陽	養	漾	藥
43	唐	蕩	宕	鐸
44	庚	梗	映	陌
45	耕	耿	諍	麥
46	清	靜	勁	昔
47	青	迥	徑	錫
48	蒸	拯	證	職
49	登	等	嶝	德
50	尤	有	宥	
51	侯	厚	候	
52	幽	黝	幼	
53	侵	寢	沁	緝
54	覃	感	勘	合
55	談	敢	闞	盍
56	鹽	琰	豔	葉
57	添	忝	标	帖
58	咸	豏	陷	洽
59	銜	檻	鑑	狎
60	嚴	儼	釅	業
61	凡	梵	范	乏

㈡206韻的四聲配合

《廣韻》206韻的四聲配合並不一致，所以在前項表格中，有些入聲韻欄位空著沒有韻目、有些欄位以「○」表現，而有些韻又只有去聲韻。造成這些不一致現象的原因，包括韻書編排的體例、語音之自然現象等。

1.入聲韻配陽聲韻

漢語韻母如果以「韻尾」形式區分，有「陰聲韻」、「陽聲韻」、「入聲韻」三種，其區分標準與差異如下：

陰陽入聲韻				
元音韻尾	陰聲韻	元音韻尾	阿[a]、大[t-a]、代[t-ai]、勞[l-au]	
輔音韻尾	陽聲韻	鼻音韻尾	雙唇[-m]	金[k-im]（古漢語）
			舌尖[-n]	安[an]
			舌根[-ŋ]	黃[x-uaŋ]
	入聲韻	塞音韻尾	雙唇[-p]	合[x-ap]（古漢語）
			舌尖[-t]	質[jet]（古漢語）
			舌根[-k]	屋[uk]（古漢語）

⑴《廣韻》在韻目的四聲相承上，將入聲韻跟著陽聲韻，很明顯這是依據發音原理與實際的相近。

⑵「陽聲韻」、「入聲韻」同為「輔音韻尾」，其差別只在一為「鼻音」、一為「塞音」，不過發音部位卻是一樣的「雙唇」、「舌尖」、「舌根」三類。

⑶「鼻音」與「塞音」發音方式不同，但是因為安排在韻尾部分，所以在聽覺上是比較接近的，因此《廣韻》將入聲韻配給陽聲韻，是有其積極意義的。

(4)根據前述原理，《廣韻》入聲韻配陽聲韻的編排如下：

舌根輔音	陽聲韻	鼻音[-ŋ]	東	冬	鍾	江	陽	唐	庚	耕	清	青	蒸	登
	入聲韻	塞音[-k]	屋	沃	燭	覺	藥	鐸	陌	麥	昔	錫	職	德

舌尖輔音	陽聲韻	鼻音[-n]	真	諄	臻	文	欣	元	魂	痕	寒	桓	刪	山	先	仙
	入聲韻	塞音[-t]	質	術	櫛	物	迄	月	沒	○	曷	末	黠	鎋	屑	薛

雙唇輔音	陽聲韻	鼻音[-m]	侵	覃	談	鹽	添	咸	銜	嚴	凡
	入聲韻	塞音[-p]	緝	合	盍	葉	帖	洽	狎	業	乏

2.只有去聲的音節

206韻中有四個去聲韻，沒有與之相承的平、上、入聲韻，分別是「祭」、「泰」、「夬」、「廢」四韻。這是漢語音節的正常現象，也就是說一個音節只有去聲的發音，而沒有其他聲調的發音。現代漢語也有這樣的音節，例如「誰」、「賊」只有第二聲；「水」只有第三聲；「嫩」、「謬」只有第四聲，這些詞都沒有其他聲調的唸法，中古音「祭」、「泰」、「夬」、「廢」四韻也是同樣的道理，所以我們看《廣韻》206韻的相承，這四韻就是獨立的了。

3.字少編入它韻

《廣韻》立韻部有一個標準，那就是凡是有三個以上的音節，就獨立為一韻部，在206韻之中，「櫛」韻收3音13字、「臻」韻3音14字、「恨」韻4音7字，算是幾個最小的單元。少於三個音的的韻，《廣韻》就將之附錄在附近的韻部中，在正文中加以說明，這種情況有四次：

字少編入它韻			
1	冬韻上聲	2音3字	編入「腫」韻
2	臻韻上聲	2音3字	編入「隱」韻
3	臻韻去聲	1音7字	編入「震」韻
4	痕韻入聲	1音5字	編入「沒」韻

在前文「206韻四聲相承表」中，這些情況的欄位以「○」表示，正是上述原因所致，並不表示該處沒有音節，也因這些編排體例，使得206韻的四聲相承就出現參差不齊了。

㈢韻目與韻母

《廣韻》將可以押韻的字編在一起，由第一個字做標目，這也就是206韻，所以206韻被稱做「韻目」、「大韻目」或「韻部」。韻目可以提供做詩為文的人很方便的押韻參考之用，但對研究語音而言則不夠精密，因為語音研究要的是音節中的「韻母」，而韻書中的「韻」、「押韻」和音節中的「韻母」，其內涵是有差異的。我們以下表做說明：

<table>
<tr><th colspan="3">韻　母</th></tr>
<tr><td>介　音</td><td>主要元音</td><td>韻　尾</td></tr>
<tr><td>韻　頭</td><td>韻　腹</td><td>韻　尾</td></tr>
<tr><td>u</td><td>a</td><td>n　（灣）</td></tr>
<tr><td>i</td><td>a</td><td>n　（煙）</td></tr>
<tr><td>y</td><td>a</td><td>n　（圓）</td></tr>
<tr><td rowspan="3"></td><td>a</td><td>n　（安）</td></tr>
<tr><td colspan="2">韻</td></tr>
<tr><td colspan="2">押　韻</td></tr>
</table>

1.「韻書」中的「韻」、或押韻的「韻」，指的是漢語韻母結構中的「主要元音」、「韻尾」兩部分。

2.漢語韻文中的押韻，只要求這兩部分一樣就可以押韻，介音不是押韻的必要條件，所以上表中的「灣」、「煙」、「圓」、「安」四個字是同「韻」的。

3.但是語音研究則要求的是「韻母」，韻母相同必須是「介音」、「主要元音」、「韻尾」均相同才可以，如此一來「灣」、「煙」、「圓」、「安」便不是相同韻母的音節了。

4.聲韻學研究《廣韻》的韻母，以掌握中古完整音系與內涵為目的，於是押韻用的206「韻」，無法滿足我們對中古「韻母」有多少類型的理解，而這也就是應用「反切系聯」來做韻母分類的原因了。

㈣介音的開合洪細

介音不是押韻的必要條件，所以在《廣韻》一個可以押韻的韻目中的字，就含有許多「主要元音」、「韻尾」相同，但「介音」不同的字。研究中古韻母，就必須知道當時介音的種類與類型：

中古介音			
	開　口	合　口	韻圖等第
洪　音	ø	-u-	一等
洪　音	ø	-u-	二等
細　音	-j-	-ju-	三等
細　音	-i-	-iu-	四等

1.總計中古介音，不含零介音[ø]，共有五種：[-i-]、[-u-]、[-j-]、[-iu-]、[-ju-]。

2.「開」、「合」、「洪」、「細」，是韻書與等韻圖以介音分析韻母時的專有名詞。

3.「開」指韻母介音中有[-i-]、[-j-]，或零介音[ø]。

4.「合」指韻母介音中有[-u-]。

5.「洪」指沒有[-i-]作為介音或主要元音的音節。

6.「細」指有[-i-]、[-j-]作為介音或主要元音的音節。

7.等韻圖將所有韻母分四等，其依據就是「開口洪音」、「開口細音」、「合口洪音」、「合口細音」這四種介音差異。

8.這些中古介音，對於韻書與押韻並不重要，透過反切下字的系聯與等韻圖表的分析，才能知悉其類別與差異。

㈤系聯後的韻母

掌握漢語韻母的上述概念後，再經陳澧的反切系聯工作，一一歸納反切下字的韻母類型，於是《廣韻》206韻、四聲相承的61類，共被系聯出311種韻母類型：

廣韻韻母與反切下字表			
平聲	上聲	去聲	入聲
東 1.紅公東 2.弓戎中融宮終	董 孔董動揔蠓	送 1.貢弄送凍 2.仲鳳衆	屋 1.谷卜祿 2.六竹逐福菊匊宿
冬 宗冬	（併入腫韻）	宋 綜宋統	沃 毒沃酷篤
鍾 容恭封鍾凶庸	腫 1.䳲湩（冬上） 2.隴勇拱踵奉冗悚冢	用 用頌	燭 玉蜀欲足曲綠
江 雙江	講 項講㧾	絳 巷絳降	覺 角岳覺
支 1.支移離知 2.宜羈奇 3.規隨隋 4.為垂危吹	紙 1.氏紙爾此豸侈 2.綺倚彼 3.婢彌俾 4.委累捶詭毀髓靡	寘 1.義智寄賜豉企 2.恚避 3.偽睡瑞累	

廣韻韻母與反切下字表			
平　聲	上　聲	去　聲	入　聲
脂 1.夷脂尼資飢私 2.追悲隹遺眉綏維	旨 1.幾履姊雉視矢 2.軌鄙美水洧誄壘 3.癸	至 1.利至四冀二器自 2.類位遂醉愧秘媚備萃寐 3.季悸	
之　之其茲持而	止　里止紀士史	志　吏記置志	
微 1.希衣依 2.非韋微歸	尾 1.豈狶 2.鬼偉尾匪	未 1.既豙 2.貴胃沸味畏未	
魚　魚居諸余菹	語　呂與舉許巨渚	御　據倨恕御慮預署洳助去	
虞　俱朱無于輸俞夫逾誅隅芻	麌　矩庾主雨武甫禹羽	遇　遇句戍注具	
模　胡都孤乎吳吾姑烏	姥　古戶魯補杜	暮　故誤祚暮	
齊 1.奚雞稽兮迷臡 2.攜圭	薺　禮啓米弟	霽 1.計詣 2.惠桂	
		祭 1.例制祭憩弊袂蔽罽 2.芮銳歲劌衛稅	
		泰 1.蓋太帶大艾貝 2.外會最	
佳 1.佳膎 2.媧蛙緺	蟹 1.蟹買 2.夥𦬒	卦 1.懈隘賣 2.卦	
皆 1.皆諧 2.懷乖淮	駭　駭楷	怪 1.拜介界戒 2.怪壞	
		夬 1.犗喝 2.夬邁快話	
灰　回恢杯灰胚	賄　罪猥賄	隊　對內佩妹隊輩績	
咍　來哀才開哉	海　亥改宰在乃紿愷	代　代溉耐愛概	
		廢　廢穢肺	

廣韻韻母與反切下字表			
平　聲	上　聲	去　聲	入　聲
真 1.鄰真人賓珍 2.巾銀	軫　忍軫引敏	震　刃覲晉遴振印	質 1.質吉悉栗必七畢日一比 2.乙筆密
諄　倫勻遵脣迍綸旬筠贇	準　伊準允殞	稕　閏峻順	術　律聿邺
臻　臻銑	（併入隱韻）	（併入震韻）	櫛　瑟櫛
文　云分文	吻　粉吻	問　問運	物　勿物弗
欣　斤欣	隱　謹隱	焮　靳焮	迄　訖迄乞
元 1.言軒 2.袁元煩	阮 1.偃幰 2.遠阮晚	願 1.建堰 2.願萬販怨	月 1.竭謁歇訐 2.月伐越厥發
魂　昆渾尊奔魂	混　本損忖衮	慁　困悶寸	沒　沒骨忽勃
痕　痕根恩	很　很懇	恨　恨艮	
寒　干寒安	旱　旱但笴	翰　旰案贊按旦	曷　割葛達曷
桓　官丸潘端	緩　管伴滿纂緩	換　貫玩半亂段換喚算	末　括活潑栝末
刪 1.姦顏 2.還關班頑	潸 1.板赧版 2.綰鯇	諫 1.宴諫澗 2.患慣	黠 1.八黠 2.滑拔（八）
山 1.閑山間 2.頑鰥	產 1.限簡 2.綰	襇 1.莧襇 2.幻辨	鎋 1.鎋瞎轄 2.刮頒
先 1.前賢年堅田先顛煙 2.玄涓	銑 1.典殄繭峴 2.泫畎	霰 1.甸練佃電麵 2.縣	屑 1.結屑蔑 2.決穴
仙 1.連延然仙 2.乾焉 3.緣專川宣全 4.員圓攣權	獮 1.善演免淺蹇輦展辨剪 2.兗轉緬篆	線 1.戰扇膳 2.箭線面賤碾膳 3.戀眷捲卷囀彥 4.絹掾釧	薛 1.列薛熱滅別竭 2.悅雪絕爇劣輟
蕭　聊堯么彫蕭	篠　了鳥皎晶	嘯　弔嘯叫	
宵 1.遙招昭霄邀消焦 2.嬌喬囂瀌	小 1.小沼兆少 2.夭表矯	笑 1.照召少笑妙肖要 2.廟	
肴　交肴茅嘲	巧　巧絞爪飽	效　教孝皃稍	
豪　刀勞袍毛曹遭牢褒	皓　皓老浩早抱道	號　到報導耗倒	

廣韻韻母與反切下字表			
平聲	上聲	去聲	入聲
歌　何俄歌河	哿　可我	箇　箇佐賀個邏	
戈 1.禾戈波婆和 2.伽迦 3.靴𩍐肥	果　果火	過　臥過貨睡	
麻 1.加牙馬霞 2.瓜華花 3.遮邪車嗟奢賒	馬 1.下雅賈疋 2.瓦寡 3.者也野冶姐	禡 1.駕訝嫁亞罵 2.化霸 3.夜謝	
陽 1.良羊莊章陽張 2.方王	養 1.兩丈獎掌養 2.往	漾 1.亮讓向樣 2.放況妄訪	藥 1.略約灼若勺爵雀虐 2.縛钁籰
唐 1.郎當岡剛 2.光旁黃	蕩 1.朗黨 2.晃廣	宕 1.浪宕 2.曠謗	鐸 1.各落 2.郭博穫
庚 1.庚行 2.橫盲 3.京卿驚 4.兵明榮	梗 1.梗杏冷打 2.猛礦營 3.影景丙 4.永憬	映 1.孟更 2.橫 3.敬慶 4.病命	陌 1.格伯陌白 2.虢擭（伯） 3.戟逆劇郤
耕 1.耕莖 2.萌宏	耿　幸耿	諍　迸諍	麥 1.革核厄摘責 2.獲麥摑
清 1.盈貞成征情並 2.營傾	靜 1.郢井整靜 2.頃潁	勁　正政盛姓令	昔 1.益石隻亦積易辟跡炙 2.役
青 1.經丁靈刑 2.扃螢	迥 1.挺鼎頂剄醒涬 2.迥熲	徑　定徑佞	錫 1.歷擊激狄 2.闃狊鶪
蒸　仍陵冰蒸矜兢膺乘升	拯　拯庱	證　證孕應餕甑	職　力翼側職直逼即極
登 1.登滕增棱崩朋恒 2.肱弘	等　等肯	嶝　鄧贈隥亙	德 1.則得北德勒墨黑 2.或國
尤　鳩求由流尤周秋州浮謀	有　九久有柳酉否婦	宥　救祐又咒副僦溜富就	
侯　侯鉤婁	厚　后口厚苟垢斗	候　候奏豆遘漏	
幽　幽虯彪烋	黝　黝糾	幼　幼謬	
侵　林尋心深針淫金今音吟岑	寑　荏甚稔枕朕凜錦飲痒	沁　禁鴆蔭任譖	緝　入立及戢執汁急汲

廣韻韻母與反切下字表			
平聲	上聲	去聲	入聲
覃　含南男	感　感禫唵	勘　紺暗	合　合答閤沓
談　甘三酣談	敢　敢覽	闞　濫暫瞰瞰蹔	盍　盍臘榼雜
鹽 1.廉鹽占 2.淹炎	琰 1.琰冉染斂漸 2.檢險儉	豔 1.豔贍 2.驗窆	葉 1.涉葉攝接 2.輒
添　兼甜	忝　忝點簟玷	㮇　念店	帖　協愜牒頰
咸　咸讒	豏　減斬豏	陷　陷賺韽	洽　洽夾図
銜　銜監	檻　檻黤	鑑　鑑懺	狎　狎甲
嚴　嚴黤	儼　广掩	釅　釅欠劒	業　業怯劫
凡　凡芝（咸）	范　犯范錽	梵 1.梵泛 2.劒欠	乏　法乏

課後測驗

1.何謂「切韻系韻書」？其共同體例爲何？

2.試簡述《廣韻》一書之編排體例。

3.《廣韻》四聲的編排爲何參差不齊？

4.反切對於古音研究有什麼限制？原因何在？

5.何謂「系聯條例」？包括哪些內容？其目的何在？

6.中古有多少個介音？依據開合洪細條件，可以分爲幾類？

第7堂課

等韻圖研究

學習進程與重點提示

聲韻學概說→範圍→屬性→異稱→漢語分期→材料→功用→基礎語音學→範疇→分類→分支學科→語音屬性→音素→發音器官→收音器官→元音→輔音→音變規律→原因分析→漢語音節系統→定義→音節與音素量→音節結構→聲母類型→韻母類型→聲調系統→古漢語聲韻知識→認識漢語音節系統→掌握術語→材料→方法→方言概說→認識反切與韻書→漢語注音歷史→反切原理→反切注意事項→韻書源流→廣韻研究→切韻系韻書→廣韻體例→四聲相配→四聲韻數→反切系聯→聲類→韻類→***等韻圖研究→語音表→開合洪細等第→等韻圖源流→韻鏡體例→聲母辨識法→韻圖檢索法***→中古音系→中古音定義→擬測材料→聲母音值擬測→韻母音值擬測→聲調音值擬測→中古後期音系→韻書→韻部歸併→等韻圖→併轉為攝→語音音變→語音簡化→近代音系→元代語音材料→明代語音材料→清代語音材料→傳教士擬音→官話意義內涵→現代音系→國語由來→注音符號由來→注音符號設計→國語聲母→國語韻母→國語聲調→拉丁字母拼音系統→國語釋義→中古到現代→現代音淵源→語音演化→演化特點→聲母演化→韻母演化→聲調演化→上古音系→材料→方法→上古韻蒙昧期→上古韻發展期→上古韻確立期→上古韻成熟期→韻部音值擬測→上古聲母理論→上古聲母擬音→上古聲母總論→上古聲調理論→上古聲調總論

專詞定義

等韻圖	又稱「等韻」、「韻譜」、「等子」，簡稱「韻圖」。是運用等韻理論和方法，來排列漢語音節、分析漢語語音、表現漢語音系的語音圖表。基本形式是用聲母和韻母或者聲調，分別為縱橫座標，把聲韻互相拼切出來的音節，用音節代表字列於縱橫相交之處，以表示該音節的讀音與語音屬性，沒有音節的空間就以圓圈表示。若干個音節代表字組成一個圖，開合不同的字音一般分為不同的圖，而同一個圖中的字音依洪細差異分等。若干個圖最後組成一部等韻圖，一部等韻圖就表現一個聲韻系統。等韻圖是等韻學的主要表現形式和研究手段，其作用是闡明和表現韻書中的所有反切，確定反切所代表的音值，並且展開成平面可分析的形式，以簡馭繁的整體表現一個聲韻系統。同時，等韻圖又是一種可供認字辨音的語音練習與檢索表，後代研究者可從中看到古代音系的結構、語音演變的軌跡，是漢語語音史研究的重要資料。
開　合	以[u]元音之有無，分析韻母介音與主要元音差異的方法。凡是介音或主要元音不是[u]的韻母，稱為「開口」、「開口呼」、「開口韻」，例如《廣韻》中「之、咍、豪、覃」諸韻。凡是凡是介音或主要元音是[u]的韻母，稱為「合口」、「合口呼」、「合口韻」，例如《廣韻》中「東、模、灰、桓」諸韻。
等　第	又稱「等」、「等列」，漢語語音分析的傳統概念與方法之一。目前最早的等第資料，是唐末的《守溫韻學殘卷》。等韻學者將中古字音，依據發音開口度大小分為四等，在等韻

	圖中以四行表示一、二、三、四等字。等第區分是主要是從韻母角度出發，一等的開口最大，依序漸小，四等最小；介音[i]之有無，也是分等重要依據，一、二等字沒有[i]介音，稱「洪音」；三、四等字有[i]介音，稱「細音」，這是等韻圖區分韻母最精密的地方。
洪　細	「洪音」、「細音」的合稱。宋元等韻學家分韻母為開口、合口兩類，每類再分一、二、三、四等。一、二等韻沒有[i]介音，發音時口腔共鳴空隙較大，稱為「洪音」，如《廣韻》中的「豪」韻[-au]、「肴」韻[-au]；三、四等韻有[j]、[i]介音，發音時口腔共鳴器空隙較小，稱為「細音」，如《廣韻》中的「宵」韻[jæu]、「蕭」韻[-ieu]。
《韻鏡》	等韻書籍，圖表結構，作者不詳。成書年代尚無定論，或謂五代、或謂宋初，是現存最早的等韻書籍之一。此書是為幫助理解《切韻》字音拼切而編，共四十三圖，各圖均注明開、合，圖中橫列四聲和四等；縱分二十三行，列三十六字母。韻數為206韻，排列次序大致與《廣韻》相同。本書對於等韻學的發展和韻圖的製作體制有重大影響，亦是研究《切韻》音系與唐宋語音的重要資料。宋代紹興年間（1161）張麟之刊行，淳祐年間傳入日本，成為審定漢字音讀的依據，影響極大。國內則久無傳本，今傳版本皆清末從日本流入。

一、何謂等韻圖

「等韻圖」是古代語音學者，採用將韻母分「等」的理論，進一步分析韻書中的反切，精密的理解漢語音節，並且以圖表的方式呈現語音的一種「語音分析表」以及「語音檢索表」。換句話說，「等韻」是基本理論與方法，「圖」則是呈現方式。

漢字因為不是拼音文字，以反切上下字注音的方式有時不易掌握。後來語音學者受到佛經以12元音與各輔音流轉拼音，所謂「轉唱」的「音素概念」的啟發。於是比較韻書各韻之異同，精密分析反切，將韻分為「四等」，然後依四等與四聲相配之關係，集合若干韻母製成一圖。在圖表中，橫列聲母，縱分四聲與四等，再將韻書中所有「小韻目」依據音理，分別置入圖表中該在的位置。如此一來，整本韻書中所有字音，均可在縱橫交錯的圖表中找到，並讀出正確的音讀，也彌補了只看反切上下字來發音的誤差，這種圖表就叫做「等韻圖」。

二、四等與洪細

分析韻母開口度的大小，將所有漢字納入四個等，這是等韻圖最精密的地方，而等第的區分又與韻母的「洪音」、「細音」有密切關聯。

分等的標準何在？清代江永《音學辨微》說：「一等洪大，二等次大，三四皆細，而四尤細。」所謂的「大」與「細」指的就是韻母的開口度而言。羅常培《漢語音韻學導論》進一步解釋說：

> 一二等皆無細音[i]，故其音大，三四等皆有[i]，故其音細。同屬大音，而一等之元音較二等之元音略後略低，故有洪大與次大之別。如「歌」之與「麻」、「咍」之與「皆」、「泰」之與「佳」、「豪」之與「肴」、「寒」之與「刪」、「覃」之與「咸」、「談」之與「銜」，皆以元音之後[ɑ]與前[a]而異等。同屬細音，而三等之元音較四等元音略後略低，故有細與尤細之別，如「祭」之與

「霽」、「宵」之與「蕭」、「仙」之與「先」、「鹽」之與「添」，皆以元音之低[æ]與高[e]而異等。然則四等之洪細，蓋皆指發元音時口腔共鳴之大小而言也。

以下我們將等第與洪細的定義，以及《廣韻》各韻的分等（舉平該上去入），列表舉例與說明如下：

四等與洪細					
等　第	洪　細	定　義	元音特徵	中古韻舉例	《廣韻》各韻等第
一　等	洪　音	沒有[i]作為介音或主要元音的音節	主要元音開口度最大、舌位最低最後的韻母	豪韻 [ɑu]-[ɑ]	冬、模、泰、灰、咍、魂、痕、寒、桓豪、歌、唐、登、侯、覃、談、東戈（部分）
二　等	洪　音	沒有[i]作為介音或主要元音的音節	主要元音開口度次大、舌位次低稍後的韻母	肴韻 [au]-[a]	江、皆、佳、夬、臻、刪、山、肴、耕、咸、銜、麻庚（部分）
三　等	細　音	有[i][j]作為介音或主要元音的音節	主要元音開口度小、舌位高的韻母	宵韻 [jæu]-[jæ]	鍾、支、脂、之、微、魚、虞、祭、廢、真、諄、欣、文、仙、元、宵、陽、清、蒸、尤、幽、侵、鹽、嚴、凡、東戈麻庚（部分）
四　等	細　音	有[i][j]作為介音或主要元音的音節	主要元音開口度最小、舌位最高的韻母	蕭韻 [ieu]-[ie]	齊、先、蕭、青、添

三、等韻圖源流

㈠四等輕重例

唐寫本敦煌卷子「四等輕重例」，是現存最早，依韻母開口度大小而分等的資料，其內容如下（舉平聲為例）：

平　聲	高（古豪反）	交（肴）	嬌（宵）	澆（蕭）
	檐（都甘反）	鵮（咸）	霑（塩）	敁（添）
	觀（古桓反）	關（刪）	勬（宣）	涓（先）
	丹（多塞反）	譠（山）	邅（仙）	顛（先）
	樓（落侯反）	○	流（尤）	鏐（幽）
	晦（亡侯反）	○	謀（尤）	繆（幽）
	裒（薄侯反）	○	浮（尤）	滮（幽）
	齁（呼侯反）	○	休（尤）	烋（幽）
上　聲				
去　聲				
入　聲				

此資料先分四聲，由左至右再分列四等之字，一等韻的字注明反切，二三四等則注明所屬之韻目，沒有二等字的則空著。「四等輕重例」可以視為韻圖的初型，也可以證明分等的觀念與實際，始於唐代。

㈡宋元等韻圖

宋元二代的等韻圖，大別之有三個系統：第一個系統是《韻鏡》與鄭樵的《通志七音略》，各分43轉，每轉縱向23行，納入36字母，輕唇、舌上、正齒三類聲母分別附在重唇、舌頭、齒頭聲母之欄位內。橫向由上而下分列四聲，四聲又各分四等，入聲部分除了《七音略》25轉外，皆承陽聲韻而安置。這兩部韻圖時代較早，和切韻系韻書相配合，代表了中古前期的語音系統。

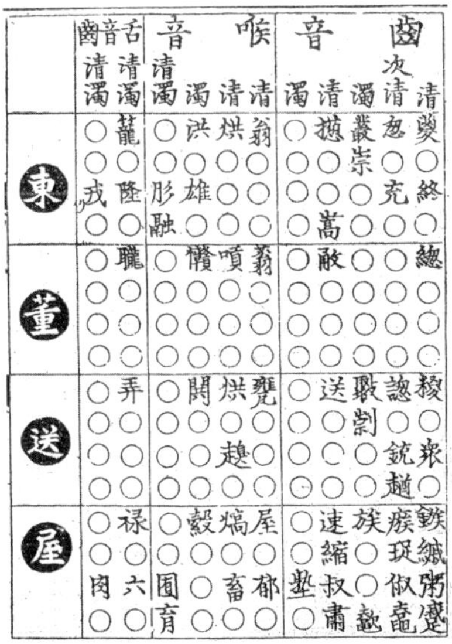

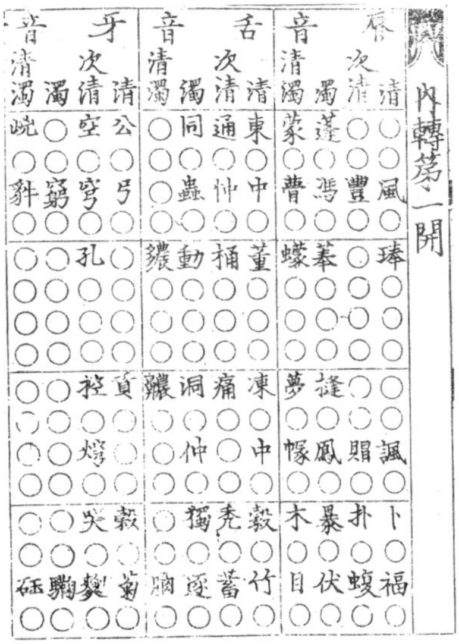

第二系統，是宋代的《四聲等子》和元代劉鑑《經史正音切韻指南》，屬於中古後期的語音系統。二書各以16攝分韻，圖數則有

20與24之不同。聲母的排列與《韻鏡》、《七音略》同，但橫向則以四等來統四聲，入聲韻則兼承陰陽二韻，明顯和第一系有別。

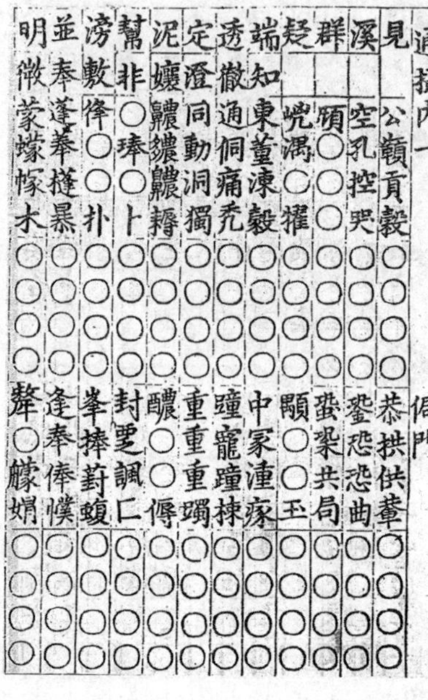

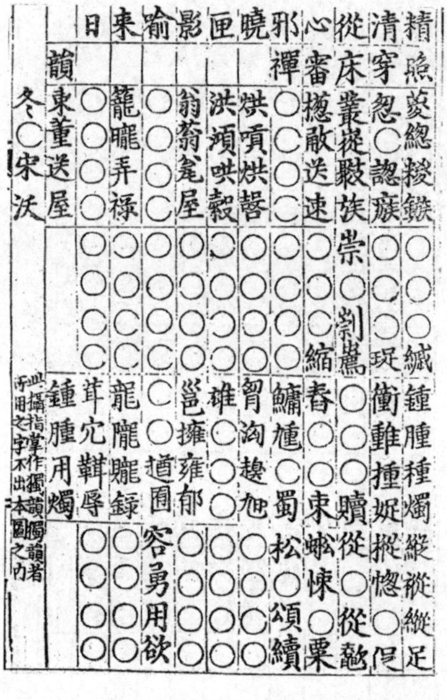

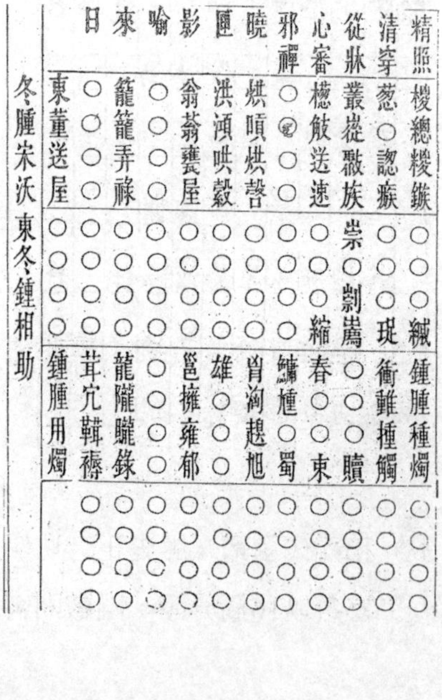

第三系統，是南宋舊題為司馬光做的《切韻指掌圖》，是中古後期的重要韻書。圖數與入聲的分配和《四聲等子》相同，但不再以攝統韻，以四聲統攝四等，則與早期韻書相同。聲母部分，分為36行，輕唇、舌上、正齒三類聲母與重唇、舌頭、齒頭聲母平列，和前期韻書相異。

一獨	奉	微	精	清	從	心	斜	照	穿
平			糟	操	曹	騷	○		
								[illegible]	[illegible]
	○	○						昭	怊
			焦	鍫	樵	蕭	○		
上			早	草	皁	嫂	○		
								爪	煼
	○	○						沼	麨
			勦	悄	○	篠	○		
去			竈	操	漕	喿	○		
								抓	鈔
	○	○						照	○
			醮	陗	噍	嘯	○		
入			作	錯	昨	索	○		
								捉	娖
	○	○						灼	綽
			爵	鵲	皭	削	○		

徹	澄	娘	幫	滂	竝	明	非	敷	
			襃	橐	袍	毛			
颮	桃	鐃	包	胞	庖	茅			
超	晁	○	鑣	○	○	苗	○	○	
			飇	[illegible]	瓢	蜱			
			寶	○	抱	蓩			
○	○	獿	飽	○	鮑	卯			
巐	肇	○	表	麃	藨	○	○	○	
			褾	縹	摽	眇			
			報	○	暴	冃			
趠	棹	橈	豹	奅	鉋	貌			
朓	召	○	裱	○	驃	廟	○	○	
			○	剽	○	妙			
			博	䪖	泊	莫			
逴	濁	搦	剝	璞	雹	邈			
[illegible]	著	逽	○	○	○	○	○	○	
			○	○	○	○			

此三系韻書時代不同，經過語音變遷，所以體制各異，各有其優點。不過第一系的《韻鏡》、《七音略》完整概括《廣韻》語音，絕少遺漏，最能呈現切韻系韻書所代表的中古音系，是後人擬構中古音系的最好佐證，也是研究中古音的必備資料。

四、《韻鏡》體例

㈠作者與時代

《韻鏡》是現存最早的完整等韻圖，成書時代在北宋之前，大約晚唐五代之際，流傳則在南宋初。南宋張麟之在宋寧宗嘉泰三年第三次刊行的版本中，懷疑是唐代沙門神珙所做，其序文如下：

韻鏡之作其妙矣夫。余年二十始得此學字音，往昔相傳類曰洪韻釋子之所撰也，有沙門神珙，號知音韻，嘗著切韻圖載玉篇卷末，竊意是書作於此僧，世俗訛呼珙為洪爾，然又無所據，自是研究今五十載竟莫知原於誰。近得故樞密楊侯淳熙間所撰韻譜，其自序云竭來當塗，得歷陽所刊切韻心鑑，因以舊書手加校定刊之，郡齋徐而諦之，即所謂洪韻，特小有不同，舊體以一紙列二十三字母為行，以緯行於上，其下間附一十三字母盡於三十六，一目無遺，楊變三十六，分二紙肩行而繩引至橫調，則淆亂不協，不知因之，則是變之非也。既而又得莆陽夫子鄭公樵進卷，先朝中有七音序略，其要語曰：七音之作，起自西域，流入諸夏，梵僧欲以此教傳天下，故為此書，雖重百譯之遠一字不通之處，而音義可傳，華僧從而定三十六為之母，輕重清濁不失其倫，天地萬物之情備於此矣，雖鶴唳風聲，雞鳴狗吠，雷霆經耳，蚊虻過目，皆可譯也，況人言乎，又云：臣初得七音韻鑑，一唱三嘆，胡僧有此妙義，而儒者未之聞，是知此書其用也博，其來也遠，不可得指名其人，故鄭先生但言梵僧傳之、華僧續之而已，學者惟即夫非天籟通乎造化者不能造，其閫而觀之，庶有會於心。嘉泰三年二月朔東浦張麟之序。

等韻圖是以韻書為基準的語音圖表，《韻鏡》在韻目編排上，以舌尖鼻音[-n]陽聲韻「登」、「蒸」列在最後42、43兩圖，不過《廣韻》卻是將雙唇鼻音[-m]陽聲韻「侵」、「覃」等九韻列在最後，可見《韻鏡》的底本韻書，應該是較早的切韻系韻書，至於是不是神珙所做，就沒有證據了。

㈡版本與流傳

目前通行的《韻鏡》，是南宋張麟之在宋寧宗嘉泰三年第三次刊行的版本，書前有序文兩篇，除了前述嘉泰三年的重刊序外，為首的則是紹興年間第一版的序文，說明了此書的編排、功能與妙用：

讀書難字過不知音切之病也，誠能依切以求音、即音而知字，故無載酒問人之勞，學者何以是為緩而不急歟。余嘗有志斯學，獨恨無師承，既得友人授指微韻鏡一篇，且教以大略，曰：反切之要，莫妙於此，不出四十三轉而天下無遺音。其製以韻書自一東以下各集四聲，列為定位，實以《廣韻》《玉篇》之字，配以五音清濁之屬，其端又在於橫呼，雖未能立談以竟，若按字求音，如鏡映物，隨在現形，久久精熟，自然有得。於是蚤夜留心，未嘗去手。忽一夕頓悟，喜而曰：信如是哉，遂知每翻一字，用切母及助紐歸納，凡三折總歸一律，即是以推千聲萬音，不離是乎，自是日有資益，深欲與眾共知，而或苦其難，因撰字母括要圖，復解數例以為沿流求源者之端，庶幾一遇知音，不惟此編得以不泯，余之有望於後來者，亦非淺解，聊用鋟木，以廣其傳。紹興辛巳七月朔，三山張麟之子儀謹識。

《韻鏡》提供學者用韻、字音辨析，在南宋頗為流傳，宋末理宗時更傳入日本，而本土的《韻鏡》因為宋明理學大興反而失傳。宋代以來日本學者大量研究《韻鏡》成為顯學，名為「韻鏡學」。直到清代黎庶昌出使日本，買回此書，影印刊行，等韻之學才又開始加入國內古音研究之行列。

㈢編排體例

等韻圖是一種縱橫交錯、闡明反切、配合韻書的語音圖表，在設定好各項漢語音的必要條件後，將韻書中所有字音，依其該有位置一一填入空格中，務使檢索者通曉其音。《韻鏡》是早期等韻圖，配合切韻系韻書，最能表現我們需要的中古語音系統。

要使用《韻鏡》檢索語音，須先明白其編排體例，為便於理解，以下是《韻鏡》圖例：

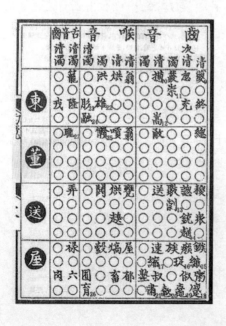

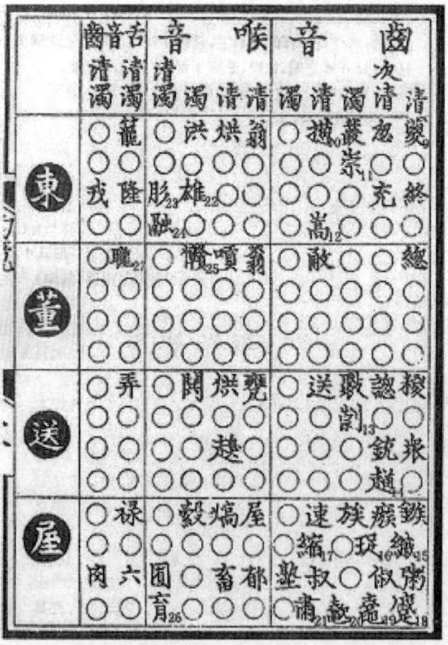

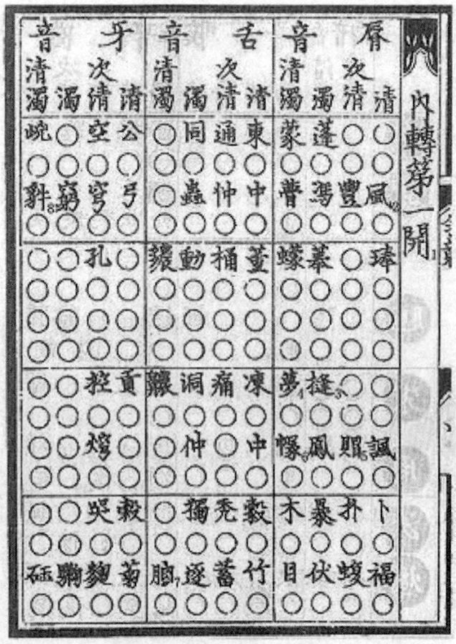

1.全書共43圖，以「轉」為名。

《韻鏡》以圖表形式載明語音，將圖稱為「轉」則是從圖表功能命名。「轉」原先是佛家用語，慧皎《高僧傳》：「天竺方俗，凡歌詠法言，皆稱為唄，至於此土，詠經則稱為轉讀、歌讚則號為梵唄。」羅常培〈釋轉字義〉，便以佛家傳唱解釋：

> 敦煌石室所發現之名間唱本，如〈太子五更轉〉之類，猶以轉稱，至於以聲經韻緯，縱橫成頁之圖為一轉者，則源出梵音之〈悉曇章〉……《七音略》及《韻鏡》之四十三轉圖，當即模仿〈悉曇〉形式，而歸納切韻音類以演成者，其所謂轉，故應指唱誦言者。

至於何謂「轉唱」，趙蔭棠《等韻源流》解釋得最為清楚：

> 「轉」是拿著十二元音與各個輔音相配合的意思，以一個輔音輪轉與十二元音相拼合，大有流轉不息之意。《韻鏡》與《七音略》之十三轉，實系由此神襲而成。

人類語音都由「元音」、「輔音」組成音節而後發音，梵語如此、漢語也是。不過梵文是拼音文字，所以元音、輔音形式容易認識，漢字不是拼音文字，反切也由漢字擔任，所以一般人便欠缺「音素」概念，縱然漢語也是由音素拼切而成。後來佛教輸入，語音學者才從誦讀經文中，學習了將音素細膩分析的語音辨識方法，而有了等韻圖表的設計。等韻圖將每一圖名為「轉」，也就是每一「聲母」輪流轉拼「韻母」、元音、輔音輪流拼音的意思了。

2.由右至左橫向直行分列聲母

《韻鏡》每圖由右至左，依「唇音」、「舌音」、「牙音」、「齒音」、「喉音」、「舌齒音」六大類聲母排列，每類之中又各分若干行，表示各個聲母。也就是說，從韻圖中的韻書例字所在之行，就可以知道該字的聲母，非常方便。（見p.153圖）

3.每行標明該聲母的清濁屬性

「清」、「濁」是輔音發音的特性，「清」指的是輔音發音時，不振動聲帶者，其音質「清淺」；所謂「濁」指的是輔音發音時，振動聲帶者，其音質「重濁」。

許多相同發音部位與方法的輔音，同時又有清濁兩種發音形式，這在古漢語聲母中十分普遍。例如雙唇清塞音[p-]、雙唇濁塞音[b-]之對立；舌尖清塞音[t-]、舌尖濁塞音[d-]之對立。有些輔音則不具備清濁兩種對立形式，例如鼻音，氣流由鼻腔而出，很難再由振動聲帶與否分出兩種氣流形式。

漢語聲母由輔音擔任，於是聲母便有「清音聲母」、「濁音聲母」及不具清濁屬性者三大類。《韻鏡》在圖表中，分別就以「清」、「濁」、「清濁」（不分清濁）來標明。書前〈三十六字母〉之附錄，就列表說明了聲母與清濁的情況。（見p.153圖）

4.由上而下以四大格分列四聲之韻目

每轉由上而下，分別有四大格代表平、上、去、入四聲，視其所在位置就可以知道任何字的聲調。不過《韻鏡》不在圖中標明聲調，而是在表格的最左邊位置，由上而下分列該聲調的韻目，例如圖例中的「東、董、宋、屋」四韻，分別就是平、上、去、入四個相承的韻目。檢索韻圖的時候，只要對照左邊的韻目，就可以知道任何字所屬的聲調及韻母類別。（見p.150圖）

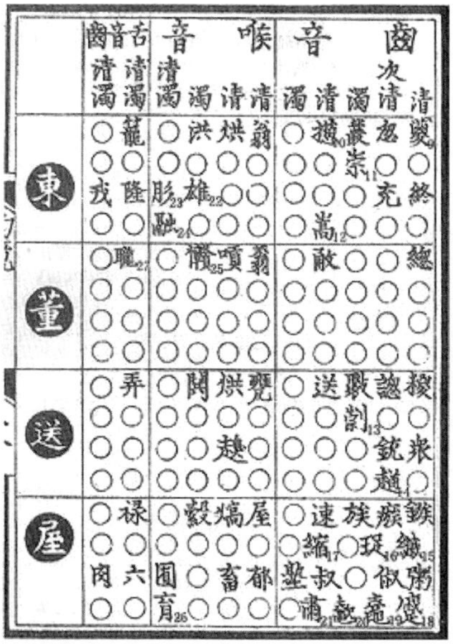

	齒清濁	舌音清濁	喉音清濁	濁	清	清	齒音濁	清	濁	次清	清
東	○	籠	○	洪	烘	翁	○	檧[10]	叢	怱	㚇[9]
	○	○	○	○	○	○	○	○	崇[11]	○	○
	戎	隆	肜[23]	雄[22]	○	○	○	○	○	充	終
	○	○	融[24]	○	○	○	○	嵩[12]	○	○	○
董	○	曨[27]	○	[illegible][25]	嗊	蓊	○	敵	○	○	總
	○	○	○	○	○	○	○	○	○	○	○
	○	○	○	○	○	○	○	○	○	○	○
	○	○	○	○	○	○	○	○	○	○	○
送	○	弄	○	閧	烘	甕	○	送	[illegible]	謥	糉
	○	○	○	○	○	○	○	○	[illegible][13]	○	○
	○	○	○	○	[illegible]	○	○	○	○	銃	衆
	○	○	○	○	○	○	○	○	○	[illegible][14]	○
屋	○	祿	○	縠	熇	屋	○	速	族	瘯	鏃
	○	○	○	○	○	○	○	縮[17]	○	珿[16]	縬[15]
	肉	六	囿	○	畜	郁	塾	叔	○	俶	粥
	○	○	育[26]	○	○	○	○	肅[21]	[illegible][20]	鼀[19]	蹙[18]

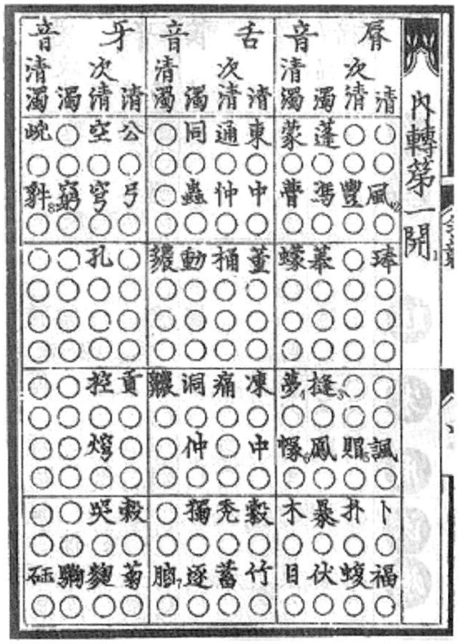

牙音清濁	濁	次清	清	舌音清濁	濁	次清	清	脣音清濁	濁	次清	清	內轉第一開[1]
[illegible]	○	空	公	○	同	通	東	蒙	蓬	○	○	
○	○	○	○	○	○	○	○	○	○	○	○	
[illegible][8]	窮	穹	弓	○	蟲	忡	中	瞢	馮	豐	風[2]	
○	○	○	○	○	○	○	○	○	○	○	○	
○	○	孔	○	[illegible]	動	桶	董	蠓	菶	○	琫	
○	○	○	○	○	○	○	○	○	○	○	○	
○	○	○	○	○	○	○	○	○	○	○	○	
○	○	○	○	○	○	○	○	○	○	○	○	
○	○	控	貢	齈	洞	痛	凍	夢[4]	槰[3]	○	○	
○	○	○	○	○	○	○	○	○	○	○	○	
○	○	焪	○	○	仲	○	中	幪[6]	鳳	賵[5]	諷	
○	○	○	○	○	○	○	○	○	○	○	○	
○	○	哭	穀	○	獨	禿	穀	木	暴	扑	卜	
○	○	○	○	○	○	○	○	○	○	○	○	
砡	驧	麴	菊	肭[7]	逐	蓄	竹	目	伏	蝮	福	
○	○	○	○	○	○	○	○	○	○	○	○	

5.每大格內由上而下再分四小格表示四等

每大格不同韻目內，都再分四小格，表示一等、二等、三等、四等字。翻檢韻圖，了解其特殊安排後，視字所在位置便可以知道其等第，也就是韻母「洪細」的屬性，一二等是「洪音」沒有介音[i]或[j]；三四等是「細音」，三等字有介音[j]、四等字有介音[i]。這是等韻圖研究語音最精密的地方，「等韻」指的就是這分等。

以下整理《韻鏡》各圖之韻母（舉平聲該上去入）、等第以供對照。（見p.154圖）

6.每轉標題中注明開合

「開合」，是針對韻母中介音與主要元音的分析，凡是介音或主要元音是[u]的為「合口韻」、沒有[u]的則是「開口韻」。原則上每圖標題中都注明開合，如果一韻之內兼有開、合之字，

41	38	33 34	28	25	19 20	13 14	19	54	1	轉次／等第
◎	◎	◎	戈	豪	◎	灰咍	◎	◎	東	1
◎	(侵)	庚	◎	肴	◎	皆 (夬)	◎	(支)	(東)	2
凡	侵	庚	戈	宵	文欣	齊咍 (祭)	微 (廢)	支	(東)	3
◎	(侵)	(清)	◎	蕭	◎	齊	◎	(支)	(東)	4
42 43	39	35 36	29 30	26	21 22	15 16	11	76	2	轉次／等第
登	覃	◎	◎	◎	◎	泰	◎	◎	冬	1
(蒸)	咸	耕	麻	◎	山	佳	(魚)	(脂)	(鍾)	2
蒸	鹽	清	麻	◎	元	◎	魚	脂	鍾	3
(蒸)	添	青	(麻)	(宵)	(仙)	(祭)	(魚)	(脂)	(鍾)	4
	40	37	31 32	27	23 24	17 18	12	8	3	轉次／等第
	談	侯	唐	歌	寒 桓	魂 痕	模	◎	◎	1
	銜	(尤)	(陽)	◎	刪	臻	(虞)	(之)	江	2
	嚴	尤	陽	◎	仙	諄 真	虞	之	◎	3
	(鹽)	(尤) (幽)	(陽)	◎	先	(諄) (真)	(虞)	(之)	◎	4

就用兩個圖分別載明，反之就只用一個圖表示，所以很容易知道每個字的開合屬性。不過今本《韻鏡》在開合的注明上偶有錯誤，尤其某些轉中注明「開合」，其意義欠明確，董同龢先生以為另有現在不能考知的意義，也或者是排版時候誤添「開」或「合」所致。

7.每轉標題中注明內外轉

內外轉的定義，《四聲等子・辨內外轉例》說：「內轉者，唇、舌、牙、喉四音，更無第二等字，唯齒音方具足。外轉者，五音四等都具足。」這段話初學者無法理解。事實上，「內轉」、「外轉」是韻圖安排例字的一種特殊設計，等韻圖的圖表空間不大，但又必須容納所有語音條件，並放入韻書中的所有小韻目，於是設計者，在有限的表格空間中，做了若干的特殊設計與安排。「內外轉」就是一種特殊設計，而為了讓使用者理解與方便檢索，於是注明在每個圖的標題上。

「內轉」、「外轉」，主要是針對所有齒音二等韻的字，在圖中如何放置的設計。凡是「外轉」的圖，齒音位置所有二等字，都是真正的二等字，也安放在韻圖的二等位置。凡是「內轉」的圖，齒音位置的所有二等字都不是二等字，而是三等字，放在二等就成了所謂「假二等」，而之所以放在二等位置，乃是因為該圖的三等位置已經有字，韻圖設計者於是將三等字「借放」在二等位置。等韻圖作者為了讓讀者分辨這種安排，於是才有了「內外轉」的標目。

五、《韻鏡》聲母編排與辨識

要使用韻圖，還須先理解其聲母的安排。《韻鏡》圖表在聲母部分，共分六大類直行23行，可是又可以容納42個聲母的字，這是《韻鏡》既配合音理、又節省圖表空間的一大特殊設計。以下依聲母發音部位類別，一一說明：

㈠唇音

中古唇音聲母有兩種：前期的重唇音「幫、滂、並、明」、後期新增的輕唇音「非、敷、奉、微」。《韻鏡》是早期韻圖，當時只有重唇音，所以在唇音欄位就設計了四行，放置重唇聲母的字。

到了中古後期（始於唐宋之際），「三等合口重唇音」音變為輕唇音，其餘的音仍保留重唇音讀，於是唇音聲母字有了重、輕兩套。《廣韻》書中的唇音字，就包含了重、輕兩種音讀、「三等合口」指的是韻母的等第與開合屬性，《廣韻》書中「東、鍾、微、虞、文、元、陽、尤、凡、廢」十個韻，都是三等韻，而其唇音字都是合口，換句話說，這些原先重唇音讀的字，在後期都音變為輕唇音聲母「非、敷、奉、微」了。

理解了上述唇音的語音演變及其在韻書中的分布，於是我們檢索《韻鏡》就有了一定的方法：凡是《韻鏡》中，「東、鍾、微、虞、文、元、陽、尤、凡、廢」十個韻所在的圖，其唇音三等欄位中的字，由右至左就分屬「非、敷、奉、微」四個聲母。以下配合等韻圖表，說明《韻鏡》唇音聲母字的分布與辨識法：

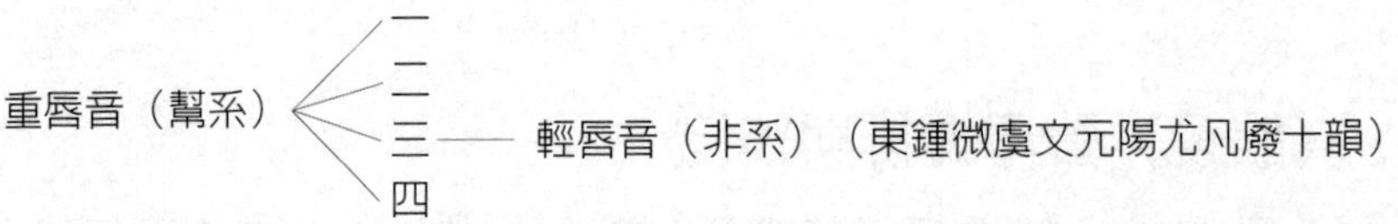

唇音				
明	並	滂	幫	一等
明	並	滂	幫	二等
明	並	滂	幫	三等
（東、鍾、微、虞、文、元、陽、尤、凡、廢十韻所在之圖↓）				
微	奉	敷	非	
明	並	滂	幫	四等

㈡舌音

《韻鏡》舌音由右至左分為四行，須容納舌頭音「端、透、定、泥」；舌上音「知、徹、澄、娘」共八個聲母字。

舌音聲母有八個，圖表只設計四行，卻仍可以納入所有舌音聲母字，這是因為在中古音裡，「端、透、定、泥」四個舌頭音聲母，只與一、四等韻母銜接為音節；「知、徹、澄、娘」四個舌上音聲母，只與二、三等韻母銜接為音節。於是，當我們檢索韻圖時，舌音欄位只要是一、四等字，其聲母就是「端、透、定、泥」；反之，二、三等字，其聲母就是「知、徹、澄、娘」。

這種音理井然有序，於是《韻鏡》配合音理，又節省空間，就只畫了四個直行，而可容納所有字。以下配合等韻圖表，說明《韻鏡》舌音聲母字的分布與辨識法：

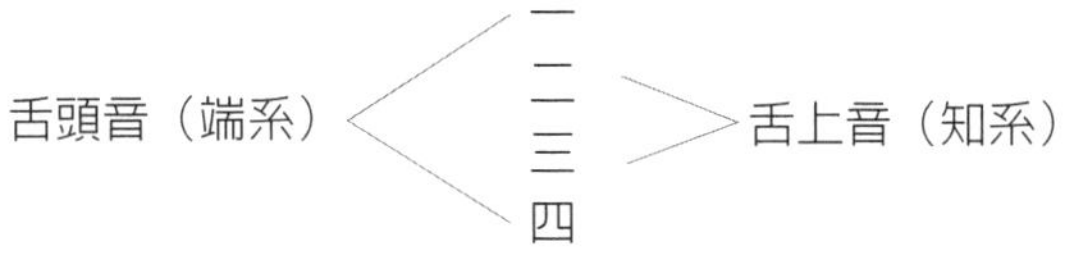

舌音				
泥	定	透	端	一等
娘	澄	徹	知	二等
娘	澄	徹	知	三等
泥	定	透	端	四等

㈢牙音

《韻鏡》牙音由右至左分為四行，剛好就容納了中古僅有的四個牙音聲母「見、溪、群、疑」，字的安放與讀者辨識都極為簡易，不會出錯。

牙音聲母與韻母銜接為音節時，「見、溪、疑」可以與一、二、三、四等韻母銜接，但是「群」母則只與三等韻母銜接，於是《韻鏡》牙音直行第三行的「群」母字，就只出現在三等位置，其餘等第的位置是空的，證明了上述的音理。

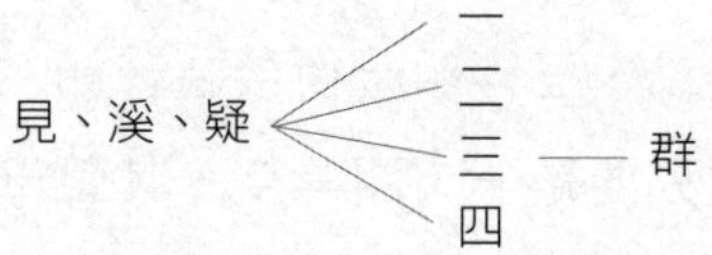

牙音				
疑		溪	見	一　等
疑		溪	見	二　等
疑	群	溪	見	三　等
疑		溪	見	四　等

㈣齒音

中古齒音聲母有15個：齒頭音「精、清、從、心、邪」；正齒音「章、昌、船、書、禪」、「莊、初、崇、生、俟」，《韻鏡》在齒音欄位只設計了五個直行，卻可以容納所有齒音字，這是經過音理判斷的特殊設計，也是聲母安排中比較複雜的部分。以下一一說明：

1.章系聲母

「章系聲母」（章、昌、船、書、禪）字，是《韻鏡》首先安排的部分。根據音理，章系聲母只與三等韻母銜接拼音為音節，非常單純，所以《韻鏡》直接將齒音三等欄位，安放章系聲母字，沒有例外。

於是，檢索韻圖時，只要是齒音三等位置的字，由右至左，其聲母依序就是「章、昌、船、書、禪」。為了讀者理解，我們把這種情形稱為「章三在三」。以下配合等韻圖表，說明《韻鏡》章系聲母字的分布與辨識法：

齒音					
					一等
					二等
禪	書	船	昌	章	三等
					四等

2.莊系聲母

莊系聲母（莊、初、崇、生、俟）字的安排，較為複雜，辨識聲母時也要特別留意，以免出錯。以下說明《韻鏡》安排的整體思維與步驟：

⑴莊系聲母只與二、三等韻母銜接拼音為音節。

⑵於是莊系二等字，首先就放入齒音二等欄位，由右至左分別為「莊、初、崇生、俟」的聲母字，很容易辨識。為了讀者理解，我們把這安排稱為「莊二在二」。

⑶莊系三等字，理論上須放入三等欄位，但是韻圖已經將章系聲母，首先放入三等位置（章三在三），如果莊系三等字也擠進三等位置，讀者就無法區別其聲母。於是這批莊系三等字，必須有另外的位置安排。

⑷由於章系聲母只與三等韻母銜接拼音，所以就章系聲母而言，其一、二、四等位置，當然是空著的。

⑸既然如此，於是當遇到莊系三等字需要安置時，《韻鏡》就借用該圖的齒音二等欄位來安放莊系三等字。這種情形，等韻學

上稱之為「借位」，為了讀者理解，我們把這種安排稱為「莊三借二」。

⑹接下來出現了一個問題，莊系二等字已經先放在二等位置（莊二在二），那麼韻圖又如何進行「借位」，而能把莊系三等字借放在二等位置（莊三借二）呢？

⑺原來根據音理，莊系聲母並不會與相同韻母的二、三等銜接拼音，也就是說，莊系的二、三等字是不會在韻圖的同一個圖中出現的，於是當莊系三等字需要安排時，該圖是不會有莊系二等字的。二等位置既然空了，於是莊系三等就很容易的借放在二等位置了。

⑻對讀者而言，最後的問題是，如何分辨齒音二等欄位的字，是真正的莊系二等字，等韻學上所稱的「真二等」；或是來借位的莊系三等字，等韻學上所稱的「假二等」呢？

⑼這就是等韻圖中標明「內轉」、「外轉」的用意：凡是「外轉」的圖，齒音二等位置的字，是真二等也就是莊系二等字；凡是「內轉」的圖，齒音二等位置的字，是假二等也就是借位的莊系三等字。

⑽於是莊系字的安排，全部完成，稍微複雜但辨識並不困難，歸納其概念如下：

<table>
<tr><th colspan="3">齒音莊系、章系</th></tr>
<tr><td>內　轉</td><td>外　轉</td><td>轉</td></tr>
<tr><td>莊三借二</td><td>莊二在二</td><td>二　等</td></tr>
<tr><td colspan="2">章三在三</td><td>三　等</td></tr>
</table>

3.精系聲母

精系聲母（精、清、從、心、邪）字的數量很多，因為齒頭音可以和一、三、四等韻母拼音，是漢語裡很普遍的聲母。這些精系字的安排如下：

⑴精系字可與一、三、四等韻母銜接拼音為音節。

⑵韻圖先將精系一等字，編入齒音一等位置。我們把這安排稱為「精一在一」。

⑶其次，將精系四等字，編入齒音四等位置。我們把這安排稱為「精四在四」。

⑷三等位置，因為已經編入章系三等字（章三在三），所以精系三等字需要特殊安排，也就是進行「借位」。

⑸韻圖將精系三等字借四等位置安放，我們把這安排稱為「精三借四」。其方法如下：

齒音三等字借四等之方式（精三借四）	
沒有精系四等字	精系三等借放四等位置
有精系四等字	借放在相鄰的圖中四等位置： 13、14圖「祭」韻，有「齊」韻四等字，轉借15、16圖 23、24圖「仙」韻，有「先」韻四等字，轉借21、22圖 25圖「宵」韻，有「蕭」韻四等字，轉借26圖 35圖「清」韻，有「青」韻四等字，轉借33、34圖 39圖「鹽」韻，有「添」韻四等字，轉借40圖

⑹根據韻圖安排可知，精系四等字，只出現在「齊、先、蕭、青、添」五個韻之中，因為這五個韻本就是韻書中的真正四等韻。所以遇見這五個韻所在之圖，就會有精系四等字要安放（真四等），精系三等字就必須轉入鄰圖，借放四等位置（假四等）。如果不是這五韻所在之圖，精系三等就可以直接借用

四等位置了（假四等）。

(7)辨識上述「真四等」、「假四等」的方法，就是看韻圖中的韻目，如果是在「齊、先、蕭、青、添」五韻所在之圖，齒音四等位置就是「真四等」、反之就是「假四等」（精三借四）。

4.**齒音聲母編排與辨識法**

總結上述齒音聲母的編排，檢索與辨別韻圖中齒音字的聲母，並不困難。首先，只要視該字所在之行，由右至左每行只有三個可能聲母：

齒音				
邪	心	從	清	精
俟	生	崇	初	莊
禪	書	船	昌	章

其次，是每行中三個聲母的哪一個？就要看韻書中「轉」、「等第」與「韻目」而定。最後，將齒音聲母之所有編排法表列如下：

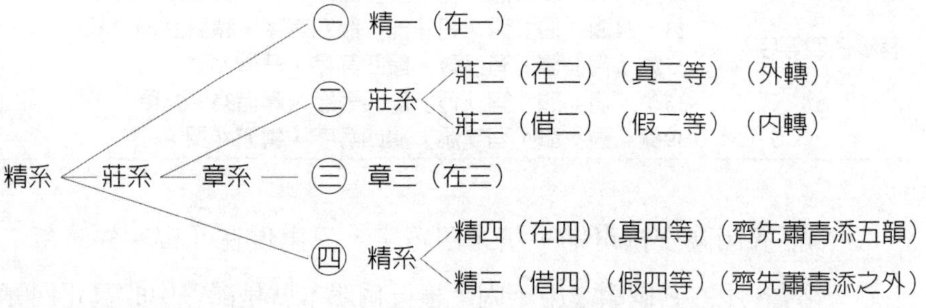

齒音						
邪	心	從	清	精	精一在一	一等
俟	生	崇	初	莊	外轉 真二等 （莊二在二）	二等
俟	生	崇	初	莊	內轉 假二等 （莊三借二）	
禪	書	船	昌	章	章三在三	三等
邪	心	從	清	精	精四在四 （齊先蕭青添）	四等
邪	心	從	清	精	精三借四 （齊先蕭青添）之外的圖	

㈤喉音

中古喉音有「影、曉、匣、云、以」五個聲母，但《韻鏡》只設計了直行四行來容納這些聲母，其編排方式如下：

1.「影、曉、匣」分別排在第一、二、三行，辨識很容易。其中「影、曉」二母，四等皆有；「匣」母則只與三等韻拼音。

2.「云、以」兩母只與三等韻拼音，《韻鏡》先將「云」母安置在第四行三等位置，我們稱之為「云三在三」。「以」母則借放在四等位置，我們稱之為「以三借四」。如此一來，喉音四行容納了兩類聲母，但只要從三等、四等位置，就可以判別其為「云」母或「以」母字了。

3.以下將喉音五母之安排與辨識方法，依其與各等銜接狀況，表列如下：

喉音				
	匣	曉	影	一　等
	匣	曉	影	二　等
云（云三在三）		曉	影	三　等
以（以三借四）	匣	曉	影	四　等

㈥舌齒音

舌齒音指半舌音「來」母、半齒音「日」母，《韻鏡》最後兩直行就安排了這兩個聲母的字，辨識上很容易。其中來母四等皆有、日母則只與三等韻銜接，所以最後一行的一、二、四等位置就沒有字了。以下是舌齒音聲母與等第配合表：

舌齒音		
	來	一　等
	來	二　等
日	來	三　等
	來	四　等

六、《韻鏡》功能與檢索方法

《韻鏡》將切韻系韻書的所有大小韻目納入圖表之中，也就是把整個中古語音的音節收錄並進一步分析。透過《韻鏡》的圖表結構，我們可以從圖中，掌握每個字、每個音節的「聲母」、「清濁」、「韻母」、「聲調」、「開合」、「等第」、「洪細」這七大漢語音節屬性。例如：

29圖嘉字	音節結構與語音屬性		檢索法
	聲　母	見	牙音第一行
	清　濁	清	牙音下方標注
	韻　母	麻	韻圖最左行標注
	聲　調	平	由上而下第一大格
	開　合	開	韻圖標題
	等　第	二	平聲格內由上而下第二格
	洪　細	洪	一、二等字屬洪音

10圖費字	音節結構與語音屬性		檢索法
	聲　母	敷	「東、鍾、微、虞、文、元、陽、尤、凡、廢」十韻之圖，唇音三等字，為「非、敷、奉、微」
	清　濁	清	唇音下方標注
	韻　母	未	韻圖最左行標注
	聲　調	去	由上而下第三大格
	開　合	合	韻圖標題
	等　第	三	去聲格內由上而下第三格
	洪　細	細	三、四等字屬細音

11圖楚字	音節結構與語音屬性		檢索法
	聲　母	初	二等位置均為莊系聲母字 由右至左「莊、初、崇、生、俟」
	清　濁	清	齒音下方標注
	韻　母	語	韻圖最左行標注
	聲　調	上	由上而下第二大格
	開　合	開	韻圖標題
	等　第	三	「內轉」圖中之「假二等」 由莊系三等借放二等位（莊三借二），故為三等。
	洪　細	細	三、四等字屬細音

《韻鏡》圖表空間有限，並不能將整本韻書的字納入，所以其所列的字，只是韻書中的小韻目，也就是一群同音字的代表字，如此一來，納入

了所有音節，也節省了空間。如果我們要檢索《廣韻》某字的中古語音屬性，而該字並不是小韻目，那只要從《廣韻》中先找出其小韻目，接下來就如上述諸例的步驟，便可以獲得答案。

如此精密的中古語音表，進一步提供了當代為中古語音系統做音值擬測的準備。《廣韻》與《韻鏡》，是我們研究古音的兩大必要工具。

課後測驗

1.何謂「等韻圖」？其體例、功能、價値爲何？

2.試舉例說明《韻鏡》一書的編排。

3.何謂「借位」，《韻鏡》圖表中借位情況有哪些？

4.等韻圖中的「轉」所指爲何？「內轉」、「外轉」又是何意？

5.試述等韻學在漢語語音研究上的貢獻。

第8堂課

中古語音系統(一)：聲母

學習進程與重點提示

聲韻學概說→範圍→屬性→異稱→漢語分期→材料→功用→基礎語音學→範疇→分類→分支學科→語音屬性→音素→發音器官→收音器官→元音→輔音→音變規律→原因分析→漢語音節系統→定義→音節與音素量→音節結構→聲母類型→韻母類型→聲調系統→古漢語聲韻知識→認識漢語音節系統→掌握術語→材料→方法→方言概說→認識反切與韻書→漢語注音歷史→反切原理→反切注意事項→韻書源流→廣韻研究→切韻系韻書→廣韻體例→四聲相配→四聲韻數→反切系聯→聲類→韻類→等韻圖研究→語音表→開合洪細等第→等韻圖源流→韻鏡體例→聲母辨識法→韻圖檢索法→***中古音系→中古音定義→擬測材料→聲母音值擬測→韻母音值擬測→聲調音值擬測***→中古後期音系→韻書→韻部歸併→等韻圖→併轉為攝→語音音變→語音簡化→近代音系→元代語音材料→明代語音材料→清代語音材料→傳教士擬音→官話意義內涵→現代音系→國語由來→注音符號由來→注音符號設計→國語聲母→國語韻母→國語聲調→拉丁字母拼音系統→國語釋義→中古到現代→現代音淵源→語音演化→演化特點→聲母演化→韻母演化→聲調演化→上古音系→材料→方法→上古韻蒙昧期→上古韻發展期→上古韻確立期→上古韻成熟期→韻部音值擬測→上古聲母理論→上古聲母擬音→上古聲母總論→上古聲調理論→上古聲調總論

專詞定義

中古音	魏晉到宋代的語音系統，以隋唐時期漢語音系為代表。兩大語音材料代表，一是以《切韻》、《廣韻》為首的「切韻系韻書」、二則是以《韻鏡》為主的等韻圖。中古韻語資料、方言、經籍異文、注音等資料，則是驗證中古音的證據。
音　值	以語音學角度言，指音素的準確音讀。以聲韻學角度言，則是音類所代表的語音單位的實際音讀。例如中古「精」聲母擬音為[ts-]、「麻」韻擬音為[-a]，這兩組音素的實際發音即是音值。
擬　測	又稱「擬構」、「構擬」、「重建」，翻譯自英語「reconstruction」，是歷史語言學的一種主要研究方法。根據語音原理、音變規律、音標符號，對古代的語音進行推測，就是音值擬測。
漢字借音	指漢字以外族群借用漢字音的現象與實際。例如：「日本漢字音」，是以歷史上漢字原來的讀音為基礎而在日本形成的讀音，有「古音」、「吳音」、「漢音」、「新漢音」、「唐音」、「宋音」六種。「朝鮮譯音」，指的是中古時代傳入朝鮮的漢字音，原先都使用漢字，到中國明朝時朝鮮世宗皇帝才發明拼音文字「諺文」以記音。「越南譯音」，又稱「越南漢字音」，也就是「漢越語」，是十世紀前後從中國華南地區傳入越南語中的漢語借詞。這些資料，對於考訂漢語中古音系有極大參考價值。
對　音	用漢語文字拼寫或音譯非漢語文獻、或用非漢語文字拼寫或音譯漢語文獻。單方或雙方在不同歷史時期的拼寫音譯資料，對考訂古漢語音類、音值都很有極大參考價值，例如梵

	語、藏語、滿語、蒙語、西夏語、蒙古語、韓語、日語對音。
梵漢對音	歷史上漢語與古印度梵語的對音。後漢三國是梵漢對音資料的最早時期，其後一直延續到宋代，大多為佛教文獻。梵漢對音資料對考證漢語古音極有幫助，但在利用時需要注意：新舊譯的糾紛、底本來源異同、口譯者的方音差異等變異因素。1923年鋼合泰發表《音譯梵書和中國古音》後，第一個應用梵漢對音來考訂漢語古音的是汪榮寶的《歌戈魚虞模古讀考》，引起古音學上空前大辯論。1985年俞敏《後漢三國梵漢對音譜》則是目前最重要著作。

一、何謂中古音

中古音的廣義概念，是魏晉到宋代的語音系統，一般又分為魏晉到隋唐的中古音前期，與宋代的中古音後期。縱然如此，廣義中古音仍然涵蓋了一千年左右的漢語音歷程，很難想像這當中只有兩期的音變。所以在進行中古音值擬測之前，中古音所指究竟為何，就必須先有些概念與界定。

中古音以《切韻》及「切韻系韻書」為代表，所以討論中古音的性質，其關鍵也就在《切韻》的性質，這是一個聲韻學上很熱鬧的問題，前人的觀點，大約有以下三種：

(一)洛陽地區語音

這個主張是基於兩個觀點：1.洛陽是魏晉到隋代的都城，既為政治文化中心，也就成為最重要的語言區域；2.隋代陸法言編《切韻》，總結中古音系，而其取材之韻書，亦多與洛陽語音相關。例如陳寅恪〈從史實論切韻〉：

陸法言寫定《切韻》，其主要取材之韻書，乃關東江左名流之著作。其決定原則之群賢，乃關東江左儒學文藝之人士，夫高齊鄴都之文物人才，實承自太和遷都以後之洛陽……是《切韻》之語音系統，乃特與洛陽及其附近之地域有關……自史實言之，《切韻》所懷之標準音，乃東晉南渡以前，洛陽京畿舊音之系統。

又例如邵榮芬〈切韻音系的性質和它在漢語語音史上的地位〉：

切韻音系大體上是一個活方言的音系，只是部分的集中了一些方言的特點，具體的說，當時洛陽一帶的語音是它的基礎，金陵一帶的語音是它主要的參考對象。

㈡中古讀書音

「讀書音」是知識份子的共同語，《切韻》的源起是陸法言與一批知識份子共同討論所得，所以有人主張以《切韻》為首的中古音系，就是當時的讀書音。例如周祖謨〈切韻的性質和它的音系基礎〉：

《切韻》的分韻主要是顏之推、蕭該二人所決定的，顏之推論南北語音曾說「冠冕君子，南方為優，閭里小人，北方為愈。」他既然認為士大夫階級通用的語言南優於北，他又是南方士大夫階級中的人物，他所推重的，自然是南方士大夫的語音……他們所根據的必然是當時承用的書音，和官於金陵的士大夫通用的語音。然則《切韻》的語音系統也就是這種雅言和書音的系統無礙……這個音系，可以說是六世紀文學語言的語音系統。

以讀書音的涵蓋區域而言，周法高〈論切韻音〉認為包括金陵（南京）、長安、洛陽等地區：

根據我研究玄應音的結果，也得出和《切韻》差不多的音韻系統，可見六、七世紀中，不管金陵、洛陽、長安，士大夫階級的讀書音都有共同的標準。

(三)古今方言音

第三個主張，根據《切韻》序文，認為《切韻》是兼包當時各地方言而成。陸法言的《切韻・序》說：

昔開皇初，有儀同劉臻等八人，同詣法言門宿。夜永酒闌，論及音韻。以今聲調，既自有別。諸家取捨，亦復不同。吳楚則時傷輕淺，燕趙則多傷重濁。秦隴則去聲為入，梁益則平聲似去。又支（章移切）、脂（旨夷切）、魚（語居切）、虞（遇俱切），共為一韻；先（蘇前切）、仙（相然切）、尤（于求切）、侯（胡溝切），俱論是切。欲廣文路，自可清濁皆通；若賞知音，即須輕重有異。呂靜《韻集》，夏侯該《韻略》，陽休之《韻略》，周思言《音韻》，李季節《音譜》，杜臺卿《韻略》等，各有乖互。江東取韻，與河北復殊。因論南北是非，古今通塞。欲更捃選精切，除削疏緩，蕭（該）顏（之推）多所決定。

章太炎、董同龢、王力、陳新雄等人都持這種主張，例如王力《漢語史稿》：

陸法言在《切韻》序裡說得很清楚：「因論南北是非，古今通塞……蕭顏多所決定」，假如只是記錄一個地域的具體語言系統，就不用「論南北是非，古今通塞」，也不用由某人「多所決定」。章炳麟說：「《廣韻》所包，兼有古今方國之音。」他的話是對的。實際上，照顧了古音系統，也就是照顧了各地的方音系統，因為各地的方音，也是從古音發展來的。

上述三種主張，都具體分析了《切韻》乃至切韻系韻書的部分性質，各有所據，也各有其理。其實以《切韻》這部龐大的韻書而言，在內容上確實已經不是單一區域語言系統，其語音時代也縱向涵蓋了漢代以後的六朝語音，甚至直到延續《切韻》系統的唐代語音。

可以這麼說：《切韻》為主的中古音，指的是魏晉到隋唐，包含了主要方音系統，而以長安、洛陽、金陵地區為主的「中古前期」語音系統。

二、中古聲母擬測材料與方法

中古音擬測的目的，在知道中古漢語的所有讀音，最終的做法則是依據研究結果，為當時的聲母、韻母系統，標注適當的國際音標，這就是所謂的「擬測」。這個流程必須有適當的、可作為佐證的、有明確定義的各種材料與方法，才足以完成。以下先說明聲母擬測的材料與方法：

(一)韻書與反切上字

韻書中保存大量反切上字，由於上字與被注音字是聲母相同的雙聲關係，所以反切上字就保存了中古聲母系統。可是反切注音法的原理，是只要雙聲的漢字皆可為上字，於是許多上字其實是同類型聲母，而後人並不確知。從清代陳澧設計「反切系聯法」開始，聲母的類別與數量，就一一呈現，這也就是系聯法的貢獻，也是中古音擬測的第一步。

當代各家對於該數量與類別，有許多差異結論，也各自提出許多研究觀點，不過並不影響整體上對於中古聲母的概念，其數量與類別的差異觀點，也只在少數聲母的細膩討論上。本文綜合各家，採取最大的中古42聲母數量做擬測，也提供讀者最全面的數據。42聲母如下：

中古聲母	唇　音	幫、滂、並、明 非、敷、奉、微
	舌　音	端、透、定、泥 知、徹、澄、娘 來
	牙　音	見、溪、群、疑
	齒　音	精、清、從、心、邪 章、昌、船、書、禪 莊、初、崇、生、俟 日
	喉　音	影、曉、匣、云、以

㈡等韻圖聲母資訊

等韻圖中分析了聲母的類型與發音部位，並且注明了清濁屬性，又將韻書中例字放入圖表，是我們進行聲母擬測的必要材料。例如中古「幫」母、「並」母，在今天聲母都是雙唇清塞音[p-]，但是根據等韻圖位置與清濁標注，在古音中「幫」母是清音、「並」母是濁音，因此很容易就可以將其區分為：「幫」雙唇清塞音[p-]、「並」雙唇濁塞音[b-]。

至於等韻圖中只標明聲母的大類，「唇音」、「舌音」、「牙音」、「齒音」、「喉音」、「舌齒音」，對於我們全面理解不夠精密，例如齒音三組15個聲母，又有什麼不同，這部分就需要再依賴其他語音材料，例如現代方言的比對了。

㈢現代漢語方言

韻書與等韻圖都是古代文獻、紙上資料，固然提供許多當時的語音資訊，也提供我們很多擬音證據。但是單一證據、紙上證據，恐怕都不符合當代研究與擬音的高標準要求，於是就必須再尋求第二證據，與發音證據，這時候現代漢語方言，就成了擬音的必要條件。

現代漢語方言都保存了大量古音，並且是可以在當代發音的有聲資料，於是當紙上證據準備好後，又可印證於方言的發音，擬音工作也就完成。例如，中古聲母「定」母，根據等韻圖是舌音的濁音，但舌音有很多種類，究竟哪一種，韻圖沒有指出，這時閩南方言的舌尖濁塞音[d-]，就提供了發音證據，也吻合了韻圖的線索。縱然今天國語「定」字，發舌尖清塞音[t-]，但透過韻圖與方言，我們又知道從中古到現代，其舌尖發音部位不變，但卻「濁音清化」，由濁音而改讀為清音。所以，漢語方言，可說是古音擬測的最重要資料。

(四)外語的漢字借音

中國週邊地區，因為文化接觸，長期以來都借用許多漢語漢字。無論是上古漢語，或是中古漢語，在韓國、日本、越南、泰國等地的語音中，都可以找到古音的保存，於是也成了古漢語擬音的重要參考資料。

例如，現代漢語中唇齒擦音聲母[f-]，源自雙唇的[p-]、[p´-]；舌面前的塞擦音[tɕ-]、[t´ɕ-]、擦音[ɕ-]，一部分來自舌根的塞音[k]、[k´]、擦音[x-]。這些在現代韓語中仍然保存：

	韓　語	現代漢語語音分化
非	bi	ㄅ→ㄈ
父	pfu	ㄅ→ㄈ
佛	pful	ㄅ→ㄈ
家	ka	ㄍ→ㄐ
侵	k´iəm	ㄎ→ㄑ
訓	xuən	ㄏ→ㄒ

中古重唇音遇到某些三等韻母時，就音變為輕唇聲母；舌根聲母遇到高元音[-i-]為介音時，就顎化為舌面前音，現代韓語裡則仍保存古漢語形式，提供了我們擬測中古音的參考。又例如以下一到十的外語漢字借音，若干語音仍保持古漢語形式，不論聲母、韻母的擬音，都值得借鏡：

外語漢字借音						
漢　字	國　語	閩南語（讀書音）	閩南語（說話音）	日　語	韓　語	泰　語
一	yī	it	chit	i chi	il	nueng

外語漢字借音						
漢 字	國 語	閩南語（讀書音）	閩南語（說話音）	日 語	韓 語	泰 語
二	èr	jī/lī	nng/no	ni	i	song
三	sān	sàm	sa	san	sam	sam
四	sì	sù/sł	sì	yon/shi	sa	si
五	wǔ	ngō	gō	go	o	ha
六	liù	liok	lak	ro ku	yuk (ryuk)	hok
七	qī	chit	chhit	shi chi (na na)	chil	chet
八	bā	pat	peh/pueh/pəeh	ha chi	pal	paet
九	jiǔ	kiú	káu	kyu（ku）	gu	kao
十	shí	sip	chap	jyu	sip	sip

㈤漢語的外語譯音

古漢語中對於外語的譯音，又叫「對音」，以佛經的資料為主。自佛教輸入中國，大量的佛經必須翻譯，其中直接的音譯，留到今天，就成了考察古音的參考。

例如從梵語「buddha」的漢語音譯「佛陀」，可知「佛」的中古聲母為雙唇濁塞音[b-]，不是唇齒擦音[f-]；「陀」則為舌尖濁塞音[d-]，不是現代的舌尖清塞音[t-]，今音都是音變的結果。又梵語「hindu」漢語音譯「天竺」，證實了古漢語「天」的聲母為[h-]、「竺」為[d-]；梵語「siddham」漢語音譯「悉曇」，所以「悉」的聲母不是今天的[ɕ]（ㄒ），而是[si-]、「曇」的聲母是[h-]不是今天的[t´]（ㄊ）。這些譯音資料保留到今天，就成了方言以外的間接參考資料了。

(六)聲母擬測步驟流程圖

韻書→反切上字→反切系聯→歸納聲母類別數量→等韻圖表→語音屬性資訊→印證現代方言→參考國外漢字借音→參考外語譯音→運用語音學知識→選取與標注國際音標→擬測完成

三、各家擬音對照表

音值擬測所依據的材料大致是固定的，不過歷來語音學者的擬音，卻有許多出入。通常這些出入，產生自各家所採取的語音分析理論與觀點的不同，所以各家擬音均有其優點與可互相參酌之處。以下整理各家擬音，以供參考：

中古聲母各家擬音									
聲　母	瑞典 高本漢	周祖謨	董同龢	王　力	美國 Martin	加拿大 Pulley blank	李方桂	陳新雄	竺家寧
幫	p	p	p	p	p	p	p	p	p
滂	p´	p´	p´	p´	ph	ph	ph	p´	p´
並	b´	b´	b´	b	pħ	b	b	b´	b
明	m	m	m	m	m	m	m	m	m
非	pj	pj						pf	pf
敷	p´j	p´j						p´f	p´f
奉	b´j	b´j						b´v	bv
微	mj	mj						ɱ	ɱ
端	t	t	t	t	t	t	t	t	t
透	t´	t´	t´	t´	th	th	th	t´	t´
定	d´	d´	d´	d	tħ	d	d	d´	d
泥	n	n	n	n	n	n	n	n	n

中古聲母各家擬音									
聲　母	瑞典 高本漢	周祖謨	董同龢	王　力	美國 Martin	加拿大 Pulley blank	李方桂	陳新雄	竺家寧
知	t̂	t̂	ȶ	同舌頭音	tj	ṭ	ṭ	ȶ	ȶ
徹	t̂´	t̂´	ȶ´		tjħ	ṭh	ṭh	ȶ´	ȶ´
澄	d̂´	d̂´	ȡ´		tjħ	ḍ	ḍ	ȡ´	ȡ
娘	n´	nj	同泥			ṇ	ṇ	ȵ	ȵ
見	k	k	k	k	k	k	k	k	k
溪	k´	k´	k´	k´	kh	kh	kh	k´	k´
群	g´j	g´j	g´	g	kħ	g	g	g´	g
疑	ŋj	ŋj	ŋ	ŋ	ng	ŋ	ng	ŋ	ŋ
精	ts	ts	ts	ts	c	ts	ts	ts	ts
清	t´s	t´s	t´s	t´s	ch	tsh	tsh	t´s	t´s
從	d´z	d´z	d´z	dz	cħ	dz	dz	d´z	dz
心	s	s	s	s	s	s	s	s	s
邪	z	z	z	z	sħ	z	z	z	z
莊	tṣ	tṣ	tʃ	tʃ	cr	tṣ	tṣ	tʃ	tʃ
初	t´ṣ	t´ṣ	t´ʃ	t´ʃ	crh	tṣh	tṣh	t´ʃ	t´ʃ
崇	d´ẓ	d´ẓ	d´ʒ	dʒ	crħ	dẓ	dẓ	牀d´ʒ	dʒ
生	ṣ	ṣ	ʃ	山ʃ	sr	ṣ	ṣ	疏ʃ	ʃ
俟			ʒ	ʒ		ẓ			ʒ
章	t´s	t´s	tɕ	照tɕ	cj	c	t´s	照tɕ	tɕ
昌	t´s´	t´s´	t´ɕ	穿t´ɕ	cjh	ch	t´sh	穿t´ɕ	t´ɕ
船	d´z´	d´z´	d´ʑ	神dʑ	cjh	z´	d´z	神d´ʑ	dʑ
書	s´	s´	ɕ	審ɕ	sj	s´	s´	審ɕ	ɕ
禪	z´	z´	ʑ	ʑ	sjħ	j	z´	ʑ	ʑ
影	ʔ	ʔ	ʔ	ʔ	q	●	●	ʔ	ʔ
曉	x	x	x	x	h	h	x	x	x
匣	r	r	r	r	ħ	ɦ	r	r	r
云	j	喻j	rj	喻j		ɦi̯	j	喻○	rj
以	○		○		○	y	ji	為j	ɸ
來	l	l	l	l	l	l	l	l	l
日	n´z´	n´z´	ȵ	ȵ	nħ	n´	n´z´	ȵʑ	ȵʑ

四、中古聲母擬音

以下依聲母發音部位之次序進行擬音，每單元前先表列該發音部位聲母之中古音值、發音部位與方法，以及中古到現代漢語的對應或音變。而後針對擬音方式、材料依據、相關理論、擬音證據等進行說明與論述。

(一)幫系聲母

雙唇音				
聲　母	幫	滂	並	明
音　值	p	p´	b	m
發音部位方法	雙唇清塞音	雙唇送氣清塞音	雙唇濁塞音	雙唇鼻音
現代漢語	ㄅ	ㄆ	ㄅ（仄聲） ㄆ（平聲）	ㄇ

1. 中古前期只有「重唇音」聲母，現代稱為「雙唇音」。
2. 根據韻圖，其清濁屬性分別為「清」、「次清」、「濁」、「不分清濁」。
3. 根據現代方言資料，定其發音部位與方法，並與韻圖清濁屬性互證。
4. 同樣發音部位方法的「幫」、「滂」聲母，其差別在「不送氣」與「送氣」，參照現代漢語以及各方言之發音，這是很規律的漢語輔音的對立模式。以下各系聲母的擬音，也相同具備這樣的對立，在說明上就不再重複。
5. 中古濁音輔音，在近現代音中發音部位方法不變，但產生「濁音清化」之音變，其規律是：

濁音清化		
仄聲字音變為不送氣清音	[b-]→[p-]	反切上字「步」 上聲濁音[b-]→去聲清音[p-]

濁音清化		
平聲字音變為送氣清音	[b-]→[p´]	反切上字「萍」 平聲濁音[b-]→平聲清音[p´]

㈡非系聲母

唇齒音				
聲　母	非	敷	奉	微
音　值	pf	p´f	bv	ɱ
發音部位方法	唇齒清塞擦音	唇齒送氣清塞擦音	唇齒濁擦音	唇齒鼻音
現代漢語	ㄈ	ㄈ	ㄈ	零聲母

1. 中古後期由「重唇音」分化出「輕唇音」聲母，現代稱為「唇齒音」。
2. 根據韻圖，其清濁屬性分別為「清」、「次清」、「濁」、「不分清濁」。
3. 從李芳桂以前之學者，除高本漢外，多數都以中古前期擬音為主，所以沒有輕唇音之擬音。現代學者陳新雄、李新魁、竺家寧等則將後期納入，使中古擬音更加全面。
4. 「非、敷、奉、微」的發音，在現代漢語已經合併為單一的[f-]，漢語方言則保存重唇音讀或是各自分化，出現較為多元的情況，要依據單一方言定其中古音值，並不容易。例如中古「非」母，在現代方言中的分布：

中古非母的現代方言音值							
	p	p´	f	Φ	x	h	ϕ
溫　州	不		67%		29%		
長　沙	不	甫	82%		封諷		
雙　峰	不				97%		

中古非母的現代方言音值							
南　昌	不	腓甫		91%			
廈　門	23%	否紡				70%	不
潮　州	18%					81%	
福　州	10%	匪否			73%		

5.擬音為[pf]、[p´f]、[bv]、[ɱ]，是基於「雙唇」→「唇齒」、「塞音」→「塞擦音」→「擦音」的語音演變規律，是一種語音過渡時期音變規律的合理描述。

6.綜合「前期」、「過渡期」、「後期」的唇音演變如下：

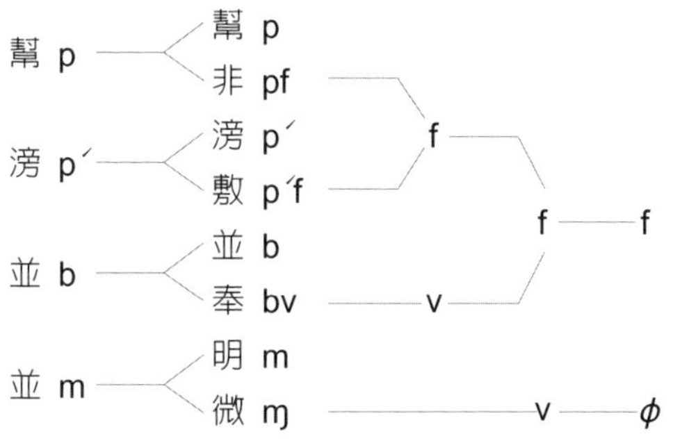

(三)端系聲母

舌尖音				
聲　母	端	透	定	泥
音　值	t	t´	d	n
發音部位方法	舌尖清塞音	舌尖送氣清塞音	舌尖濁塞音	舌尖鼻音
現代漢語	ㄉ	ㄊ	ㄉ（仄聲） ㄊ（平聲）	ㄋ

1.根據韻圖，其清濁屬性分別為：「清」、「次清」、「濁」、「不分清濁」。

2. 根據現代方言資料，定其發音部位與方法，並與韻圖清濁屬性互證。

3. 「端、透、定、泥」四母，除「定母」在國語中濁音清化外，其餘三母在國語與方言中大致沒有音變，所以各家擬音均同。

4. 「定」母濁音清化之規律：仄聲字音變為不送氣清音、平聲字音變為送氣清音。

㈣知系聲母

舌面前音				
聲　母	知	徹	澄	娘
音　值	ȶ	ȶ´	ȡ	ȵ
發音部位方法	舌面前 清塞音	舌面前 送氣清塞音	舌面前 濁塞音	舌面前 鼻　音
現代漢語	ㄓ	ㄔ	ㄓ（仄聲） ㄔ（平聲）	ㄋ

1. 中古舌上音「知、徹、澄、娘」四母的擬音，有「捲舌音」、「舌面前音」兩大主張。羅常培、李芳桂等人主張捲舌音；高本漢、王力、陳新雄、竺家寧等主張舌面前音。

2. 「知、徹、澄」在現在音變為捲舌音，但關鍵問題是，當舌尖音「端、透、定、泥」分化出「知、徹、澄、娘」時，若擬為捲舌音，是否可以與當時三、四等的介音或主要元音[-i]、[-j]相容。

3. 捲舌聲母與[-i]、[-j]元音銜接，在發音上確實是不易相容的，例如「tʂ-i-au」這樣的發音極其彆扭，按照音變規律，這個捲舌輔音通常會被[-i]、[-j]顎化而不捲舌，現代漢語裡的捲舌音不與[-i]相接就是這個道理。

4. 對照漢語方言，具有捲舌音的方言只是少數，那麼在中古時期應該也不會有大量的捲舌音才是。

5.舌面前音和[-i]、[-j]元音的銜接就沒有問題。從舌位變化來看，也符合了「舌尖」→「舌面前」→「捲舌」的合理漸升次序。

6.現代漢語裡，「知、徹、澄」合併為捲舌音，但不與[-i]銜接，這工作由舌面前音[tɕ-]、[t´ɕ-]、[ɕ-]擔任，所以將古代「知、徹、澄、娘」擬為舌面前音，應該是較為合理的。

(五)見系聲母

<table>
<tr><th colspan="6">舌根音</th></tr>
<tr><td colspan="2">聲　母</td><td>見</td><td>溪</td><td>群</td><td>疑</td></tr>
<tr><td colspan="2">音　值</td><td>k</td><td>k´</td><td>g</td><td>ŋ</td></tr>
<tr><td colspan="2">發音部位方法</td><td>舌根清塞音</td><td>舌根送氣清塞音</td><td>舌根濁塞音</td><td>舌根鼻音</td></tr>
<tr><td rowspan="4">現代漢語</td><td rowspan="2">洪音</td><td rowspan="2">ㄍ</td><td rowspan="2">ㄎ</td><td>ㄍ（仄聲）</td><td rowspan="4">零聲母</td></tr>
<tr><td>ㄎ（平聲）</td></tr>
<tr><td rowspan="2">細音</td><td rowspan="2">ㄐ</td><td rowspan="2">ㄑ</td><td>ㄐ（仄聲）</td></tr>
<tr><td>ㄑ（平聲）</td></tr>
</table>

1.見系聲母古稱「牙音」，也是舌音的一種。

2.根據韻圖，其清濁屬性分別為：「清」、「次清」、「濁」、「不分清濁」。

3.現代方言多數仍保持著舌根音唸法。

4.根據現代方言資料，定其發音部位與方法，並與韻圖清濁屬性互證，擬音如上。

5.中古見系洪音字，沒有[-i-]、[-j-]介音或主要元音，至今保存舌根讀音。

6.中古見系細音字，有[-i-]、[-j-]介音或主要元音，經顎化作用音變為舌面前音。

7.由於見系聲母可以與洪細韻母銜接，所以「群」母的濁音清化也分兩套。但音變規律則相同：仄聲字音變為不送氣清音、平聲字音變為送氣清音。

8.「疑」母字，在現代漢語及部分方言裡消失，成為「零聲母」。其他方言則或保留[ŋ-]，或者唸[v-]。

㈥精系聲母

<table>
<tr><th colspan="7">舌尖音</th></tr>
<tr><td colspan="2">聲　母</td><td>精</td><td>清</td><td>從</td><td>心</td><td>邪</td></tr>
<tr><td colspan="2">音　值</td><td>ts</td><td>t´s</td><td>dz</td><td>s</td><td>z</td></tr>
<tr><td colspan="2">發音部位方法</td><td>舌尖
清塞擦音</td><td>舌尖送氣
清塞擦音</td><td>舌尖
濁塞擦音</td><td>舌尖
清擦音</td><td>舌尖
濁擦音</td></tr>
<tr><td rowspan="4">現代
漢語</td><td rowspan="2">中古
洪音</td><td rowspan="2">ㄗ</td><td rowspan="2">ㄘ</td><td>ㄗ（仄聲）</td><td rowspan="2">ㄙ</td><td rowspan="2">ㄙ</td></tr>
<tr><td>ㄘ（平聲）</td></tr>
<tr><td rowspan="2">中古
細音</td><td rowspan="2">ㄐ</td><td rowspan="2">ㄑ</td><td>ㄐ（仄聲）</td><td rowspan="2">ㄒ</td><td rowspan="2">ㄒ</td></tr>
<tr><td>ㄑ（平聲）</td></tr>
</table>

1.根據現代方言，精系聲母一致發音為「舌尖音」。

2.發音方法也依據方言，擬為塞擦音與擦音。

3.在依據韻圖清濁分布，擬為上述音值。

4.中古精系洪音字，沒有[-i-]、[-j-]介音或主要元音，至今保存舌尖讀音。

5.中古精系細音字，有[-i-]、[-j-]介音或主要元音，經顎化作用音變為舌面前音。

6.濁音清化規律，與前述聲母相同。

㈦章系聲母

<table>
<tr><th colspan="6">舌面前音</th></tr>
<tr><td>聲　母</td><td>章</td><td>昌</td><td>船</td><td>書</td><td>禪</td></tr>
<tr><td>音　值</td><td>tɕ</td><td>t´ɕ</td><td>dʑ</td><td>ɕ</td><td>ʑ</td></tr>
<tr><td>發音部位方法</td><td>舌面前
清塞擦音</td><td>舌面前送氣
清塞擦音</td><td>舌面前
濁塞擦音</td><td>舌面前
清擦音</td><td>舌面前
濁擦音</td></tr>
</table>

舌面前音					
現代漢語	ㄓ	ㄔ	ㄔㄕ（仄聲） ㄕ（平聲）	ㄕ	ㄔㄕ（仄聲） ㄕ（平聲）

1.章系聲母與莊系聲母，在中古前期不同，到了中古後期36字母裡，已合併為一套「照、穿、牀、審、禪」，所以現代方言中，章系與莊系的音讀接近，不過舌面前音的比例稍高，這是擬音的一個依據。

2.依據方言比例、漢語輔音不送氣與送氣對立原則、韻圖清濁分布，各家擬音一致定為舌面前音。

3.濁音清化規律，與前述聲母相同。

(八)莊系聲母

舌尖面音					
聲　母	莊	初	崇	生	俟
音　值	tʃ	t'ʃ	dʒ	ʃ	ʒ
發音部位方法	舌尖面 清塞擦音	舌尖面送氣 清塞擦音	舌尖面 濁塞擦音	舌尖面 清擦音	舌尖面 濁擦音
現代漢語	ㄓ	ㄔ	ㄓ（仄聲） ㄔ（平聲）	ㄕ	ㄙ

1.中古齒音有「精系」、「章系」、「莊系」三類15個聲母。這三類聲母，既然同時從中古語音資料中呈現，其音值就一定不同。

2.中古所謂「齒音」，其實就是現代語音學中的舌音。

3.「精系」已經擬為舌尖音、「章系」已經擬為舌面前音，「莊系」就先排除為這兩種發音部位。中古「見系」聲母，是明確的舌根音，對照現代漢語及方言，「莊系」當然也不是舌根音。

4.就舌音的諸多發音部位、方言資料呈現，可以思考擬音的只剩北京、山東的「捲舌」與廣州的「舌尖面」兩類。

5.捲舌音在漢語裡是少數，中古前期也尚未成為共同語，加上捲舌與細音[-i-]、[-j-]不合（參考前文「知系」說明），於是現代學者多擬為舌尖面音。

6.依據方言、漢語輔音不送氣與送氣對立原則、韻圖清濁分布，擬音如上。

7.濁音清化規律，與前述聲母相同。

㈨影系聲母

喉音、舌根音					
聲　母	影	曉	匣	云	以
音　值	ʔ	x	ɤ	ɤj	ϕ
發音部位方法	喉塞音	舌根清擦音	舌根 濁擦音	（顎化的） 舌根濁擦音	零聲母
現代漢語	零聲母	洪音ㄏ	洪音ㄏ	零聲母	零聲母
		細音ㄒ	細音ㄒ		

1.「影、曉、匣、云、以」為中古喉音聲母，依據輔音發音原理，喉音只有清塞音、清擦音、濁擦音三種形式，因為喉部沒有其他發音器官相配，當然發音種類就較單調。古音中所謂「喉音」顯然不只單純的喉音而已。

2.加上「影」、「云」、「以」三母，在現代語音中多失落為零聲母，所以中古「喉音」聲母擬音就稍微複雜些。

3.「影」母在現代方言中，多數都音素失落為零聲母，許多學者也將中古「影」母擬為零聲母。不過既然反切系聯有此類，韻圖中也列入，我們很難想像有個聲母只有類別名稱卻不發音。

4.那麼「影」母是喉音中的哪一種呢，由於在韻圖中影母是清音，沒有相對的「濁音」，或是像「幫」、「滂」；「端」、「透」的「送氣」與「不送氣」對立存在，於是我們擬為喉塞音[ʔ]，因為喉塞音是獨立存在的清音，沒有相對的濁音形式，正符合了韻圖顯示的定義。

5.「曉」、「匣」兩母在韻圖中，是一組標準清濁對立的聲母，許多方言發的是擦音，所以發音方式、清濁的擬定沒有問題。唯一要思考的是發音部位的問題，究竟是喉擦音[h]、[ɦ]，還是舌根擦音[x]、[ɣ]。

6.多數學者擬為舌根擦音[x]、[ɣ]，依循的是高本漢的擬音。另外，我們認為，「曉」、「匣」二母，現代音變結果洪音為舌根擦音[x-]、細音顎化為[ç-]，對照前述「見系」與「精系」聲母的洪音，都保持古音形式的規律，那麼「曉」、「匣」在沒有音變或是顎化前，應該就是舌根音了。

7.此外，從發音部位與方法而言，舌根音因為發音部位在口腔的最後，接近喉的位置，音值與喉音的差異不會很大。加上喉音本身的發音方式種類不多，在一個語音系統裡要有很多的喉音存在，又可以有其辨義作用，這是困難的，所以我們也將「曉」、「匣」二母，擬為舌根音。

8.中古「喻」母分為「云」、「以」兩類，只在三等韻出現，韻圖將「云」母字置於喉音末行三等位置，所以學者稱為「喻三」；「以」母字置於喉音末行四等位置，學者稱為「喻四」，二者在唐末30字母時，已經合併，在現代漢語裡則多數消失。

9.「喻」母在上古音中與「匣」母相同，到了中古音的一、二、四等不變，仍為匣母，三等則因為[-j-]的同化，成了顎化的舌根濁擦音[ɣj]，也就是「云」母。至於「以」母，有些字如「裕」字來自牙音，有些字如「喻」字來自舌尖音，顯然是一個經過混同的聲母，「云」母既然已經是顎化的聲母，那麼「以」母的音值就更難明確，現代方言也多數失落為零聲母。

㈩來母日母

	舌音	齒音
聲母	來	日
音值	l	ȵʑ
發音部位方法	舌尖邊音	舌面前鼻濁塞擦音
現代漢語	ㄌ	ㄖ

1. 「來」母的音值，在現代方言中幾乎都做舌尖邊音[l-]，這是從上古到現代穩定的聲母，所以中古音也是[l-]。
2. 「日」母的現代方言讀音有許多差異，各家擬音也是分歧的。例如高本漢擬為舌面前鼻塞擦音[n′z′]、董同龢擬為舌面前鼻音[ȵ]。
3. 董同龢的擬音中，依據唐末30字母將「知、徹、澄、日」同為一組，這種理論是認為中古「泥」、「娘」不分，所以沒有「娘」母的擬音。
4. 依據系聯結果，「知、徹、澄、娘」秩然劃分，所以「娘」母當然不能沒有，而且在「知系」聲母中已擬為[ȵ]，那麼「日」母就不會是相同的聲母。
5. 高本漢的擬音在當代獲得許多支持，陳新雄解釋這個「舌面前鼻塞擦音」的擬音道理說：「日母在上古時期是個[n]，然後在[-ja]類韻母前變為[ȵ]。後逐漸在[ȵ]跟元音間產生一個滑音，即一種附帶的擦音，跟[ȵ]同部位，即[ȵja]→[ȵ^{ʑ}ja]。到《切韻》時代，這個滑音日漸明顯，所以日母應該是舌面前鼻音跟擦音的混合體，就是舌面前鼻塞擦音[ȵʑ]。[ȵʑja]演變成北方話的[ʑja]，

[ȵ]失落了，國語再變做[ʐ]，南方比較保守，仍保存鼻音[ȵ]，所以方言中才有讀擦音跟鼻音的分歧。」

6.從上古「泥」母到中古「娘」、「日」二母，其演化關係如下：

ȵ（娘）
n（泥）—— nja —顎化→ ȵja —附帶擦音→ ȵ^{ʑ}ja —《切韻》→ ȵʑ（日）——
—— ȵʑja —ȵ失落→ ʑja —— ʑ（國語）

五、中古聲母音值總表

縱合前文擬音研究與分析，特再將中古聲母音值擬測結果，表列如下：

中古聲母音值總表				
幫　p	滂　p´	並　b	明　m	
非　pf	敷　p´f	奉　bv	微　ɱ	
端　t	透　t´	定　d	泥　n	來　l
知　ȶ	徹　ȶ´	澄　ȡ	娘　ȵ	日　ȵʑ
見　k	溪　k´	群　g	疑　ŋ	
精　ts	清　t´s	從　dz	心　s	邪　z
章　tɕ	昌　t´ɕ	船　dʑ	書　ɕ	禪　ʑ
莊　tʃ	初　t´ʃ	崇　dʒ	生　ʃ	俟　ʒ
影　ʔ	曉　x	匣　r	云　rj	以　φ

課後測驗

1.何謂「中古音」？其所對應的時間、空間、區域、性質爲何？

2.研究中古音可以取用的材料有哪些？

3.試舉例說明何謂「借音」、「對音」。

4.何謂「音值擬測」？古音何以需要擬測？擬測結果有什麼用途？

5.中古齒音有十五個聲母，其差異何在？音值爲何？如何擬測而得？

6.根據擬測結果，中古聲母系統的整體特色爲何？

第9堂課

中古語音系統㈡：韻母與聲調

學習進程與重點提示

聲韻學概說→範圍→屬性→異稱→漢語分期→材料→功用→基礎語音學→範疇→分類→分支學科→語音屬性→音素→發音器官→收音器官→元音→輔音→音變規律→原因分析→漢語音節系統→定義→音節與音素量→音節結構→聲母類型→韻母類型→聲調系統→古漢語聲韻知識→認識漢語音節系統→掌握術語→材料→方法→方言概說→認識反切與韻書→漢語注音歷史→反切原理→反切注意事項→韻書源流→廣韻研究→切韻系韻書→廣韻體例→四聲相配→四聲韻數→反切系聯→聲類→韻類→等韻圖研究→語音表→開合洪細等第→等韻圖源流→韻鏡體例→聲母辨識法→韻圖檢索法→***中古音系→中古音定義→擬測材料→聲母音值擬測→韻母音值擬測→聲調音值擬測***→中古後期音系→韻書→韻部歸併→等韻圖→併轉為攝→語音音變→語音簡化→近代音系→元代語音材料→明代語音材料→清代語音材料→傳教士擬音→官話意義內涵→現代音系→國語由來→注音符號由來→注音符號設計→國語聲母→國語韻母→國語聲調→拉丁字母拼音系統→國語釋義→中古到現代→現代音淵源→語音演化→演化特點→聲母演化→韻母演化→聲調演化→上古音系→材料→方法→上古韻蒙昧期→上古韻發展期→上古韻確立期→上古韻成熟期→韻部音值擬測→上古聲母理論→上古聲母擬音→上古聲母總論→上古聲調理論→上古聲調總論

專詞定義

介　音	古稱「韻頭」，韻母結構的第一個段落，部分韻母的組成單位，非漢語韻母結構的必要成分。指介於聲母和主要元音之間的高元音[-i-]、[-u-]、[-y-]，如「家」[tɕia]中的[-i-]、「歡」[xuan]中的[-u-]、「全」[ɕyan]中的[-y-]。
主要元音	古稱「韻腹」，韻母結構的第二個段落，漢語所有音節與韻母結構的必要成分。必須由元音擔任，例如「阿」的[a]、「屋」的[u]、「押」[-ia]中的[a]、「威」中[-uei]的「e」、「快」[-uai]中的[a]。
韻　尾	韻母結構的第三段落，部分韻母的組成單位，非漢語韻母結構的必要成分。韻尾是元音或沒有韻尾的音節稱為「陰聲韻」，例如「爸」[p-a]、「孩」[x-ai]。以輔音中[m]、[n]、[ŋ]做韻尾的稱「陽聲韻」，例如「安」[an]、「羊」[iaŋ]。以輔音中[p]、[t]、[k]做韻尾的稱「入聲韻」，例如閩語「合」[x-ap]、「筆」[p-it]、「殼」[k-ak]。
調　値	聲調的實際讀音，即聲調的高低、升降、曲直，及長短的具體形式。漢語所有方言都有聲調，但是調值非常多元，同一調型因高低變化幅度的不同其調值也不同。如「平調」有：低平[11]、半低平[22]、中平[33]、半高平[44]、高平[55]等；「降調」：有全降[51]、高降[53]、中降[42]、低降[31]等；「升調」：有全升[15]、低升[13]、中升[24]、高升[35]等；「降升調」有：全降升[515]、高降升[535]、中降升[424]、低降升[313]等；「升降調」有：全升降[151]、低升降[131]、中升降[242]、高升降[353]等。

調　型	聲調的類型，即調值的形式。在漢語方言中有「平調、降調、升調、降升調、升降調」等五種調型。一種調型可以包括幾種調值，例如國語陰平的調值是高平[55]、上海話上聲的調值是中平[33]、廈門話陰平的調值是低平[11]，雖然高低幅度不同，但調型都是平調。
調　類	根據調值異同歸納出來的聲調種類。在漢語中一般根據這些類和中古四聲的關係而命名，或者直接使用古代調類的名稱，如「平、上、去、入」等；又可依照分合情況在古調類的名稱上加上「陰」、「陽」，例如「陰平」、「陽平」等。漢語方言聲調多元，調類相同，調型和調值未必相同。目前聲類名稱或用舊名，如「陰平、陽平、上、去」，或直接簡化為「一、二、三、四」。

一、中古韻母擬測材料與方法

(一)韻書與反切下字

由於下字與被注音字是韻母相同的疊韻關係，所以反切下字就保存了中古韻母系統。可是反切注音法的原理，是只要疊韻的漢字皆可為下字，於是許多下字其實是同類型韻母，而後人並不確知。

從清代陳澧設計「反切系聯法」開始，韻母的類別與數量，就一一呈現。《廣韻》206韻、四聲相承的61類，共被系聯出311種韻母類型，非常精密。就紙上資料而言，這是考求中古語音很有價值的部分。有關其系聯結果的類別可參考本書第6堂課：《廣韻》研究。

㈡等韻圖韻母資訊

等韻圖對韻母的安排與分析，非常細膩與精密，以「開口」、「合口」分析韻母中[u]元音之有無，以「洪音」：「一、二等」；「細音」：「三、四等」來區分韻母中[i]、[j]介音或元音之有無，這是分析漢語韻母最精密的地方。因此等韻圖中所呈現的韻母語音屬性，是我們擬測中古音值的必要材料。

㈢現代漢語方言

方言是活的語音資料，將方言資料做科學比對與取捨，與古音文獻資料對照，便可以得到韻母擬音具體結果。例如，根據反切系聯結果，「東」韻的下字共分兩類，分別是「紅、公、東」；「弓、戎、中、宮、終、融」，在等韻圖表中，此兩類韻母字，又分列在一、三等位置，顯然此二類的韻母是不一樣的。縱然現代的國語，此二類韻母完全相同為[-uəŋ]，但是依據方言保存的古音，一類讀[-uŋ]、一類讀[-juŋ]，這就證明了韻圖中分列一、三等的洪細之別，是根據介音[-j]之有無而歸字的了。

又例如，「談」、「鹽」、「添」等字，國語都是舌尖鼻音[-n]陽聲韻尾，可是這幾個韻在韻書中都是與雙唇鼻音[-m]入聲韻尾相配合的韻，依據現代方言就證實了此三字在古音中確實是閉口的[-m]韻尾，而這些韻尾在國語中已經消失，改讀為[-n]。所以，漢語方言，可說是古音擬測的最重要資料。

㈣外語漢字借音與對音

「三」、「藍」、「甘」、「衫」加上前述「談」、「鹽」、「添」這些字，在韓語中都唸雙唇鼻音[-m]之合口韻尾，當其借用漢字後也保存了古漢語音讀。這些借字借音，與前文所述的佛經翻譯對音，就成了現代擬音的很好佐證。

㈤考察古典詩文用韻

韻文作品是古典文學一大特色，作者為了抒發情緒、傳神表達語音，往往要求其詩文之音律與口語密合，於是誦讀吟詠之間，更能感染讀者。因此統計歸納這些作品的韻母，也是古音擬測的重要參考資料。

㈥韻母擬測步驟流程圖

韻書→反切下字→反切系聯→歸納韻母類別數量→等韻圖表→語音屬性資訊→介音開合洪細分析→韻尾陰陽入分析→等第分析→印證現代方言→參考國外漢字借音→參考外語譯音→運用語音學知識→選取與標注國際音標→擬測完成

二、中古韻母擬音

漢語韻母由「介音」、「主要元音」、「韻尾」組成，各部分都有其必要的語音特性與規律，所以擬音工作是先分開進行，而後參考韻書、韻圖與方言資料再整體歸納。

㈠介音

1.類別

漢語介音有「開」、「合」兩大類，兩類又各有一二等「洪」音、三四等「細」音之別，所以細分之就有「開洪」、「開細」、「合洪」、「合細」四類型：

	等　第	開　口	合　口
洪　音	一	開口洪音	合口洪音
	二	開口洪音	合口洪音

	等　第	開　口	合　口
細　音	三	開口細音	合口細音
	四	開口細音	合口細音

2.開合

「開」、「合」的不同，首先根據其名稱與音素屬性差異，指的是介音「-u-」之有無。[u]是一個必須將唇部聚為圓形而發音的元音，所以沒有[-u-]介音的韻母，發音時嘴形就可以「開口」；有[-u-]介音的韻母，發音時就成了相對的「合口」。

其次，我們比對等韻圖表與現代廈門方言的音讀，就可以證明古音的開合差異，確實與[u]之有無相關：

合　口		開　口	
居	ku	家	ke
根	kun	緊	kin
巾	kun	火	he
買	mue	短	te
鞋	ue	坐	tse
雞	kue	脆	tshe
龜	ku	郭	kek
君	kun	雪	sek

3.洪細

由四等再分「洪」、「細」，是等韻圖表中分析韻母最精密之處，一、二等字屬洪音；三、四等字屬細音。

「洪」、「細」的不同，首先根據其名稱與音素屬性差異，指的是介音[-i-]或[-j-]之有無。[-i-]、[-j-]是一個必須將唇部橫向展開而發音的元音，當韻母中有[-i-]、[-j-]時，發音嘴形就細，其音值較細微，就稱為「細音」；反之，韻母沒有[-i-]、[-j-]，發音嘴形就大，音值較洪亮，就稱為「洪音」。例如《韻鏡》第17圖三四等細音「彬、貧、珉」；「賓、繽、頻、民」，在今天仍是「細音」韻母，都有[-i-]介音。

其次，要處理的問題是：同為細音，韻圖區分三、四等，那麼其差異何在？在現代漢語中，細音韻母只有一個[-i-]的介音形式，許多擬音學者例如陸志韋、李榮，也認為中古的四等與一、二等其實同類，只有三等韻才是細音韻母。

不過我們認為，古代語音資料既然劃分三、四等，就應該有差異，若不加以區分在使用韻圖時必然也會產生矛盾。王力、董同龢就認為應該區別，董同龢《漢語音韻學》說：

> 三等韻和四等韻的區別何在，我們在現代方言中，都還沒有能夠找到痕跡……各聲母在中古時期有顎化現象的，還只限於在三等韻那部分……由此我們就可以暫時假定，三等韻的介音是一個輔音性的[-j-]，四等韻的介音則是元音性的[-i-]。輔音性的[-j-]舌位較高，中古時已使聲母顎化，元音性的[-i-]舌位較低，後來才使聲母顎化。

董同龢以「聲母顎化」的現象，來反推出三等[-j-]、四等[-i-]介音，這是頗為合理的推論。中古的輔音聲母，遇到三等細音韻母時，就產生顎化而音變，例如「非系」與「知系」聲母的產生，就是因為三等韻母的影響。到了現代漢語中，凡是古音中與[-i-]、[-j-]相銜接的聲母，就顎化為「tɕ」（ㄐ）、「tˊɕ」（ㄑ）、「ɕ」（ㄒ）聲母，例如「家」[tɕ-ia]、「巧」[tˊɕ-iau]、

「校」[ɕ-iau]，所以這樣的推論，在音理與音變歷史中，是可以成立的。

4.中古介音音值

依據上述資料與說明，中古介音音值如下：

	等第	開口	合口
洪音	一	ϕ	-u-
	二	ϕ	-u-
細音	三	-j-	-ju-
	四	-i-	-iu-

㈡韻尾

1.類別

漢語韻母依韻尾劃分，有元音韻尾、輔音韻尾兩類，輔音韻尾又分鼻音收尾的陽聲韻、塞音收尾的陰聲韻兩類：

漢語韻尾		
元音韻尾	陰聲韻	元音韻尾
輔音韻尾	陽聲韻	鼻音韻尾
	入聲韻	塞音韻尾

2.輔音韻尾音值

漢語韻尾的音值，今天仍大量保存在方言中，配合古代語音資料，其擬音非常容易。元音韻尾因為以元音收尾，所以其音值與韻母中的「主要元音」一併討論會更為詳細。以下是根據方言與古代語音資料，所得206韻之輔音韻尾音值：

舌根輔音	陽聲韻	鼻音 [-ŋ]	東	冬	鍾	江	陽	唐	庚	耕	清	青	蒸	登
	入聲韻	塞音 [-k]	屋	沃	燭	覺	藥	鐸	陌	麥	昔	錫	職	德

舌尖輔音	陽聲韻	鼻音 [-n]	真	諄	臻	文	欣	元	魂	痕	寒	桓	刪	山	先	仙
	入聲韻	塞音 [-t]	質	術	櫛	物	迄	月	沒	○	曷	末	黠	鎋	屑	薛

雙唇輔音	陽聲韻	鼻音 [-m]	侵	覃	談	鹽	添	咸	銜	嚴	凡
	入聲韻	塞音 [-p]	緝	合	盍	葉	帖	洽	狎	業	乏

(三)主要元音

人類元音的數量本就不多，一個語系裡也不會使用所有的元音，因為太多舌位接近的元音，或是展圓相近的元音，將會使辨義出現困難。目前世界各語言元音數量，大致是五到八個，超過的就極少了。換句話說，要擬測中古韻母的主要元音，就數量言並不是問題。

元音與元音的差異，最主要的是「舌位」的高低，其直接影響的就是發音時開口度的大小，而元音音值的差異，也因此明顯區別開來。等韻圖表精密的區分了中古各韻的等第差異，所謂等第差異就是以元音開口度來區分的，基本上，一等到四等，其開口度便是由大而小。等韻圖將206韻同類者聚為一圖，區分等第，也就等同於區分其開口度大小，這對於我們判斷其元音差異，是最重要的中古語音資料。例如《韻鏡》第23圖，一等到四等韻分別是「寒、刪、仙、先」，於是其元音的開口度大小必然也是依序遞減，再根據方言的音值比對，其音值可擬為：

寒 [ɑn]	刪 [an]	仙 [æn]	先 [en]

元音[ɑ]、[a]、[æ]、[e]的開口度就是由大而小，各家擬音雖因依據的方言不同，以及各自的語音判斷而有些許差異，但照顧開口度由大而小的等第原則則一。

以下根據《韻鏡》圖表次序與分等，參考董同龢、竺家寧的擬音，將韻母、元音、等第、洪細、開口度大小、韻尾等擬音必要條件，舉平聲韻為例，綜合參照如下：

等第 轉次	一 等	二 等	三 等	四 等
1	東 uŋ		東 juŋ	
2	冬 uoŋ		鍾 juoŋ	
3		江 ɔŋ		
4、5			支 je, jue	
6、7			脂 jei, juei	
8			之 jə	
9、10			微 jəi, juəi 廢 jɐi, juɐi	
11			魚 jo	
12	模 u		虞 juo	
13、14	咍 ɑi, 灰 uɑi	皆 ai, uai 夬 ɐi, uɐi	祭 jæj, juæi	齊 iei, iuei
15、16	泰 Di, uDi bi, ubi	佳 æ, uæ		
17、18	痕 ən, 魂 uən	臻 en	真 jen, 諄 juen	
19、20			欣 jən, 文 juən	

轉次＼等第	一　等	二　等	三　等	四　等
21、22		山 æn, uæn	元 jɐn, juɐn	
23、24	寒 ɑn, 桓 uɑn	刪 an, uan	仙 jæn, juæn	先 ien, iuen
25、26	豪 ɑu	肴 au	宵 jæn	蕭 ieu
27、28	歌 ɑ, 戈ua		戈 jɑ, juɑ	
29、30		麻 a, ua	麻 ja	
31、32	唐 ɑŋ, uɑŋ		陽 jɑŋ, juɑŋ	
33、34		庚 ɐŋ, uɐŋ	庚 jɐŋ, juɐŋ	
35、36		耕 æŋ, uæŋ	清 jæŋ, juæŋ	青 ieŋ, iueŋ
37	侯 əu		尤 jəu, 幽 jou	
38			侵 jəu	
39	覃 ɑm	咸 am	鹽 jæm	添 iem
40、41	談 ɒm	銜 ɐm	嚴 jɐm, 凡 juɐm	
42、43	登 əŋ, uəŋ		蒸 jəŋ	

三、各家擬音對照表

韻母擬音的重點是「介音」、「主要元音」、「韻尾」，歷來諸家擬音差異不算太大，主要的不同在少數韻母的介音與主要元音的選擇，韻尾的擬音各家差異不大，尤其輔音韻尾。以下提供各家擬音對照：

	董同龢	李　榮	王　力	陸志韋	周法高	竺家寧
東	uŋ, juŋ	uŋ, juŋ	uŋ, ĭuŋ	uŋ, ruŋ	uŋ, iuŋ	uŋ, juŋ
冬	uoŋ	oŋ	uoŋ	woŋ	uoŋ	uoŋ

	董同龢	李　榮	王　力	陸志韋	周法高	竺家寧
鍾	juoŋ	ioŋ	ĭwoŋ	rwoŋ	iuoŋ	juoŋ
江	ɔŋ	åŋ	ɔŋ	ɔŋ	oŋ	oŋ
支	je, jue	ie, iue	ĭe, ĭwe	iei, iwei	ie, iue	je, jue
脂	jei, juei	i, ui	i, wi	iĕi, wĕi	iei, iuei	jei, juei
之	(j) i	iə	ĭə	i(ĕ)i	i	jə
微	jəi, juəi	iəi, iuəi	ĭəi, ĭwəi	ɪəi, ɪwəi	iəi, iuəi	jəi, juəi
魚	jo	iå	ĭo	io	io	jo
虞	juo	io	ĭu	ɪwo	iuo	ju
模	uo	o	u	wo	uo	u
齊	iɛi, iuɛi	ei, uei	iei, iwei	ɛi, wɛi	iɛi, iuɛi	iei, iuei
佳	æi, uæi	ä, uä	ai, wai	æi, wæi	æi, uæi	æ, uæ
皆	ɐi, uɐi	äi, uäi	ɐi, wɐi	ɐi, wɐi	ɛi, uɛi	ai, uai
灰	uAi	uɐ̂i	uɒi	wəi	wəi	uɒi
咍	Ai	ɐ̂i	ɒi	ɒi	əi	ɒi
真	jen	iĕn	ĭĕn	iĕn	ien	jen
諄	juen	iuĕn	ĭuĕn	iwĕn	ium	juen
臻	en	iĕn	ĭen	ɪĕn	en	en
文	juən	iuən	ĭuən	ɪwən	iuən	juən
欣	jən	iən	ĭən	ɪən	iən	jən
元	jɐn, juɐn	iɐn, iuɐn	ĭɐn, ĭwɐn	ɪɐn, ɪwɐn	iɑn, iuɑn	jɐn, juɐn
魂	uən	uən	uən	wen	uən	uən
痕	ən	ən	ən	ən	ən	ən
寒	ɑn	ân	ɑn	ɒn	ɑn	ɑn
桓	uɑn	uân	uɑn	wɒn	uɑn	uɑn
刪	an, uan	an, uan	an, wan	ɐn, wɐn	an, uan	an, uan
山	æn, uæn	än, uän	æn, wæn	an, wan	æn, uæn	ɐn, uɐn
先	iɛn, iuɛn	en, uen	ien, iwen	ɛn, wɛn	iɛn, iuɛn	ien, iuen
仙	jæn, juæn	iän, iuän	ĭɛn, ĭwɛn	rɛn, rwɛn	iæn, juæn	jæn, juæn
蕭	iɛu	eu	ieu	ɛu	iɛu	ieu
宵	jæu	iäu	ĭɛu	ɪɛu	iau	jæu
肴	au	au	au	ɐu	au	au
豪	ɑu	âu	ɑu	ɒu	ɑu	ɑu

	董同龢	李　榮	王　力	陸志韋	周法高	竺家寧
歌	ɑ	â	ɑ	ɒ	ɑ	ɑ
戈	uɑ, jɑ, juɑ	uâ, iâ, iuâ	uɑ, ĭɑ, ĭuɑ	wɒ, ɪɒ, ɪwɒ	uɑ, iɑ, iuɑ	uɑ, jɑ, juɑ
麻	a, ua, ja	a, ua, ia	a, wa, ĭa	a, wa, ia	a, ua, ia	a, ua, ja
陽	jɑŋ, juɑŋ	iaŋ, iuaŋ	ĭɑŋ, ĭwɑŋ	ɪɑŋ, ɪwɑŋ	iɑŋ, iuɑŋ	jɑŋ, juɑŋ
唐	ɑŋ, uɑŋ	âŋ, uâŋ	ɑŋ, uɑŋ	ɒŋ, wɒŋ	ɑŋ, uɑŋ	ɑŋ, uɑŋ
庚	ɐŋ, uɐŋ jɐŋ, juɐŋ	ɐŋ, uɐŋ jɐŋ, juɐŋ	ɐŋ, wɐŋ ĭɐŋ, ĭwɐŋ	aŋ, waŋ ɪæŋ, ɪwæŋ	aŋ, uaŋ iaŋ, iuaŋ	ɐŋ, uɐŋ jɐŋ, juɐŋ
耕	æŋ, uæŋ	äŋ, uäŋ	æŋ, wæŋ	ɐŋ, wɐŋ	æŋ, uæŋ	aŋ, uaŋ
清	jɛŋ, juɛŋ	iäŋ, iuäŋ	ĭɛŋ, ĭwɛŋ	iɛŋ, iwɛŋ	iæŋ, iuæŋ	jæŋ, juæŋ
青	ieŋ, iueŋ	eŋ, weŋ	ieŋ, iweŋ	ɛŋ, wɛŋ	iɛŋ, iuɛŋ	ieŋ, iueŋ
蒸	jəŋ	iəŋ	ĭəŋ	iĕŋ	ieŋ	jəŋ
登	əŋ, uəŋ	əŋ, uəŋ	əŋ, uəŋ	əŋ, wəŋ	əŋ, uəŋ	əŋ, uəŋ
尤	ju	ju	ĭəu	ɪəu	iəu	jəu
侯	u	u	əu	əu	əu	əu
幽	jəu	iĕu	iəu	iĕu	ieu	jou
侵	jem	iəm	ĭĕm	ɪem	iem	jəm
覃	Am	êm	ɒm	ɒm	əm	ɑm
談	ɑm	âm	ɑm	ɑm	ɑm	ɒm
鹽	jæm	iäm	ĭɛm	ɪɛm	iam	jæm
添	iɛm	em	iem	ɛm	iɛm	iem
銜	am	am	am	am	am	ɐm
咸	ɐm	ɐm	ɐm	ɐm	æm	am
嚴	jɐm	iɐm	ĭɐm	ɪɐm	iɑm	jɐm
凡	juɐm	iuɐm	ĭwɐm	ɪwɐm	iuɑm	juɐm
祭	jæi, juæi	iäi, iuäi	ĭɛi, ĭwɛi	ɪɛi, ɪwɛi	iai, iuai	jæi, juæi
泰	ɑi, uɑi	âi, uâi	ɑi, uɑi	ɑi, wɑi	ɑi, uɑi	ɒi, uɒi
夬	ai, uai	ai, uai	æi, wæi	ai, wai	ai, uai	ɐi, uɐi
廢	jɐi, juɐi	iɐi, iuɐi	ĭɐi, ĭwɐi	ɪɐi, ɪwɐi	iɑi	jɐi, juɐi

四、中古韻母音值總表

以下先將中古206韻音值擬測結果，依《廣韻》與《韻鏡》四聲相承次序表列如下：

中古韻母音值表				
	平聲	上聲	去聲	入聲
1	東 uŋ juŋ	董 uŋ juŋ	送 uŋ juŋ	屋 uk juk
2	冬 uoŋ	○	宋 uoŋ	沃 uok
3	鍾 juoŋ	腫 juoŋ	用 jouŋ	燭 juok
4	江 ɔŋ	講 ɔŋ	絳 ɔŋ	覺 ɔk
5	支 je jue	紙 je jue	寘 je jue	
6	脂 jei juei	旨 jei juei	至 jei juei	
7	之 jə	止 jə	志 jə	
8	微 jəi juəi	尾 jəi juəi	未 jai juai	
9	魚 jo	禹 jo	御 jo	
10	虞 juo	麌 juo	遇 juo	
11	模 u	姥 u	暮 u	
12	齊 iei iuei	薺 iei iuei	霽 iei iuei	
13	○	○	祭 jæi juæi	
14	○	○	泰 ɒi uɒi	
15	佳 æ uæ	蟹 æ uæ	卦 æ uæ	
16	皆 ai uai	駭 ai uai	怪 ai uai	
17	○	○	夬 ɐi uɐi	

中古韻母音值表				
	平聲	上聲	去聲	入聲
18	灰 uɒi	賄 uɒi	隊 uɒi	
19	咍 ɒi	海 ɒi	代 ɒi	
20	○	○	廢 jɐi juɐi	
21	真 jen	軫 jen	震 jen	質 jent
22	諄 juen	準 juen	稕 juen	術 juet
23	臻 en	○	○	櫛 et
24	文 juən	吻 juən	問 juən	物 juət
25	欣 jən	隱 jən	焮 jən	迄 jət
26	元 jɐn juɐn	阮 jɐn juɐn	願 jɐn juɐn	月 jɐt juɐt
27	魂 uən	混 uən	慁 uən	沒 uət
28	痕 ən	很 ən	恨 ən	○
29	寒 ɑn	旱 ɑn	翰 ɑn	曷 ɑt
30	桓 uɑn	緩 uɑn	換 uɑn	末 uɑt
31	刪 an uan	潸 an uan	諫 an uan	黠 at uat
32	山 æn uæn	產 æn uæn	襇 æn uæn	鎋 æt uæt
33	先 ien iuen	銑 ien iuen	霰 ien iuen	屑 iet iuet
34	仙 jæn juæn	獮 jæn juæn	線 jæn juæn	薛 jæt juæt
35	蕭 ieu	篠 ieu	嘯 ieu	
36	宵 jæu	小 jæu	笑 jæu	
37	肴 au	巧 au	效 au	
38	豪 ɑu	皓 ɑu	號 ɑu	
39	歌 ɑ	哿 ɑ	箇 ɑ	
40	戈 uɑ ja juɑ	果 uɑ jɑ juɑ	過 uɑ jɑ juɑ	

中古韻母音值表				
	平聲	上聲	去聲	入聲
41	麻 a ua ja	馬 a ua ja	禡 a ua ja	
42	陽 jɑŋ juɑŋ	養 jɑŋ juɑŋ	漾 jɑŋ juɑŋ	藥 jɑk juɑk
43	唐 ɑŋ uɑŋ	蕩 ɑŋ uɑŋ	宕 ɑŋ uɑŋ	鐸 ɑk uɑk
44	庚 ɐŋ、uɐŋ jɐŋ、juɐŋ	梗 ɐŋ、uɐŋ jɐŋ、juɐŋ	映 ɐŋ、uɐŋ jɐŋ、juɐŋ	陌 ɐk、uɐk jɐk、juɐk
45	耕 æŋ uæŋ	耿 æŋ uæŋ	諍 æŋ uæŋ	麥 æk uæk
46	清 jæŋ juæŋ	靜 jæŋ juæŋ	勁 jæŋ juæŋ	昔 jæk juæk
47	青 ieŋ jueŋ	迥 ieŋ jueŋ	徑 ieŋ jueŋ	錫 iek juek
48	蒸 jəŋ	拯 jəŋ	證 jəŋ	職 jək
49	登 əŋ uəŋ	等 əŋ uəŋ	嶝 əŋ uəŋ	德 ək uək
50	尤 jəu	有 jəu	宥 jəu	
51	侯 əu	厚 əu	候 əu	
52	幽 jou	黝 jou	幼 jou	
53	侵 jəm	寢 jəm	沁 jəm	緝 jəp
54	覃 ɑm	感 ɑm	勘 ɑm	合 ɑp
55	談 ɒm	敢 ɒm	闞 ɒm	盍 ɒp
56	鹽 jæm	琰 jæm	豔 jæm	葉 jæp
57	添 iem	忝 iem	㮇 iem	帖 iep
58	咸 am	豏 am	陷 am	洽 ap
59	銜 ɐm	檻 ɐm	鑑 ɐm	狎 ɐp
60	嚴 jɐm	儼 jɐm	釅 jɐm	業 jɐp
61	凡 juɐm	梵 juɐm	范 juɐm	乏 juɐp

五、中古聲調

(一)調類與調值

「聲調」，是音節中有區別意義作用的音高形式變化，是附屬在漢語音節韻母上的語音外加成分，又叫「字調」。所謂「音高」指的是氣流在空氣中每秒振動次數，振動次數越多聲調越高、振動次數越少聲調越低。

聲調的實際音高變化狀況稱為「調值」，也就是聽覺上可以感知的音高與音低，或者由高而低，或者由低而高；聲調的類別稱為「調類」，如古漢語的「平、上、去、入」、現代漢語的「一、二、三、四」。

(二)平上去入的形容

「平、上、去、入」是中古聲調的「調類」，並不表示其真正發音的「調值」，明確的中古調值，由於古人的發音已經不存在，而聲調又是附屬於韻母的外加語音元素，所以理論上是無法確知的。

所有對於中古聲調的說明，可以說是一種描摹式的研究，也就是對於聲調的高低升降做文字的形容，例如以下從清代到現代的說法：

清顧炎武《音論》	五方之音有遲疾、輕重之不同。其重其疾則為入、為去、為上，其輕其遲則為平。
清江永《音學辨微》	平聲為陽，仄聲為陰；平聲音長，仄聲音短；平聲音空，仄聲音實；平聲如擊鐘鼓，仄聲如擊木石。
清戴震《聲類表》	平上去三聲近乎氣之陽、物之雄、衣之表；入聲近乎氣之音、物之雌、衣之裡。
王力《漢語詩律學》	平聲是長的、不升不降的；上去入三聲都是短的，或升或降的。這樣自然的分為平仄兩類了。平字指的是不升不降、仄字指的是不平，也就是或升或降。

㈢擬音的困難

董同龢先生在《漢語音韻學》中，舉了一個中古聲調到現代漢語演變的例子，來說明在當代進行中古聲調擬音的困難。例子如下：

	平聲		上聲		去聲		入聲	
	清	濁	清	濁	清	濁	清	濁
國語	˥（陰平）	˧˥（陽平）	˨˩˦（上）	˥˩（去）	˥˩（去）	˥˩（去）	˥ ˧˥ ˨˩˦ ˥˩	
南京	˧˩（陰平）	˧˥（陽平）	˩˧（上）	˦（去）	˦（去）	˦（去）	˥（入）	˥（入）
重慶	˥（陰平）	˧˩（陽平）	˦˨（上）	˩˧（去）	˩˧（去）	˩˧（去）	˧˩（陽平）	˧˩（陽平）
長沙	˧（陰平）	˩˧（陽平）	˦˩（上）	˩（陽去）	˥（陰去）	˩（陽去）	˨˦（入）	˨˦（入）
蘇州	˥（陰平）	˩˧（陽平）	˥˨（上）	˦˨（陽去）	˦˩˧（陰去）	˦˨（陽去）	˦˨（陰入）	˨˧（陽入）
廣州	˥˧（陰平）	˨˩（陽平）	˧˥（陰上）	˩˧（陽上）	˧（陰去）	˧（陽去）	˥（陰入）	˩（陽入）

從此例子可以看出，中古聲調演變到今天的漢語方言，同一類的字在各方言間出現了極大的分歧，調型極多，很容易混淆。如果要依據今天的各種漢語調值，去擬測中古平、上、去、入，理論上也許可以，但是最欠缺的就是如聲母、韻母音變的一些通則，所以到目前為止，調值擬測仍然難以進行。

㈣以調類理解調值

可以確定的是古代有平、上、去、入四個調類，在韻書與韻圖上的區分都是如此。從現代方言中觀察，中古每個調類裡可能還有兩個調值存在，其「平」、「升」、「降」的形式，在同一類中是相同的，差異只在音值的高或低，所以代表該時代語音的韻書與韻圖，就只以四大調類呈現，每個人發音的調值，可以使用自己的方言得知，卻也仍然屬於「平、上、去、入」四個調類。因此，目前掌握中古聲調的最好的方法，便是以「調類」的「平、升、降」變化來理解中古聲調的「調值」，再參酌現代漢語方言的發音，獲致聲調的一般概念。

課後測驗

1.可資擬測中古韻母的材料有哪些？

2.等韻學家將韻母分爲四等，其中「三等」、「四等」有何異同？

3.中古韻尾有哪幾類，其音值爲何？

4.何謂「調類」？何謂「調值」？

5.試任選一首唐代五言絕句，爲其標注中古音值。

第10堂課

中古後期語音系統：宋代

學習進程與重點提示

聲韻學概說→範圍→屬性→異稱→漢語分期→材料→功用→基礎語音學→範疇→分類→分支學科→語音屬性→音素→發音器官→收音器官→元音→輔音→音變規律→原因分析→漢語音節系統→定義→音節與音素量→音節結構→聲母類型→韻母類型→聲調系統→古漢語聲韻知識→認識漢語音節系統→掌握術語→材料→方法→方言概說→認識反切與韻書→漢語注音歷史→反切原理→反切注意事項→韻書源流→廣韻研究→切韻系韻書→廣韻體例→四聲相配→四聲韻數→反切系聯→聲類→韻類→等韻圖研究→語音表→開合洪細等第→等韻圖源流→韻鏡體例→聲母辨識法→韻圖檢索法→***中古音系→中古音定義→擬測材料→聲母音值擬測→韻母音值擬測→聲調音值擬測→中古後期音系→韻書→韻部歸併→等韻圖→併轉爲攝→語音音變→語音簡化→***近代音系→元代語音材料→明代語音材料→清代語音材料→傳教士擬音→官話意義內涵→現代音系→國語由來→注音符號由來→注音符號設計→國語聲母→國語韻母→國語聲調→拉丁字母拼音系統→國語釋義→中古到現代→現代音淵源→語音演化→演化特點→聲母演化→韻母演化→聲調演化→上古音系→材料→方法→上古韻蒙昧期→上古韻發展期→上古韻確立期→上古韻成熟期→韻部音值擬測→上古聲母理論→上古聲母擬音→上古聲母總論→上古聲調理論→上古聲調總論

專詞定義

語音系統	也稱「音位系統」，簡稱「音系」。某種語言或方言中經過歸納的所有音素以及它們的組合規則。任何語言經過歸納的音素數目，通常比實際具有的要少，這些歸納出來的語音單位實際上就是音位，因此所謂某種語言的語音系統，通常指的不是它的音素系統，而是音位系統。對於漢藏語系的語言和其他有聲調的語言來說，元音、輔音、聲調共同構成語言的語音系統。分析漢語的語音系統，傳統上以音節單位中的聲母、韻母和聲調三方面來進行。
宋元等韻學	又稱「早期等韻學」，指宋元時期學者對等韻的研究，廣義的範圍也包括唐代學者。內容包括：編制韻圖、對等韻理論的研究。韻圖部分，例如較早的《韻鏡》、《七音略》，以及《四聲等子》、《切韻指南》、《切韻指掌圖》等，基本上反應中古前後期漢語語音。理論部分，例如韻圖門法的提出，併轉為攝等，均為此期等韻學的特徵。
《平水韻》	韻書名，又稱「新刊韻」、「詩韻」。宋代平水人劉淵，根據宋代官修《廣韻》之刪節本《禮部韻略》，歸併唐以來韻書「通用」之韻，成為107韻之《壬子新刊禮部韻略》。元代以後之近體詩韻，均以此書為宗，直到現代，同系列韻書統稱「平水韻」，對於近代詩歌用韻及宋代音系考證極為重要。
併轉為攝	等韻圖歸納韻書的韻部而成的若干大類，「攝」即統攝之義，每攝之中包含若干個主要元音、韻尾相近的韻。名稱最早見於《四聲等子》，但前此的韻圖已經有了類似的觀念。「攝」的目的在以簡馭繁，同時也因為宋元韻圖的語

	音較早期韻書趨於簡化所致。
合　攝	又稱「附攝」，由於語音變化或簡化等原因，若干韻圖把某些攝合併到其他攝中的現象。例如《四聲等子》將「江」合於「宕」、「假」合於「果」、「梗」合於「曾」，遂從早期十六攝簡化為十三攝。

一、中古以後的語音簡化

廣義中古音從魏晉到宋代有一千年的時間，期間語音不可能沒有變化，於是根據現存語音資料來考察，中古音又可以分為前後兩期，而宋代就是中古音的後期。元明清所屬的近代音系與《切韻》為首的中古音前期，有著極大的語音差異，這差異就可上溯自宋代。宋代作為中古音過渡到近代音的階段，對於古音流變的研究非常重要。

㈠《切韻》音的複雜性

根據前文擬音結果，整個以《切韻》為首的中古音系，呈現的是極為複雜的現象，無論聲母或韻母皆然，例如齒音竟有十五個聲母，而「支」、「脂」、「之」三韻的差異對現代人而言已經很困難，「支」、「脂」兩韻卻又各有兩類的不同韻母。如果以現代漢語的任一方言來比對，也沒有一個語音系統會比中古音更複雜。

其實《切韻》一書的性質，陸法言已經明言是「古今通塞，南北是非。」所以《切韻》是一部兼包古今與各地方言的薈萃式韻書，而且既然目標是沿古酌今，那麼，《切韻》所定下的系統，應該就是陸法言等人所能掌握音類的總合了。也難怪這本韻書可以支配文壇數百年之久，顯然不同方言的人，都可以從中找到所需，其複雜性也就不言可喻。

㈡後期語音簡化的發展

《切韻》語音系統的複雜性，一方面來自編輯背景與目的，但若與後來的語音文獻比對，前期的語音的確也較為複雜。語音、文字的發展，簡化與合併本就是一大規律，那麼前期的中古音較後世複雜，也就不足為奇。

從《廣韻》以後的語音史料來看，簡化是一個主要的發展軌跡。例如，《五音集韻》將206韻歸併為106韻、韻內字也依聲母次序排列；《平水韻》合併了《集韻》中「同用」之韻；《中原音韻》的聲母完全清音化；《四聲等子》則只在圖表中併轉為攝。時代越往下，語音就越簡化，這也是《廣韻》以後音系的一大特質。

二、中古後期與近代音的研究法

有了《切韻》、《廣韻》所建構起來的中古前期音系，之後的研究在方法上就簡易多了，基本上可以從「史料」、「音變」、「語音學者」、「中古音系」四方面著手：

㈠語音史料分析

《廣韻》以後的語音史料大別之有三類：

等韻圖	《四聲等子》、《切韻指掌圖》、《切韻指南》	
韻　書	配合詩文押韻	《禮部韻略》、《平水韻》
	配合等韻圖表	《集韻》、《五音集韻》、《古今韻會舉要》

這些著作都前有所承，但也都進行著早期韻圖與切韻系韻書的歸併工作，由此可見，唐代以後的語音變化是極為明顯的了。這些語音史料都透過編排方式、符號設計、修改反切、體例說解等方式，表現某一個斷代的音系。所以史料分析與認識就成了研究的第

一步驟。

㈡音變現象分析

後期與前期語音不同，當然是因為語音產生了變化，所以在語音史料中就呈現差異。不過史料是平面的紙上資料，語音縱向的演變則是動態與立體的，例如「濁音如何清化」、「顎化聲母的出現」、「入聲的演變」等等，這些音變的理解，必須先綜合史料的研究，然後以語音學的知識進行剖析，才能得到真相。也唯有將音變現象與語音縱向歷時發展結合，才能真正理解宋代以後的語音實際。目前在古音研究上，較為欠缺的也正是這個領域。

㈢研究語音學者

從唐代以後，漢語音韻的研究代有人才出，起初是韻書，或是韻圖。到了明清時期，古音與等韻學大興，研究學者更是輩出，例如顧炎武、段玉裁、江永等古音大師。後期的研究也不只在史料分析而已，對於許多音變現象，也有著專精的理論分析與成果，所以針對特定語音學者的研究，也可以使我們更掌握語音歷史。

㈣中古音系的專精

學習漢語音韻，其實與學習文學史、思想史一樣，需要兼具歷時流變與共時平面現象。唯一的不同，是上古音與近代音的研究，必須以中古《廣韻》音系為對比的基準。這是因為，目前中古音系的研究在語料與方法上最為成熟，更重要的是從上古到現代的漢語音韻，基本上是「簡」→「繁」→「簡」；「分化」→「合併」的規律，而其中中古前期的隋唐音，正是中間最重要的關鍵。無論往下的近代音研究，或是往上的上古音研究，都必須以《切韻》系韻書的隋唐為基準來承上啟下。因此，學習者必須先嫻熟中古音，也才能進行這「承上啟下」的工作。

三、宋代韻書

㈠《禮部韻略》

《廣韻》之後，宋代又修了一部《韻略》（1007），據《玉海》所載：

景德四年，龍圖待制戚綸等承召詳定考試聲韻，綸等與殿中丞邱雍所定切韻同用獨用例，及新訂條例參定。

此書可以說是《廣韻》的刪節本，也可以說是同一書的繁簡二本，《廣韻》有26,194字，《韻略》則只有9,590字。《韻略》後來又由丁度等人改定，也就是現在所見的《禮部韻略》，一直是宋代官方頒行的韻書。

《禮部韻略》修改了《廣韻》的若干韻目：

《廣韻》	《禮部韻略》
殷、桓	欣、歡
魂、仙	鼋、僊 魂、仙改列本韻第二字
肴	爻
儼	广
号	號
映	敬
物	勿
鎋	轄
帖	帖

《禮部韻略》最大的特點，是比《廣韻》增加了十三處的「同用」，從中可以看到簡化與音變的痕跡。增加的同用例如下：

平　聲	「文、欣」；「鹽添、嚴」；「咸銜、凡」
上　聲	「吻、穩」；「琰忝、儼」；「豏檻、范」
去　聲	「問、焮」；「豔㮇、釅」；「陷鑑、梵」；「對代、廢」
入　聲	「物、迄」；「葉帖、業」；「洽狎、乏」

其中，「文、欣」是開合關係；「鹽添、嚴」是三四等完全不分；「凡」韻只有唇音字，中古後期已經變為輕唇，《禮部韻略》中與二等韻通用，韻母已經與現代的變化相同；「對代、廢」通用，也與現代相合。

㈡《集韻》

由宋代丁度主導的《集韻》，書成於景祐四年（1037），是與《禮部韻略》並行的字典式韻書，差別在《集韻》不是刪節《廣韻》，反而是增訂《廣韻》，而且因為受到等韻學的影響，所以增訂《廣韻》的方法，與當初《廣韻》增訂隋唐韻書的方法大不相同，在語音研析與語音編排次序上，大為改進。《集韻》與《廣韻》不同處，整理如下：

1	平聲四卷、上去入各一卷，共七卷。
2	收53,525字，比《廣韻》26,194字多27,331字
3	韻目仍是206，但韻字多有改變，如「虞」改為「噳」；「泰」改為「太」等十八處。
4	韻內之字排序，已有聲母五音次序。是韻書受韻圖影響的開端。
5	劃分「重唇」、「輕唇」的反切，完全改從當代語音。
6	劃分「舌頭」、「蛇上」的反切，完全改從當代語音。
7	劃分「正齒」、「齒頭」的反切，完全改從當代語音。
8	「諄、準、稕、魂、混、緩、換、戈、果」九韻，《廣韻》只有合口，《集韻》則兼有開口。
9	「隱、焮、迄、恨」四韻，《廣韻》僅有開口，《集韻》兼有合口。

10	《集韻》「軫、震」二韻僅有正齒二等與半齒音，其餘《廣韻》屬「軫、震」二韻的字，《集韻》均歸入「準、稕」二韻。
11	《廣韻》平聲「真」韻屬「影、喻」二母之字，及「見系」開口四等之字，《集韻》都歸入「稕」韻
12	《廣韻》「吻、問、勿」三韻之喉、牙音，《集韻》歸入「隱、焮、迄」三韻，所以《集韻》「吻、問、勿」三韻只有唇音字。
13	《廣韻》「痕、很」二韻「疑」母字，《集韻》歸入「魂、混」。
14	《集韻》「慁」韻只有喉牙音，其餘都歸入「恨」韻。
15	《廣韻》「旱、翰」二韻之舌音、齒音、半舌音，《集韻》歸入「緩、換」二韻。
16	《集韻》「歌」韻僅有喉牙音，其餘《廣韻》「歌」韻字，《集韻》都歸入「戈」韻。

從《廣韻》「同用」、「獨用」例，與《集韻》「通用」例來比對，也可以看出《集韻》歸併簡化的特徵，二者差異如下：

	《廣韻》	《集韻》
1	二十文（獨用） 二十一欣（獨用）	二十文（與欣通） 二十一欣
2	二十四鹽（添同用） 二十五添 二十六咸（銜同用）	二十四鹽（與沾嚴通） 二十五沾 二十六嚴
3	二十七銜 二十八嚴（凡同用） 二十九凡	二十七咸（與銜凡通） 二十八銜 二十九凡
4	十八吻（獨用） 十九隱（獨用）	十八吻（與隱通） 十九隱
5	五十琰（忝同用） 五十一忝 五十二豏（檻同用）	五十琰（與忝儼同） 五十一忝 五十二广
6	五十三檻 五十四儼（范同用） 五十五范	五十三豏（與檻范通） 五十四檻 五十五范

	《廣韻》	《集韻》
7	十八隊（代同用） 十九代 二十廢（獨用）	十八隊（與代廢通） 十九代 二十廢
8	二十三問（獨用） 二十四焮（獨用）	二十三問（與焮通） 二十四焮
9	五十五豔（㮇同用） 五十六㮇 五十七陷（鑑同用）	五十五豔（與桰驗通） 五十六桰 五十七驗
10	五十八鑑 五十九釅（梵同用） 六十梵	五十八陷（與鑒梵通） 五十九鑒 六十梵
11	八物（獨用） 九迄（獨用）	八物（與迄通） 九迄
12	二十九葉（怗同用） 三十怗 三十一洽（狎同用）	二十九葉（與帖業通） 三十帖 三十一業
13	三十二狎 三十三業 三十四乏	三十二洽（與狎乏通） 三十三狎 三十四乏

㈢《五音集韻》

《五音集韻》，金韓道昭所撰，書成於南宋寧宗嘉定元年（1208）。此書在聲母表現與韻母歸併上，有其很大的特點：

1.依聲母次序歸字

每韻中字均轄於三十六字母之下，按字母先後次序排列，同字母的字都歸在一起。三十六字母次序如下：「見溪群疑、端透定泥、知徹澄娘、幫滂並明、非敷奉微、精清從心邪、照穿牀審禪、影曉匣喻、來、日」。

2.歸併韻目為160韻

自《廣韻》以下，《五音集韻》可說是歸併韻目之開端，並且依據當時北方口語而定韻，不再依唐宋韻書的「同用」、「通用」之慣例，這也使得此書可以更真實反映中古後期的語音。其歸併《廣韻》韻目者如下：

卷　次		《五音集韻》韻目	《廣韻》原韻目
上平聲	1	五脂	支、脂、之
	2	十一皆	皆、佳
	3	十四真	真、臻
	4	二三山	山、刪
下平聲	1	一仙	先、仙
	2	二宵	宵、蕭
	3	十庚	庚、耕
	4	十五尤	尤、幽
	5	十八覃	覃、談
	6	十九鹽	鹽、添
	7	二十咸	咸、銜
	8	二一凡	凡、嚴
上　聲	1	四旨	紙、止、旨
	2	十駭	駭、蟹
	3	二二產	產、潸
	4	二三獮	銑、獮
	5	二四小	小、篠
	6	三十梗	梗、耿
	7	三七有	有、黝
	8	四十感	感、敢
	9	四一琰	琰、忝
	10	四二豏	豏、檻
	11	四三范	范、儼
去　聲	1	五至	至、寘、志
	2	十三怪	怪、卦、夬
	3	二六諫	諫、襉
	4	二七線	線、霰

卷　次		《五音集韻》韻目	《廣韻》原韻目
	5	二八笑	笑、嘯
	6	三六映	映、靜
	7	四一宥	宥、幼
	8	四四勘	勘、闞
	9	四五豔	豔、桥
	10	四六陷	陷、鑑
	11	四七梵	梵、釅
入　聲	1	五質	節、櫛
	2	十三鎋	鎋、黠
	3	十四薛	薛、屑
	4	十七麥	陌、麥
	5	二三合	合、盍
	6	二四葉	葉、怗
	7	二五洽	洽、狎
	8	二六乏	乏、業

㈣《平水韻》

宋淳祐十二年（1252），平水劉淵根據《禮部韻略》增加436字，歸併唐以來「通用」之韻為107韻，編成《壬子新刊禮部韻略》。此書現已亡佚，但元代黃公紹編《古今韻會》，即據此書編成，可以知悉《壬子新刊禮部韻略》的內容。

現在寫古詩的人都使用《詩韻集成》或《詩韻合璧》，這些韻書就可以上溯至劉淵，這一系列詩文韻書的流變與承繼關係如下：

宋劉淵《壬子新刊禮部韻略》→元陰時夫《韻府群玉》→清康熙《佩文詩韻》→《詩韻集成》、《詩韻合璧》

由於後世押韻韻書以劉淵之書為宗，劉淵為平水人氏，所以後人就將這一系列的韻書統稱之為《平水韻》。

《平水韻》從劉淵至今，流傳八百年，除了做詩為文押韻的參考外，也提供了我們了解宋代語音的材料。尤其是韻目歸併的部分，最值得審音的參考。原書107韻，元代陰時夫併「拯」入「迴」後共有106。以下是106韻目，括弧內為《廣韻》舊目，很可以觀察語音簡化合併之跡：

上平聲		上聲		去聲		入聲	
平水韻	廣韻	平水韻	廣韻	平水韻	廣韻	平水韻	廣韻
1東	1東	1董	1董	1送	1送	1屋	1屋
2冬	2冬			2宋	2宋	2沃	2沃
	3鍾	2腫	2腫		3用		3燭
3江	4江	3講	3講	3絳	4絳	3覺	4覺
4支	5支	4紙	4紙	4寘	5寘		
	6脂		5旨		6至		
	7之		6止		7志		
5微	8微	5尾	7尾	5未	8未		
6魚	9魚	6語	8語	6御	9御		
7虞	10虞	7麌	9麌	7遇	10遇		
	11模		10姥		11暮		
8齊	12齊	8薺	11薺	8霽	12霽		
					13祭		
				9泰	14泰		
9佳	13佳	9蟹	12蟹	10卦	15卦		
	14皆		13駭		16怪		
					17夬		
10灰	15灰	10賄	14賄	11隊	18隊		
	16咍		15海		19代		
					20廢		

上平聲		上　聲		去　聲		入　聲	
平水韻	廣　韻	平水韻	廣　韻	平水韻	廣　韻	平水韻	廣　韻
11真	17真	11軫	16軫	12震	21震	4質	5質
	18諄		17準		22稕		6術
	19臻						7櫛
12文	20文	12吻	18吻	13問	23問	5物	8物
	21欣		19隱		24焮		9迄
13元	22元	13阮	20阮	14願	25願	6月	10月
	23魂		21混		26慁		11沒
	24痕		22很		27恨		
14寒	25寒	14旱	23旱	15翰	28翰	7曷	12曷
	26桓		24緩		29換		13末
15刪	27刪	15潸	25潸	16諫	30諫	8黠	14黠
	28山		26產		31襇		15鎋

下平聲		上　聲		去　聲		入　聲	
平水韻	廣　韻	平水韻	廣　韻	平水韻	廣　韻	平水韻	廣　韻
1先	1先	16銑	27銑	17霰	32霰	9屑	16屑
	2仙		28獮		33線		17薛
2蕭	3蕭	17篠	29篠	18嘯	34嘯		
	4宵		30小		35笑		
3肴	5肴	18巧	31巧	19效	36效		
4豪	6豪	19皓	32皓	20號	37號		
5歌	7歌	20哿	33哿	21箇	38箇		
	8戈		34果		39過		
6麻	9麻	21馬	35馬	22禡	40禡		
7陽	10陽	22養	36養	23漾	41漾	10藥	18藥
	11唐		37蕩		42宕		19鐸
8庚	12庚	23梗	38梗	24敬	43敬	11陌	20陌
	13耕		39耿		44諍		21麥
	14清		40靜		45勁		22昔

下平聲		上聲		去聲		入聲	
平水韻	廣韻	平水韻	廣韻	平水韻	廣韻	平水韻	廣韻
9青	15青	24迥	41迥	25徑	46徑	12錫	23錫
10蒸	16蒸		42拯		47證	13職	24職
	17登		43等		48嶝		25德
11尤	18尤	25有	44有	26宥	49宥		
	19侯		45厚		50候		
	20幽		46黝		51幼		
12侵	21侵	26寢	47寢	27沁	52沁	14緝	26緝
13覃	22覃	27感	48感	28勘	53勘	15合	27合
	23談		49敢		54闞		28盍
14鹽	24鹽	28琰	50琰	29豔	55豔	16葉	29葉
	25添		51忝		56木忝		30帖
15咸	26咸		52儼		57釅	17洽	31洽
	27銜	29豏	53豏	30陷	58陷		32狎
	28嚴		54檻		59鑑		33業
	29凡		55梵		60范		34乏

㈤《古今韻會舉要》

此書本名《古今韻會》，宋末元初黃公紹編，書成於至元二十九年（1292）。同時間熊忠因嫌此書之繁，所以別撰簡本，名為《古今韻會舉要》，簡稱《韻會》。黃公紹書已佚，現在所見都是熊忠之簡本。《韻會》一書是超越當時韻書傳統與韻圖限制，能整體表現宋以後語音系統的一項重要資料。

1.分韻與歸類

形式上，《韻會》有107韻，每韻之內，又如韓道昭《五音集韻》依字母次序排列。不過後人可以藉《韻會》推求當時實際語音，其實是因為此書的特殊安排，《韻會》附錄的〈韻例〉說：

舊韻所載，考之七音，有一韻之字分入數韻者，有數韻之字併為一韻者。今每韻依七音韻，各以類據，注云：「已上案七音屬某字母韻」。

此處所說的是當時語音與韻書分韻的參差，凡韻書同韻而當時語音已經分成幾個韻母的，都「各以類聚」，並且注出新訂的類名，所謂的「某字母韻」。而當時語音屬一個韻母而在韻書分見數韻者，《韻會》因為受韻書分韻的限制，就不能把它們歸併。不過，雖在不同韻內，所注的新類名都一樣，讀者很容易自行歸併。例如：

東韻	「公」至「攏」一類	「攏」字下注：「以上案七音屬公字母韻」
	「弓」至「戎」一類	「戎」字下注：「以上屬弓字母韻」
	「雄」自為一類	注：「以上屬雄字母韻」。
冬韻	「攻」至「上隆下石」一類	「上隆下石」字下注：「以上屬公字母韻」
	「恭」至「茸」一類	「茸」下注：「以上屬弓字母韻」

不同韻目但其實同類的字，《韻會》依據語音實際，在注解中注明同類，所以「冬」韻若干字，其實已經「歸併」到了「東」韻。可見，《韻會》表面上是107韻，但實際上已經不是107韻的框架了。這對我們掌握當時語音現象與變遷，提供了很好的證據。

2.聲母編排

聲母的安排也有其特殊性，跳脫當時一般韻書、韻圖的36字母系統框架，更貼近實際語音。《韻會．音例》：

音學久失，韻書偽舛相襲，今以司馬溫公切韻參考諸家聲音之書，定著角、徵、宮、商、羽、半徵、半商之序。每音每等之首，並重圈，注云：「某清音」、「某濁音」。

依《韻會》所注的七音清濁，以及卷首所載〈禮部韻略三十六字母七音通考〉，其所訂定的聲母類別如下：

《韻會》聲母系統									
	角	徵	宮	次宮	商	次商	羽	半徵	半羽
清	見	端	幫	非	精	知	影		
次清	溪	透	滂	敷	清	徹	曉		
次清次					心	審	幺		
濁	群	定	並	奉	從	澄	匣		
次濁	疑	泥	明	微		娘	喻	來	日
次濁次	魚				邪	禪	合		

⑴聲母共有35類。

⑵以「角、徵、宮、商、羽」取代「牙、舌、唇、齒、喉」五音名稱。

⑶這種名稱在《守溫韻學殘卷》中已經出現，但新增了「次宮」代表「清唇」、「次商」代表「正齒」，表現了聲母的分化與實際。

⑷新增「次清次」、「次濁次」的發音方式，「次清次」可以安插「心、審」兩母字，也可以安排新增的「幺」母。「次濁次」

可以安插「邪、禪」兩母字，和新設的「魚、合」二母。

3.聲母分合

《韻會》與當時「36字母」異同如下：

36字母	幫	滂	並	明	非	敷	奉	微	端	透	定	泥
韻會聲母	幫	滂	並	明	非	敷	奉	微	端	透	定	泥

36字母	知	徹	澄	娘	見	溪	群	疑		精	清	心	從	邪
韻會聲母	知	徹	澄	娘	見	溪	群	疑	魚	精	清	心	從	邪

36字母	照	穿	床	審	禪	影	曉		匣	喻		來	日
韻會聲母				審	禪	影	曉	幺	匣	喻	合	來	日

⑴中古「疑」母，分為「疑」、「魚」二母。「魚」母包括原「疑」母二、三等合口韻的字。

⑵《韻會》「喻」母，包括原「疑」母二、四等開口字。

⑶「泥」、「娘」相當於中古的「泥」母。

⑷「知、徹、澄、審」是中古「知、徹、澄」、「莊、初、崇、生、俟」、「章、昌、船、書、禪」合併的結果。

⑸「影」、「幺」相當中古「影」母，韻圖二、四等的影母字，《韻會》屬「幺」。

⑹「匣」、「合」相當中古「匣」母，一等開口字歸「合」母；一等合口、二、四等字歸「匣」母，「匣」、「合」可說是一個聲母的變值。

四、宋元等韻圖

㈠《四聲等子》

《四聲等子》是繼《韻鏡》、《七音略》之後的重要韻圖，序文中沒有作者署名，不過根據序文內容與各家考證，成書應在北宋時期，流傳時間很長，所以現在所見版本，已經宋人改動修訂。

《四聲等子》的體例，與之前的韻圖有很大不同。聲母方面，以「角、徵、宮、商、羽、半徵、半商」統「牙、舌、唇、齒、喉、半舌、半齒」之名。韻目方面，把43轉併為16攝，圖表簡化為20圖，合併了許多韻的劃分，對考定中古語音不利，但卻使韻圖更切合當時實際語音系統。

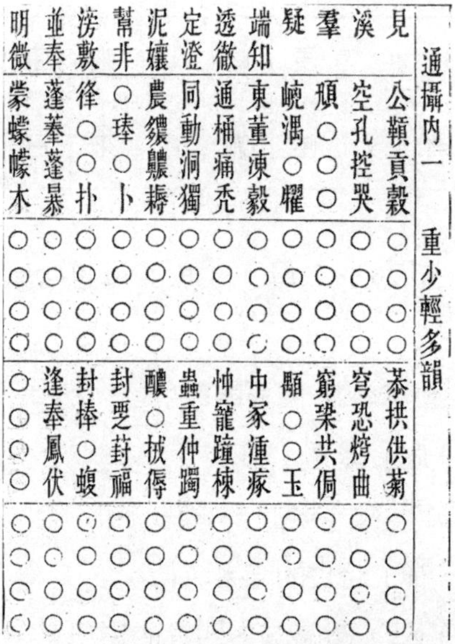

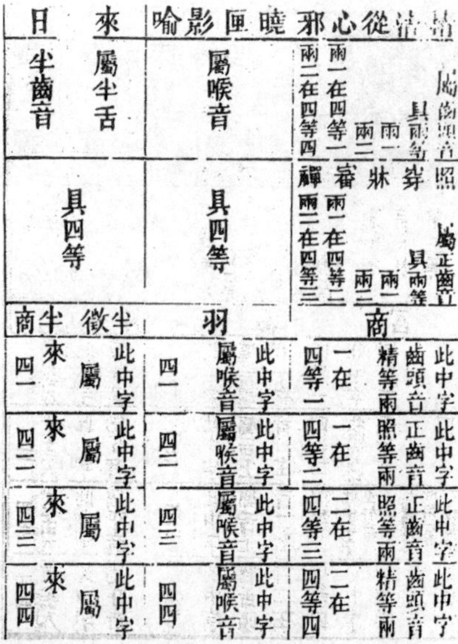

1.聲母編排

《四聲等子》也是36字母，分排23行，書前有〈七音綱目〉說明全書所用聲紐之次第與清濁，並且每一聲紐各舉兩個例字。

以下是《等子》聲母表：

四聲等子聲母表							
		全清	次清	全濁	不清不濁	全清	半清半濁
角	牙音	見	溪	群	疑		
徵	舌頭	端	透	定	泥		
	舌上	知	徹	澄	孃		
宮	重脣	幫	滂	並	明		
	輕脣	非	敷	奉	微		
商	齒頭	精	清	從		心	邪
	正齒	照	穿	牀		審	禪
羽	喉音	影	曉	匣	喻		
半商徵	半舌				來		
	半齒				日		

2.併轉為攝

《四聲等子》最大的特點，就是將《廣韻》206韻主要元音、韻尾相同或相近者，歸併為16「韻攝」，這對後來的古音擬測具有一定幫助。16攝次序與所轄韻目如下：

通攝	ong	東、冬、鍾
江攝	aŋ	江
止攝	i	支、脂、之、微
遇攝	o	魚、虞、模
蟹攝	ai	齊、佳、皆、灰、咍
臻攝	en	真、諄、臻、文、欣、元、魂、痕
山攝	an	寒、桓、山、刪、先、仙
效攝	au	豪、肴、宵、蕭
果攝	a	歌、戈
假攝	a	麻

宕攝	aŋ	陽、唐
梗攝	əng	庚、耕、清、青
曾攝	əng	蒸、登
流攝	eu	尤、侯、幽
深攝	em	侵
咸攝	am	覃、談、鹽、添、咸、銜、嚴、凡

3.聲調等第配置

《四聲等子》聲調與等第的圖表配置，與之前的《韻鏡》、《七音略》完全相反。由上而下先分四大格，分別是一、二、三、四等；每等之中再分四小格，分別容納平、上、去、入四個聲調。例如下圖：

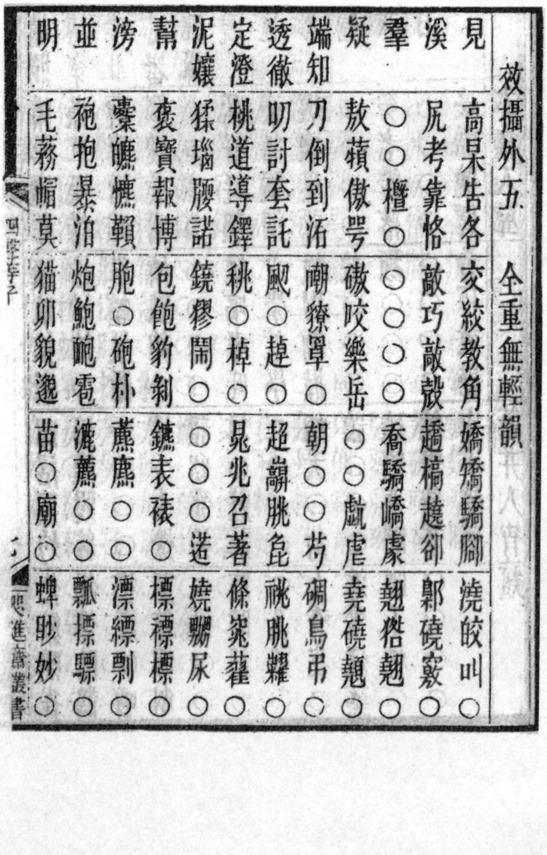

效攝外五　全重無輕韻

	見	溪	羣	疑	端知	透徹	定澄	泥孃	幫	滂	並	明
一等	高杲告各	尻考靠恪	○○櫭○	敖䫜傲咢	刀倒到沰	叨討套託	桃道導鐸	猱瑙腝諾	褒寶報博	橐[illegible][illegible][illegible]	袍抱暴泊	毛蓩帽莫
二等	交絞教角	敲巧敲殼	○○○○	磝咬樂岳	嘲獠罩○	颩○趠○	[illegible]○棹○	鐃[illegible]鬧○	包飽豹剝	胞○砲朴	炮鮑靤雹	猫卯貌邈
三等	嬌矯驕腳	趫槁趬卻	喬驕嶠豦	○○䖀虐	朝○○芍	超[illegible]朓[illegible]	晁兆召著	○○○逽	鑣表裱○	藨麃○○	瀌藨○○	苗○廟○
四等	澆皎叫○	郻磽竅○	翹[illegible]翹○	堯磽顤○	碉鳥弔○	祧朓糶○	條窕藋○	嬈嬲尿○	標褾標○	漂縹剽○	瓢摽驃○	蜱眇妙○

一等字：「高、杲、告、各」；二等字：「交、絞、教、角」；三等字：「嬌、矯、驕、腳」；四等字：「澆、皎、叫」。而每一等第由上而下，聲調分別就是平、上、去、入。

4.入聲配置

《四聲等子》將入聲分別與陰聲、陽聲相配，和早期韻圖入聲專承陽聲不同。這是一大特色，充分反映了語音的實際。以下是各攝入聲相配情形：

韻尾發音部位	韻　攝	入聲配置
舌根塞音[-k]	通攝 遇攝 流攝	一等配「屋、沃」 三等配「燭、屋」
	效攝 宕攝	一等配「鐸」 二等配「覺」 三、四等配「藥」
	曾攝	一等配「德」 二等配「陌、麥」 三、四等配「職、昔、錫」
舌尖塞音[-t]	蟹攝 山攝	一等配「曷、末」 二等配「黠、鎋」 三、四等配「薛、屑、月」
	臻攝	一等配「沒」 二等配「櫛」 三、四等配「物、質、術、迄」
舌根塞音[-k] 舌尖塞音[-t]	果攝	一等配「鐸」[-k] 二等配「黠、鎋」[-t]
	止攝	三、四等配 「職、昔、錫」[-k] 「物、質、術、迄」[-t]
雙唇塞音[-p]	咸攝	一等配「合、盍」 二等配「洽、狎」 三、四等配「乏、怗、葉、業」
	深攝	三等配「緝」

目前漢語方言中除閩語、客家語、粵語完整保存「-k、-t、-p」三種入聲韻尾，其餘官話地區語音幾乎已經沒有入聲。《四聲等子》很明顯的將入聲分別配給陰聲、陽聲韻，這就顯示入聲的消失起於宋代。

入聲配陰聲韻的原因，主要是因為韻尾「-k、-t、-p」在發音上的「弱化」，逐漸的成為喉塞音[ʔ]，而喉塞音的音值很弱，在前面的主要元音的音值就明顯多，於是這些入聲韻聽起來，就和元音收尾的陰聲韻很接近了。《四聲等子》以入聲配陰聲，這是一種語音實際的反映。

後來喉塞音弱化到音素失落，入聲也就消失，這從宋以後的韻書、韻圖，甚至詩文押韻都可以看得出來，元代周德清的《中原音韻》中，就已經沒有了入聲。這樣的弱化，其實先從[-k]、[-t]開始，所以在上表「咸」、「深」二攝中，雙唇塞音[-p]都只配陽聲韻，而且不像「果攝」、「止攝」有混雜的現象。所以，入聲從上古到中古，進而在元代消失，宋代應該就是一個入聲弱化的過渡期，《四聲等子》就提供了這過渡現象的最好觀察。

㈡《切韻指掌圖》

《切韻指掌圖》（簡稱《指掌圖》），有宋代司馬光的序文，清代以前也都以為是司馬光作，所以流傳很久，學界也很通行。清末以後各家學者進行考證，發現並非司馬光之作，但真正作者也已不可考。雖非司馬光所作，但其編著時代據趙蔭棠《等韻源流》所考，大約是西元1176至1203年之間，也就是南宋孝宗之時。

此書和《四聲等子》一樣，都是歸併43轉為20圖的韻圖，並且也反映了許多實際語音在其中，是考訂中古後期語音非常重要的一部韻圖。

一　獨

	見	溪	羣	疑	端	透	定	泥	知	徹	澄	娘	幫	滂	並	明	非	敷
平	高	尻	○	敖	刀	饕	陶	猱					褒	橐	袍	毛		
	交	敲	○	聱					嘲	颩	[illegible]	鐃	包	胞	庖	茅		
	驕	趫	喬	○					朝	超	晁	○	鑣	○	○	苗	○	○
	驍	鄡	翹	堯	貂	祧	迢	○					飈	㶾	瓢	蜱		
上	暠	考	○	[illegible]	倒	討	道	腦					寶	○	抱	蓩		
	絞	巧	○	齩					獠	○	○	獿	飽	○	鮑	卯		
	矯	槁	蹻	鱎					○	[illegible]	肇	○	表	麃	藨	○	○	○
	皎	磽	○	磽	鳥	朓	窕	嬲					褾	縹	摽	眇		
去	誥	鎬	○	傲	到	韜	導	腝					報	○	暴	冃		
	教	敲	○	樂					罩	趠	棹	橈	豹	奅	靤	貌		
	驕	趬	嶠	[illegible]					○	朓	召	○	裱	○	驃	廟	○	○
	叫	竅	翹	顤	弔	糶	藋	尿					○	剽	○	妙		
入	各	恪	○	咢	○	託	鐸	諾					博	[illegible]	泊	莫		
	覺	殼	○	嶽					斲	逴	濁	搦	剝	璞	雹	邈		
	腳	卻	噱	虐					芍	[illegible]	著	[illegible]	○	○	○	○	○	○
	○	○	○	○	○	○	○	○					○	○	○	○		

1.聲母編排

《指掌圖》在聲母編排上，改進了以前韻圖23行安置36聲母的編排法，將圖表設計為36行，並將36聲母一一排列，這就使得讀者在聲母辨識上輕鬆多了。增加的行數，分別是舌音多四行，排列「知、徹、澄、娘」四母；唇音多四行，排列「非、敷、奉、微」四母；齒音從五行變成十行，分置「精、清、從、心、邪」、「照、穿、牀、審、禪」十母。總次序始「見」終「日」，「邪」母改為「斜」母，書前附有〈三十六字母圖〉，說明聲母排列、清濁屬性，並各舉兩個例字，也就是圖中「引類」所指。以下是〈三十六字母圖〉：

三十六字母圖 引類 清濁	見 經堅 全清	端 丁顛 全清	知 珍邅 全清	幫 賓邊 全清	非 分番 全清	精 津煎 全清	照 征饘 全清	影 因煙 全清	來 鄰連 不清不濁
	溪 輕牽 次清	透 汀天 次清	徹 癡脡 次清	滂 繽篇 次清	敷 芬蕃 次清	清 親千 次清	穿 嗔嘽 次清	曉 馨軒 次清	日 人然 不清不濁
	群 勤乾 全濁	定 延因 全濁	澄 陳瀍 全濁	並 貧便 全濁	奉 墳煩 全濁	從 秦前 全濁	牀 唝潺 全濁	匣 刑賢 全濁	
	疑 銀研 不清不濁	泥 寧年 不清不濁	娘 紉嬭 不清不濁	明 民綿 不清不濁	微 文亡 不清不濁	心 新先 全清	審 身羶 全清	喻 寅延 不清不濁	
						斜 餳涎 半清半濁	禪 蜃船 半濁半清		
	是牙音	舌頭音	舌上音	辰音重	脣音輕	齒頭音	正齒音	是喉音	舌齒音

2.圖次與韻目

《指掌圖》共20圖，每圖注明序號、開合或是獨韻，取消了「攝」的名稱，與《四聲等子》比對，次序也有了調整。由上而下四大格表聲調平、上、去、入，再各分四小格表四等，與《四聲等子》相反，與之前韻圖則同。

以下是《切韻指掌圖》圖次、所含韻目（平聲、入聲），以及與《四聲等子》攝名之對照：

《切韻指掌圖》圖次			
圖　次	平聲韻目	入聲韻目	《四聲等子》攝名
一獨	豪肴宵蕭	鐸覺藥	效攝
二獨	東冬鍾	屋燭	通攝
三獨	模魚虞	沃屋燭	遇攝
四獨	侯尤幽	德櫛迄質	流攝
五獨	談鹽添咸銜嚴凡	合盍葉帖洽狎業乏	咸攝
六獨	侵	緝	深攝
七開	寒刪山元仙先	曷黠　薛月屑	山攝
八合	寒刪山元仙先	曷黠　薛月屑	山攝
九開	痕臻真殷	質	臻攝
十合	魂文諄真	沒物術	臻攝
十一開	歌戈麻	黠鎋薛月	果假攝
十二合	戈麻	鎋薛	果假攝
十三開	唐陽	○	宕江攝
十四合	唐江陽	鐸藥	宕江攝
十五合	庚耕登清青	陌德職昔錫	曾梗攝
十六開	登庚耕蒸清青	陌麥職昔錫	曾梗攝
十七開	咍皆佳	○	蟹攝
十八開	支脂之齊	質	蟹止攝
十九合	灰支脂微齊	質	蟹止攝
二十合	佳皆	○	蟹攝

《指掌圖》的次序和《四聲等子》不同，但「宕江」、「曾梗」、「果假」合攝、入聲兼配陰陽，二書相同。二書都反映中古後期語音，其中有若干歸字與等第不同，正反映從北宋到南宋的變化。

入聲配置方面，《指掌圖》入聲也兼配陰聲、陽聲韻。配陽聲者與《四聲等子》同，配陰聲者則有出入。不過[-k]、[-t]相混，[-p]不配陰聲皆同，又一次證明入聲消失在宋代的過渡情形。

㈢《經史正音切韻指南》

《經史正音切韻指南》簡稱《切韻指南》，元代劉鑑所作，內容與形成都與《四聲等子》相似。體例上源出於《四聲等子》，而與金韓道昭的《五音集韻》有極為深厚的關係。劉鑑序文說：

> 因其舊制（四聲等子），次成十六通攝，作檢韻之法，析繁補隙，詳分門類……名之曰《經史正音切韻指南》，與韓氏《五音集韻》互為體用，諸韻字音，皆由此韻而出也。

《切韻指南》因襲《四聲等子》這部韻圖的舊制，所以也是16攝；又以《五音集韻》為依據來編排字音，互為體用。《四聲等子》成書於北宋；韓道昭《五音集韻》作於金泰和年間，南宋寧宗嘉定元年（1208），所以《切韻指南》以宋代韻圖、韻書做藍本，雖是元人所編，其語音仍是宋代音系。

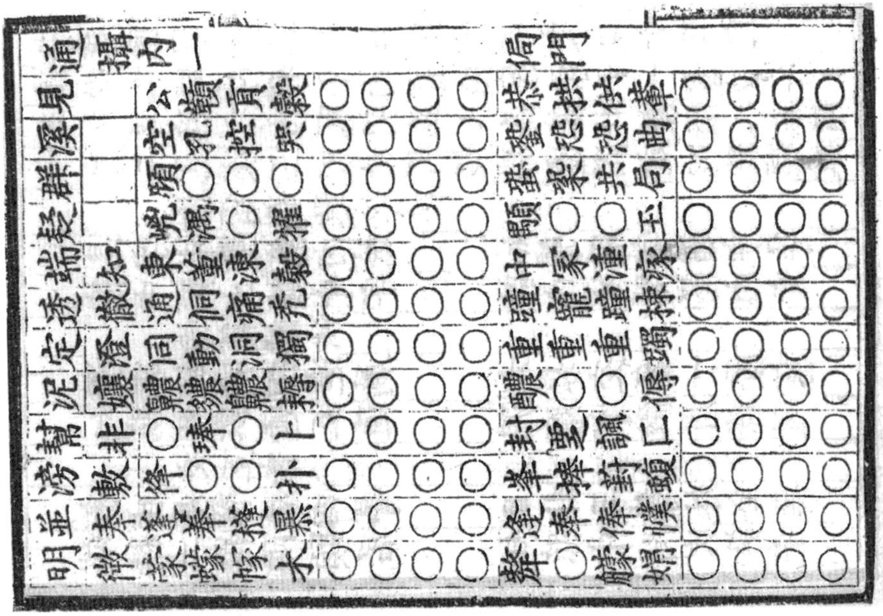

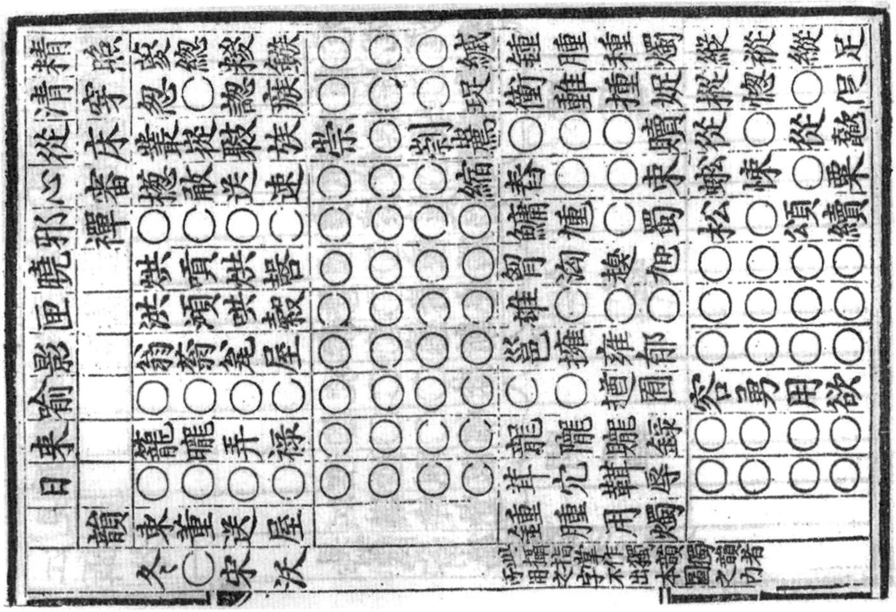

1.聲母編排

《切韻指南》的聲母編排與《四聲等子》完全相同，36字母分23行排列，次序如上圖所示。書前有〈分五音〉、〈辨清濁〉說明聲母與清濁之編排：

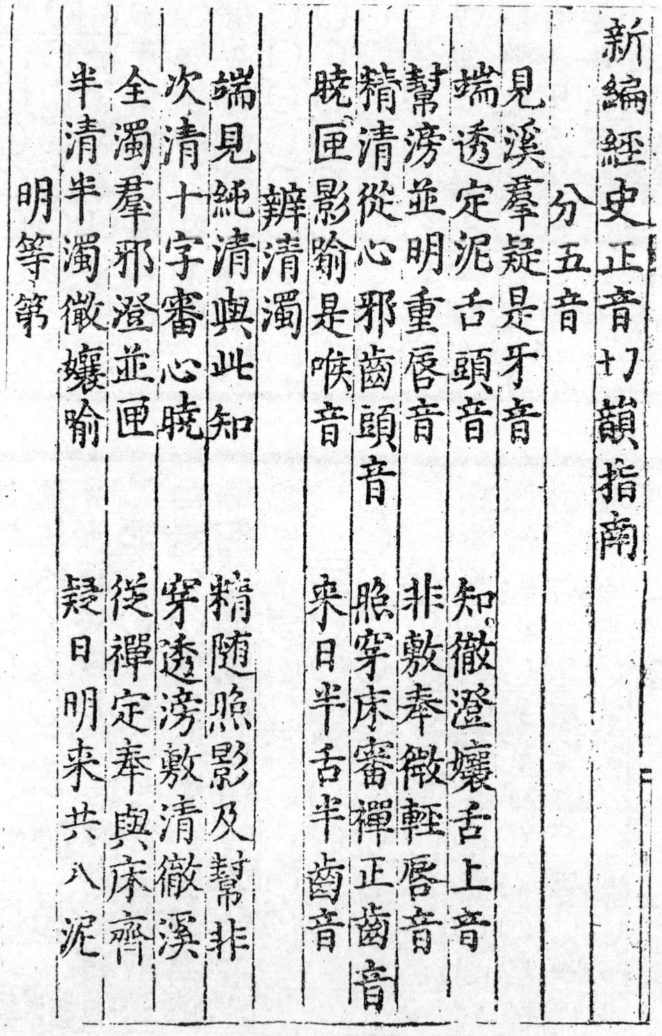
新編經史正音切韻指南
分五音
見溪羣疑是牙音
端透定泥舌頭音　知徹澄孃舌上音
幫滂並明重唇音　非敷奉微輕唇音
精清從心邪齒頭音　照穿床審禪正齒音
曉匣影喻是喉音　来日半舌半齒音
辨清濁
端見純清與此知　精隨照影及幫非
次清十字審心曉　穿透滂敷清徹溪
全濁羣邪澄並匣　從禪定奉與床齊
半清半濁微孃喻　疑日明来共八泥
明等第

體例雖與《四聲等子》全同，不過到了此時，根據劉鑑書前所附的〈交互音〉，聲母已經出現音變與合併。〈交互音〉形式上是一首詩歌：

知照非敷遞互通，泥娘穿徹用時同。
澄床疑喻相連屬，六母交參一處通。

(1)「知」系聲母原為舌面塞音，此時與「照」系合併，改讀塞擦音，所以「知照遞互通」、「穿徹用時同」、「澄床相連屬」。這互通就一直到現代漢語，目前是捲舌的塞擦音[tʂ-]。
(2)「非」、「敷」兩聲母合併，從前期的[pf-]、[pʻf]，合併為一個[f-]。
(3)「泥」、「娘」用時同，也就是實際語音中已經合併沒有不同，「娘」母由舌面鼻音併入「泥」母的舌尖鼻音[n-]。
(4)舌根鼻音「疑」母[ŋ]，與零聲母的「喻」母合併，聲母都音素失落。

2.圖次與韻目

《切韻指南》在格式上，首行標明攝名、內外轉、開合，圖表中先分四等、再分四聲，都沿習《四聲等子》。不過，《四聲等子》只有20圖，因為「宕江」、「果假」、「曾梗」合攝；《切韻指南》則有24圖，多出來的是「江攝」、「梗攝開口」、「梗攝合口」、「凡」韻獨立一圖。

其中，「宕江」、「果假」、「凡」韻獨立，二書在語音上其實沒有不同，只是《切韻指南》依循早期韻圖的編排方式而已。不過《切韻指南》的「梗」是[a]類元音、「曾」是[ə]類元音，《四聲等子》則合併為[ə]。以下依《切韻指南》圖次，對照如下：

《切韻指南》與《四聲等子》圖次韻目對照表			
《切韻指南》	韻　目	《四聲等子》	韻　目
1.通攝內一	東冬鍾	1.通攝[ong]	東、冬、鍾
2.江攝外一	江		
3.止攝內二開口	脂微	2.止攝[i]	支、脂、之、微
4.止攝內二合口	微脂		
5.遇攝內三	模魚虞	3.遇攝[o]	魚、虞、模
6.蟹攝外二開口	灰皆齊泰祭	4.蟹攝[ai]	齊、佳、皆、灰、咍
7.蟹攝外二合口	灰皆齊泰廢		
8.臻攝外三開口	痕真殷	5.臻攝[en]	真、諄、臻、文、欣、元、魂、痕
9.臻攝外三合口	魂諄文		
10.山攝外四開口	寒山仙元	6.山攝[an]	寒、桓、山、刪、先、仙
11.山攝外四合口	桓山元仙		
12.效攝外五	豪肴蕭	7.效攝[au]	豪、肴、宵、蕭
13.果攝內四、假攝外六開口	歌麻	8.果攝[a] 9.假攝[a]	歌、戈 麻
14.果攝內四、假攝外六合口	戈麻		
15.宕攝內五開口	唐陽	10.宕攝[aŋ] 11.江攝[aŋ]	唐、陽、江
16.宕攝內五合口	唐陽		
17.曾攝內六開口	登蒸	12.梗攝[əng] 13.曾攝[əng]	庚、耕、清、青 蒸、登
18.曾攝內六合口	登蒸		
19.梗攝外七開口	庚清青		
20.梗攝外七合口	庚清青		
21.流攝內七	侯尤	14.流攝[eu]	尤、侯、幽
22.深攝內八	侵	15.深攝[em]	侵
23.咸攝外八	覃咸鹽	16.咸攝[am]	覃、談、鹽、添、咸、銜、嚴、凡
24.咸攝外八	凡		

3.入聲配置

《切韻指南》的入聲也兼承陰聲、陽聲韻，配陰聲者如下：

止攝	物、質[-t]
遇攝	屋、燭[-k]
蟹攝	曷、末、鎋、質、術[-t]
效攝	鐸、覺、藥[-k]
果攝	鎋[-t]、鐸[-k]
流攝	屋、燭[-k]
深攝	緝[-p]
咸攝	合、洽、葉、乏[-p]

入聲配陰聲的分布，和《四聲等子》、《切韻指掌圖》小有出入，不過三部韻圖都將入聲兼配陰、陽二聲，這是中古後期語音變化的一大特徵，也是此時期韻圖共有的現象了。

五、中古後期語音演變總論

綜合前述中古後期語音資料，可以發現宋代時期的漢語音系，大體上呈現著簡化與合併的特徵，聲母、韻母、聲調皆然。

㈠聲母

1.輕唇音合併

中古前期唇音只有「幫、滂、並、明」四個重唇音，唐末宋初分化出了「非、敷、奉、微」四個輕唇音，所以《廣韻》的反切在實際發音上就出現了矛盾，所謂「唇音類隔」，也就是反切上字與本字不合的現象，這種情況到了《切韻指掌圖》時候，就依據實際語音加以改正了。「非、敷、奉」的發音，在現代漢語已經合併為單一的[f-]，「微」母則音素失落為零聲母。綜合「前期」、「過渡期」、「後期」的唇音演變如下：

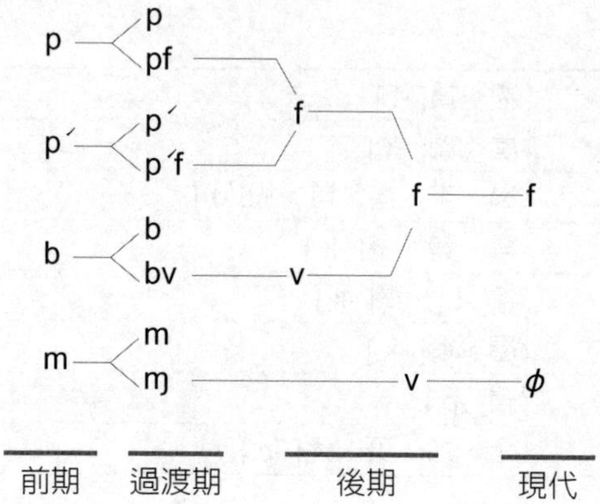

2.知照合併

中古前期齒音有「精」系、「章」系、「莊」系聲母，到宋代初期的36字母裡，「章」、「莊」系又合併為一套「照、穿、牀、審、禪」。大約南宋之時，「知」系的「知、徹、澄」與「照」系又開始合併，宋代等韻圖仍保有二系之名，但是到了元代《切韻指南》所附〈交互音〉中，就明確指出了「知照遞互通」的合併現象。元代《切韻指南》源出於宋代《四聲等子》與《五音集韻》，可見在宋代後期，二系已經合流。「知」、「照」之合併過程如下：

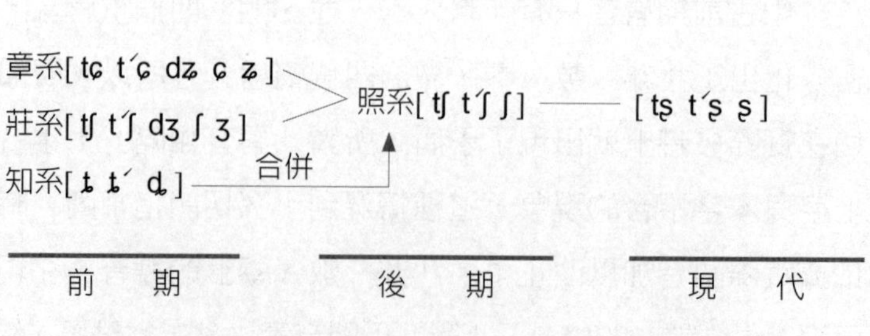

3.泥娘合併

《廣韻》系聯有「泥」、「娘」二母，36字母裡「知、徹、澄、娘」也是一組，當時「泥」母是[n-]，「娘」母則是顎化的[ȵ-]，所以與「知、徹、澄」配。

這種現象，應該是跟其所依據的語音有關，因為這種界限，早在唐代時就有了不同，例如《經典釋文》、《一切經音義》都不分「泥」、「娘」二母。在宋元等韻圖中，「娘」母基本上已經併入「泥」母，都是舌尖鼻音[n-]了，所以《切韻指南》說「泥娘同時用」。二者演化如下：

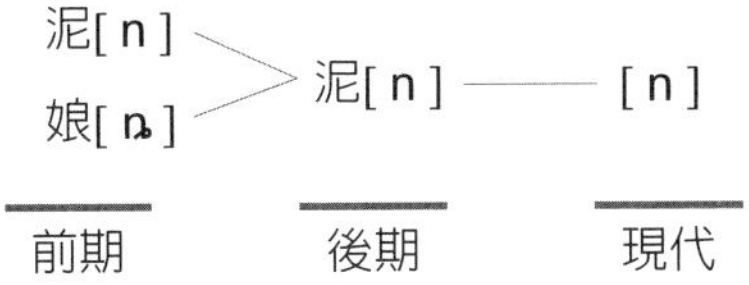

4.疑喻合併

中古前期喉音有「云」、「以」兩母，二者在唐末30字母時，已經合併為「喻」母，並且音素失落為零聲母。宋代時「疑母」又與「喻」母合而為一，《切韻指南》所謂「疑喻相連屬」。換句話說，在中古後期，都音素失落而為零聲母了。其演化如下：

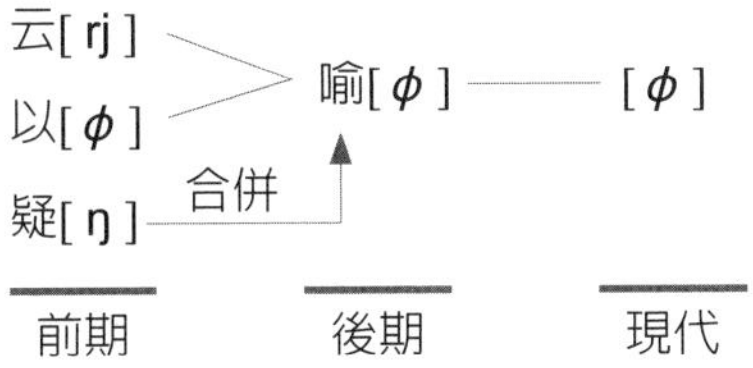

5.零聲母增加

中古前期只有「以」母是零聲母[ϕ]，到了宋代36字母時代，「云」、「以」合併為「喻」母，也都成為零聲母。竺家寧先生《聲韻學》中，又舉朱熹《詩集傳》為例，證明「影」母、以及若干「邪」母字，也都成為零聲母。綜合來說，中古後期的宋代，聲母一方面合併，一方面零聲母數量增加，這是後期語音簡化的一大特徵。

6.濁音清化

濁音清化，是中古後期語音簡化的一大特徵。但是宋元韻圖許多地方因襲早期等韻圖，所以在清濁變化上並不明顯。不過，許多其他的語音資料，仍然補足了這個實際的語音現象。例如《九經直音》、邵雍《皇極經世書》中的〈律呂聲音〉，或是朱熹《詩集傳》這些資料。

邵雍〈律呂聲音〉中依聲母發音部位，列舉了「音一」到「音十二」，共12組例字來呈現其聲母系統，每一組都呈現著濁音清化的現象。我們舉「音五」、「音六」、「音八」為例，並說明如下：

<table>
<tr><th colspan="4">邵雍〈律呂聲音〉濁音清化</th></tr>
<tr><td colspan="4">音　五</td></tr>
<tr><td>例　字</td><td>聲　母</td><td>音　值</td><td>說　明</td></tr>
<tr><td>卜百丙必</td><td>幫</td><td rowspan="2">[p-]</td><td rowspan="4">1.濁音（並）清化（幫滂）
2.仄聲改唸不送氣清音（幫）
3.平聲改唸送氣清音（滂）</td></tr>
<tr><td>部白備鼻</td><td>並（仄聲）</td></tr>
<tr><td>普朴品匹</td><td>滂</td><td rowspan="2">[p´]</td></tr>
<tr><td>旁排平瓶</td><td>並（平）</td></tr>
<tr><td colspan="4">音　六</td></tr>
<tr><td>東單帝</td><td>端</td><td rowspan="2">[t-]</td><td rowspan="2">1.濁音（定）清化（端透）
2.仄聲改唸不送氣清音（端）</td></tr>
<tr><td>兌大弟</td><td>定（仄聲）</td></tr>
</table>

邵雍〈律呂聲音〉濁音清化			
土貪天	透	[t´]	3.平聲改唸送氣清音（透）
同覃田	定（平聲）		
音　八			
走哉足	精	[ts-]	1.濁音（從）清化（精清） 2.仄聲改唸不送氣清音（精） 3.平聲改唸送氣清音（清）
自在匠	從（仄聲）		
草采七	清	[t´s]	
曹才全	從（平聲）		

從中，可以看出所有發音部位的聲母，都出現濁音清化現象，而且原先濁音的仄聲字，改讀不送氣清音、平聲字改讀送氣清音，這也就是漢語濁音清化的普遍規律。所有邵雍呈現的聲母系統都一致如此，可證漢語的濁音清化在北宋就已經音變完成。

㈡韻母

1.併轉為攝

早期等韻圖如《韻鏡》、《七音略》，以43轉容納206韻。到了宋元等韻圖併轉為「攝」，以反映實際語音系統，這是中古後期韻圖最大特色。所謂「攝」意指「統攝」，做法是將韻尾相同或相近的韻母，合併為一個「韻攝」，這就充分反映了「簡化」是中古後期語音演變的主軸。不論是分成20圖或是《切韻指南》的24圖，韻母的合併與相通，都與中古前期有了很大不同。

2.合攝

韻圖併轉為攝之初，共有16攝。但今本宋元韻圖，實際上都不到16攝了，這是因為《四聲等子》、《切韻指掌圖》將「宕江」、「曾梗」、「果假」分別合併，所以共13攝；《切韻指南》則合併「果假」，共15攝。

這種合併動作，叫做「合攝」，其意義也是一種當代語音的實際呈現。例如「宕江」合併同為[aŋ]類韻母、「曾梗」合併同為[əng]類韻母、「果假」合併同為[a]類韻母。如此看來，「合攝」代表的不但是實際語音，也象徵著中古後期韻母更進一步的簡化趨勢了。

3.陽聲韻合併

「併轉為攝」、「合攝」的意義，是一些原先不同的韻母，在後期實際發音中變的相同了。從內涵上來看，是陽聲韻與陽聲韻合併，陰聲韻與陰聲韻合併，當然韻母數量也就減少了。以《四聲等子》為例，其陽聲韻合併狀況如下：

1.通攝[ong]	東、冬、鍾
5.臻攝[en]	真、諄、臻、文、欣、元、魂、痕
6.山攝[an]	寒、桓、山、刪、先、仙
10.宕攝[aŋ] 11.江攝[aŋ]	唐、陽、江
12.梗攝[əng] 13.曾攝[əng]	庚、耕、清、青 蒸、登
16.咸攝[am]	覃、談、鹽、添、咸、銜、嚴、凡

4.陰聲韻合併

陰聲韻也一樣產生了同類合併，《四聲等子》：

2.止攝[i]	支、脂、之、微
3.遇攝[o]	魚、虞、模
4.蟹攝[ai]	齊、佳、皆、灰、咍
7.效攝[au]	豪、肴、宵、蕭
8.果攝[a] 9.假攝[a]	歌、戈 麻
14.流攝[eu]	尤、侯、幽

宋代《廣韻》以隋代《切韻》為據，代表中古前期語音，但是書中已經注有「獨用」、「同用」之例，顯然這也是因應後期語音合併的一種作為，到了宋元韻圖，既然是語音表，當然也就真正重組與合併這些韻目。

㈢入聲的弱化

早期韻書、韻圖的入聲韻，都跟著陽聲韻配置。到了宋元韻圖《四聲等子》、《切韻指掌圖》、《切韻指南》，都將入聲韻同時配給陽聲韻與陰聲韻，這代表了漢語聲調在中古後期的重大音變。

從形式上來看，入聲韻配與陰聲韻，表示二者音值的接近甚至相同；從內涵與原因來看，則是漢語入聲韻中「塞音」[-k]、[-t]、「鼻音」[-p]韻尾，本身在音值上的弱化。漢語音節的最後結構是「韻尾」，韻尾之前是「主要元音」，當輔音弱化到一定程度，在音值上就與元音收尾的陰聲韻無異，這也就是此期韻圖入配陰聲的原因。

而弱化的入聲這種韻母與聲調，弱化至極到了元代就消失不見，所以宋代成了漢語聲調演變的重要過渡期。中古的入聲字，現在分派到平、上、去三聲之中，這種現象叫做「入派三聲」，其具體變化與規律就留待後面幾堂課再細談。

課後測驗

1.何謂「平水韻」？在文學與語音史上有何意義？

2.何謂「併轉爲攝」？宋元韻圖這種做法代表語音的何種現象？

3.試述中古聲母音變的特徵。

4.試述中古後期韻母音變的特徵。

5.宋元韻圖將入聲與陰聲相配，其原因何在？

第11堂課

近代語音系統(一)：元明

學習進程與重點提示

聲韻學概說→範圍→屬性→異稱→漢語分期→材料→功用→基礎語音學→範疇→分類→分支學科→語音屬性→音素→發音器官→收音器官→元音→輔音→音變規律→原因分析→漢語音節系統→定義→音節與音素量→音節結構→聲母類型→韻母類型→聲調系統→古漢語聲韻知識→認識漢語音節系統→掌握術語→材料→方法→方言概說→認識反切與韻書→漢語注音歷史→反切原理→反切注意事項→韻書源流→廣韻研究→切韻系韻書→廣韻體例→四聲相配→四聲韻數→反切系聯→聲類→韻類→等韻圖研究→語音表→開合洪細等第→等韻圖源流→韻鏡體例→聲母辨識法→韻圖檢索法→中古音系→中古音定義→擬測材料→聲母音值擬測→韻母音值擬測→聲調音值擬測→中古後期音系→韻書→韻部歸併→等韻圖→併轉為攝→語音音變→語音簡化→*近代音系→元代語音材料→明代語音材料*→清代語音材料→傳教士擬音→官話意義內涵→現代音系→國語由來→注音符號由來→注音符號設計→國語聲母→國語韻母→國語聲調→拉丁字母拼音系統→國語釋義→中古到現代→現代音淵源→語音演化→演化特點→聲母演化→韻母演化→聲調演化→上古音系→材料→方法→上古韻蒙昧期→上古韻發展期→上古韻確立期→上古韻成熟期→韻部音值擬測→上古聲母理論→上古聲母擬音→上古聲母總論→上古聲調理論→上古聲調總論

專詞定義

近代音	元明清三代的語音系統，一般以元代大都、明代北京、南京等首都地區之「官話」系統為代表音系。研究材料以韻書、韻圖為主，例如元代《中原音韻》、明代《韻略易通》、清代《等韻圖經》、《音韻逢源》等。
中原雅音	又稱「雅音」、「正音」、「中原雅聲」。廣義的「中原」則指黃河中下游，河南、河北、山西、陝西、山東、安徽、江蘇西北、湖北北部等廣大地區，就語音而言則是廣義的北方方言區域。「中原雅音」是元代以後對當時共同語音的稱呼，因周代以「雅言」稱共同語，故近代亦以「雅音」稱之。
《中原音韻》	韻書名，元代周德清編著，成於泰定元年（1324），刊行於元統元年（1333），主要依據元代北曲名家所用韻字輯成。此書在語音依據和編排體例上，都做了符合當時語音的變革，基本上與現代北方話相符。聲調分「陰平」、「陽平」、「上」、「去」四聲，入聲字派入其他三聲，是「入派三聲」的開始。此書是第一部直接依據當時語音編成的韻書，其審音原則和編排體例，都對韻書的發展，產生重大影響。所反映的音系，成為研究近、現代北方話語音變遷的重要資料。原為元曲用韻之書，所以歷來都與曲律、曲譜合刊。
入派三聲	指古代的入聲字，到元代《中原音韻》書中，分派編入陽平、上聲、去聲中的情形。這種分派具有很強的規律性，全濁聲母字變陽平、次濁聲母字變去聲、清聲母字變上聲。如「白」（並母）、「狄」（定母）、「直」

	（澄母）、「闡」（崇母）等全濁聲母字變讀陽平；「納」（泥母）、「祿」（來母）、「密」（明母）等次濁聲母字變讀去聲；「筆」（幫母）、「法」（非母）、「郭」（見母）等輕聲母字變上聲。

一、近代音概說

近代音，指元明清三代，以北方「中原音」為基礎的漢語共同語語音系統。元代雖是蒙古人統治，但當時中國北方自有一套知識份子、官員通用的漢語音，影響所及，民間也都用這套語音，當時稱做「中原雅音」或「中原雅聲」，由於來自官家，所以又稱為「官話」。近代官話的使用時間很長直到現代，為有區別，故又稱此期為「早期官話」。

元代戲曲及之後的白話小說，都是用當時北方標準口語所寫，也就是中原音。而所謂「標準口語」，即是不受傳統韻書字音影響，純粹以口語為依據的語音，這也是近代「話本」、「曲詞」的特色。

研究近代音一樣需要當時的諸多語音材料，例如韻書與韻圖。幾部代表性的書籍，例如元代《中原音韻》；明代《韻略易通》、《洪武正韻》；清代的《五方元音》等，都是中古以後不可或缺的重要語音資料。掌握與歸納當時語音材料的聲、韻、調，也就掌握了近代語音系統。

二、元代《中原音韻》

(一)作者與體例

《中原音韻》為近代北方音系韻書之祖，作者周德清，書成於泰定元年（1324）。周德清精通音律，擅長分析字音，除《中原音韻》外，同時間還編有《中原音韻正語作詞起例》，二書互補以表現當時北方口語。《中原音韻》雖為製曲而作，但表現實際語音，在聲韻學史上具有高度價值。

全書共5,866字，依北曲及當時口語訂定為19韻，以平聲統上、去，與傳統韻書之四聲各有獨立之韻目名稱者，完全不同。入聲字雖獨列一處，但皆分別附於同音之平、上、去聲字中，就是所謂的「入派三聲」。此書韻目各以兩個代表字表示，其19韻如下：

1.東鍾	2.江陽	3.支思	4.齊微	5.魚模
6.皆來	7.真文	8.寒山	9.桓歡	10.先天
11.蕭豪	12.歌戈	13.家麻	14.車遮	15.庚青
16.尤侯	17.侵尋	18.監咸	19.廉纖	

㈡聲母與音值擬測

《中原音韻》歸字體例，凡聲母相同之同韻字，都類聚在一起，所以參考方言進行擬音很容易。以全書系統觀察，與現在北京口語以及國語相近，所以可據以分析其聲類，不同者則再參證其他方言擬音。全書聲母系統與擬音如下：

《中原音韻》聲母系統			
[p-]（幫步）	[p´]（蒲普）	[m-]（模明）	
[f-]（方扶）	[v-]（無亡）		
[t-]（對誕）	[t´-]（痛同）	[n-]（農能）	[l-]（類靈）
[ts-]（早皂）	[t´s-]（妻曹）	[s-]（相顙）	
[tʂ-]（衆狀）	[t´ʂ-]（寵蟲）	[ʂ-]（上商）	[ʐ-]（戎日）
[k-]（具谷）	[k´]（可群）	[x-]（悔惑）	
[ŋ´]（敖餓）	[ϕ]（翁危）		

1.《中原音韻》與現代聲母相同的有：[p]（ㄅ）、[p´]（ㄆ）、[m]（ㄇ）、[f]（ㄈ）、[t]（ㄉ）、[t´]（ㄊ）、[n]（ㄋ）、

[l]（ㄌ）、[ts]（ㄗ）、[t´s]（ㄘ）、[s]（ㄙ）、[tʂ]（ㄓ）、[t´ʂ]（ㄔ）、[ʂ]（ㄕ）、[ʐ]（ㄖ）、[k]（ㄍ）、[k´]（ㄎ）、[x]（ㄏ），很容易看出現代音系的來源。

2. 中古後期的「非」、「敷」、「奉」三母已經合併為[f]，《中原音韻》中唇音仍有兩套，顯然其「微」母仍然存在。雖然在現代漢語中已經失落為零聲母，但根據官話中的成都方言、西安方言，「忘亡微維」仍是[v]聲母，故此期「微」母擬為[v]。
3. 「翁危」在《中原音韻》也是唇音，不過現代方言都是零聲母，而不是[v]，故擬為[ɸ]。
4. 現代漢語的顎化聲母[tɕ]（ㄐ）、[t´ɕ]（ㄑ）、[ɕ]（ㄒ），在當時還沒有，所以《中原音韻》的「將妻須」[ts]、[t´s]、[s]；「姜溪虛」[k]、[k´]、[x]，比對方言仍然是兩套可以銜接細音[i]的聲母，現代音則是顎化的結果。
5. 有些學者擬有捲舌音[tʂ]、[t´ʂ]、[ʂ]，例如趙蔭棠、陸志偉；有些擬音學者擬為舌尖面[tʃ]、[t´ʃ]、[ʃ]，例如羅常培、王力，後者是擔心捲舌與細音韻母[i]相銜接得不順暢。不過謝雲飛先生《中國聲韻學大綱》，依據現代崑曲或京劇的「正音上口」，「知」讀[tʂi]、「朱」讀[tʂy]、「日」讀[ʐi]、「如」讀[ʐy]，反推《中原音韻》的捲舌音可與細音韻母銜接，這是可以成立的。當顎化的聲母[tɕ]、[t´ɕ]、[ɕ]出現後，專門與細音相接，於是捲舌音在發音中也就退出了與細音銜接的任務。
6. 《中原音韻》的舌根鼻音[ŋ]疑母字，在國語裡完全消失，不過北京方言仍有讀「餓」為[ŋɤ]的，《中原音韻》既分兩類，當然[ŋ]母是仍然存在的。

(三)韻母與音值擬測

參酌諸家擬音，《中原音韻》韻母系統與音值如下：

《中原音韻》韻母系統與音值		
韻　次	韻　目	擬　音
1	東鍾	uŋ、iuŋ
2	江陽	aŋ、iaŋ、uaŋ
3	支思	ï
4	齊微	i、iei、uei
5	魚模	u、iu
6	皆來	ai、iai、uai
7	真文	ən、iən、uən、yən
8	寒山	an、ian、uan
9	桓歡	on
10	先天	ien、yen
11	蕭豪	ɑu、au、iau、uau
12	歌戈	o、io、uo
13	家麻	a、ia、ua
14	車遮	ie、ye
15	庚青	əŋ、iəŋ、uəŋ、yəŋ
16	尤侯	ou、iou
17	侵尋	əm、iəm
18	監咸	am、iam
19	廉纖	iem

1. 雙唇鼻音韻尾[-m]仍然保存，只有少數[-m]改讀舌尖鼻音[-n]韻尾，例如「帆凡」、「範泛范犯」歸入「寒山」韻；又「稟」歸入舌根鼻音[-ŋ]的「庚青」韻。可見當時三個陽聲韻尾仍然是分立的。
2. 撮口的[y]，已經出現在「真文」、「先天」、「車遮」、「庚青」諸韻之中。

㈣聲調：入派三聲

《中原音韻》的入聲韻消失，分別讀為不同的陰聲韻，並且分派到「陰平」、「陽平」、「上」、「去」四個聲調中，也就是所謂「入派三聲」。不過同一個入聲字，《中原音韻》所歸入的聲調與今音有所不同，例如：

1.《中原音韻》入上聲、今音入去聲

「瑟塞炙赤拭室釋飾泣必僻不復酷畜黜促速縮沃」

2.《中原音韻》入上聲、今音入陽平

「吉昔德福足責則閣琢覺掇扎案答結決哲折竹燭」

3.《中原音韻》入上聲、今音入陰平

「隻織濕失七吸撲督禿哭出屋郭捉割鴿缽脫託殺」

4.《中原音韻》入陽平聲、今音入去聲

「夕惑述術續鶴鑊」

5.《中原音韻》入陽平聲、今音入陰平聲

「伐逼」

雖然「入派三聲」，但是《中原音韻》入聲歸上聲者最多，今音則大部分入平、去二聲；《中原音韻》入聲沒有歸入陰平的，今音卻很多，這應該是清代以後的現象。《中原音韻》與現代音差距六百多年，這些聲調的再變，也是很正常的現象。有了《中原音韻》，使我們更清楚的知道了中古到現代的聲調變化。

㈤《中原音韻》在語音史上的樞紐地位

《中原音韻》作為近代北方音系韻書之祖，必然在近代語音演化過程中，有其重要的樞紐地位，並且可以作為現代漢語與中古漢語間的一個橋樑。陳新雄先生在其《中原音韻概要》一書中，將《廣韻》、《平水韻》、《切韻指南》、《中原音韻》到現代國語音韻的韻母演化整理出來，讓我們清楚的看到了中古以後的韻母演變，也從中可知《中原音韻》的重要性。以下是其內容：

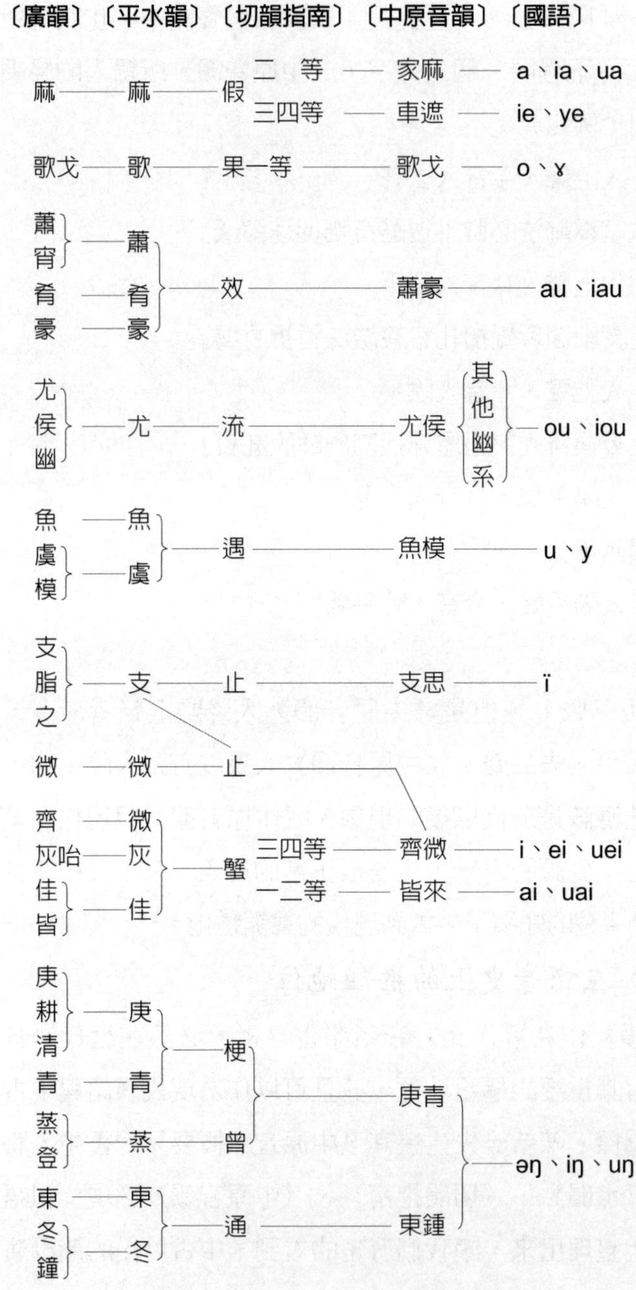
〔廣韻〕〔平水韻〕〔切韻指南〕〔中原音韻〕〔國語〕
麻 麻 假 二等 家麻 a、ia、ua
三四等 車遮 ie、ye
歌戈 歌 果一等 歌戈 o、ɤ
蕭 宵 蕭
肴 肴 效 蕭豪 au、iau
豪 豪
尤 侯 幽 尤 流 尤侯 其他幽系 ou、iou
魚 魚
虞 模 虞 遇 魚模 u、y
支 脂 之 支 止 支思 ï
微 微 止
齊 微
灰咍 灰 蟹 三四等 齊微 i、ei、uei
佳 皆 佳 一二等 皆來 ai、uai
庚 耕 清 庚
青 青 梗
蒸 登 蒸 曾 庚青
əŋ、iŋ、uŋ、yuŋ
東 東
冬 鍾 冬 通 東鍾

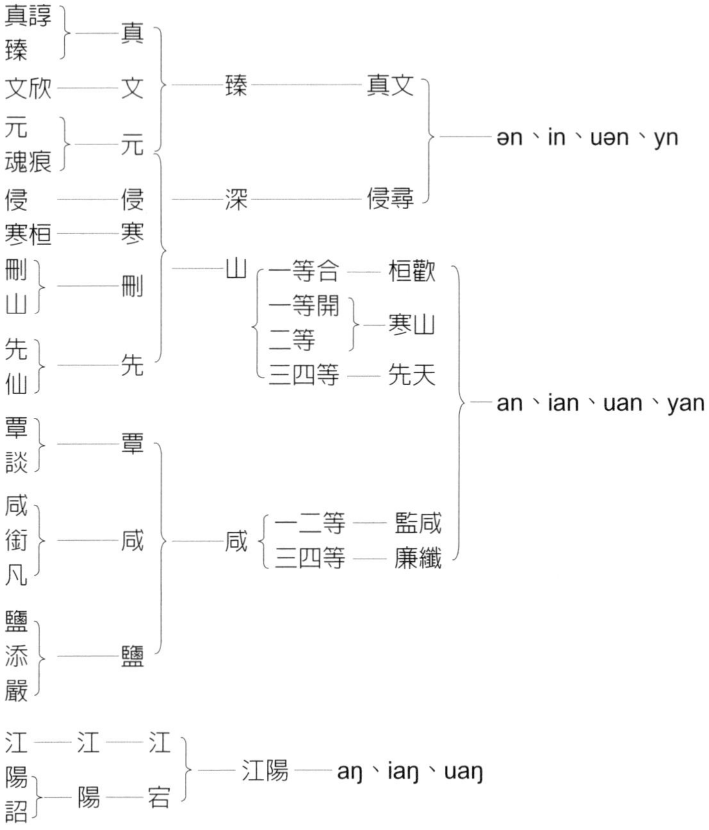

三、明代語音材料

(一)《洪武正韻》

《洪武正韻》是明代官修韻書，書成於太祖洪武八年（1375）。此書根據宋元傳統韻書編成，雖也受北方中原雅音影響，但因編者多為南方人，所以和《中原音韻》頗有不同。

張世祿先生《中國音韻學史》，形容此書為「北音韻書南化的開始」。和北方《中原音韻》比較，差異較大者如：聲調有「平、上、去、入」，平聲不分陰陽；入聲字獨立自成十個韻，分別與各陽聲韻配合，顯然韻尾仍有[-p]、[-t]、[-k]之分，除了可能依循傳統韻書舊制外，南方音系可能也是影響的原因。另外，聲母保留了濁塞音、濁塞擦音、濁擦音，跟《中原音韻》的濁音清化迥異，這仍是受南方音系影響所致，例如南京官話，當然也因為《洪武正韻》是依循舊式韻書而有此差異。

1.韻母

《洪武正韻》平上去聲各22韻，入聲10韻專配陽聲，其平上去韻與《中原音韻》關係如下：

《洪武正韻》	《中原音韻》
東董宋	「東鍾」（除了「轟弘」等字）
支紙寘	「支思」與「齊微」部分開口音
齊薺霽	「齊微」部分開口音
魚語御	「魚模」的細音
模姥暮	「魚模」的洪音
皆解泰	「皆來」
灰賄對	「齊微」的合口音
真軫震	「真文」
寒旱翰	「桓歡」與「寒山」的「干、看、寒、安」等字
刪產諫	「寒山」（除了「干、看、寒、安」）
先銑霰	「先天」
蕭筱嘯	「蕭豪」的細音
爻巧效	「蕭豪」的洪音
歌哿箇	「歌戈」
麻馬禡	「家麻」
遮者蔗	「車遮」
陽養漾	「江陽」
庚梗敬	「庚青」
尤有宥	「尤侯」

《洪武正韻》	《中原音韻》
侵寢沁	「侵尋」
覃感勘	「監咸」
鹽琰豔	「廉纖」

《洪武正韻》在韻母上大致與《中原音韻》相同，只有「齊」[-i]、「灰」[-uei]、[-ui]分韻；「模」[-u]、「魚」[-y]分韻；「蕭」[-ieu]、「爻」[-au]、[-iau]分韻，所以《洪武正韻》多了三個韻，其餘差異就不大。

2.入聲配陽聲

這是與《中原音韻》差異最大的地方，其入聲配陽聲的狀況如下（音值據董同龢《漢語音韻學》）：

「屋」—「東」	[-uk]、[-iuk]
「質」—「真」	[-ət]、[-iət]、[-uət]、[-yət]
「曷」—「寒」	[-ot]、[-uot]
「鎋」—「刪」	[-at]、[-iat]、[-uat]
「屑」—「先」	[-iet]、[-yet]
「藥」—「陽」	[-ak]、[-iak]、[-uak]、[-yak]
「陌」—「庚」	[-ək]、[-iək]、[-uək]、[-yək]
「緝」—「侵」	[-əp]、[-iəp]
「合」—「覃」	[-ap]、[-iap]
「葉」—「鹽」	[-iep]

宋元以來，入聲不斷消失分派三聲，《洪武正韻》如果不是刻意遷就早期韻書，那麼就是他依據了當時以南京為首的南方官話，因為明太祖朱元璋就定都南京。

㈡《韻略易通》

《韻略易通》，明代中葉蘭茂所作，書成於英宗正統七年（1442）。是一本通俗韻書，專為百姓識字讀書之便利而編，與《廣韻》、《集韻》、《洪武正韻》不同，也和《中原音韻》為文人曲家而設不同。雖然通俗取向，但也因此給我們研究官話歷史有了簡易的借鏡。

1.韻母

共分20韻，比《中原音韻》多一韻，韻目如下：

1.東洪	2.江陽	3.真文	4.山寒	5.端桓
6.先全	7.庚晴	8.侵尋	9.緘咸	10.廉纖
11.支辭	12.西微	13.居魚	14.呼模	15.皆來
16.蕭豪	17.戈何	18.家麻	19.遮蛇	20.幽樓

多出一韻，是把《中原音韻》的「魚模」分為「居魚」[-y]、「呼模」[-u]兩韻，可見當時的實際語音中，[-y]和[-u]已經不能押韻了。

2.入聲配陽聲

《韻略易通》受《洪武正韻》與傳統韻書影響，仍將入聲配與陽聲，陽聲又分「陰」、「陽」，所以實際上有五個聲調，這與北方語音「入派三聲」就不吻合了。

3.聲母

《韻略易通》共有20個聲母，蘭茂特別用一首20字的「早梅詩」來作為聲母代表字，詩如下：

東風破早梅，向暖一枝開。冰雪無人見，春從天上來。

若依聲母發音部位分類，其20聲母、音值如下：

[p-]（冰）	[p´]破	[m-]梅	[f-]風	[v-]無
[t-]東	[t´]天	[n-]暖	[l-]來	
[ts-]早	[t´s]從	[s-]雪		
[tʃ]枝	[t´ʃ]春	[ʃ]上	[ʒ]人	
[k-]見	[k´]開	[x-]向	[ϕ]一	

這聲母系統與《中原音韻》全同，與《洪武正韻》存濁系統不同，所以應該是北方官話音系。以此回頭看其保留入聲，入聲又專配陽聲，這恐怕就與實際語音有差距了。

(三)《韻略匯通》

《韻略匯通》，明末崇禎十五年（1642）畢拱辰所作。根據其序文，乃針對蘭茂《韻略易通》「分合刪補」、「期于簡便明備」，而為童蒙入學所設的簡易韻書。取與《韻略易通》比較，其分合刪補處如下：

1. 「東洪」[-uəŋ]、[-yəŋ]與「庚晴」[-uŋ]、[-iuŋ]，歸字略有調動，顯示兩類韻母已經相混。
2. 「端桓」[-on]與「山寒」[-uan]，合併為「山寒」[-uan]。
3. 雙唇鼻音韻尾[-m]，音變為舌尖鼻音[-n]，這可從畢氏以下動作看出：併「緘咸」的大部分字入「山寒」韻；併小部分齊齒呼的字入「先全」韻；併所有「廉纖」韻字入「先全」韻；併「侵尋」入「真文」韻，且韻目改為「真侵」。
4. 分「西微」中讀[-i]者入「居魚」[-y]，剩下的改名為「灰微」[-ei]。也就是[-i]、[-y]合韻而與[-ei]分立。
5. 入聲韻仍配陽聲韻，但多非蘭茂舊例，[-p]、[-t]、[-k]三韻尾系統已形混亂，可能已經如南方吳語，一律為喉塞音[ʔ]韻尾了。

6.聲調方面，平聲分「上平」、「下平」，與《中原音韻》的「平聲陰」、「平聲陽」；現代的「陰平」、「陽平」完全相同了。

㈣《等韻圖經》

《等韻圖經》全名是《重定司馬溫公等韻圖經》，是一部等韻圖，作者徐孝，成書於明萬曆三十年（1602）。徐孝是北京人，另作有《合併字學集韻》，是一部分韻編排的韻書，與《等韻圖經》相輔相成，反映明末的北京語音。

1.聲母

《等韻圖經》形式上設有22聲母，但其中三個是虛設配對的，並無字音，實際聲母是19個：

見[k-]	溪[k´]	曉[x-]	影[ϕ]
幫[p-]	滂[p´]	明[m-]	非[f-]
端[t-]	透[t´]	泥[n-]	來[l-]
精[ts-]	清[t´s]	心[s-]	
照[t´ʂ-]	穿[t´ʂ]	審[ʂ-]	日[ʐ-]

2.韻母

韻母系統分13攝代表13韻部，類別與擬音如下：

《等韻圖經》13攝	
1.通攝	[əŋ]（亨）、[iəŋ]（英）、[uəŋ]（翁）、[yəŋ]（雍）
2.止攝	[ɿ]（資）、[i]（衣）、[y]（魚）、[ʅ]（支）、[ʮ]（書）
3.祝攝	[iu]（育）、[u]（烏）
4.蟹攝	[ai]（哀）、[iai]（皆）、[uai]（歪）
5.壘攝	[ei]（北）、[uei]（威）
6.效攝	[au]（敖）、[iau]（妖）、[uau]（劚）

《等韻圖經》13攝	
7.果攝	[o]（阿）、[io]（約）、[uo]（窩）
8.假攝	[a]（拉）、[ia]（鴉）、[ua]（娃）
9.拙攝	[ɛ]（厄）、[iɛ]（耶）、[uɛ]（或）、[yɛ]（曰）
10.臻攝	[ən]（恩）、[iən]（因）、[uən]（溫）、[yən]（云）
11.山攝	[an]（安）、[ian]（焉）、[uan]（彎）、[yan]（淵）
12.宕攝	[aŋ]（昂）、[iaŋ]（央）、[uaŋ]（汪）
13.流攝	[əu]（謳）、[iəu]（幽）、[uəu]（謀）

從《中原音韻》記錄的北京音到《等韻圖經》音系，韻母有了以下變化：

(1)「東鍾」、「庚青」合為「通攝」。

(2)「支思」部的日母字變為[ϕ]，聲母失落。

(3)「魚模」部中的細音字變為[-y]，歸入「止攝」。

(4)「真文」、「侵尋」合為「臻攝」。

(5)「寒山」、「桓歡」、「先天」、「監咸」、「廉纖」五部合為「山攝」。

(6)從(4)、(5)兩點可知，[-m]韻尾已經併入[-n]韻尾。

3.**聲調**

聲調將「入」字改為「如字」，分「平、上、去、如」四聲，平指「陰平」、「如」聲調則指「陽平」。其入聲字分派入四聲：全濁字歸如聲，次濁歸去聲，與《中原音韻》與現代漢語一致。清聲母字則分派四聲，歸去聲者較多，一半以上與今音歸平、去者不同，這或許與當時的讀書音有關，並不是口語的實際。

課後測驗

1.何謂「近代音」，其音系之性質爲何？

2.何謂「中原雅音」？與中古音的性質有何不同？

3.試述《中原音韻》在韻書史與語音史上的特色與地位。

4.何謂「入派三聲」？在漢語聲調發展中，代表什麼意義？

5.明代有哪些語音材料可供研究近代音系？試簡述之。

第12堂課

近代語音系統㈡：清代

學習進程與重點提示

聲韻學概說→範圍→屬性→異稱→漢語分期→材料→功用→基礎語音學→範疇→分類→分支學科→語音屬性→音素→發音器官→收音器官→元音→輔音→音變規律→原因分析→漢語音節系統→定義→音節與音素量→音節結構→聲母類型→韻母類型→聲調系統→古漢語聲韻知識→認識漢語音節系統→掌握術語→材料→方法→方言概說→認識反切與韻書→漢語注音歷史→反切原理→反切注意事項→韻書源流→廣韻研究→切韻系韻書→廣韻體例→四聲相配→四聲韻數→反切系聯→聲類→韻類→等韻圖研究→語音表→開合洪細等第→等韻圖源流→韻鏡體例→聲母辨識法→韻圖檢索法→中古音系→中古音定義→擬測材料→聲母音值擬測→韻母音值擬測→聲調音值擬測→中古後期音系→韻書→韻部歸併→等韻圖→併轉為攝→語音音變→語音簡化→近代音系→元代語音材料→明代語音材料→***清代語音材料→傳教士擬音→官話意義內涵***→現代音系→國語由來→注音符號由來→注音符號設計→國語聲母→國語韻母→國語聲調→拉丁字母拼音系統→國語釋義→中古到現代→現代音淵源→語音演化→演化特點→聲母演化→韻母演化→聲調演化→上古音系→材料→方法→上古韻蒙昧期→上古韻發展期→上古韻確立期→上古韻成熟期→韻部音值擬測→上古聲母理論→上古聲母擬音→上古聲母總論→上古聲調理論→上古聲調總論

專詞定義

《西字奇跡》	音韻書籍，明代義大利傳教士利馬竇撰，書成於1605年。全書包含四篇文章，以利馬竇與其他傳教士擬定的一套為漢字注音的拉丁字寫成，從文章的注音中歸納出一套漢語拼音方案，這是最早用拉丁字母拼寫漢語的方案。後來的音素拼音方案，皆受其啓發。
《西儒耳目資》	音韻書籍，明代法國傳教士金尼閣撰，書成於1626年。此書為西方來華傳教士學習漢語而作，用29個拉丁字母標記漢語音素，並有詳細分析漢語音韻的內容。金尼閣以西方語音理論，對漢語音做出系統分析，對等韻學有重大影響，其中所記當時語音，也是論證近代音的有用資料。
官　話	舊稱元代以來通行較廣的北方話，特別是北京話。原用於官場、士大夫，故名。今則用做官話方言的總稱。
官話方言	也稱「北方方言」、「北方話」，是通行最廣，使用人口最多的漢語方言。分部地區包括長江以北各省；長江以南，鎮江以上，九江以下沿江地區；四川、雲南、貴州、廣西西北部以及湖北大部分地區。陸地面積占漢語區域75%、使用人口數占漢語人口70%。元代以來，以北京話為代表的官話方言一直是官場語言，宋元許多話本、元曲、白話小說都以官話方言為基礎而創作。在中國文化史上北方官話方言占有重要地位，直到現代仍是漢民族的共同語。

一、清代語音材料

(一)《五方元音》

《五方元音》，是清代樊騰鳳所做的一部韻圖，書約成於康熙十二年（1673）。此書是清代流傳很廣的韻圖，甚至流傳到民國初，是清代重要的語音材料。

樊氏為了通俗流傳，所以聲母、韻目的名稱都採用日常生活事物，例如天象、器物、動物。

1.聲母與音值

《五方元音》凡例中有「二十字母圖」，但根據音理，實際只有19聲母，「雲」、「蛙」二母其實是一個零聲母，分開命名只為了湊凡例中所謂「天地自然之數」。據耿振生《明清等韻學通論》，其聲母與擬音如下：

梆[p-]	匏[p´-]	木[m-]	風[f-]
斗[t-]	土[t´-]	鳥[n-]	雷[l-]
竹[tʂ-]	蟲[t´ʂ-]	石[ʂ-]	日[ʐ-]
剪[ts-]	鵲[t´s-]	絲[s-]	雲[ϕ]
金[k-]	橋[k´]	火[x-]	蛙[ϕ]

「雲」、「蛙」只是一個零聲母的兩個變體，「雲」母用於齊齒、撮口；「蛙」母用於開口、合口，二十字母其實只有十九個聲母。「金、橋、火」三母中，又包含了舌面前音[tɕ-]、[t´ɕ-]、[ɕ-]三種聲母的字，樊氏沒有分開，只為了配合他認為的天地自然之數，事實上這三個顎化聲母早已出現。

2.韻母與音值

《五方元音》有12韻目，用天地、人、動物之名為名稱。據謝雲飛先生《中國聲韻學大綱》，韻目與擬音如下：

《五方元音》12韻目	
天	[-an]（干談）、[-ian]（堅甜）、[-uan]（官端）、[-yan]（涓全）
人	[-ən]（根門）、[-in]（賓侵）、[-un]（尾溫）、[-yn]（君尋）
龍	[-əŋ]（登增）、[-iŋ]（兵丁）、[-uŋ]（工風）、[-yuŋ]（弓窮）
羊	[-aŋ]（岡唐）、[-iaŋ]（江央）、[-uaŋ]（光汪）
牛	[-ou]（鉤頭）、[-iou]（鳩幽）
獒	[-au]（高刀）、[-iau]（交標）
虎	[-u]（孤模）
駝	[-o]（歌何）、[-io]（角岳）、[-uo]（鍋火）
蛇	[-e]（徹舌）、[-ie]（結嗟）、[-ue]（綴吶）、[-ye]（月說）
馬	[-a]（把巴）、[-ia]（加牙）、[-ua]（瓜話）
豺	[-ai]（該災）、[-iai]（皆挨）、[-uai]（乖壞）
地	[-ï]（知思）、[-i]（飢西）、[-ei]（悲眉）、[-uei]（推灰）、[-y]（居須）

3.入聲配陰聲

聲調有「陰平」、「陽平」、「上」、「去」、「入」五個，入聲和陰聲相配，應該已經沒有[-p]、[-t]、[-k]韻尾，改唸喉塞音[ʔ]了。

㈡《明顯四聲等韻圖》

此圖是附錄在《康熙字典》（1716）前的一部韻圖，作者已不可知。根據趙蔭棠《等韻源流》所考，此圖淵源於康熙年間的《大藏字母切韻要法》，以及《大藏字母九音等韻總錄》，代表著十七世紀後半的北方語音。其大要如下：

1.十二攝

全書分12攝，大致與《五方元音》的12韻相當，各攝皆以「開、齊、合、撮」之名代表一、二、三、四等。根據謝雲飛先生《中國聲韻學大綱》所擬音值如下：

《明顯四聲等韻圖》12攝音值	
1.迦攝	[-a]，四等俱全
2.結攝	[-e]，四等俱全
3.岡攝	[-aŋ]，四等俱全
4.庚攝	[-əŋ]、[-iŋ]、[-uŋ]、[-yuŋ]，四等俱全
5.裓攝	[-ei]、[-i]、[-ï]、[-u]、[-y]，四等俱全，二等部分容納兩個韻母
6.高攝	[-au]，只有開齊兩等
7.該攝	[-ai]，四等俱全
8.傀攝	[-ei]，四等俱全，一等與裓攝同
9.根攝	[-ən]、[-in]、[-un]、[-yn]，四等俱全
10.干攝	[-an]，四等俱全
11.鉤攝	[-ou]，只有開齊兩等，四等無，三等若干唇音字應入一等卻入三等，是受傳統韻書所限
12.歌攝	[-o]，四等俱全

2.三十六字母

《明顯四聲等韻圖》在圖表中的聲母，形式上是襲用宋元等韻圖的36字母，但是語音發展到近代音末期，聲母早已簡化，所以其實際的聲母系統，並不是36個。謝雲飛先生〈明顯四聲等韻圖之研究〉一文指出，此圖聲母系統其實與《中原音韻》無異，因為圖中「知」、「照」二系之字混雜不分，「照二」與「照三」也不分等，這就和《中原音韻》一致了。另外，全濁音字也已經歸入清音，濁塞音、濁塞擦音完全消失，證明其聲母系統應該是21個。茲再附錄《中原音韻》聲母如下，此聲母系統已經很接近現代音系了，說見前文：

[p-]（幫步）	[p´]（蒲普）	[m-]（模明）	
[f-]（方扶）	[v-]（無亡）		
[t-]（對誕）	[t´-]（痛同）	[n-]（農能）	[l-]（類靈）

[ts-]（早皀）	[t´s-]（妻曹）	[s-]（相顙）	
[tʂ-]（衆狀）	[t´ʂ]（寵蟲）	[ʂ-]（上商）	[ʐ-]（戎日）
[k-]（具谷）	[k´]（可群）	[x-]（悔惑）	
[ŋ-]（熬餓）	[ϕ]（翁危）		

3.聲調

此圖分「平、上、去、入」四聲，依循的是傳統韻圖格式，但顯然與實際語音矛盾，因為清代官話入聲早已併入陰聲，或是消失了。不過圖中已有入聲字混入「舒聲韻」中，若干單獨列出的入聲字是歸入陰聲韻圖中的，甚至在字的周圍畫上圈號注明。可見作者一方面想以口語實際來編排字音，另一方面又不能擺脫傳統等韻圖的框架，所以才有了這樣的矛盾出現，跟前述聲母的編排與實際。

㈢《音韻逢源》

《音韻逢源》，是滿人裕恩所做的一部等韻圖，書成於道光二十年（1840）。聲母與當時官話略有差異，韻母則與實際語音非常接近。

1.聲母

聲母共21個，比明末《等韻圖經》還多出了「疑」母[ŋ-]、「微」母[v-]，可能是裕恩兼顧滿洲語的結果。21聲母如下：

見 [k-]	溪 [k´-]	疑 [ŋ]	
幫 [p-]	滂 [p´-]	明 [m-]	
非 [f-]	微 [v-]		
端 [t-]	透 [t´-]	泥 [n-]	來 [l-]
精 [ts-]	清 [t´s-]	心 [s-]	
照 [tʂ-]	穿 [t´ʂ-]	審 [ʂ]	日 [ʐ]
曉 [x-]	影 [ʔ]		

2.韻母

韻母分為12部，以地支命名，各部中的等第和四聲則以八卦命名，其系統很可以反映明末以來兩百年間的官話系統，只比現代音多了[-yə]、[-iai]：

《音韻逢源》12部	
子部	[-uaŋ]（光）、[-aŋ]（剛）、[-iaŋ]（江）
丑部	[-uan]（官）、[-an]（干）、[-ian]（堅）、[-yan]（涓）
寅部	[-uəŋ]（公）、[-əŋ]（庚）、[-iəŋ]（京）、[-yəŋ]（扃）
卯部	[-uən]（昆）、[-ən]（根）、[-iən]（金）、[-yən]（君）
辰部	[-au]（高）、[-iau]（交）
巳部	[-uai]（乖）、[-ai]（該）、[-iai]（皆）
午部	[-əu]（鉤）、[-iəu]（鳩）
未部	[-uei]（規）、[-ei]（北）
申部	[-uə]（鍋）、[-ə]（戈）、[-yə]（岳）
酉部	[-iɛ]（皆）、[-yɛ]（月）
戌部	[-u]（姑）、[-ɭ]（諮）、[-i]（基）、[-y]（居）、[-ʅ]（支）
亥部	[-ua]（瓜）、[-a]（巴）、[-ia]（嘉）

3.聲調

歸納其聲調有「陰平、上、去、陽平」四類，入聲字派入四聲，接近於現代漢語。若與明末的《等韻圖經》相比，《等韻圖經》凡有異讀的入聲字，均為去聲與非去聲之對立；《音韻逢源》則是陽平與非陽平的對立。

二、西方學者擬音

明清兩代西方傳教士紛紛進入中國，為了良好溝通，所以對中國語音有了研究與記錄。這些語音研究以拉丁字母記錄，比起當時的漢語反切，更簡易的歸納了聲韻系統，也對近代中國語音學者有著一定的影響。以下我們列舉幾位西方傳教士的擬音，以供參考。

㈠利馬竇

利馬竇（Matteo Ricci,1552～1610），義大利傳教士，明萬曆九年（1581）來華，在北京設立教會。利瑪竇1605年在北京出版了《西字奇跡》一書，其中有〈信而步海，疑而即沉〉等四篇加了拉丁字母注音的漢字文章，這是最早用拉丁字母給漢字注音的出版物。羅常培先生根據文章的漢字與拉丁文對照的譯文，整理出一個包括26聲母和44韻母的系統：

利馬竇26聲母			
[p]（邦、並）	[p´]（僻）	[m]（明、謬）	
[f]（方、非）	[v]（萬、物）		
[t]（大、道）	[t´]（通、天）	[n]（難、能）	[l]（賴、流）
[ts]（則、子）	[t´s]（前、且）	[s]（色、三）	
[c]（見、教）	[c´]（奇、巧）	[ɲ]（藝、業）	
[tʃ]（真、正）	[t´ʃ]（出、城）	[ʃ]（身、手）	[ʒ]（然、若）
[k]（功、古）	[k´]（若、可）	[g]（艾、吾）	[x]（海、湖）
[kʷ]（廣、觀）	[k´ʷ]（睽、鄺）	[ŋ]（我、愛）	

利馬竇44韻母				
[ɑ]（太、發）	[ə]（即、者）	[i]（幾、暨）	[ɔ]（我、多）	[u]（古、土）
[ɑi]（哉、改）	[ɑU]（好、少）	[əu]（壽、臭）	[iɑ]（家雅）	[iɛ]（邪、業）
[iɔ]（確、學）	[y]（居、虛）	[Uɑ]（化）	[Uɔ]（座）	[Uə]（或、物）
[ui]（對、內）	[uɔ]（臥、火）	[eɑU]（燎）	[iɑi]（解）	[iɑU]（教、巧）
[yɛ]（決、絕）	[ieu]（六、修）	[Uɛi]（灰、貝）	[uɑi]（國）	[uɛi]（睽、為）
[ɑŋ]（方、藏）	[an]（看、山）	[əŋ]（等、生）	[ɛn]（文、門）	[iŋ]（精、明）
[in]（飲、民）	[uŋ]（從、衆）	[eɑŋ]（兩、量）	[iɑŋ]（將、像）	[iɛn]（前、見）
[yŋ]（用）	[yn]（君、論）	[Uɑŋ]（荒、恍）	[Uəŋ]（猛）	[uɑŋ]（廣）
[uɛn]（聞、問）	[uɔn]（觀、亂）	[yɛn]（圓、全）	[əɹ]（而、爾）	

(二)金尼閣《西儒耳目資》

金尼閣（Nicolas Trigault ,1577～1628），比利時傳教士。明萬曆三十八年（1610）抵澳門，轉赴南京，隨郭居靜、高一志二神父學習華語。他是第一個向教廷請准以中文舉行彌撒，行其他聖事，以及誦唸日課的西方傳教士。

1626年金尼閣寫成《西儒耳目資》三卷，在杭州出版，其目的據他自述是：「使中國人能在三天內通曉西方文字體系。」此書沿襲利馬竇所創體制，修改了若干拼音，表現的是南京官話系統，對當時中國的音韻學者有很大的啟發。以下是他的20聲母與45韻母：

《西儒耳目資》20聲母				
[p]（百）	[p´]（魄）	[m]（麥）	[f]（弗）	[v]（物）
[t]（德）	[t´]（忒）	[n]（搦）	[l]（勒）	
[k]（格）	[k´]（克）	[x]（黑）	[ŋ]（額）	
[ts]（則）	[t´s]（測）	[s]（色）		
[tʂ]（者）	[t´ʂ]（扯）	[ʂ]（石）	[ʑ]（日）	

《西儒耳目資》45韻母		
[ai]（買、開）	[ao]（好、鬧）	
[an]（三、餐）	[am]（商、忙）	
[eu]（謀、口）	[en]（染、文）	[em]（猛、亨）
[ia]（駕、家）	[ie]（訐、爺）	
[iu]（恤、閭）	[io]（削、腳）	
[in]（鄰、人）	[im]（病、成）	
[oa]（滑、花）	[oe]（佛、物）	
[ua]（誇、瓜）	[ue]（說、國）	
[ui]（誰、吹）	[uo]（課、貨）	
[ul]（而、爾）		
[un]（論、村）	[um]（馮、總）	
[eao]（聊、了）	[eam]（良、兩）	

《西儒耳目資》45韻母		
[iai]（街、解）	[iao]（效、巧）	[iam]（強、柏）
[ieu]（求、救）	[ien]（片、薦）	
[iue]（雪、月）	[iun]（雲、熏）	[ium]（雄、擁）
[oai]（懷、夥）	[oei]（悲、貝）	
[oan]（緩、還）	[oam]（搶、黃）	
[uai]（怪、媧）	[uei]（鬼、歸）	
[uan]（慣、頑）	[uam]（往、主）	
[uen]（本、因）	[uem]（肱、礦）	[uon]（官、滿）
[iuen]（權、倦）		

利馬竇和金尼閣的語音研究，給後來的與音學者有極大啟發，例如方以智1639年所作《通雅》，書中再三稱引《西儒耳目資》，例如：「西域音多，中原多不用也，當合悉曇等子與大西《耳目資》通之」，「字之紛也，即緣通與借耳。若事屬一字，字各一義，如遠西因事乃合音，因音而成字，不重不共，不尤愈乎？」如果以字母拼音而言，這應該是漢字拼音化主張的萌芽了。

傳教士的拼音方法，直接啟示他們在西方拼音文字幫助下尋求對漢字記音系統更完善的描寫。稍後劉繼莊的《新韻譜》便在這種刺激下完成，錢玄同說劉氏已清楚認識到「必須用了音標，方能分析音素，方能表注任何地方之音」，羅常培〈劉繼莊的音韻學〉一文則認為該書重點就是「著眼於統一國語與調查方言」。錢玄同甚至認為，《新韻譜》成書之年（1692）可作為「國語運動」的紀元。

㈢富善《官話萃珍》

富善（Chauncey Goodrich ,1836～1925），美國傳教士，1865年抵達上海，後長駐北京。富善是個入境隨俗、全心投入的傳教士，甚至在中國留辮子、穿長衫。富善更是一位語言專家，抵達中國一年，便以北京話傳教，1891年出版《中英袖珍字典》，收錄10,400個漢字；後來又出版《官話特性研究》，蒐羅39,000句的漢語，成為日後西方傳教士、外交官進入中國的必備參考書。

《官話萃珍》是一部按韻編排的字書，富善於1898年完成，書中有些字有拉丁字母標音，但各頁上方都有拉丁字母的讀音標記。其24聲母、38韻母系統如下：

《官話萃珍》24聲母			
字母	音值	字母	音值
P	[p]	P´	[p´]
M	[m]	F	[f]
T	[t]	T´	[t´]
N	[n]	L	[l]
Ts	[ts]	T´s	[t´s]
S	[s]	J	[ʐ]
Ch	[tʂ]、[tɕ]	C´h	[t´ʂ]、[t´ɕ]
Sh	[ʂ]	Hs	[ɕ]
K	[k]	K´	[k´]
H	[x]	W	[u]
Y	[i]、[y]		

《官話萃珍》34韻母			
[a]	[ia]	[ua]	
[ə]	[iɛ]	[uo]	[yɛ]
[ɿ]	[i]	[u]	[y]
[ʅ]		[uai]	
[ai]			
[au]	[iau]		
[an]	[iɛn]	[uan]	[yan]
[aŋ]	[iaŋ]	[uaŋ]	

《官話萃珍》34韻母			
[ei]		[uei]	
[ər]		[uei]	
[ou]	[iu]		
[ən]	[in]	[un]	[yn]
[əŋ]	[iŋ]	[uŋ]	[yŋ]
		[uo]	

《官話萃珍》直接反映一百多前的北京官話，這系統已經和今天的語音很接近，是很重要的官話語音材料，更可以作為清末到當代漢語音的一個參考。值得一提的是富善從1890年開始，籌組了一個七人委員會，進行白話文《舊約聖經》的翻譯工作，要一改之前文言文《聖經》在流傳上的困難。直到1917年翻譯終於完成，這也就是現在中國人通行的「和合本聖經」，從這件事也可知道富善對於中國語言的專精與各種貢獻了。

三、近代音研究法

近代音系從元代起算（1271），縱向發展六百多年，期間區域方言比中古音更加活躍與發達，於是語音材料也呈現豐富多樣的特性。綜合歷時、共時、語音材料三方面而言，近代音其實是一個複雜多元的龐大語音體。又加上近代音是中古音過渡到現代音系的階段，所以各種語音分合現象，或是生成、或是演化、或是完成，都在此時期普遍出現，也造成了近代音的豐富內涵。

上述近代音的面貌，一方面帶給我們研究學習上的複雜性，但反向而言，其實也帶給我們多元又各具特性的研究與學習途徑。近代音是漢語音中的一個專業領域，當然不是一兩堂課可以述說完畢，課堂上的介紹也僅是舉舉大者。不過若能掌握一些科學的研究方法，則對日後持續的深入會有幫助，也可以對學習近代音有著觀念上的提示。以下就提供幾項研究方法與觀念，以供學者參考：

(一)銜接歷時語料

近代音有很多不同類型的語音材料保留至今，這個方法是結合歷史上不同時期的材料來進行對照與比較，往上銜接中古音的傳統韻書、韻圖；往下則與現代漢語的語音做對比。

漢語音本來就是一個連貫的系統，不能分割，所以龐大的語音材料雖各有其目的、方法、屬性，但也一定有其淵源、源流、取材的對象書籍或是方言。例如《切韻》以後的韻書叫「切韻系韻書」，宋元等韻圖分析對象是切韻系韻書語音，自然也就成了「切韻系韻圖」。元代以後漢語出現變化，《中原音韻》以口語為目的，這就和切韻音以知識份子為主不同，後來沿襲或修定《中原音韻》的韻書、韻圖，當然也就連成一系。

面對近代語音材料，知道其源流所自的，就從其之前的古音、古材料入手比對其變化；不能判定其與古材料關係的，就往下銜接其他語音材料，或是以現代漢語音、方言視其流變。如此一來，歷史上的語音材料類聚群分，一一銜接其該有的連結，在研究與學習上自然就有條理了。

(二)參證共時語料

語音文獻不是文學創作，而是一種社會科學從事社會語料的分析，所以縱然近代語音材料繁多，也一定有其在同一共時平面與其他語料的「親屬關係」，這就提供我們在研究學習時的一種橫向途徑，也就是比對同期其他語言材料並進行相互參證。

漢語音因為時間長久，語音演變也需要時間，所以一個漢語共時平面，可能可以長到一百年左右。換句話說，在百年之內的語音材料，它所面對的實際語音有時是可以當作一個單位的，這時它們就是一種直接的親屬關係。漢語內又下轄龐大的區域方言，如果共時語音材料所取區域對象不同，那麼它們又有了「親疏遠近」的親屬關係。

不論前述哪一種關係，互相間的的比對，都是我們掌握近代音的一個必要方法。例如明末的《元韻譜》，藉由比對同時韻書，可以糾正許多等第上的錯誤；託名清代陸隴其的《等韻便讀》，其實是改編明代梅膺祚《韻法直圖》而成。附錄在《康熙字典》前的《明顯四聲等韻圖》，本來莫知其所自，結果是淵源於康熙年間的《大藏字母切韻要法》，以及《大藏字母九音等韻總錄》而成。

進行同一時期的語料比對，當然它們共同或分別的語音對象與實際，就可以因為釐析關係而得到更清楚的輪廓了。

㈢闡釋個別語料

一部韻書或韻圖，除了必要的圖表與例字，以及編排中可見的語音條件外，通常還可能有作者序、凡例、語音見解，歌訣等的內容，所有內容的綜合精研才能真正掌握內文所不能呈現的語音問題。

有些書上作者寫了歌訣來闡明體例與語音見解，例如前文提到蘭茂的《韻略易通》，用一首二十字的〈早梅詩〉：「東風破早梅，向暖一枝開。冰雪無人見，春從天上來。」來作為聲母代表字，這既和傳統的「幫、滂、並、明」不同，讀者也可藉以考知當時的聲母系統。又例如康熙字典前面的《字母切韻要法》，韻圖內列有45個韻母，可是書前有一首〈寄韻法歌〉，就指示了讀者韻母是如何合併的，合併後真正的韻母是38個。

很多作者序文提到依據哪部韻書、依據哪部韻圖；修定甲家之音、補正乙家之說等等，這些資訊我們也都應該掌握，以確知其源流、目的、審音方向等等，以收事半功倍之效。掌握這些編著的屬性目的等資訊，加上內容的精密闡釋與分析，那麼大量的個別語音材料研究也才能一一完成。

(四)具備審音知識

聲韻學的基礎是語音學，語音學中有各種語音元素的知識、語音構成的知識、語音演變的知識、音變規律的知識，這些都是研究漢語音歷史的必要專業。

語音書籍在形式上，只提供了一個紙上平面的語言材料，但這平面材料卻代表了一個動態與實際的語音現象甚至歷史。學習者一定有一種經驗，就是緊盯著一份紙上語音材料，也認真去閱讀，但卻連結不出其所指的動態與實際，這可能就是語音審音知識的不足所造成。

例如有些韻書、韻圖，聲調是「平、上、去、入」，有些又變成了「陰平、陽平、上、去」，你能說明這是入聲消失，也只是第一步，因為各種音變一定有其音理；聲韻學教科書中告訴你這是「入聲弱化」，於是「入派三聲」或是「入派四聲」，這也只是第二步；如果你不知道語音「弱化」原理這個關鍵知識，那麼韻書、韻圖這麼珍貴的平面語音材料，也仍是枉然。

又例如中古前期到近代音中期，舌面前[tɕ]、[tʻɕ]、[ɕ]聲母都沒有從韻書、韻圖中出現，後了近代音後期中出現。它的由來其實是因為見系、精系聲母與三、四等細音韻母銜接時所出現的「顎化」現象所致，那麼什麼是「細音」、什麼是「顎化」當然要知道，而更重要的是為什麼這樣的結合就會「顎化」？這些概念仍然必須回到語音學知識當中去尋找答案。可見語音材料提供了平面現象，但審音知識才是轉換為動態理解的重要關鍵。

四、官話的意義與內涵

討論近代音系，經常從「中原雅音」的觀念開始，而後賦予「官話」概念與性質，最後籠統的以「早期官話」為結。這樣的概念過程，也不能算錯，我們稱說現代漢語不管「國語」或「普通話」，總也說這是源自早期官話系統。我們所說的「國語」，英文叫做「Mandarin」，那意思還是「中國官話」。

「官話」的字面意義是「做官的人說的話」；「中原雅音」是「中原地區的雅正之音」，二者都沒有內涵上的指向，更別說「做官的人」來自各區域，而「中原地區」又是個多廣大的地方；「雅」與「官」頂多也只透露出，知識階層與俗民口語間的「貴賤」或「雅俗」對立。

「官話」確實所指，有人說是北京音、有人說是南京音、有人說是河南音。那麼，我們把近代音放置在「官話」平臺上去理解、擬音，最終竟是個霧裡看花嗎？問題也沒這麼嚴重，只是我們必須要把「官話」的概念進一步釐清，前面擬構好的近代音系，也才能較安穩的落實下來。

㈠前人說法

把官話當作是北京音，就北京的政經歷史而言，當然有其說服力。不過要把歷史上的官話全歸到北京話，而且做成定義，學界恐怕就不會只有一種意見，例如有人主張南京音、有人主張河南洛陽音等等。

我們先看幾種說法，明末張位《問奇集》：

> 大約江以北，入聲多做平聲，常有音無字，不能俱載。江南多齒音不清，然此亦官話中多鄉音耳，若其各處

土語，更未易通也。

幾個訊息是：大江南北都有官話；官話相對於方言土語；官話有入聲但已失落者多；官話齒音清楚分別，南方則多混淆不清，這指的可能是精、照兩系聲母的相混，簡單說可能是捲舌與不捲舌；另外，官話混雜了許多鄉音，但仍是共同語的地位。不過張位說的「官話」究竟是哪的話，並沒有定義。

阮元在北京做官，他的官話定義則是北京話，〈與郝蘭皋戶部論爾雅書〉：

爾雅者，近正也。正者，虞夏商周建都之地之正言也。近正者，各國近於王都之正言也。正言者，猶今官話也。近正者，各省土音近於官話者也。

說官話是北京話，從清代至今，能接受者較多，不過元明之時又如何呢，也仍是北京嗎，這就有了疑惑。《洪武正韻》明太祖八年（1375）官修，當時定都南京，明成祖永樂十九年（1421），改都北京，那麼這「正韻」的官話，到底南北哪京？張世祿先生《中國音韻學史》說此書為「北音韻書南化的開始」，若回到「官話」這話題，恐怕又更令我們費神。

外國人怎看「官話」的呢，我們看利馬竇〈中國札記〉裡的意見，頗為有趣：

除了不同省份的各種方言，也就是鄉音之外，還有一種整個帝國通用的口語，稱為「官話」，是民用和法庭用的官方語言……官話現在在受過教育的階級當中很流行，懂得這種通用的語言，我們耶穌會的會友，就的確沒有必要再去學他們工作所在的那個省份的方言了，各省的方言在上流社會是不說的。

官話有凌駕方言的地位、官話在知識與上流社會運作、官話在整個帝國通用、官話是一種口語形式。這跟我們現在概念中的「國語」、「普通話」狀況一致，不過在更精準的語言內涵上則仍未知。

㈡不俱規範的早期官話

如果我們以漢語應用與發展的角度來看，在文與言分離的時代裡，書面語的「正音」地位一定高過口語。以近代國語所謂「我手寫我口」來看，文與言雖然貼近，但仍有一定界限，書面語的文字語音可以要求規範，但口語則無法規範，兩者地位也一樣是文高於言。

那麼，在近代音的歷史中，文有規範、言無標準的情況是很自然，甚至遠比現在分離的多了。所以早期「官話」的定義，始終是沒有精準規範的，個人又有個人的解釋角度，難怪許多語音文獻也各自標榜「正音」，但卻又沒有完全相同的，這讓我們在檢閱這些近代語音材料時，倍增辛苦。

一個沒有規範標準的音系，卻可以在全帝國中通行，這「通行」其實與「規範」、「標準」的概念並不能畫上等號。自古以來的官方，可以用各種形式去規範書面語音，但是卻不可能去規範口語。甚至官方對於口語其實也並不關心，因為口語是在政治、經濟、文化、歷史傳統中自然形成與傳播，又自然受到社會制約的。例如現在的國語，在社會中自然傳播，凡是切近於社會共同運作模式時，國語就自然被使用，甚至它還有教育作為傳播根基。不過國語的一般使用過程，是沒有人會去理會是不是「規範」、有沒有「正音」過，理解才是唯一標準。

於是，「官話」其實是一種處於自然消極狀態的社會共同語，它不會形成一種唯一正確的標準音，任何一個單一音系要去將「官話」口語標準化，這也是不可能做到的。不單是「官話」、「國語」、「普通話」，世界上的任何社會共同語，都是一樣的自然狀態。那麼，今天我們要用現代漢語的國語也好，普通話也好，去尋找與完全對應過去的官話系統，理論上是不可能的了。

(三)官話是靈動的漢語綜合體

如前所述，要以現在單一音系去吻合近代音的「官話」，是困難的，那麼我們應該如何去理解聲韻學上「近代音」與「官話」的連結？或是聲韻學是否可以提供我們解決之道？這答案是肯定的。

近代音留下許多語音文獻，回歸這大批語音資料的面向、屬性與內涵，從其中細微差異去反推出他們描摹的那個「官話」系統，這是可以做到的，尤其在我們使用很多現代單一音系去面對官話，不能全面但又各有相合之時。

舊時官話的使用者多數是知識階層，韻書、韻圖都是這階層的產物。這些人視官話為一個超越方言的系統，不能等同於任何方言；官話雖可能來自一個方言基礎，但這方言又必須經過改造提升，也才能具備官話的地位，這改造可能是來自書面語對口語的修飾，以及書面語的「雅」提升了方言的「俗」，反之官話又去除了方言的「土俗」成分，於是官話形象才被確立。例如傳統語音有入聲，官修的韻書依循「雅正」的傳統韻書，所以形式上也要有入聲，然後歸字上再加以特殊安排，去顯示入聲與陰聲的合併。在知識階層的觀念中，官話是要有入聲的，因為他們遵循著書面語的優質傳統。

反過來看，官話到了不同地區，又時常吸收區域方言的加入，尤其在官話與方言沒有重疊要素時，官話就很快的變成區域性的官話變體，例如臺灣的「你很俗！」官話一方面保持文雅，一方面又在各不同區域形成不一致的官話，但所有人的概念中，官話又始終只有一個。所以元明清的諸多韻書、韻圖，很少有自稱為官話的著作，但作者概念上的平面仍然是一個完整的音系。

上述說法，並不是要給官話一個難以理解的複雜屬性，反而是給官話一個簡易的寬廣平面。這就可以理解近代語音材料，為什麼有許多相同之處，也有許多彼此差異，因為他們都以自己的理解與區域語音，視為標準官話，於是我們看到了很大平面的共同官話，這是官話的核心部分；也看到了許多的官話小變體，這就是官話因地制宜的非核心部分。如此一來，以文獻證語音、以語音觀文獻，就可以從容的游移進出沒有困擾了。

簡單來說，近代音的官話，是一個北方音系為基礎的社會共同語，它涵蓋了較多的人口數、占據了較大的政經比例；成了傳統、正統、典雅的最大語種；又隨時可以吸收南北方音進入正統。近代音系中豐富的韻書、韻圖材料，反映了方言的多元，也反映了整體的官話系統悄然的覆蓋在漢語系統上。

課後測驗

1.試簡述研究近代音的方法與觀念。
2.清代語音材料有哪些？有何特色？試簡述之。
3.西方傳教士對近代音系有什麼貢獻？
4.何謂《西儒耳目資》？對研究近代音系有何貢獻？
5.何謂「官話」？其意義與內涵爲何？

第13堂課

現代漢語語音系統：國語

學習進程與重點提示

聲韻學概說→範圍→屬性→異稱→漢語分期→材料→功用→基礎語音學→範疇→分類→分支學科→語音屬性→音素→發音器官→收音器官→元音→輔音→音變規律→原因分析→漢語音節系統→定義→音節與音素量→音節結構→聲母類型→韻母類型→聲調系統→古漢語聲韻知識→認識漢語音節系統→掌握術語→材料→方法→方言概說→認識反切與韻書→漢語注音歷史→反切原理→反切注意事項→韻書源流→廣韻研究→切韻系韻書→廣韻體例→四聲相配→四聲韻數→反切系聯→聲類→韻類→等韻圖研究→語音表→開合洪細等第→等韻圖源流→韻鏡體例→聲母辨識法→韻圖檢索法→中古音系→中古音定義→擬測材料→聲母音值擬測→韻母音值擬測→聲調音值擬測→中古後期音系→韻書→韻部歸併→等韻圖→併轉為攝→語音音變→語音簡化→近代音系→元代語音材料→明代語音材料→清代語音材料→傳教士擬音→官話意義內涵→***現代音系→國語由來→注音符號由來→注音符號設計→國語聲母→國語韻母→國語聲調→拉丁字母拼音系統→國語釋義***→中古到現代→現代音淵源→語音演化→演化特點→聲母演化→韻母演化→聲調演化→上古音系→材料→方法→上古韻蒙昧期→上古韻發展期→上古韻確立期→上古韻成熟期→韻部音值擬測→上古聲母理論→上古聲母擬音→上古聲母總論→上古聲調理論→上古聲調總論

專詞定義

現代漢語	「國語」、「普通話」、「華語」的統稱，通行於臺灣、香港、澳門、中國大陸等主要區域的共同語，聯合國官方語言之一。北方漢語語法與北京話語音，為現代漢語的核心來源，但名稱、定義、拼音法、文字等則因地而異。
國　語	由歷史形成或由政府規定的一種標準語，或全國通用的共同交際語，例如中國以漢語為國語。同一種語言可以成為不同國家的國語，例如漢語也是新加坡的國語，現稱「華語」。同一國家的國語可以不只一種，例如新加坡也以英語為國語、加拿大有英語、法語兩個國語；比利時則有法、德、荷蘭三種國語。不同朝代有不同國語，例如北魏初期以鮮卑語為國語、元朝以蒙古語為國語、清代初期以滿語、漢語為國語。目前臺灣仍稱漢語共同語為「國語」、大陸則改稱「普通話」。
國　音	中華民國所定，以北京語音為基礎的漢語標準語音，民國八年（1919）的《中華民國國音字典》、民國二十一年（1932）的《國音常用字彙》，是現代漢語「國語」的第一個標準形音系統。
拼　音	按音節結構規律，把代表音素的符號拼合成音節，例如以[skul]拼合成英語「school」這個音節的發音。在漢語的拼音中還要包括聲調符號，例如以[x]、[i]、[a]拼合成[xia]（夏），加上聲調為[xià]，注音符號則為[ㄒㄧㄚˋ]。
漢語拼音	廣義指所有為漢語設計的拼音方案，如「反切」、「注音符號」、「國語羅馬字母」、「通用拼音」、「漢語拼音」等。狹義的則指中華人民共和國現行拼音法「漢語拼音方案」。

五度標調法	又稱「字母式聲調符號」、「聲調五點制」，趙元任所創漢語聲調標記法。以一豎線由下到上分做四格五度，最高音定為五度、半高音四度、中音三度、半低音二度、低音一度。豎線左邊由左到右，用橫線、斜線、曲折線，表示聲調的起落點和調子的形式，例如：高平˥55、中平˧33、低平˩11、全升˩˥15、全降˥˩51、全降升˥˩˥515、全升降˩˥˩151。此法簡明清楚，是目前漢語語音學、方言學、聲韻學等標注聲調的通用符號。

一、國語由來與設計

近代音到清代結束後，新的中華民國成立，「國語」指的就是現代中國的標準語。近代音時期，北京語成為知識份子、政治、經濟、文化、文學圈中的共同語，並約定俗成為「官話」。現代國語就源自以北京語為基礎的「官話」系統，民國以後的新名詞則是「國語」。

「國語」一詞的使用，在清末就有，且是一個大規模的中國語言統一運動。改朝換代後，新的民國將國語定為一項政策，持續到了百年後的今天。以下是國語在近代的發展史略：

國語發展史略	
清宣統元年	籌備國語教育，包括： 1.各級學堂兼學官話。 2.編輯官話課本。 3.編輯官話辭典。
清宣統2年	中央教育會議決統一國語議案。
民國元年	1.教育部召開臨時全國教育會議。 2.建議「注音字母方案」。

國語發展史略	
民國2年	1.全國教育會議成立。 2.議長吳敬恒、副議長王照。 3.討論法定國語音。 4.討論新式注音字母。 5.採用章太炎「古文篆籀逕省之形」的「紐文」、「韻文」符號，稱為「注音字母」。 6.通過「注音字母」為正式國家字母。 7.議定「國音彙編草案」。 8.開始審定六千五百多字編輯「國音字典」。
民國7年	1.擴編「國音彙編草案」至一萬三千字左右。 2.依康熙字典部首排列。 3.編成《國音字典》。 4.由全國專家共同審議全稿。
民國8年	1.頒行《國音字典》初版。 2.通令各級學校遵行學習。
民國9年	1.《國音字典》初版雜採各地方音而成，造成學習困難。 2.研擬國音統一標準。 3.研議以北京地區中等教育程度之本地語音為準。 4.由語音專家分析記錄確實音素。
民國12年	公布「讀音統一章程」。
民國13年	「國語統一籌備會」議決以北京音為國音標準。
民國14年	「國音字典增修委員會」完成「國音字典增修版」稿本。
民國21年	1.教育部正式公布「國音常用字彙」。 2.確立正式與標準之國語字音、語音。

「北京」這個地名，經過幾次改變：遼金兩代建都於此，名「南京」與「燕都」；元代也定都此處名為「大都」；明代更名「北京」並定都，清代延續之。民國初期也定都北京，民國十六年（1927）改都於南京，進而在隔年（1928）將「北京」改稱「北平」，避免「京」字的混淆。到1949年中華人民共和國又定都於此，再改回「北京」。

中華民國建國之初，是以南京為都，為何選擇北京音系作為國語標準音，理由如下：

1. 音素簡易：聲母21個、韻母16個、聲調4個，比起其他方言簡易。
2. 長期建都：從遼（907～1125）到民國（1911～），北京作為首都，掌控政治、經濟、文化九百多年，使此地方音成為最通行的知識份子共同語，也成為官話內涵中最大比例的語音。
3. 涵蓋範圍最廣：北京話是北方官話的核心，而北方官話通行在整個華北與東北地區，西南官話、江淮官話雖腔調有異，但與北京地區可以溝通無礙，所以北京話是涵蓋範圍最廣的語音。
4. 白話文學影響：元明以來仕人階層的白話語體文學，多以北方官話創作，清末到五四以後的文藝作品，也以北京語為大宗，這就使得北京語更加通行全國。

二、注音符號由來與設計

㈠注音符號發展史略

既然訂定了國語，在教育與通行的目的下，標音的工具也必須有個規範，於是有了「注音符號」的改革與訂定。這個改革不始自民國建立，從清代晚期就已經有許多的建議與提倡，以下是注音符號發展史略：

注音符號發展史略	
清光緒18年	1.福建盧贛章製作「一目了然初階」，又稱「中華第一快切音新字」。 2.是一套橫式拼音字母，共55個符號。 3.是反切以後，近代最早的注音符號。
清光緒21年	吳敬恒作「豆芽字母」。
清光緒22年	力捷三作「閩腔快字」。
清光緒23年	王炳耀作「拼音字譜」。
清光緒26年	王照作「官話合聲字母」。
清光緒30年	李元勳作「代聲術」。

注音符號發展史略	
清光緒31年	蔡錫勇作「傳音快字」。
清光緒33年	勞乃宣作「簡字譜」。
民國2年	蔡璋作「音標簡字」。
民國2年	汪怡作「國語音標」。
民國2年	中央「讀音統一會」通過以章太炎「記音字母」做國語的注音字母。
民國7年	教育部公布「注音字母」： 聲母24個：「ㄍㄎㄫ、ㄐㄑㄬ、ㄉㄊㄋ、ㄅㄆㄇ、ㄈㄪ、ㄗㄘㄙ、ㄓㄔㄕ、ㄏㄒ、ㄌㄖ」 韻母12個：「ㄚㄛㄝㄞㄟㄠㄡㄢㄣㄤㄥㄦ」 介母3個：「ㄧㄨㄩ」
民國8年	1.教育部依據「國語研究會」呈請，又依音類次序改定。 2.新的字母次序為： 聲母：「ㄅㄆㄇㄈㄪ、ㄉㄊㄋㄌ、ㄍㄎㄫㄏ、ㄐㄑㄬㄒ、ㄓㄔㄕㄖ、ㄗㄘㄙ」 介母：「ㄧㄨㄩ」 韻母：「ㄚㄛㄝㄞㄟㄠㄡㄢㄣㄤㄥㄦ」
民國9年	「國語統一籌備會」新增「ㄜ」列於「ㄛ」之後，字母共40個。
民國17年	1.「大學院」公布羅馬字拼音字母稱「國音字母第二式」。 2.原「注音字母」稱「國音字母第一式」。兩者並行。
民國19年	行政院改「注音字母」名稱為「注音符號」。
民國20年	「國語統一籌備會」將「ㄧ、ㄨ、ㄩ」三韻母，改列在韻母的最後面。
民國21年	1.取消「ㄪ、ㄫ、ㄬ」三個聲母。 2.增加一個「ㄭ」，作為「ㄓㄔㄕㄖㄗㄘㄙ」單獨成為音節的省略韻母。

(二)注音符號的設計

清末由於帝國動盪不安，教育逐漸瓦解，知識份子為了圖強救國，開始對教育必須依賴的語言文字系統進行簡化。為了改革過去的反切注音法，使拼音更簡易精準，於是有了近代以音素分析為前提的注音符號出現，每一音素只有一個統一的符號，就改革了反切中凡雙聲、疊韻皆可為符號的弊病。

注音符號的設計，以簡單易懂、易發音為原則，所以符號設計都來自較為簡易的漢字古文字，一般人也容易辨認。以下是其由來：

注音符號聲母設計		
注　音	小　篆	《說文解字》解釋
ㄅ		「勹，裹也，象人曲行，有所包裹。」[ㄅㄠ]
ㄆ		「攴，小擊也。」[ㄆㄨ]
ㄇ		「冖，覆也。　一下垂也。」[ㄇㄠˋ]
ㄈ		「匚，受物之器。」[ㄈㄤ]
ㄉ		「刀，兵也。」[ㄉㄠ]
ㄊ		「𠫓，不順忽出也，從倒子。」[ㄊㄨˊ]
ㄋ		「乃，曳詞之難也。象气之出難。」[ㄋㄞˇ]
ㄌ		「力，筋也。象人筋之形。」[ㄌㄧˋ]
ㄍ		「巜，水流澮澮也。」[ㄍㄨㄞˋ]
ㄎ		「丂，氣欲舒出，上礙於一也。」[ㄎㄠˇ]
ㄏ		「厂，山石之厓巖，人可居。」[ㄏㄢˋ]
ㄐ		「ㄐ，相ㄐ繚也。」[ㄐㄧㄡ]

注音符號聲母設計		
注　音	小　篆	《說文解字》解釋
ㄑ		「ㄑ，水小流也。」[ㄑㄩㄢˇ]
ㄒ		「下，底也。」[ㄒㄧㄚˋ]
ㄓ		「之，出也。象艸過屮，枝莖益大，有所之。」[ㄓ]
ㄔ		「彳，小步也。象人脛三屬相連也。」[ㄔ]
ㄕ		「尸，陳也。象臥之形。」[ㄕ]
ㄖ		「日，實也。太陽之精不虧。」[ㄖˋ]
ㄗ		「卪，瑞信也。守國者用玉卪，守都鄙者用角卪，使山邦者用虎卪，土邦者用人卪，澤邦者用龍卪，門關者用符卪，貨賄用璽卪，道路用旌卪。象相合之形。」[ㄐㄧㄝˊ]
ㄘ		「七，陽之正也。」[ㄑㄧ]
ㄙ		「厶，姦邪也。」[ㄙ]

注音符號韻母設計		
注　音	小　篆	《說文解字》解釋
ㄚ		《說文》無此字，《廣韻》：「丫，物開之形」，此字形引自明代《六書通》。[ㄚ]
ㄛ		「丂，反丂也。讀若呵。」[ㄏㄜ]
ㄜ		將注音符號「ㄛ」之筆劃向上凸出而成。[ㄜ]

注音符號韻母設計		
注　音	小　篆	《說文解字》解釋
ㄝ		「也，女陰也。」[ㄧㄝˇ]
ㄞ		「亥，荄也。十月，微陽起，接盛陰。」古文亥： [ㄏㄞˋ]
ㄟ		「乀，流也。」[ㄧˊ]
ㄠ		「幺，小也。象子初生之形。」[ㄧㄠ]
ㄡ		「又，手也」，古文手今寫作「又」，取其形音。[ㄕㄡˇ]
ㄢ		「ㄢ。艸木之華未發函然。」[ㄏㄢˋ]
ㄣ		「乚，匿也。」「匿」之古字。[ㄧㄣˇ]
ㄤ		「尢，跛，曲脛也。」[ㄨㄤ]
ㄥ		「厷，臂上也。」古文「厷」[ㄍㄨㄥ]
ㄦ		「儿，仁人也。古文奇字人也。」[ㄦ]
ㄧ		「一，惟初太始，道立於一，造分天地，化成萬物。」[ㄧ]
ㄨ		「五，五行也。　二，陰陽在天地間交午也。」古文「五」[ㄨˇ]
ㄩ		「凵，凵盧，飯器。」[ㄑㄩ]

三、國語聲母系統

國語有21個聲母，明顯的對立規律是：「不送氣」、「送氣」；「塞音」、「塞擦音」與「擦音」。濁音聲母由於歷代官話系統的「濁音清化」音變，目前只有「ㄖ」[ʐ]母是濁音。與前期相較，則是顎化聲母ㄐ[tɕ]、ㄑ[t′ɕ]、ㄒ[ɕ]的成熟。以下是各發音部位與方法：

國語聲母							
	雙唇	脣齒	舌尖	舌根	舌面前	捲舌	舌尖
清 塞音	ㄅ[p]		ㄉ[t]	ㄍ[k]			
送氣清 塞音	ㄆ[p′]		ㄊ[t′]	ㄎ[k′]			
清 塞擦音					ㄐ[tɕ]	ㄓ[tʂ]	ㄗ[ts]
送氣清 塞擦音					ㄑ[t′ɕ]	ㄔ[t′s]	ㄘ[t′s]
清 擦音		ㄈ[f]		ㄏ[x]	ㄒ[ɕ]	ㄕ[ʂ]	ㄙ[s]
濁 擦音						ㄖ[ʐ]	
鼻音	ㄇ[m]		ㄋ[n]				
邊音			ㄌ[l]				

四、國語韻母系統

韻母系統比聲母複雜，以結構而言有「介音」、「主要元音」、「韻尾」，每部分各有若干個不同音素，而且「介音」、「韻尾」也不是國語音節的必要結構，所以以「韻母」結構而言，就有許多不同類型。以下分類說明之：

㈠注音符號系統

以注音符號系統而言，韻母符號共有16個，若包含專門配予「ㄓㄔㄕㄖ、ㄗㄘㄙ」做音節的「空韻」「ㄭ」[ʅ]、[ɿ]（國際音標以[ï]表示此二者的相同音位），則有17個：

國語韻母					
ㄧ[i]	ㄚ[a]	ㄞ[ai]	ㄢ[an]	ㄦ[ɚ]	ㄭ[ï]
ㄨ[u]	ㄛ[o]	ㄟ[ei]	ㄣ[ən]		
ㄩ[y]	ㄜ[ɤ]	ㄠ[au]	ㄤ[aŋ]		
	ㄝ[e]	ㄡ[ou]	ㄥ[əŋ]		

㈡元音音素系統

當初注音符號是為了基礎教育或是一般簡易拼音而設，他不是一套「音素型音標」，不以表現音素為目的，所以包含了幾組「結合韻母」，也就是有兩個音素，但只設計一個符號，讓使用者在語音指導下，可以發音又簡省符號。

如果以音素分析為前提，國語韻母有8個舌面元音和3個舌尖元音：

國語元音系統					
	舌面元音			舌尖元音	
	高	中	低	高	中
前	i, y	e	a	ɿ	
央		ə			
後	u	ɤ, o		ʅ	ɚ

1. 目前的注音符號，沒有為舌尖元音[ɿ]、[ʅ]設計符號，因為這兩個元音是在有條件的情況下單獨做韻母，而且不與其他元音銜接，所

以後期的注音符號予以取消稱為「空韻」。不過這兩個元音確實存在國語韻母的音值中，所以以音素分析為前提，就必須予以掌握。

聲母	後接元音韻母	早期注音符號	共用符號
捲舌「ㄓㄔㄕㄖ」	[ʅ]	ㄭ	ï
舌尖「ㄗㄘㄙ」	[ɿ]		

2.[ɚ]（ㄦ）也是一個單獨存在的元音韻母，不與其他元音銜接，例如「兒」、「而」、「耳」、「二」。有些書上的標記也簡易採用[ï]，以使三個舌尖元音統一符號。

㈢韻母結構類型

國語韻母可以包含三個子結構，「介音」、「主要元音」、「韻尾」，其內部音素的屬性與規定如下：

韻母音素		
介音	主要元音	韻尾
元音	元音	元音
		輔音

也就是說「介音」一定由元音擔任、「主要元音」也一定是元音；「韻尾」則可以有元音、輔音兩種。於是因為韻母的三類子結構，以及韻尾的兩類形式，加上「介音」、「韻尾」又不是構成音節的必要條件，所以就造成國語韻母結構的多元化了。以下是國語韻尾所有韻母類型：

國語韻母類型			
單元音韻母	單元音（V型）		[-i]（一、疑、基、低、咪、踢）
			[-u]（巫、吳、母、布、哭、蘇）
			[-y]（魚、居、區、須、女、渠）
			[-a]（阿、巴、趴、扎、匝、嘎）
			[-o]（喔、哦、）
			[-ɤ]（婀、麼、德、呢、歌、科）
			[-ɚ]（兒、而、耳、二、貳、爾）
結合韻母	元音型	複元音（VV型）	[-ai]（哀、白、拍、買、胎、乃）
			[-ei]（悲、胚、昧、非、餒、類）
			[-au]（凹、包、拋、卯、島、腦）
			[-ou]（毆、鉤、摳、後、咒、湊）
			[-ia]（呀、嗲、家、掐、瞎、雅）
			[-ie]（憋、撇、滅、切、謝、爹）
			[-ua]（蛙、括、誇、化、抓、刷）
			[-uo]（窩、多、拓、落、郭、濁）
			[-ye]（約、略、噘、卻、穴、決）
		三元音（VVV型）	[-iai]（崖、啀、嘊、娾、崖、睚）
			[-iau]（么、姚、標、票、秒、較）
			[-iou]（優、謬、妞、六、就、糗）
			[-uai]（歪、怪、塊、壞、拽、帥）
			[-uei]（威、輝、歸、退、綴、最）
	元音輔音結合型	元音+輔音（VC型）	[-an]（安、般、詹、摻、和、燦）
			[-aŋ]（骯、幫、芳、趟、浪、帳）
			[-ən]（恩、奔、盆、偵、身、森）
			[-əŋ]（崩、徵、聲、增、僧、坑）
		元音+元音+輔音（VVC型）	[-ian]（煙、編、偏、免、天、間）
			[-iaŋ]（央、娘、兩、將、嗆、詳）
			[-iən]（音、賓、拼、閩、欽、信）
			[-iəŋ]（英、乒、命、令、慶、幸）
			[-uan]（灣、端、團、暖、專、門）
			[-uaŋ]（汪、逛、狂、荒、窗、莊）
			[-uən]（溫、敦、屯、論、諄、順）
			[-uəŋ]（翁、東、痛、龍、孔、松）
			[-yan]（淵、院、娟、圈、宣、犬）
			[-yən]（暈、韻、軍、踆、訓、俊）
			[-yəŋ]（傭、擁、扃、穹、兇、雄）

五、國語聲調系統

㈠調值與符號

國語有四個聲調：「陰平、陽平、上聲、去聲」，也就是一般說的「一、二、三、四」聲。後者只是一般通俗理解，前者則是依據聲調高低原理與型態的專門用語。

目前的國語調值符號，採用趙元任先生所創的「五度標調法」，以一縱座標由下而上平分四等份，共有五點，表示聲調的所有高低差異：

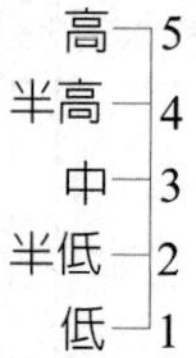

依據五點制，國語陰平聲為「高平調」；陽平聲為「中升調」；上聲為「降升調」，也就是先降後升調；去聲則為「全降調」。語音學上的標示如下：

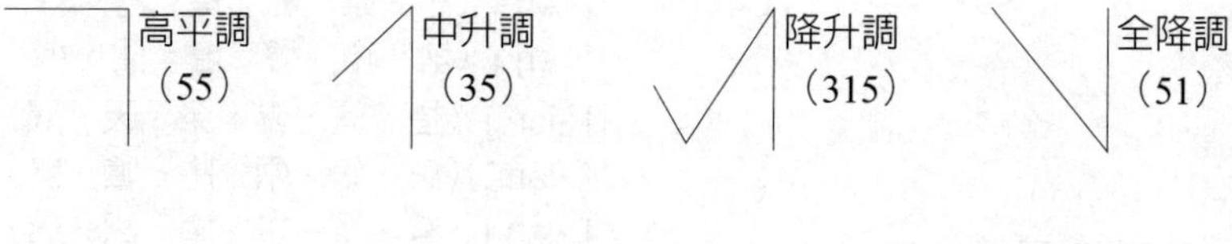

㈡輕聲

「輕聲」不是聲調的一類，而是說話時為了發音的簡便，或是詞意的特別需要，而在發音上用力較輕的一種語音現象。每一個輕讀的音，原先都有聲調，但在實際發音時，因為較輕，所以分辨不出它的升降狀況，於是有了「輕聲」這個名詞。

輕聲有兩種類型，一類是「固定輕聲」，例如國語裡的「了」、「的」、「得」、「地」、「呢」、「嗎」、「麼」、「頭」、「著」，在詞性上通常是副詞，表程度、範圍、語氣、狀態、疑問等。另一類則是在特定詞組時的「非固定輕聲」，例如疊詞的第二個詞：「哥哥」、「走走」、「想想」、「等等」、「談談」；又例如「大大方方」、「慌裡慌張」、「漂漂亮亮」中的第二個字，通常也是輕聲。

六、國語拉丁字母拼音系統

除了傳統注音符號，語言學上通用的國際音標外，近代以來為了使國語的標音更加準確，許多以拉丁字母（又稱羅馬字母）製作的「音素型音標」因此產生，例如現在大陸的「漢語拼音」、臺灣的「通用拼音」等。

不過，最早的漢語拉丁字母拼音，始於明代的利馬竇、金尼閣，受到西方傳教士的啟發，清末民初也有一些類似的設計，不過社會的接受度都不高，於是仍沿用注音符號直到今天。

中國大陸於1958年啟用羅常培先生設計的「漢語拼音」，使用到現在已經非常穩定與成熟。臺灣則於民國七十四年，公布了羅馬字母的「注音符號第二式」，不過並沒有施用在教育系統，也沒有廣予推行，所以沒有成功應用。

「通用拼音」是中研院民族所副研究員余伯泉，在民國八十七年所製作，八十九年由教育部宣布使用，不過各方歧見仍多，許多縣市仍堅持使用漢語拼音，以與國際接軌。民國九十八年政黨輪替，新政府又宣布從九十八年起改用漢語拼音，但中央與地方事實上也仍未貫徹。這些拼音制度與實施問題，在社會上有廣大討論，卻至今沒有定論與定案。注音符號也仍然是臺灣教育系統中主要拼音法。

另外還有「威翟拼音」，即「威妥瑪拼音」（Wade-Giles system），也影響深遠，由1867年英國駐華公使Thomas Francis Wade所設計，後由Herbert Allen Giles修訂編入其所編的漢英字典。威妥瑪拼音是二十世紀中文主要的音譯系統。1979年以前，威妥瑪拼音更是廣泛地被運用於英文標準參考資料，與所有有關中國的書籍當中。儘管至今為止，絕大多數的威妥瑪拼音應用都已被漢語拼音所取代，還是仍有部分區域，尤其是臺灣省縣以上地名，仍以威妥瑪拼音拼寫。

二次大戰以後，「耶魯拼音」也通行過一段時間。美國政府當時為了訓練派赴遠東地區作戰人員的語文能力，於是與耶魯大學合作創立「遠東語文學院」，耶魯拼音也就是當時所製作的。

上述各種拼音方案，都曾經或正在使用，為使讀者明晰各系統，以下提供清華大學外語系王旭教授的「國語拼音系統對照表」，以供參考。

國語拼音系統對照表

注音符號	二式	威翟	耶魯	漢語	通用	注音符號	二式	威翟	耶魯	漢語	通用
ㄅㄚ	ba	pa	ba	ba	ba	ㄅㄧㄥ	bing	ping	bing	bing	bing
ㄅㄛ	bo	po	bwo	bo	bo	ㄅㄨ	bu	pu	bu	bu	bu
ㄅㄞ	bai	pai	bai	bai	bai						
ㄅㄟ	bei	pei	bei	bei	bei	ㄆㄚ	pa	p'a	pa	pa	pa
ㄅㄠ	bau	pao	bau	bao	bao	ㄆㄛ	po	p'o	pwo	po	po
ㄅㄢ	ban	pan	ban	ban	ban	ㄆㄞ	pai	p'ai	pai	pai	pai
ㄅㄣ	ben	pèn	ben	ben	ben	ㄆㄟ	pei	p'ei	pei	pei	pei
ㄅㄤ	bang	pang	bang	bang	bang	ㄆㄠ	pau	p'ao	pau	pao	pao
ㄅㄥ	beng	pèng	beng	beng	beng	ㄆㄡ	pou	p'ou	pou	pou	pou
ㄅㄧ	bi	pi	bi	bi	bi	ㄆㄢ	pan	p'an	pan	pan	pan
ㄅㄧㄝ	bie	pieh	bye	bie	bie	ㄆㄣ	pen	p'èn	pen	pen	pen
ㄅㄧㄠ	biau	piao	byau	biao	biao	ㄆㄤ	pang	p'ang	pang	pang	pang
ㄅㄧㄢ	bian	pien	byan	bian	bian	ㄆㄥ	peng	p'èng	peng	peng	peng
ㄅㄧㄣ	bin	pin	bin	bin	bin	ㄆㄧ	pi	p'i	pi	pi	pi

注音符號	二式	威翟	耶魯	漢語	通用	注音符號	二式	威翟	耶魯	漢語	通用
ㄆㄧㄝ	pie	p'ieh	pye	pie	pie	ㄈㄣ	fen	fèn	fen	fen	fen
ㄆㄧㄠ	piau	p'iao	pyau	piao	piao	ㄈㄤ	fang	fang	fang	fang	fang
ㄆㄧㄢ	pian	p'ien	pyan	pian	pian	ㄈㄥ	feng	fèng	feng	feng	fong
ㄆㄧㄣ	pin	p'in	pin	pin	pin	ㄈㄨ	fu	fu	fu	fu	fu
ㄆㄧㄥ	ping	p'ing	ping	ping	ping						
ㄆㄨ	pu	p'u	pu	pu	pu	ㄉㄚ	da	ta	da	da	da
						ㄉㄜ	de	tè	de	de	de
ㄇㄚ	ma	ma	ma	ma	ma	ㄉㄞ	dai	tai	dai	dai	dai
ㄇㄛ	mo	mo	mwo	mo	mo	ㄉㄟ	dei	tei	dei	dei	dei
ㄇㄜ	me	mè	me	me	me	ㄉㄠ	dau	tao	dau	dao	dao
ㄇㄞ	mai	mai	mai	mai	mai	ㄉㄡ	dou	tou	dou	dou	dou
ㄇㄟ	mei	mei	mei	mei	mei	ㄉㄢ	dan	tan	dan	dan	dan
ㄇㄠ	mau	mao	mau	mao	mao	ㄉㄤ	dang	tang	dang	dang	dang
ㄇㄡ	mou	mou	mou	mou	mou	ㄉㄥ	deng	tèng	deng	deng	deng
ㄇㄢ	man	man	man	man	man	ㄉㄧ	di	ti	di	di	di
ㄇㄣ	men	mèn	men	men	men	ㄉㄧㄝ	die	tieh	dye	die	die
ㄇㄤ	mang	mang	mang	mang	mang	ㄉㄧㄠ	diau	tiao	dyau	diao	diao
ㄇㄥ	meng	mèng	meng	meng	meng	ㄉㄧㄡ	diou	tiu	dyou	diu	diu
ㄇㄧ	mi	mi	mi	mi	mi	ㄉㄧㄢ	dian	tien	dyan	dian	dian
ㄇㄧㄝ	mie	mieh	mye	mie	mie	ㄉㄧㄥ	ding	ting	ding	ding	ding
ㄇㄧㄠ	miau	miao	myau	miao	miao	ㄉㄨ	du	tu	du	du	du
ㄇㄧㄡ	miou	miu	myou	miu	miu	ㄉㄨㄛ	due	to	dwo	duo	duo
ㄇㄧㄢ	mian	mien	myan	mian	mian	ㄉㄨㄟ	duei	tui	dwei	dui	dui
ㄇㄧㄣ	min	min	min	min	min	ㄉㄨㄢ	duan	tuan	dwan	duan	duan
ㄇㄧㄥ	ming	ming	ming	ming	ming	ㄉㄨㄣ	duen	tun	dwun	dun	dun
ㄇㄨ	mu	mu	mu	mu	mu	ㄉㄨㄥ	dung	tung	dung	dong	dong
ㄈㄚ	fa	fa	fa	fa	fa	ㄊㄚ	ta	t'a	ta	ta	ta
ㄈㄛ	fo	fo	fwo	fo	fo	ㄊㄜ	te	t'è	te	te	te
ㄈㄟ	fei	fei	fei	fei	fei	ㄊㄞ	tai	t'ai	tai	tai	tai
ㄈㄡ	fou	fou	fou	fou	fou	ㄊㄠ	tau	t'ao	tau	tao	tao
ㄈㄢ	fan	fan	fan	fan	fan	ㄊㄡ	tou	t'ou	tou	tou	tou

注音符號	二式	威翟	耶魯	漢語	通用	注音符號	二式	威翟	耶魯	漢語	通用
ㄊㄢ	tan	t'an	tan	tan	tan	ㄋㄧㄥ	ning	ning	ning	ning	ning
ㄊㄤ	tang	t'ang	tang	tang	tang	ㄋㄨ	nu	nu	nu	nu	nu
ㄊㄥ	teng	t'èng	teng	teng	teng	ㄋㄨㄛ	nuo	no	nwo	nuo	nuo
ㄊㄧ	ti	t'i	ti	ti	ti	ㄋㄨㄢ	nuan	nuan	nwan	nuan	nuan
ㄊㄧㄝ	tie	t'ieh	tye	tie	tie	ㄋㄨㄥ	nung	nung	nung	nong	nong
ㄊㄧㄠ	tiau	t'iao	tyau	tao	tiao	ㄋㄩ	niu	nü	nyu	nü	nyu
ㄊㄧㄢ	tian	t'ien	tyan	tian	tian	ㄋㄩㄝ	niue	nüeh	nywe	nüe	nyue
ㄊㄧㄥ	ting	t'ing	ting	ting	ting						
ㄊㄨ	tu	t'u	tu	tu	tu	ㄌㄚ	la	la	la	la	la
ㄊㄨㄛ	tuo	t'o	two	tuo	tuo	ㄌㄜ	le	lè	le	le	le
ㄊㄨㄟ	tuei	t'ui	twei	tui	tui	ㄌㄞ	lai	lai	lai	lai	lai
ㄊㄨㄢ	tuan	t'uan	twan	tuan	tuan	ㄌㄟ	lei	lei	lei	lei	lei
ㄊㄨㄣ	tuen	t'un	twun	tun	tun	ㄌㄠ	lau	lao	lau	lao	lao
ㄊㄨㄥ	tung	t'ung	tung	tong	tong	ㄌㄡ	lou	lou	lou	lou	lou
						ㄌㄢ	lan	lan	lan	lan	lan
ㄋㄚ	na	na	na	na	na	ㄌㄤ	lang	lang	lang	lang	lang
ㄋㄜ	ne	nè	ne	ne	ne	ㄌㄥ	leng	lèng	leng	leng	leng
ㄋㄞ	nai	nai	nai	nai	nai	ㄌㄧ	li	li	li	li	li
ㄋㄟ	nei	nei	nei	nei	nei	ㄌㄧㄚ	lia	lia	lya	lia	lia
ㄋㄠ	nau	nao	nau	nao	nao	ㄌㄧㄝ	lie	lieh	lye	lie	lie
ㄋㄡ	nou	nou	nou	nou	nou	ㄌㄧㄠ	liau	liao	lyau	liao	liao
ㄋㄢ	nan	nan	nan	nan	nan	ㄌㄧㄡ	liou	liu	lyou	liu	liu
ㄋㄣ	nen	nèn	nen	nen	nen	ㄌㄧㄢ	lian	lien	lyan	lian	lian
ㄋㄤ	nang	nang	nang	nang	nang	ㄌㄧㄣ	lin	lin	ling	lin	lin
ㄋㄥ	neng	nèng	neng	neng	neng	ㄌㄧㄤ	liang	liang	lyang	liang	liang
ㄋㄧ	ni	ni	ni	ni	ni	ㄌㄧㄥ	ling	ling	ling	ling	ling
ㄋㄧㄝ	nie	nieh	nye	nie	nie	ㄌㄨ	lu	lu	lu	lu	lu
ㄋㄧㄠ	niau	niao	nyau	niao	niao	ㄌㄨㄛ	luo	lo	lwo	luo	luo
ㄋㄧㄡ	nou	niu	nyou	niu	niu	ㄌㄨㄢ	luan	luan	lwan	luan	luan
ㄋㄧㄢ	nian	nien	nyan	nian	nian	ㄌㄨㄣ	luen	lun	lwun	lun	lun
ㄋㄧㄣ	nin	nin	nin	nin	nin	ㄌㄨㄥ	lung	lung	lung	long	long
ㄋㄧㄤ	niang	niang	nyang	niang	niang	ㄌㄩ	liu	lü	lyu	lü	lyu

注音符號	二式	威翟	耶魯	漢語	通用	注音符號	二式	威翟	耶魯	漢語	通用
ㄌㄩㄝ	liue	lüeh	lywe	lüe	lyue	ㄎㄨㄚ	kua	k'ua	kwa	kua	kua
ㄌㄩㄢ	liuan	lüen	lywan	lüan		ㄎㄨㄛ	kuo	k'uo	kwo	kuo	kuo
						ㄎㄨㄞ	kuai	k'uai	kwai	kuai	kuai
ㄍㄚ	ga	ka	ga	ga	ga	ㄎㄨㄟ	kuei	k'ui	kwei	kui	kui
ㄍㄜ	ge	kè	ge	ge	ge	ㄎㄨㄢ	kuan	k'uan	kwan	kuan	kuan
ㄍㄞ	gai	kai	gai	gai	gai	ㄎㄨㄣ	kuen	k'un	kwun	kun	kun
ㄍㄟ	gei	kei	gei	gei	gei	ㄎㄨㄤ	kuang	k'uang	kwang	kuang	kuang
ㄍㄠ	gau	kao	gau	gao	gao	ㄎㄨㄥ	kung	k'ung	kung	kong	kong
ㄍㄡ	gou	kou	gou	gou	gou						
ㄍㄢ	gan	kan	gan	gan	gan	ㄏㄚ	ha	ha	ha	ha	ha
ㄍㄣ	gen	kèn	gen	gen	gen	ㄏㄜ	he	hê, ho	he	he	he
ㄍㄤ	geng	kang	gang	gang	gang	ㄏㄞ	hai	hai	hai	hai	hai
ㄍㄥ	gu	kèng	geng	geng	geng	ㄏㄟ	hei	hei	hei	hei	hei
ㄍㄨ	gua	ku	gu	gu	gu	ㄏㄠ	hau	hao	hau	hao	hao
ㄍㄨㄚ	guo	kua	gwa	gua	gua	ㄏㄡ	hou	hou	hou	hou	hou
ㄍㄨㄛ	guo	kuo	gwo	guo	guo	ㄏㄢ	han	han	han	han	han
ㄍㄨㄞ	guai	kuai	gwai	guai	guai	ㄏㄣ	hen	hèn	hen	hen	hen
ㄍㄨㄟ	guei	kui	gwei	gui	gui	ㄏㄤ	hang	hang	hang	hang	hang
ㄍㄨㄢ	guan	kuan	gwan	guan	guan	ㄏㄥ	heng	hèng	heng	heng	heng
ㄍㄨㄣ	guen	kun	gwun	gun	gun	ㄏㄨ	hu	hu	hu	hu	hu
ㄍㄨㄤ	guang	kuang	gwang	guang	guang	ㄏㄨㄚ	hua	hua	hwa	hua	hua
ㄍㄨㄥ	gung	kung	gung	gong	gong	ㄏㄨㄛ	huo	huo	hwo	huo	huo
						ㄏㄨㄞ	huai	huai	hwai	huai	huai
ㄎㄚ	ka	k'a	ka	ka	ka	ㄏㄨㄟ	huei	hui	hwei	hui	hui
ㄎㄜ	ke	k'ê	ke	ke	ke	ㄏㄨㄢ	huan	huan	hwan	huan	huan
ㄎㄞ	kai	k'ai	kai	kai	kai	ㄏㄨㄣ	huen	hun	hwun	hun	hun
ㄎㄠ	kau	k'ao	kau	kao	kao	ㄏㄨㄤ	huang	huang	hwang	huang	huang
ㄎㄡ	kou	k'ou	kou	kou	kou	ㄏㄨㄥ	hung	hung	hung	hong	hong
ㄎㄣ	ken	k'èn	ken	ken	ken						
ㄎㄤ	kang	k'ang	kang	kang	kang	ㄐㄧ	ji	chi	ji	ji	ji
ㄎㄥ	keng	k'êng	keng	keng	keng	ㄐㄧㄚ	jia	chia	jya	jia	jia
ㄎㄨ	ku	k'u	ku	ku	ku	ㄐㄧㄝ	jie	chieh	jye	jie	jie

注音符號	二式	威翟	耶魯	漢語	通用	注音符號	二式	威翟	耶魯	漢語	通用
ㄐㄧㄠ	jiau	chiao	jyau	jiao	jiao	ㄒㄧㄢ	shian	hsien	syan	xian	sian
ㄐㄧㄡ	jiou	chiu	jyou	jiu	jiu	ㄒㄧㄣ	shin	hsin	syin	xin	sin
ㄐㄧㄢ	jian	chien	jyan	jian	jian	ㄒㄧㄤ	shiang	hsiang	syang	xiang	siang
ㄐㄧㄣ	jin	chin	jin	jin	jin	ㄒㄧㄥ	shing	hsing	sying	xing	sing
ㄐㄧㄤ	jiang	chiang	jyang	jiang	jiang	ㄒㄩ	shiu	hsü	syu	xu	syu
ㄐㄧㄥ	jing	ching	jing	jing	jing	ㄒㄩㄝ	shiue	hsüeh	sywe	xue	syue
ㄐㄩ	jiu	chü	jyu	ju	jyu	ㄒㄩㄢ	shiuan	hsüan	sywan	xuan	syuan
ㄐㄩㄝ	jiue	chüeh	jywe	jue	jyue	ㄒㄩㄣ	shiun	hsün	syun	xun	syun
ㄐㄩㄢ	jiuan	chüan	jywan	juan	jyuan	ㄒㄩㄥ	shiung	hsiung	syung	xiong	syong
ㄐㄩㄣ	jiun	chün	jyun	jun	jyun						
ㄐㄩㄥ	jiung	chiung	jyung	jiong	jyong	ㄓ	jr	chih	jr	zhi	jhih
						ㄓㄚ	ja	cha	ja	zha	jha
ㄑㄧ	chi	ch'i	chi	qi	ci	ㄓㄜ	je	chè	je	zhe	jhe
ㄑㄧㄚ	chia	ch'ia	chya	qia	cia	ㄓㄞ	jai	chai	jai	zhai	jhai
ㄑㄧㄝ	chie	ch'ieh	chye	qie	cie	ㄓㄟ	jei	chei	jei	zhei	jhei
ㄑㄧㄠ	chiau	ch'iao	chyau	qiao	ciao	ㄓㄠ	jau	chao	jau	zhao	jhao
ㄑㄧㄡ	chiou	ch'iu	chyou	qiu	ciu	ㄓㄡ	jou	chou	jou	zhou	jhou
ㄑㄧㄢ	chian	ch'ien	chyan	qian	chian	ㄓㄢ	jan	chan	jan	zhan	jhan
ㄑㄧㄣ	chin	ch'in	chin	qin	cin	ㄓㄣ	jen	chèn	jen	zhen	jhen
ㄑㄧㄤ	chiang	ch'iang	chiang	qiang	ciang	ㄓㄤ	jang	chang	jang	zhang	jhang
ㄑㄧㄥ	ching	ch'ing	ching	qing	cing	ㄓㄥ	jeng	chèng	jeng	zheng	jheng
ㄑㄩ	chiu	ch'ü	chyu	qu	cyu	ㄓㄨ	ju	chu	ju	zhu	jhu
ㄑㄩㄝ	chiue	ch'üeh	chywe	que	cyue	ㄓㄨㄚ	jua	chua	jwa	zhua	jhua
ㄑㄩㄢ	chiuan	ch'üan	chywan	quan	cyuan	ㄓㄨㄛ	juo	cho	jwo	zhuo	jhuo
ㄑㄩㄣ	chiun	ch'ün	chyun	qun	cyun	ㄓㄨㄞ	juai	chuai	jwai	zhuai	jhuai
ㄑㄩㄥ	chiung	ch'iung	chyung	qiong	cyong	ㄓㄨㄟ	juei	chui	jwei	zhui	jhui
						ㄓㄨㄢ	juan	chuan	jwan	zhuan	jhuan
ㄒㄧ	shi	hsi	syi	xi	si	ㄓㄨㄣ	juen	chun	jwun	zhun	jhun
ㄒㄧㄚ	shia	hsia	sya	xia	sia	ㄓㄨㄤ	juang	chuang	jwang	zhuang	jhuang
ㄒㄧㄝ	shie	hsieh	sye	xie	sie	ㄓㄨㄥ	jung	chung	jung	zhong	jhong
ㄒㄧㄠ	shiau	hsiao	syao	xiao	siao						
ㄒㄧㄡ	shiou	hsiu	syou	xiu	sie	ㄔ	chr	ch'ih	chr	chi	chih

注音符號	二式	威翟	耶魯	漢語	通用	注音符號	二式	威翟	耶魯	漢語	通用
ㄔㄚ	cha	ch'a	cha	cha	cha	ㄕㄨㄞ	shuai	shuai	shwai	shuai	shuai
ㄔㄜ	che	ch'è	che	che	che	ㄕㄨㄟ	shuei	shui	shwei	shui	shui
ㄔㄞ	chai	ch'ai	chai	chai	chai	ㄕㄨㄢ	shuan	shuan	shuan	shuan	shuan
ㄔㄠ	chau	ch'ao	chau	chao	chao	ㄕㄨㄣ	shuen	shun	shwun	shun	shun
ㄔㄡ	chou	ch'ou	chou	chou	chou	ㄕㄨㄤ	shuang	shuang	shwang	shuang	shuang
ㄔㄢ	chan	ch'an	chan	chan	chan						
ㄔㄣ	chen	ch'èn	chen	chen	chen	ㄖ	r	jih	r	ri	rih
ㄔㄤ	chang	ch'ang	chang	chang	chang	ㄖㄜ	re	jè	re	re	re
ㄔㄥ	cheng	ch'eng	cheng	cheng	cheng	ㄖㄠ	rau	jao	ran	rao	rao
ㄔㄨ	chu	ch'u	chu	chu	chu	ㄖㄡ	rou	jou	rou	rou	rou
ㄔㄨㄛ	chuo	ch'o	chwo	chuo	chuo	ㄖㄢ	ran	jan	ran	ran	ran
ㄔㄨㄞ	chuai	ch'uai	chwai	chuai	chuai	ㄖㄣ	ren	jèn	ren	ren	ren
ㄔㄨㄟ	chuei	ch'ui	chwei	chui	chui	ㄖㄤ	rang	jang	rang	rang	rang
ㄔㄨㄢ	chuan	ch'uan	chwan	chuan	chuan	ㄖㄥ	reng	jèng	reng	reng	reng
ㄔㄨㄣ	chuen	ch'un	chuen	chun	chun	ㄖㄨ	ru	ju	ru	ru	ru
ㄔㄨㄤ	chuang	ch'uang	chuang	chuang	chuang	ㄖㄨㄛ	ruo	jo	rwo	ruo	ruo
ㄔㄨㄥ	chung	ch'ung	chung	chung	chung	ㄖㄨㄟ	ruei	jui	rwei	rui	rui
						ㄖㄨㄢ	ruan	juan	rwan	ruan	ruan
ㄕ	shr	shih	shr	shi	shih	ㄖㄨㄣ	ruen	jun	rwen	run	run
ㄕㄚ	sha	sha	sha	sha	sha	ㄖㄨㄥ	rung	jung	rung	rong	rong
ㄕㄜ	she	shè	she	she	she						
ㄕㄞ	shai	shai	shai	shai	shai	ㄗ	tz	tzu	dz	zi	zih
ㄕㄟ	shei	shei	shei	shei	shei	ㄗㄚ	tza	tsa	dza	za	za
ㄕㄠ	shau	shao	shau	shao	shao	ㄗㄜ	tze	tsè	dze	ze	ze
ㄕㄡ	shou	shou	shou	shou	shou	ㄗㄞ	tzai	tsai	dzai	zai	zai
ㄕㄢ	shan	shan	shan	shan	shan	ㄗㄟ	tzei	tsei	dzei	zei	zei
ㄕㄣ	shen	shèn	shen	shen	shen	ㄗㄠ	tzau	tsao	dzau	zao	zao
ㄕㄤ	shang	shang	shang	shang	shang	ㄗㄡ	tzou	tsou	dzou	zou	zou
ㄕㄥ	sheng	shèng	sheng	sheng	sheng	ㄗㄢ	tzan	tsan	dzau	zau	zau
ㄕㄨ	shu	shu	shu	shu	shu	ㄗㄣ	tzen	tsèn	dzeu	zeu	zeu
ㄕㄨㄚ	shua	shua	shwa	shua	shua	ㄗㄤ	tzang	tsang	dzang	zang	zang
ㄕㄨㄛ	shuo	shuo	shwo	shuo	shuo	ㄗㄥ	tzeng	tsèng	dzeng	zeng	zeng

注音符號	二式	威翟	耶魯	漢語	通用	注音符號	二式	威翟	耶魯	漢語	通用
ㄗㄨ	tzu	tsu	dzu	zu	zu	ㄙㄤ	sang	sang	sang	sang	sang
ㄗㄨㄛ	tzuo	tso	dzwo	zuo	zuo	ㄙㄥ	seng	sèng	seng	seng	seng
ㄗㄨㄟ	tzuei	tsui	dzwei	zui	zui	ㄙㄨ	su	su	su	su	su
ㄗㄨㄢ	tzuan	tsuan	dzwan	zuan	zuan	ㄙㄨㄛ	suo	so	swo	suo	suo
ㄗㄨㄣ	tzuen	tsun	dzwun	zun	zun	ㄙㄨㄟ	suei	sui	swei	sui	sui
ㄗㄨㄥ	tzung	tsung	dzung	zong	zong	ㄙㄨㄢ	suan	suan	swan	suan	suan
						ㄙㄨㄣ	suen	sun	swun	sun	sun
ㄘ	tsz	tz'u	tsz	ci	cih	ㄙㄨㄥ	sung	sung	sung	song	song
ㄘㄚ	tsa	ts'a	tsa	ca	ca						
ㄘㄜ	tse	ts'è	tse	ce	ce	ㄚ	a	a	a	a	a
ㄘㄞ	tsai	ts'ai	tsai	cai	cai	ㄛ	o	o	o	o	o
ㄘㄠ	tsau	ts'ao	tsau	cao	cao	ㄜ	e	è	e	e	e
ㄘㄡ	tsou	ts'ou	tsou	cou	cou	ㄝ	ê	eh	eh	ê	ê
ㄘㄢ	tsan	ts'an	tsan	can	can	ㄞ	ai	ai	ai	ai	ai
ㄘㄣ	tsen	ts'èn	tsen	cen	cen	ㄟ	ei	ei	ei	ei	ei
ㄘㄤ	tsang	ts'ang	tsang	cang	cang	ㄠ	au	ao	au	ao	ao
ㄘㄥ	tseng	ts'èng	tseng	ceng	ceng	ㄡ	ou	ou	ou	ou	ou
ㄘㄨ	tsu	ts'u	tsu	cu	cu	ㄢ	an	an	an	an	an
ㄘㄨㄛ	tsuo	ts'o	tswo	cuo	cuo	ㄣ	en	èn	en	en	en
ㄘㄨㄟ	tsuei	ts'ui	tswei	cui	cui	ㄤ	ang	ang	ang	ang	ang
ㄘㄨㄢ	tsuan	ts'uan	tswan	cuan	cuan	ㄥ	eng	èng	eng	eng	eng
ㄘㄨㄣ	tsun	ts'un	tswun	cun	cun	ㄦ	er	èrh	er	er	er
ㄘㄨㄥ	tsung	ts'ung	tsung	cong	cong						
						ㄧ	yi	i	yi	yi	yi
ㄙ	sz	ssu	sz	si	sih	ㄧㄚ	ya	ya	ya	ya	ya
ㄙㄚ	sa	sa	sa	sa	sa	ㄧㄛ	yo	yo	yo	yo	yo
ㄙㄜ	se	sè	se	se	se	ㄧㄝ	ye	yeh	ye	ye	ye
ㄙㄞ	sai	sai	sai	sai	sai	ㄧㄞ	yai	yai	yai	yai	yai
ㄙㄠ	sau	sao	sau	sao	sao	ㄧㄠ	yau	yao	yau	yao	yao
ㄙㄡ	sou	sou	sou	sou	sou	ㄧㄡ	you	you	you	you	you
ㄙㄢ	san	san	san	san	san	ㄧㄢ	yan	yon	yan	yan	yan
ㄙㄣ	sen	sèn	sen	sen	sen	ㄧㄣ	yin	yin	yin	yin	yin

注音符號	二式	威翟	耶魯	漢語	通用	注音符號	二式	威翟	耶魯	漢語	通用
ㄧㄤ	yang	yang	yang	yang	yang	ㄨㄣ	wen	wèn	wen	wen	wen
ㄧㄥ	ying	ying	ying	ying	ying	ㄨㄤ	wang	wang	wang	wang	wang
						ㄨㄥ	weng	wèng	weng	weng	weng
ㄨ	wu	wu	wu	wu	wu						
ㄨㄚ	wa	wa	wa	wa	wa	ㄩ	yu	yü	yu	yu	yu
ㄨㄛ	wo	wo	wo	wo	wo	ㄩㄝ	yue	yue	yue	yue	yue
ㄨㄞ	wai	wai	wai	wai	wai	ㄩㄢ	yuan	yüan	ywan	yuan	yuan
ㄨㄟ	wei	wei	wei	wei	wei	ㄩㄣ	yun	yün	yun	yun	yun
ㄨㄢ	wan	wan	wan	wan	wan	ㄩㄥ	yung	yung	yung	yong	yong

七、「國語」一詞的由來

「國語」一詞並不始於近現代，從先秦已有，不過長期以來一直是「國家語言」的泛稱，不是法定或通行共同語的專有名詞。直到中華民國建立以後，才賦予了目前的法定地位並成為共同語的專有名詞。就歷史而言，周代的「雅言」、秦漢的「通語」、近代的「官話」，在社會通行意義上與現代「國語」相當，差別也只在沒有法定地位。

「國語」一詞，由來已久，會成為現代法定官方與共同語的專詞，也有跡可循，以下介紹「國語」一詞的歷史發展。

東周	1.國別史史書《國語》編成，「國語」一詞第一次出現。 2.此書記錄「邦國成敗、嘉言善語」，並不是後來國家語言的定義。
隋唐	1.《隋書經集志》小學類書目有「國語物名」、「國語真歌」、「國語御歌」、「國語雜物」、「國語號令」、「國語雜文」等。 2.《隋書經集志》小學類：「後魏初定中原，軍容號令，皆以夷語，后染華俗，多不能通，故錄其本言，相傳教習，謂之國語。」 3.「國語」已經有了「民族語言」意涵。

元　明	1.《元史顯宗傳》：「（顯宗）撫循部曲之暇，則命也滅堅以國語講《通鑑》。」 2.此「國語」指元帝國蒙古語。
清光緒13年（1887）	黃遵憲《日本國志》一書大量使用「國語」、「國音」、「國字」、「國學」、「國史」等詞。
清光緒28年（1902）	1.京師大學堂總教席吳汝綸，赴日本考察教育，日本大學總長山川告之說：「欲謀國家之統一，當先謀教育之統一。教育之必須統一者三大端：精神、制度、國語。」 2.吳汝綸返國後便稱說「國語」，〈致張百熙信〉：「率謂一國之民，不可使語言參差不通，此為國民團體最重要之義。日本學校，必有國語讀本，吾若效之，則省筆字不可不仿辦矣。」（吳汝綸《東游叢錄》、周有光《中國語文縱橫談》）
清光緒29年（1903）	京師大學堂學生何鳳華、王用舟、劉奇峰、張官雲、世英、祥懋六人，上書北陽大臣袁世凱：「請奏明頒行官話字母，設普通國語學科，以開民智而救大局。」（王爾敏《近代文化生態及其變遷》）
清光緒宣統	歸國留學生在白話文運動中，以「國語」代稱白話。（周策縱《五四運動史》）
民國2年（1913）	中華民國教育部「臨時教育會議」，將「國語」法定化，並審定國語音，以便推行。

由上述歷史發展來看，「國語」一詞起源甚早，只不過在先秦是個廣義的泛稱，當時諸侯國林立，也可泛指其內之語言。其後逐漸加入「民族」、「族群」概念，以與外族語言區隔。日本明治維新以後引入西方文化，應該是以「國語」翻譯了「National Language」一詞，並且在日本通行。清代知識份子又引入「國語」一詞，並且賦予了高於「官話」的民族意識，以凝聚人民的國家觀念，期能救亡圖存。民國以後，又賦予法定地位，「官話」一詞逐漸退出共同語、官方語定義，「國語」一詞遂沿用至今。

課後測驗

1.何謂「現代漢語」？

2.何謂「國語」？

3.民國以注音符號取代反切注音，其設計原理爲何？請舉例明之。

4.何謂「拼音」？注音符號與當代漢語拼音、通用拼音有何不同？

5.請以「五度標調法」說明國語的聲調系統。

6.「輕聲」是否屬於國語聲調的調類？其所指爲何？

第14堂課

中古到現代的語音演化

學習進程與重點提示

聲韻學概說→範圍→屬性→異稱→漢語分期→材料→功用→基礎語音學→範疇→分類→分支學科→語音屬性→音素→發音器官→收音器官→元音→輔音→音變規律→原因分析→漢語音節系統→定義→音節與音素量→音節結構→聲母類型→韻母類型→聲調系統→古漢語聲韻知識→認識漢語音節系統→掌握術語→材料→方法→方言概說→認識反切與韻書→漢語注音歷史→反切原理→反切注意事項→韻書源流→廣韻研究→切韻系韻書→廣韻體例→四聲相配→四聲韻數→反切系聯→聲類→韻類→等韻圖研究→語音表→開合洪細等第→等韻圖源流→韻鏡體例→聲母辨識法→韻圖檢索法→中古音系→中古音定義→擬測材料→聲母音值擬測→韻母音值擬測→聲調音值擬測→中古後期音系→韻書→韻部歸併→等韻圖→併轉為攝→語音音變→語音簡化→近代音系→元代語音材料→明代語音材料→清代語音材料→傳教士擬音→官話意義內涵→現代音系→國語由來→注音符號由來→注音符號設計→國語聲母→國語韻母→國語聲調→拉丁字母拼音系統→國語釋義→***中古到現代→現代音淵源→語音演化→演化特點→聲母演化→韻母演化→聲調演化***→上古音系→材料→方法→上古韻蒙昧期→上古韻發展期→上古韻確立期→上古韻成熟期→韻部音值擬測→上古聲母理論→上古聲母擬音→上古聲母總論→上古聲調理論→上古聲調總論

專詞定義

語音規律	對一定歷史時期內的語音演變過程加以概括的公式。例如中古漢語到現代漢語的「濁音清化規律」，以及清化過程中，平聲改讀送氣音、仄聲改讀不送氣音的分化規律。語音規律具有三大特性：嚴整性，該語言或方言中符合條件的某一類音都按規律變化；時間性，只在一定的時期內產生；地域性，只在一定的區域發生，例如濁音清化在北方音系產生，但南方方言多數存濁，例如吳語、閩語、粵語。
條件音變	僅限於一定語音環境下發生的音變。例如中古漢語[ts]、[t´s]、[s]；[k]、[k´]、[x]等聲母，在國語裡與[i]（齊）、[y]（撮）韻母拼音時，音變為[tɕ]、[t´ɕ]、[ɕ]；與沒有[i]、[y]的開口、合口韻母拼音時則維持不變。王力《漢語語音史》將漢語史上條件音變分為四類：聲母對韻母的影響、韻母對聲母的影響、等呼對韻母的影響、聲母對聲調的影響。
無條件音變	不取決於語音環境而在所有位置上都發生的音變，又稱「自發音變」、「自然音變」。例如中古漢語的濁塞音、濁塞擦音，在國語裡一律變為清音。王力《漢語語音史》將漢語史上無條件音變分為三類：輔音變化、元音變化、聲調變化。
平分陰陽	指古代的平聲分化為「陰平」、「陽平」兩類，一般國語裡俗稱的「一」、「二」聲。它以聲母的清濁為分化條件：清聲母字變為陰平、濁聲母字變為陽平。例如：清聲「幫」（幫母）、「當」（端母）、「芳」（敷母）、「康」（溪母），國語讀陰平、一聲；濁聲「旁」（並

	母）、「房」（奉母）、「藏」（從母）、「郎」（來母），國語讀陽平、二聲。平分陰陽的現象大約唐代開始，宋代資料也有所反映。明確的把平聲分為陰陽兩個調類，則從元代《中原音韻》開此。現代漢語國語、普通話，大多數方言都普遍有這種現象。

一、現代音的淵源

㈠切韻音系

尋求現代音系的來源與演化，可以上溯自中古音，也就是「切韻音系」。中國韻書始於漢以後的魏晉，發展到《切韻》，中國韻書才有了最大規模與穩定體制。通過南北朝音韻文學的講求、隋唐科舉考試的推波助瀾，創造了唐代文學的嚴謹音韻規範，《切韻系韻書》另一方面也帶給語音研究者莫大的取材之資，例如等韻圖的興起。

《切韻》所代表的中古音，一方面區隔了上古音系，一方面也下開近代音、現代音的變化與形成。《切韻》一書因為兼容「南北是非、古今通塞」，所以覆蓋了最大地區的使用範圍。《廣韻》繼《切韻》而起，又使中古前後期語音資訊更加完備，加上宋元以後等韻圖表的專業語音分析，於是現代音系的來源也就清楚的記錄與呈現。幾乎現代漢語的大部分語音都可以從《切韻》音系中尋求，國語當然也可以在這找到演化淵源。

㈡音變的原因與特點

綜觀中古到現代的音變現象，大約有以下幾種特點：

1.聲母因介音開合洪細差異而音變。

2.聲母因發音部位改變而音變。

3.聲母因聲調變化而音變。

4.韻母因元音開口度變化而音變。

5.聲調因聲母清濁變化而音變。

人類所有語音都由音素所構成，音素與音素之所以可以銜接成音節，這是因為相連的音素在彼此的發音條件上可以相容，所以發音才會順暢。當音節內部任一音素產生變化，其他音素自然也會受連帶影響而變化，因為他們都在尋求一種新的相容模式，以形成新的音節。上述中古音變特點，本質上也就是音素改變，而尋求新的銜接相容度的現象與結果。

有趣的是，音節內的音素本身又何以會發生變化呢？這就牽涉到主觀應用的人為因素了。音素、音值本身雖是固定不動的物質型態，但是進行發音的卻是人類主導的發音器官的運作。發音這個動作，人人都做，簡單又自然，但其實發音是需要各發音部位肌肉的運動才能完成，例如緊縮與舒張、聚唇與展唇等。一般的語音活動，以溝通理解為主，並不以「正音」為目標或目的，所以多數人的說話發音是能輕鬆就輕鬆，能簡單就簡單，捲舌不必老實捲到標準的捲曲度、圓唇也不必圓到標準圓，加上辨義時又有前後音節的串聯提示，所以一般人的語音就很容易產生異於標準的變化。當個人到群體都如此，時間一久，新的音也就產生。簡單來說，主觀與主動的「發音」變化、客觀與被動的「音素」變化，構成了人類音變的內在原因。

二、中古到國語的聲母演化

(一)個別聲母演化

1.「幫」母

(1)幫母→ㄅ母。

(2)雙唇清塞音[p]→雙唇清塞音[p]（ㄅ）。

(3)聲母不變。

2.「滂」母

(1)滂母→ㄆ母。

(2)雙唇送氣清塞音[p´]→雙唇送氣清塞音[p´]（ㄆ）。

(3)聲母不變。

3.「並」母

(1)並母→ㄅ母。
　　　　→ㄆ母。

(2)雙唇濁塞音[b]→仄聲字→雙唇清塞音[p]（ㄅ）。
　　　　　　　　　→平聲字→雙唇送氣清塞音[p´]（ㄆ）。

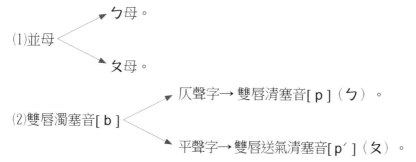

(3)音變原因：濁音清化，仄聲變不送氣清音、平聲變送氣清音。

4.「明」母

(1)明母→ㄇ母。

(2)雙唇鼻音[m]→雙唇鼻音[m]（ㄇ）。

(3)聲母不變。

5.「非」母

(1)非母→ㄈ母。

(2)唇齒清塞擦音[pf]→唇齒擦音[f]（ㄈ）。

⑶演化過程：中古前期[p]→中古後期[pf]→現代[f]。

⑷音變原因：[pf]的[p]音素失落。

6.「敷」母

⑴敷母→ㄈ母。

⑵唇齒送氣清塞擦音[p´f]→唇齒擦音[f]（ㄈ）。

⑶演化過程：中古前期[p´]→中古後期[p´f]→[f´]→現代[f]。

⑷音變原因：[p´f]的[p]音素失落、[f´]的送氣形式消失。

7.「奉」母

⑴奉母→ㄈ母。

⑵唇齒濁塞擦音[bv]→唇齒擦音[f]（ㄈ）。

⑶演化過程：中古前期[b]→中古後期[bv]→[v]→現代[f]。

⑷音變原因：[bv]的[b]音素失落、濁音清化為[f]，與「非」、「敷」合一。

8.「微」母

⑴微母→零聲母。

⑵唇齒鼻音[ɱ]→零聲母[ϕ]。

⑶演化過程：中古前期[m]→中古後期鼻音[ɱ]→擦音[v]→現代[ϕ]。

⑷音變原因：鼻音變擦音、擦音音素失落。

9.「端」母

⑴端母→ㄉ母。

⑵舌尖清塞音[t]→舌尖清塞音[t]（ㄉ）。

⑶聲母不變。

10.「透」母

⑴透母→ㄊ母。

(2)舌尖送氣清塞音[t´]→舌尖送氣清塞音[t´]（ㄊ）。

(3)聲母不變。

11.「定」母

(1)定母
- → ㄉ母。
- → ㄊ母。

(2)舌尖濁塞音[d]
- → 仄聲字→ 舌尖清塞音[t]（ㄉ）。
- → 平聲字→舌尖送氣清塞音[t´]（ㄊ）。

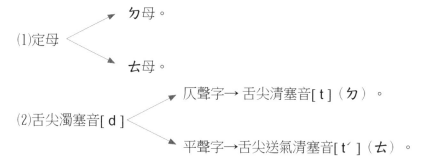

(3)音變原因：濁音清化，仄聲變不送氣清音、平聲變送氣清音。

12.「泥」母

(1)泥母→ㄋ母。

(2)舌尖鼻音[n]→舌尖鼻音[n]（ㄋ）。

(3)聲母不變。

13.「知」母

(1)知母→ㄓ母。

(2)舌面前清塞音[ȶ]→捲舌清塞擦音[tʂ]（ㄓ）。

(3)演化過程：中古前期[t] →中古後期舌面前[ȶ]→舌尖面[tʃ]→現代[tʂ]。

(4)音變原因：[t]受三等介音[j]影響而顎化為舌面前音，[j]與舌面前音不相容，經異化後音素失落，舌面前又音變為捲舌。

14.「徹」母

(1)徹母→ㄔ母。

(2)舌面前送氣清塞音[ȶ´]→捲舌送氣清塞擦音[t´ʂ]（ㄔ）。

(3)演化過程：中古前期[t´] →中古後期舌面前[ȶ´]→舌尖面[t´ʃ]

→現代[t´ʂ]。

⑷音變原因：與「知」母同。

15.「澄」母

⑴澄母→ㄓ母。

⑴澄母→ㄔ母。

⑵舌面前濁塞音[ȡ]→仄聲字→捲舌清塞擦音[tʂ]（ㄓ）。

⑵舌面前濁塞音[ȡ]→平聲字→捲舌送氣清塞擦音[t´ʂ]（ㄔ）。

⑶演化過程：中古前期[d]→中古後期舌面前[ȡ]→濁塞擦音[dʒ]

→現代[tʂ]、[t´ʂ]。

⑷音變原因：捲舌過程與「知」、「徹」同。又濁音清化，仄聲變不送氣清音；平聲變送氣清音。

16.「娘」母

⑴娘母→ㄋ母。

⑵舌面前鼻音[ȵ]→舌尖鼻音[n]（ㄋ）。

⑶演化過程：娘母[ȵ]→泥母[n]→現代[n]ㄋ母。

17.「見」母

⑴見母→ㄍ母。

⑴見母→ㄐ母。

⑵舌根清塞音[k]（ㄍ）→洪音→舌根清塞音[k]（ㄍ）。

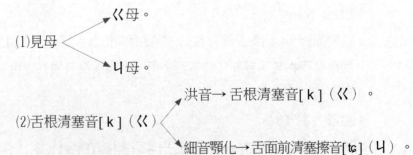

⑵舌根清塞音[k]（ㄍ）→細音顎化→舌面前清塞擦音[tɕ]（ㄐ）。

⑶音變原因：(a)見母[k]與細音韻母銜接時，受三四等[j]、[i]

元音同化，產生顎化現象，舌位抬高音變為[tɕ]（ㄐ），所以原本細音字，在國音中音變為[tɕ]（ㄐ），例如「家今君京甲」。

(b)洪音字則仍保持原本舌根[k]聲母，例如「國歌瓜姑干」。

18.「溪」母

⑴溪母 → ㄎ母。
　　　 → ㄑ母。

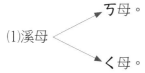

⑵舌根送氣清塞音[k´]（ㄎ） → 洪音→ 舌根清塞音[k´]（ㄎ）。
　　　　　　　　　　　　　 → 細音顎化→ 舌面前送氣清塞擦音[t´ɕ]（ㄑ）。

⑶音變原因：(a)溪母[k´]與細音韻母銜接時，受三四等[j]、[i]元音同化，產生顎化現象，舌位抬高音變為[t´ɕ]（ㄑ），所以原本細音字，在國音中音變為[t´ɕ]（ㄑ），例如「啟企欠恰曲」。

(b)洪音字則仍保持原本舌根[k´]聲母，例如「可口考坤肯」。

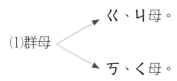

19.「群」母

⑴群母 → ㄍ、ㄐ母。
　　　 → ㄎ、ㄑ母。

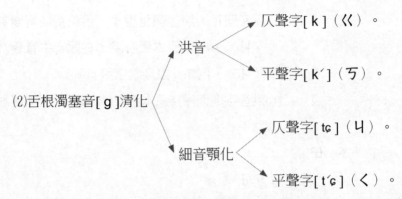

(2)舌根濁塞音[g]清化
- 洪音
  - 仄聲字[k]（ㄍ）。
  - 平聲字[k´]（ㄎ）。
- 細音顎化
  - 仄聲字[tɕ]（ㄐ）。
  - 平聲字[t´ɕ]（ㄑ）。

(3)音變原因：(a)[g]濁音清化，仄聲變不送氣清音[k]（共櫃跪）；平聲變送氣清音[k´]（狂葵逵）。

(b)清化之後的三等細音又產生顎化，仄聲變不送氣清音[tɕ]（及近局）；平聲變送氣清音[t´ɕ]（奇求窮）。

20.「疑」母

(1)疑母→零聲母。

(2)舌根鼻音[ŋ]→零聲母[φ]。

(3)中古少數疑母字改讀「ㄋ」或「ㄖ」，例如「牛倪虐逆阮」等，其餘失落為零聲母。

21.「精」母

(1)精母
- ㄗ母。
- ㄐ母。

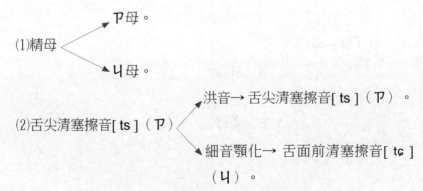

(2)舌尖清塞擦音[ts]（ㄗ）
- 洪音→ 舌尖清塞擦音[ts]（ㄗ）。
- 細音顎化→ 舌面前清塞擦音[tɕ]（ㄐ）。

⑶音變原因：(a)精母[ts]與細音韻母銜接時，受[i]元音同化，產生顎化現象，舌位抬高音變為[tɕ]（ㄐ），所以原本細音字，在國音中音變為[tɕ]（ㄐ），例如「借尖將節續」。

(b)洪音字則仍保持原本舌尖[ts]聲母，例如「早走卒作災」。

22.「清」母

⑴清母
- → ㄘ母。
- → ㄑ母。

⑵舌尖送氣清塞擦音[t´s]（ㄘ）
- → 洪音→ 舌尖送氣清塞擦音[t´s]（ㄘ）。
- → 細音顎化→ 舌面前送氣清塞擦音[t´ɕ]（ㄑ）。

⑶音變原因：(a)清母[t´s]與細音韻母銜接時，受[i]元音同化，產生顎化現象，舌位抬高音變為[t´ɕ]（ㄑ），所以原本細音字，在國音中音變為[t´ɕ]（ㄑ），例如「侵千親緝切」。

(b)洪音字則仍保持原本舌尖[t´s]聲母，例如「餐草此猜粗」。

23.「從」母

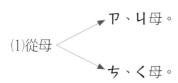

⑴從母
- → ㄗ、ㄐ母。
- → ㄘ、ㄑ母。

⑵舌尖濁塞擦音[dz]清化
- →洪音
  - →仄聲字[ts]（ㄗ）。
  - →平聲字[t´s]（ㄘ）。
- →細音顎化
  - →仄聲字[tɕ]（ㄐ）。
  - →平聲字[t´ɕ]（ㄑ）。

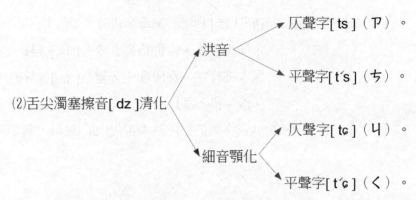

⑶音變原因：(a) [dz]濁音清化，仄聲變不送氣清音[ts]（ㄗ），例如「族昨造」；平聲變送氣清音[t´s]（ㄘ），例如「才殘存」。

(b)清化之後的細音又產生顎化，仄聲變不送氣清音[tɕ]（ㄐ），例如「就藉匠」；平聲變送氣清音[t´ɕ]（ㄑ），例如「前全情」。

24.「心」母

⑴心母
- →ㄙ母。
- →ㄒ母。

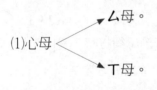

⑵舌尖清擦音[s]（ㄙ）
- →洪音→舌尖清擦音[s]（ㄙ）。
- →細音顎化→ 舌面前清擦音[ɕ]（ㄒ）。

⑶音變原因：(a)心母[s] 與細音韻母銜接時，受[i]元音同化，產生顎化現象，舌位抬高音變為[ɕ]（ㄒ），所以原本細音字，在國音中音變為[ɕ]（ㄒ），例如「西小仙宣雪」。

(b)洪音字仍保持舌尖擦音[s]（ㄙ）的讀音，例如

「蘇三損算宋」。

25.「邪」母

(1)邪母
→ㄙ母。
→ㄒ母。

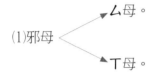

(2)舌尖濁擦音[z]清化
→洪音→舌尖清擦音[s]（ㄙ）。
→細音顎化→ 舌面前清擦音[ɕ]（ㄒ）。

(3)音變原因：(a)邪母[z]濁音清化，音變為清音[s]與「心」母同。但與細音韻母銜接時，受[i]元音同化，產生顎化現象，舌位抬高音變為[ɕ]（ㄒ），所以原本細音字，在國音中音變為[ɕ]（ㄒ），例如「尋習祥象夕」。

(b)洪音字仍保持舌尖擦音[s]（ㄙ）的讀音，例如「隨松誦俗寺」。

26.「章」母

(1)章母→ㄓ母。

(2)舌面前清塞擦音[tɕ]→捲舌清塞擦音[tʂ]（ㄓ）。

(3)演化過程：中古前期[tɕ]→現代[tʂ]。

27.「昌」母

(1)昌母→ㄓ母。

(2)舌面前送氣清塞擦音[t´ɕ]→捲舌清塞擦音[t´ʂ]（ㄔ）。

(3)演化過程：中古前期[t´ɕ]→現代[t´ʂ]。

28.「船」母

(1)船母 → ㄔ母。
　　　　→ ㄕ母。

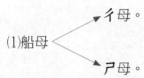

(2)舌面前濁塞擦音[dʑ]清化 → 仄聲字→ 捲舌清擦音[ʂ]（ㄕ）。
　　　　→ 平聲字→捲舌送氣清塞擦音、擦音[t'ʂ]（ㄔ）[ʂ]（ㄕ）。

(3)音變原因：船母[dʑ]濁音清化，仄聲變為捲舌清擦音[ʂ]（ㄕ），例如「舌實順」；平聲變為捲舌送氣清塞擦音[t'ʂ]（ㄔ），例如「船蛇唇」。

29.「書」母

(1)書母→ㄕ母。

(2)舌面前清擦音[ɕ]→捲舌清擦音[ʂ]（ㄕ）。

(3)演化過程：中古前期[ɕ] →現代[ʂ]。

30.「禪」母

(1)禪母 → ㄔ母。
　　　　→ ㄕ母。

(2)舌面前濁擦音[ʑ]清化 → 仄聲字→ 捲舌清擦音[ʂ]（ㄕ）。
　　　　→ 平聲字→捲舌送氣清塞擦音、擦音[t'ʂ]（ㄔ）[ʂ]（ㄕ）。

(3)音變原因：禪母[ʑ]濁音清化，與船母相同，仄聲變為捲舌清擦音[ʂ]（ㄕ），例如「社是壽」；平聲變為捲舌送氣清塞擦音[t´ʂ]（ㄔ），例如「禪臣常」。

31.「莊」母

(1)莊母→ㄓ母。

(2)舌尖面清塞擦音[tʃ]→捲舌清塞擦音[tʂ]（ㄓ）。

(3)演化過程：中古前期[tʃ] →現代[tʂ]。

32.「初」母

(1)初母→ㄔ母。

(2)舌尖面送氣清塞擦音[t´ʃ]→捲舌送氣清塞擦音[t´ʂ]（ㄔ）。

(3)演化過程：中古前期[t´ʃ] →現代[t´ʂ]。

33.「崇」母

(1)崇母 → ㄓ母。
　　　 → ㄔ母。

(2)舌尖面濁塞擦音[dʒ]清化 → 仄聲字→捲舌清塞擦音[tʂ]（ㄓ）。
　　　　　　　　　　　　　 → 平聲字→捲舌送氣清塞擦音[t´ʂ]（ㄔ）。

(3)音變原因：崇母[dʒ]濁音清化，仄聲變為捲舌清塞擦音[tʂ]（ㄓ），例如「狀棧助」；平聲與初母合併，變為捲舌送氣清塞擦音[t´ʂ]（ㄔ），例如「查巢愁」。

34.「生」母

(1)生母→ㄕ母。

(2)舌尖面清擦音[ʃ]→捲舌清擦音[ʂ]（ㄕ）。

(3)演化過程：中古前期[ʃ] →現代[ʂ]。

35.「俟」母

⑴俟母→ㄙ母。

⑵舌尖面濁擦音[ʒ]→舌尖清擦音[s]（ㄙ）。

⑶音變原因：濁音清化，但與莊系聲母分流，與精系之心、邪二母同，改讀舌尖清擦音。

36.「影」母

⑴俟母→零聲母。

⑵喉塞音[ʔ]→零聲母[ϕ]。

⑶音變原因：喉塞音弱化、音素失落。

37.「曉」母

⑴曉母 → ㄏ母。
　　　 → ㄒ母。

⑵舌根清擦音[x]（ㄏ） → 洪音→舌根清擦音[x]（ㄏ）。
　　　　　　　　　　　 → 細音顎化→ 舌面前清擦音[ɕ]（ㄒ）。

⑶音變原因：(a)曉母[x]與細音韻母銜接時，受[i]元音同化，產生顎化現象，舌位抬高音變為[ɕ]（ㄒ），所以原本細音字，在國音中音變為[ɕ]（ㄒ），例如「休險欣訓香」。

(b)洪音字仍保持舌尖擦音[x]（ㄏ）的讀音，例如「花火歡黑忽」。

38.「匣」母

(1)匣母 → ㄏ母。
　　　→ ㄒ母。

(2)舌根濁擦音[r]清化 → 洪音→舌根清擦音[x]（ㄏ）。
　　　　　　　　　　→ 細音顎化→ 舌面前清擦音[ɕ]（ㄒ）。

(3)音變原因：(a)匣母[r]濁音清化，與細音韻母銜接時，受[i]元音同化，產生顎化現象，舌位抬高音變為[ɕ]（ㄒ），所以原本細音字，在國音中音變為[ɕ]（ㄒ），例如「狹嫌效穴形」。

(b)洪音字改讀曉母的舌根清擦音[x]（ㄏ），例如「孩回黃洪魂」。

39.「云」母

(1)云母→零聲母。

(2)（顎化的）舌根濁擦音[rj]→零聲母[ϕ]。

(3)音變原因：[rj]音素失落，如「雨尤焉永王」等字皆零聲母。

40.「以」母

(1)以母→零聲母。

(2)零聲母→零聲母。

(3)以母中古已經零聲母，到現代沒有變化。

41.「來」母

(1)來母→ㄌ母。

(2)舌尖邊音[l]→舌尖邊音[l]。

(3)聲母不變。

42.「日」母

⑴日母→ㄖ母。

⑵舌面前鼻濁塞擦音[ȵʑ]→捲舌濁擦音[ʐ]（ㄖ）。

⑶演化過程：中古前期[n]→[ȵ]→中古後期[ȵʑ]→[nʑ]→現代[ʐ]。

㈡音變規律與音變總表

綜合上述中古到國語的聲母演化，其音變規律有以下幾點：

1.**濁音清化**	唇舌牙齒喉所有發音部位的濁音都清音化，唯一保存中古濁音的是日母的[ʐ]（ㄖ）。
2.**顎化聲母產生**	中古與三、四等細音韻母相接的聲母，全數顎化為國語的舌面前音[tɕ]（ㄐ）、[t´ɕ]（ㄑ）、[ɕ]（ㄒ），所以國語的ㄐㄑㄒ聲母，可以與[i]（ㄧ）、[y]（ㄩ）銜接。
3.**捲舌聲母擴大**	中古的「知徹澄、章昌船書禪、莊初崇生、日」在今天都合併為捲舌聲母，呈現語音簡化的特徵。
4.**聲母失落**	由於語音簡化的大原則，所以許多聲母音素失落為零聲母，分別是「微、疑、影、云、以」與「日」母的部分字，這也就使國語聲母數量減少了。

以下是所有中古到國語的聲母演化與對照表：

		全清	次清	全濁		次濁	輕擦音	濁擦音	
				平	仄			平	仄
重唇		幫[p]ㄅ	滂[p´]ㄆ	並[b]ㄆ	並[b]ㄅ	明[m]ㄇ			
輕唇		非[pf]ㄈ	敷[p´f]ㄈ	奉[bv]ㄈ		微[ɱ]ϕ			
舌頭		端[t]ㄉ	透[t´]ㄊ	定[d]ㄊ	定[d]ㄉ	泥[n]ㄋ			
舌上		知[ȶ]ㄓ	徹[ȶ´]ㄔ	澄[dʑ]ㄔ	澄[dʑ]ㄓ	娘[ȵ]ㄋ			
牙音	洪音	見[k]ㄍ	溪[k´]ㄎ	群[g]ㄎ	群[g]ㄍ	疑[ŋ]ϕ			
	細音	見[k]ㄐ	溪[k´]ㄑ	群[g]ㄑ	群[g]ㄐ	疑[ŋ]ϕ			
齒頭	洪音	精[ts]ㄗ	清[t´s]ㄘ	從[dz]ㄘ	從[dz]ㄗ		心[s]ㄙ	邪[z]ㄙ	
	細音	精[ts]ㄐ	清[t´s]ㄑ	從[dz]ㄑ	從[dz]ㄐ		心[s]ㄒ	邪[z]ㄒ	

<table>
<tr><th colspan="2" rowspan="2"></th><th rowspan="2">全清</th><th rowspan="2">次清</th><th colspan="2">全濁</th><th rowspan="2">次濁</th><th rowspan="2">輕擦音</th><th colspan="2">濁擦音</th></tr>
<tr><th>平</th><th>仄</th><th>平</th><th>仄</th></tr>
<tr><td colspan="2" rowspan="3">正齒
章系</td><td rowspan="3">章[tɕ]ㄓ</td><td rowspan="3">昌[t‘ɕ]ㄔ</td><td rowspan="3">船[dʑ]
ㄔㄕ</td><td rowspan="3">船[dʑ]ㄕ</td><td rowspan="3"></td><td rowspan="3">書[ɕ]ㄕ</td><td colspan="2">禪</td></tr>
<tr><td>[ʑ]ㄔ</td><td>[ʑ]ㄕ</td></tr>
<tr><td>[ʑ]ㄕ</td><td></td></tr>
<tr><td colspan="2">正齒
莊系</td><td>莊[tʃ]ㄓ</td><td>初[t‘ʃ]ㄔ</td><td>崇[dʒ]ㄔ</td><td>崇[dʒ]ㄓ</td><td></td><td>生[ʃ]ㄕ</td><td colspan="2">俟[ʒ]ㄙ</td></tr>
<tr><td rowspan="2">喉音</td><td>洪音</td><td>影[ϕ]ϕ</td><td></td><td></td><td></td><td>云以[ϕ]ϕ</td><td>曉[x]ㄏ</td><td colspan="2">匣[r]ㄏ</td></tr>
<tr><td>細音</td><td>影[ϕ]ϕ</td><td></td><td></td><td></td><td>云以[ϕ]ϕ</td><td>曉[x]ㄒ</td><td colspan="2">匣[r]ㄒ</td></tr>
<tr><td colspan="2">半舌</td><td></td><td></td><td></td><td></td><td>來[l]ㄌ</td><td></td><td colspan="2"></td></tr>
<tr><td colspan="2">半齒</td><td></td><td></td><td></td><td></td><td>日[ȵʑ]ㄖ</td><td></td><td colspan="2"></td></tr>
</table>

三、中古到國語的韻母演化

㈠韻母音值對照表

漢語韻母的語音分析，依據的是音節中的三部分：「介音」、「主要元音」、「韻尾」。其中依據「介音」、「主要元音」中[i]、[j]之有無區分等第與洪細，無者為一、二等洪音；有者為三、四等細音。又依據[u]之有無，區分開口、合口韻母，無者為開、有者為合。韻尾部分則有元音收尾的「陰聲韻」；以輔音鼻音音收尾的「陽聲韻」、塞音收尾的「入聲韻」。從中古到國語的韻母變化，就從觀察音節三部分的演變而來。以下配合韻母音節諸條件，並根據董同龢先生《漢語音韻學》「國語與中古韻母對照表」，先列各韻語音而後再分析其演化。

開合等第／古韻聲母今讀／攝		開																	
		一等					二等					三四等							
		幫系	端系	精系	見系	影系	幫系	知系	莊系	見系	影系	幫系	端系	精系	莊系	知系	章系	見系	影系
陰聲	果		uo		ɣ													ia, ie	
	假						a			ia				ie			ɣ		ie
	（遇）												y		u			y	
	蟹		ai				ai			ie, ai, ia		i					i		
	止											i, ei	i	ï				i	
	效	au					au			iau; au		iau				au		iau	
	流											iau, iou						iou	
陽聲	咸		an					an		ian		ian				an		ian	
	山		an				an			ian		ian				an		ian	
	宕	aŋ											iaŋ		uaŋ	aŋ		iaŋ	
	江						aŋ	uaŋ		iaŋ									
	深											in			ən			in	
	臻		uən			ən						in			ən			in	
	曾	əŋ										iŋ		?		əŋ		iŋ	
	梗						əŋ			əŋ, iŋ		iŋ				əŋ		iŋ	
	（通）																		
入聲	咸		a		ɣ			a		ia			ie			ɣ		ie	
	山		a		ɣ		a			ia		ie				ɣ		ie	
	宕	uo, au			ɣ							ye, iau				uo, au		ye, iau	
	江						uo au	uo		ye, iau									
	深												i		?	ï; u		i	
	臻					ɣ						i			ï; ɣ	ï		i	

<table>
<tr><th colspan="2" rowspan="3">開合等第
聲母
今讀
古韻攝</th><th colspan="18">開</th></tr>
<tr><th colspan="5">一　等</th><th colspan="5">二　等</th><th colspan="8">三四等</th></tr>
<tr><th>幫系</th><th>端系</th><th>精系</th><th>見系</th><th>影系</th><th>幫系</th><th>知系</th><th>莊系</th><th>見系</th><th>影系</th><th>幫系</th><th>端系</th><th>精系</th><th>莊系</th><th>知系</th><th>章系</th><th>見系</th><th>影系</th></tr>
<tr><td rowspan="3"></td><td>曾</td><td>ei,
uo</td><td colspan="3">ɤ, ei</td><td></td><td colspan="5"></td><td colspan="3">i</td><td>ɤ;
ai</td><td colspan="2">ï</td><td colspan="2">i</td></tr>
<tr><td>梗</td><td colspan="5"></td><td>ai
uo</td><td colspan="2">ɤ, ai</td><td colspan="2">ɤ</td><td colspan="3">i</td><td></td><td colspan="2">ï</td><td colspan="2">i</td></tr>
<tr><td>（通）</td><td colspan="5"></td><td colspan="5"></td><td colspan="3"></td><td></td><td colspan="2"></td><td colspan="2"></td></tr>
</table>

<table>
<tr><th colspan="2" rowspan="3">開合等第
聲母
今讀
古韻攝</th><th colspan="17">合</th></tr>
<tr><th colspan="5">一　等</th><th colspan="4">二　等</th><th colspan="8">三四等</th></tr>
<tr><th>幫系</th><th>端系</th><th>精系</th><th>見系</th><th>影系</th><th>幫系</th><th>莊系</th><th>見系</th><th>影系</th><th>非系</th><th>端系</th><th>精系</th><th>莊系</th><th>知系</th><th>章系</th><th>見系</th><th>影系</th></tr>
<tr><td rowspan="7">陰
聲</td><td>果</td><td colspan="3">uo</td><td colspan="2">uo, ɤ</td><td colspan="4"></td><td colspan="6"></td><td colspan="2">ye</td></tr>
<tr><td>假</td><td colspan="5"></td><td></td><td colspan="3">ua</td><td colspan="8"></td></tr>
<tr><td>遇</td><td colspan="5">u</td><td colspan="4"></td><td>u</td><td colspan="2">y</td><td colspan="3">u</td><td colspan="2">y</td></tr>
<tr><td>蟹</td><td>ei</td><td>uei;
ei</td><td>uei</td><td colspan="2">uei,
uai</td><td></td><td colspan="3">uai; ua</td><td>ei</td><td></td><td>uei</td><td></td><td colspan="4">uei</td></tr>
<tr><td>止</td><td colspan="5"></td><td colspan="4"></td><td>ei;
uei</td><td>ei</td><td>uei</td><td>uai</td><td colspan="4">uei</td></tr>
<tr><td>（效）</td><td colspan="5"></td><td colspan="4"></td><td colspan="8"></td></tr>
<tr><td>流</td><td>ou,
u,
au</td><td colspan="4">ou</td><td colspan="4"></td><td>ou,
u</td><td colspan="2">iou</td><td colspan="3">ou</td><td colspan="2">iou</td></tr>
<tr><td rowspan="2">陽
聲</td><td>咸</td><td colspan="5"></td><td colspan="4"></td><td>an</td><td colspan="7"></td></tr>
<tr><td>山</td><td>an</td><td colspan="4">uan</td><td></td><td colspan="3">uan</td><td>an;
uan</td><td>an;
uan</td><td>yan</td><td></td><td colspan="2">uan</td><td colspan="2">yan</td></tr>
</table>

開合		合																
等第		一等					二等				三四等							
古韻攝	聲今讀	幫系	端系	精系	見系	影系	幫系	莊系	見系	影系	非系	端系	精系	莊系	知系	章系	見系	影系
	宕				uaŋ						an; uaŋ						uaŋ	
	（江）																	
	（深）																	
	臻	ən	uən								ən; uən	uən	yn, uən		uən		yn	
	曾				uŋ													
	梗								uŋ								yuŋ, iŋ	
	通	əŋ	uŋ								əŋ	uŋ					uŋ; yuŋ	yuŋ
入聲	咸										a							
入聲	山	uo						ua			a; ua	ye			uo		ye	
入聲	宕				uo						u						ye	
入聲	（江）																	
入聲	（深）																	
入聲	臻	u, uo			u						u	y		uai	u		y	
入聲	曾				uo													y
入聲	梗								uo								y, i	
入聲	通	u									u	u, y	u	uo	u,ou		y	

㈡韻尾的演化

1.入聲韻尾消失

中古入聲塞音韻尾[-p]、[-t]、[-k]，先弱化為喉塞音[ʔ]，弱化至極則音素失落，在國語中已全數消失。例如：

合[x-ap]→[x-ɤ]　　立[ɿ-jep]→[l-i]

骨[k-uət]→[k-u]　　舌[dʑ-jæt]→[ʂ-ɤ]

毒[t-uok]→[t-u]　　刻[k´-ək]→[k´-ɤ]

2.陽聲韻尾變化

(1)陽聲韻的雙唇鼻音韻尾[-m]消失，原屬[-m]韻尾的「深咸」二攝字改讀舌尖鼻音[-n]韻尾。例如：「今」[k-jem]→[tɕ-iən]；「甘」[k-am]→[k-an]。

(2)「山臻」二攝之舌尖鼻音[-in]韻尾不變，例如：「干」[k-an]→[k-an]；「根」[k-ən]→[k-ən]。

(3)「曾梗通宕江」攝之舌根鼻音[ŋ]韻尾不變，例如：「庚」[k-ɐŋ]→[k-əŋ]；「剛」[k-ɑŋ]→[k-aŋ]。

(三)開合演化

中古各攝的開合狀況到國語大致不變，只有少部分例外：

1.果攝有歌韻開口一等的舌齒音字變合口，混同於戈韻的合口一等字。例如：「多」[t-ɑ]→[t-uo]；「羅」[l-ɑ]→[l-uo]；「左」[ts-ɑ]→[ts-uo]。不過也有合口舌根音變開口的，例如：「戈」[k-uɑ]→[k-ɤ]；「和」[x-uɑ]→[x-ɤ]。

2.陽韻莊系字本為開口，國語都變合口。例如：「莊」[tʃ-jɑŋ]→[tʂ-uaŋ]；「牀」[dʒ-jɑŋ]→[t´ʂ-uaŋ]。

3.清青二韻的合口多變開口，例如：「頃」[k´-juɛŋ]→[tɕ-iəŋ]；「役」[-juɛk]→[-i]。

4.蟹止二攝的泥母、來母合口字變開口，例如：「累」[l-jue]→[l-ei]；「嫩」[n-uən]→[n-ən]。

㈣等第洪細演化

1.一等韻

中古一等韻的字，在國與裡完全是洪音。例如：

「根」[k-ən]→[k-ən]　　「高」[k-ɑu]→[kau]
「鉤」[k-u]→[k-ou]　　「公」[k-uŋ]→[k-uəŋ]

2.二等韻

⑴中古二等韻的合口字，在國語裡也都變洪音。例如「快」[k´-uai]→[k´-uai]、「瓜」[k-ua]→[k-ua]。

⑵中古二等牙喉聲母的開口字，產生[-i]介音，成為細音韻母，並使聲母顎化，其於聲母部位則不變保持洪音。例如：

「介」[k-ɐi]→[tɕ-ie]　　「間」[k-æn]→[tɕ-ian]
「孝」[x-au]→[ɕ-iau]　　「霞」[x-a]→[ɕ-ia]
「杏」[x-ɐŋ]→[ɕ-iaŋ]　　「鴨」[-a]→[-ia]

3.三等韻

⑴三等韻的變化主要發生在：舌音及正齒音的介音[-j-]消失，凡唇音聲母變輕唇聲母者[-j-]也消失。其餘的三等字，除了合口的[-i-]與[-u-]合併為[-y-]，全都保持[-i-]介音。

「夫」[p-juo]→[f-u]　　「初」[t´ʃ-jo]→[t´ʂ-u]
「朱」[tɕ-juo]→[tʂ-u]　　「須」[s-juo]→[ɕ-y]
「居」[k-jo]→[tɕ-y]　　「雨」[-ju]→[-y]

「分」[p´-juən]→[f-ən]　　「翻」[p´-juɐn]→[f-an]

「宣」[s-juæn]→[ɕ-yan]　　「圈」[k´-juæn]→[t´ɕ-yan]

(2)「蟹宕」二攝的開口與上述規律同，不過合口字全無介音[-i-]，例如：「肺」[p-juɐi]→[f-ei]、「歲」[s-juæi]→[s-uei]、「衛」[-juæi]→[-uei]。

(3)「止」攝開口精系字也沒有介音[-i-]，例如：「筆」[p-jei]→[p-i]、「地」[d-jei]→[t-i]、「衣」[-jəi]→[-i]、「其」[g-i]→[t´ɕ-i]、「非」[p-juəi]→[f-ei]。

4.四等韻

(1)中古四等韻到國語大致都有開口字都有介音[-i-]、合口字都有介音[-y-]。例如：

「天」[t´-iɛn]→[t´-ian]　　「憐」[l-iɛn]→[l-ian]

「玄」[x-iuɛn]→[ɕ-yan]　　「犬」[k´-iuɛn]→[ɕ-yan]

「弔」[t-iɑu]→[t-iau]　　「蕭」[s-ieu]→[ɕ-iau]

「瓶」[b-ieŋ]→[p´-iəŋ]　　「丁」[t-ieŋ]→[t-iəŋ]

「僭」[ts-iem]→[tɕ-ian]　　「兼」[k-iem]→[tɕ-ian]

(2)「蟹」攝開口字同上述規律，但合口例外，不是介音[-y-]，而是[-u-]。例如：「桂」[k-iuɛi]→[k-uei]、「惠」[x-iuɛi]→[x-uei]。

㈤元音演化

1.「果」攝

<table>
<tr><th colspan="5">果 攝</th></tr>
<tr><td colspan="3">中 古</td><td rowspan="2">國 語</td><td rowspan="2">演化例字</td></tr>
<tr><td>等 第</td><td colspan="2">開 合</td></tr>
<tr><td rowspan="3">一</td><td rowspan="2">開 口</td><td>舌齒音</td><td>[-uo]</td><td>「舵」[t-a]→[t-uo]
「羅」[ɿ-a]→[ɿ-uo]
「左」[ts-a]→[ts-uo]</td></tr>
<tr><td>牙喉音</td><td>[-ɤ]</td><td>「哥」[k-a]→[k-ɤ]
「河」[x-a]→[x-ɤ]</td></tr>
<tr><td colspan="2">合 口</td><td>[-uo]</td><td>「妥」[t´-ua]→[t´-uo]
「騾」[l-ua]→[l-uo]
「作」[dz-ua]→[ts-uo]</td></tr>
<tr><td rowspan="2">三</td><td colspan="2">開 口</td><td>[-a]、[-e]、</td><td>「迦」[k-ja]→[tɕ-ia]</td></tr>
<tr><td colspan="2">合 口</td><td>[-e]</td><td>「靴」[x-jua]→[ɕ-ye]</td></tr>
</table>

2.「假」攝

<table>
<tr><th colspan="3">假 攝</th></tr>
<tr><td>中 古</td><td rowspan="2">國 語</td><td rowspan="2">演化例字</td></tr>
<tr><td>等 第</td></tr>
<tr><td>二</td><td>[-a]</td><td>「巴」[p-a]→[p-a]
「茶」[ȡ-a]→[t´ʂ-a]
「瓜」[k-ua]→[k-ua]</td></tr>
<tr><td rowspan="2">三</td><td>「知章」系[-ɤ]</td><td>「惹」[ȵʑ-ja]→[ʐ-ɤ]
「蛇」[dʑ-ja]→[ʂ-ɤ]</td></tr>
<tr><td>其餘聲母[-e]</td><td>「謝」[z-ja]→[ɕ-ia]</td></tr>
</table>

3.「遇」攝

遇攝		
中古等第	國語	演化例字
一	[-u]	「普」[p´-uo]→[p´-u] 「素」[s-uo]→[s-u] 「虎」[x-uo]→[x-u]
三	「非知章」系是[-u]	「無」[m-juo]→[-u] 「助」[dʒ-jo]→[tʂ-u] 「庶」[ɕ-jo]→[ʂ-u]、
	其餘聲母[-y]	「須」[s-juo]→[ɕ-y]

4.「蟹」攝

蟹攝				
中古			國語	演化例字
等第	開合			
一	開口		[-ai]	「賴」[l-ai]→[l-ai] 「丐」[k-ai]→[k-ai]
	合口		[-ei]	「配」[p´-uei]→[p´-ei] 「兌」[d-uɑi]→[t-uei]
二	開口舌根音		[-e]	「鞋」[x-æi]→[ɕ-ie] 「皆」[k-ɐi]→[tɕ-ie]
	其他		[-ai]	「牌」[b-æi]→[p´-ai] 「齋」[tʃ-æi]→[tʂ-ai]
三四	開口	「知章」系	[ï]	「滯」[ȡ-jæi]→[tʂ-ï] 「世」[ɕ-jæi]→[ʂ-ï]
		其餘聲母	[-i]	「敝」[b-jæi]→[p-i] 「例」[l-jæi]→[l-i]
	合口		[-ei]	「歲」[s-juæi]→[s-uei] 「衛」[-juæi]→[-uei]

5.「止」攝

<table>
<tr><th colspan="5">止　攝</th></tr>
<tr><td colspan="3">中　古</td><td rowspan="2">國語</td><td rowspan="2">演化例字</td></tr>
<tr><td>等　第</td><td colspan="2">開　合</td></tr>
<tr><td rowspan="4">一
二
三
四</td><td rowspan="2">開　口</td><td>「知精章莊」系</td><td>[ï]</td><td>「知」[ȶ-je]→[tʂ-ï]、「私」[s-jei]→[s-ï]
「士」[dʒ-i]→[ʂ-ï]、「支」[tɕ-je]→[tʂ-ï]</td></tr>
<tr><td>其餘聲母</td><td>[-i]</td><td>「比」[p-jei]→[p-i]、「離」[l-je]→[l-i]。</td></tr>
<tr><td rowspan="2">合　口</td><td>「莊」系</td><td>[-ai]</td><td>「帥」[ʃ-juei]→[ʂ-uai]</td></tr>
<tr><td>其餘聲母</td><td>[-ei]</td><td>「雖」[s-juei]→[s-uei]
「吹」[t´ɕ-juei]→[t´ʂ-uei]</td></tr>
</table>

6.「效」攝

<table>
<tr><th colspan="3">效　攝</th></tr>
<tr><td>中　古</td><td rowspan="2">國　語</td><td rowspan="2">演化例字</td></tr>
<tr><td>等　第</td></tr>
<tr><td>一
二
三
四</td><td>[-au]</td><td>「保」[p-au]→[p-au]、「刀」[t-au]→[t-au]
「早」[ts-au]→[ts-au]、「爪」[tʃ-au]→[tʂ-au]
「交」[k-au]→[tɕ-iau]、「小」[s-jæu]→[ɕ-iau]</td></tr>
</table>

7.「流」攝

<table>
<tr><th colspan="3">流　攝</th></tr>
<tr><td>中　古</td><td rowspan="2">國　語</td><td rowspan="2">演化例字</td></tr>
<tr><td>等　第</td></tr>
<tr><td>一
二
三
四</td><td>[-ou]</td><td>「頭」[d-u]→[t´-ou]、「奏」[ts-u]→[ts-ou]、
「謀」[m-ju]→[m-ou]、「瘦」[ʃ-ju]→[ʂ-ou]、
「九」[k-ju]→[tɕ-iou]、「糾」[k-jəu]→[tɕ-iou]。</td></tr>
</table>

8.「咸」、「山」攝

咸、山攝					
中古				國語	演化例字
聲調	等第	開合			
平上去	一二三四	開合		[-a]	「三」[s-am]→[s-an]、「感」[k-am]→[k-an] 「貶」[p-jæm]→[p-ian]、「凡」[b-juəm]→[f-an] 「板」[p-uan]→[p-an]、「諫」[k-an]→[tɕ-an] 「犬」[k´-iuɛn]→[t´ɕ-yan]、「淵」[-iuɛn]→[-yan]
入	一	開	舌齒	[-a]	「塔」[t´-ɑp]→[t´-a]、「雜」[dz-ɑp]→[ts-a]
			牙喉	[-ɤ]	「鴿」[k-ɑp]→[k-ɤ]、「盍」[x-ɑp]→[x-ɤ]
		合		[-uo]	「潑」[p´-uɑt]→[p´-uo]、「闊」[k´-uɑt]→[k´-uo]
	二	開合 （同假攝）		[-a]	「甲」[k-ap]→[tɕ-ia]、「刷」[ʃ-uat]→[ʂ-ua]
	三四	「非」系		[-a]	「髮」[p-juɑt]→[f-a]、「法」[p-juɑt]→[f-a]
		「知章」開		[-ɤ]	「哲」[ȶ-jæt]→[tʂ-ɤ]、「舌」[ʥ-jæt]→[ʂ-ɤ]
		「知章」合		[-uo]	「說」[ɕ-juæt]→[ʂ-uo]、「輟」[ȶ-juæt]→[tʂ-uo]
		其餘聲母		[-e]	「鐵」[t´-iɛt]→[t´-ie]、「葉」[-jæp]→[-ie]

9.「宕」、「江」攝

宕、江攝				
中古			國語	演化例字
聲調	等第			
平上去	一二三四		[-a]	「當」[t´-ɑŋ]→[t-aŋ] 「光」[k-uɑŋ]→[k-uaŋ] 「強」[g-jɑŋ]→[t´ɕ-iaŋ] 「狂」[g-juɑŋ]→[k´-uaŋ]
入	一		同果攝[-uo]	
	二三	唇音	[-uo]	「剝」[p-ɔk]→[p-uo] 「桌」[ȶ-ɔk]→[tʂ-uo]。
		其他	如山攝入聲 三等合口[-uo]、[-e]	「爵」[ts-jɑk]→[tɕ-ye] 「酌」[tɕ-jɑk]→[tʂ-uo]。

10.「臻」攝

<table>
<tr><th colspan="5">臻　攝</th></tr>
<tr><th colspan="3">中　古</th><th rowspan="2">國語</th><th rowspan="2">演化例字</th></tr>
<tr><th>聲調</th><th>等第</th><th>開　合</th></tr>
<tr><td rowspan="5">平上去</td><td>一</td><td></td><td>[-ə]</td><td>「懇」[k´-ən]→[k´-ən]、「吞」[t´-ən]→[t´-uən]</td></tr>
<tr><td rowspan="4">三</td><td>非知章莊</td><td>[-ə]</td><td>「分」[p-juən]→[f-ən]、「椿」[ȶ´-juen]→[t´ʂ-uən]
「準」[tɕ-juen]→[tʂ-uən]、「櫬」[t´ʃ-jen]→[t´ʃ-ən]</td></tr>
<tr><td>開口</td><td>[-i]</td><td>「賓」[p-jen]→[p-iən]、「新」[s-jen]→[ɕ-jan]</td></tr>
<tr><td>合口</td><td>[-y]</td><td>「俊」[ts-juen]→[tɕ-yən]、「君」[k-juən]→[tɕ-yən]</td></tr>
<tr><td>開</td><td>[-ɤ]</td><td>「紇」[x-ət]→[x-ɤ]。</td></tr>
<tr><td rowspan="3">入</td><td>一</td><td>開</td><td></td><td></td></tr>
<tr><td rowspan="2">三</td><td>開
（同蟹韻）</td><td></td><td></td></tr>
<tr><td>合
（同遇韻）</td><td></td><td></td></tr>
</table>

11.「深」攝

<table>
<tr><th colspan="5">深　攝</th></tr>
<tr><th colspan="3">中　古</th><th rowspan="2">國語</th><th rowspan="2">演化例字</th></tr>
<tr><th>聲調</th><th>等第</th><th>開合</th></tr>
<tr><td rowspan="2">平上
去入</td><td colspan="2" rowspan="2">同臻攝三等</td><td>[-ə]</td><td>「林」[l-jem]→[l-iən]、　「心」[s-jem]→[ɕ-iən]
「金」[k-jem]→[tɕ-iən]、「沉」[ȡ-jem]→[t´ʂ-ən]</td></tr>
<tr><td>[-i]</td><td>「立」[l-jep]→[l-i]、「吸」[x-jem]→[ɕ-i]。</td></tr>
</table>

12.「曾」、「梗」攝

<table>
<tr><th colspan="6">曾、梗攝</th></tr>
<tr><th colspan="4">中　古</th><th rowspan="2">國　語</th><th rowspan="2">演化例字</th></tr>
<tr><th>聲　調</th><th colspan="2">等　第</th><th>開　合</th></tr>
<tr><td rowspan="4">平
上
去</td><td rowspan="2">一</td><td rowspan="2">登</td><td>開　口</td><td>[-ə]</td><td>「增」[ts-əŋ]→[ts-əŋ]</td></tr>
<tr><td>合　口</td><td>[-ə]</td><td>「弘」[x-uəŋ]→[x-uəŋ]</td></tr>
<tr><td rowspan="2">二</td><td rowspan="2">庚耕</td><td>開　口</td><td>[-ə]</td><td>「爭」[tʃ-æŋ]→[tʂ-əŋ]</td></tr>
<tr><td>合　口</td><td>[-ə]</td><td>「轟」[x-uæŋ]→[x-uəŋ]</td></tr>
</table>

曾、梗攝						
	三四	清青蒸庚	開口		[-ə]	「鄭」[ȡ-jɛŋ]→[tʂ-əŋ] 「省」[ʃ-jəŋ]→[ʂ-əŋ]
					[-ə]	「名」[m-jɛŋ]→[m-iəŋ] 「青」[t´s-ieŋ]→[t´ɕ-iəŋ]
			合口		[-ə]	「兄」[x-juɐŋ]→[ɕ-əŋ] 「瓊」[g-juɛŋ]→[t´ɕ-yəŋ]
入	一	德	開口		[-ɤ] [-ei]	「得」[t-ək]→[t-ɤ] 「北」[p-ək]→[p-ei]
			合口		[-uo]	「國」[k-uək]→[k-uo] 「或」[x-uək]→[x-uo]
	二	陌麥	開口	脣音	[-ai]	「白」[b-ɐk]→[p-ai]
				其他	[-ɤ]	「策」[t´ʃ-æk]→[t´ʂ-ɤ]
			合口		[-uo]	「虢」[k-uɐk]→[k-uo] 「獲」[x-uæk]→[x-uo]
	三四		開口	莊系	[-ɤ]	「色」[ʃ-jək]→[s-ɤ]
				知章	[ï]	「識」[ɕ-jək]→[ʂ-ï]
				其他	[-i]	「力」[l-jək]→[l-i] 「寂」[dz-iek]→[tɕ-i]
			合口		[-y]	「域」[-juək]→[-y]。

13.「通」攝

通攝				
中古			國語	演化例字
聲調	等第			
平上去	一三		[-ə]	「蓬」[b-uŋ]→[p´-əŋ] 「東」[t-uŋ]→[t-uəŋ] 「封」[p-juoŋ]→[f-əŋ] 「終」[tɕ-juŋ]→[tʂ-uəŋ]
入	三	牙喉音	[-y]	「曲」[k´-juok]→[t´ɕ-y]
		其他	[-u]	「毒」[d-uok]→[t-u] 「足」[ts-juok]→[ts-u]

四、中古到國語的聲調演化

中古「平、上、去、入」四聲調，在國語變為「陰平、陽平、上聲、去聲」，平聲在國語分化為一聲（陰平）、二聲（陽平），所謂「平分陰陽」。整體變化除了入聲清音在國語四聲皆有，無法歸納其規律外，其餘變化都是規律的。變化規律與例字如下：

1. 中古平聲
   - → 清音→國語讀一聲（陰平）。
   - → 濁音→國語讀二聲（陽平）。
2. 中古上聲
   - → 清音、次濁音→國語讀三聲（上聲）。
   - → 全濁音→國語讀四聲（去聲）。
3. 中古去聲 → 國語讀四聲（去聲）。
4. 中古入聲
   - → 清音→國語四聲皆有。
   - → 濁音→國語大部分讀二聲（陽平）、少部分讀四聲（去聲）。
   - → 次濁音→國語讀四聲（去聲）。

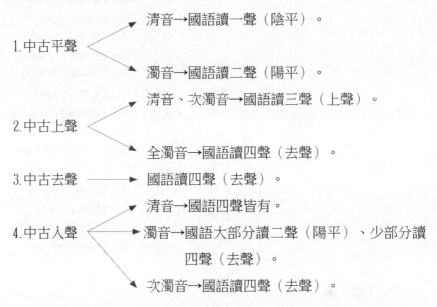

		中古聲母清濁		
		清	全濁	次濁
中古聲調	平	˥ 三[s-ɑm]→[s-an] 邦[p-ɔŋ]→[p´-aŋ] 偷[t´-u]→[t´ou]	˧˥ 頭[d-u]→[t´-ou] 蠶[dz-ɑm]→[t´ʂ-an] 紅[x-uŋ]→[x-uəŋ]	˧˥ 奴[n-uo]→[n-u] 良[l-jɑŋ]→[l-jaŋ] 迎[ŋ-jeŋ]→[-jəŋ]
中古聲調	上	˨˩˦ 請[t´s-iɛŋ]→[t´ɕ-iəŋ] 買[m-æi]→[m-ai] 貶[p-jæm]→[p-ian]	˥˩ 倍[b-uei]→[p-ei] 舊[g-ju]→[tɕ-iou] 旱[x-an]→[x-an]	˨˩˦ 暖[n-an]→[n-uan] 眼[ŋ-æn]→[-ian] 惹[ȵ-ja]→[ʐ-ɤ]

		中古聲母清濁		
		清	全濁	次濁
	去	放[p-jaŋ]→[f-aŋ] 換[x-uan]→[x-uan] 但[b-an]→[t-an]		
	入	郭[k-uak]→[k-uo] 察[t´ʃ-æt]→[t´ʂ-a] 尺[t´ɕ-jɛk]→[t´ʂ-ï] 客[k´-ɐk]→[k´-ɤ]	達[d-at]→[t-a] 掘[g-juæt]→[tɕ-ye] 核[x-æk]→[x-ɤ] 鶴[x-ak]→[x-ɤ] 術[dʑ-juet]→[ʂ-u] 涉[ʑ-jæp]→[ʂ-ɤ]	沒[m-uət]→[m-uo] 暱[ȵ-jet]→[n-i] 欲[-juok]→[-y]

課後測驗

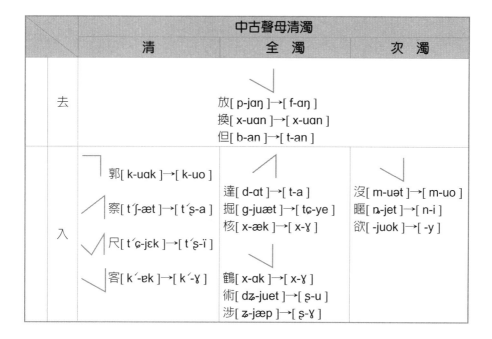

1.試歸納中古漢語到國語的音變原因與特點。

2.「濁音清化」是中古聲母演變到國語的一大音變規律，請舉例說明之。

3.「顎化」是中古聲母演變的一大特徵，請舉例說明之。

4.中古入聲韻、陽聲韻到了國語出現什麼變化？

5.中古到國語的聲調如何演化？

第15堂課

上古語音系統(一)：研究法與韻部

學習進程與重點提示

聲韻學概說→範圍→屬性→異稱→漢語分期→材料→功用→基礎語音學→範疇→分類→分支學科→語音屬性→音素→發音器官→收音器官→元音→輔音→音變規律→原因分析→漢語音節系統→定義→音節與音素量→音節結構→聲母類型→韻母類型→聲調系統→古漢語聲韻知識→認識漢語音節系統→掌握術語→材料→方法→方言概說→認識反切與韻書→漢語注音歷史→反切原理→反切注意事項→韻書源流→廣韻研究→切韻系韻書→廣韻體例→四聲相配→四聲韻數→反切系聯→聲類→韻類→等韻圖研究→語音表→開合洪細等第→等韻圖源流→韻鏡體例→聲母辨識法→韻圖檢索法→中古音系→中古音定義→擬測材料→聲母音值擬測→韻母音值擬測→聲調音值擬測→中古後期音系→韻書→韻部歸併→等韻圖→併轉為攝→語音音變→語音簡化→近代音系→元代語音材料→明代語音材料→清代語音材料→傳教士擬音→官話意義內涵→現代音系→國語由來→注音符號由來→注音符號設計→國語聲母→國語韻母→國語聲調→拉丁字母拼音系統→國語釋義→中古到現代→現代音淵源→語音演化→演化特點→聲母演化→韻母演化→聲調演化→***上古音系→材料→方法→上古韻蒙昧期→上古韻發展期→上古韻確立期→上古韻成熟期→韻部音值擬測***→上古聲母理論→上古聲母擬音→上古聲母總論→上古聲調理論→上古聲調總論

專詞定義

上古音	周秦兩漢的語音系統，由於材料屬性與漢字非拼音文字等限制原因，目前的研究法是以中古音系逆推歸併而得。上古聲稱「聲母」或「聲類」；韻稱「韻部」；原則上有聲調，但各家推論差異性大，猶待更精密材料分析與研究。
韻　部	古韻學家歸納古代韻文押韻的字而成的類，例如對《詩經》和先秦其他韻文的用韻進行分析歸納後，所分成的十部、十七部、二十一部等，就稱為「韻部」。
通　轉	指因時地或其他原因，一個或一類音變化為另一個或一類音的現象。宋吳棫《韻補》在《廣韻》韻目下注「古通某」、「古轉聲通某」，以此反映上古用韻與唐宋韻書的差異。「通」指當時音同、音近而古音相通，如「冬鍾」韻目下注「古通東」；「轉」指當時不同音，而古音相通，如「佳皆咍」下注「古轉聲通支」。是早期解釋古今音變的概念與方法，「通」與「轉」異且專指韻部的現象。後人則「通轉」並稱，泛指所有語音演變，並擴大應用到聲類的變化，也稱通轉。
陰陽入三分	古韻分部的學說。江永、戴震、黃侃、王力等，從審音觀點出發，把上古韻部分為陰、陽、入三類。將入聲獨立，注重古音的系統性，與單純依據上古押韻材料，將古韻陰陽兩分的「考古派」觀點對立，被稱為「審音派」。
數韻同一入	江永古韻學說。江永分古韻十三部，另立入聲八部主張「數韻同一入」，即入聲可與陰聲、陽聲相配。此說實際上是以入聲為樞紐，將陰聲陽聲聯繫起來，下開孔廣森「陰陽對轉」的理論。

旁　轉	古音中陰聲與陰聲、陽聲與陽聲、入聲與入聲之間的相互轉變。例如「裘」從「求」聲，但「裘」在「之」部、「求」在「幽」部，之幽即是旁轉。清孔廣森的陰陽對轉理論中包含了旁轉內容，並根據旁轉來分古韻，將古韻十八部併為十二類。章太炎「成均圖」則明確提出旁轉名稱，表示兩韻之間相近的關係。
對　轉	古音中陰聲、陽聲、入聲之間的相互轉變，又稱「陰陽對轉」，構成對轉關係的字音其主要元音相同。清孔廣森首先提出，其古韻部只分陰陽兩類，入聲歸陰聲韻，所以稱「陰陽對轉」。對轉是漢語語音演變的普遍現象，例如現代吳語「山」[s-an]唸[s-ɛ]，其音變有兩種可能：[an]→[ɛn]（旁轉）→[ɛ]（對轉）；或[an]→[a]（對轉）→[ɛ]（旁轉）。

一、研究材料與方法

(一)研究材料

上古音系，指的是周代到漢代的語音系統。這個時期沒有韻書、沒有韻圖或其他專門的語音研究與材料，加上時代久遠，所以在研究與理解上與研究中古音有很大的不同。

雖然沒有語音研究專書，不過上古時期留下了許多直接表現當時語音的語文材料。例如《詩經》、《楚辭》及諸子文獻中的韻語材料，以及雙聲、疊韻的語詞；文字的諧聲偏旁、經籍中的異文、聲訓、通假、方言、譬況與讀若的字音資料，也都是研究上古音可依據的材料，前人的研究也就在這些基礎下累積而成。

㈡研究方法

上古音的研究方式，基本上是以中古音的成果，向上逆推歸納。韻母部分，以中古韻母參酌古韻語往上合併成為「韻部」，或是上古押韻的韻文，歸納其押韻用字。聲母部分，藉由雙聲詞、形聲字，歸納其聲母；聲調部分，則比對前後期韻文的押韻條件，即可歸納出結果。以下分別舉例說明之：

1.韻部

例如，《詩經．周南．關雎》一二章的韻語有「雎、洲、逑、流、求」是押韻的，就先假定這些字在古韻同部；另外，在〈邶風．柏舟〉中又有「舟、流、憂、游」是押韻的，其中「流」字在〈關雎〉中出現，於是又可以將「雎、洲、逑、流、求」與「舟、流、憂、游」所有字視為同部。

又從形聲字的諧聲偏旁來觀察，「逑」字從「求」得聲，所以「求、逑」同部，於是「球、救、俅、絿、裘、脙」這些字一定也是同部的。而與「流」同諧聲偏旁的「琉、旒、硫」等字也是同部，加上「舟」、「洲」、「憂」同諧聲偏旁的字，也就可以全部歸入上古的同一韻部了。

另外，還可以從疊韻字來觀察，例如「憂愁」是疊韻字，則「愁」也同部。「愁」從「秋」聲，因此凡從「秋」得聲之字，又可以歸在同一部。這種類似系聯的方法，也可以用在經籍異文、聲訓、直音、讀若等的資料上，以聲音關係來做連結，韻部就可以歸納而得了。

2.聲母

上古聲母也可以用聲音關係來做歸納，例如「玲瓏」雙聲，其聲母相同，二字的同音字當然也就同聲母，例如「令、零、玲、苓、鈴、伶、羚、岭」等；而「龍、籠、寵、矓、瀧、攏、儱」等字也是同聲母。加上其他經籍異文、聲訓、直音、讀若等資料，以聲音關係來做連結，聲母就可以歸納而得了。

3.**聲調**

韻文都押韻，可以據此統計押韻的出現次數，例如某中古上聲字，在上古多數與平聲字押韻，則可斷定該字在上古屬平聲，後來才音變為上聲。所有中古四聲的字，以此方法往上比對統計，則可得出上古聲調的大致結果。

二、上古韻研究分期

上古韻的研究比聲母早，由於中古以後對韻母分析的精確，投入學者也多，加上上古韻語文獻資料豐富，所以成果也比聲母豐碩。中古以後的韻稱為「韻」或「韻母」，上古的韻則稱為「韻部」，這是因為自明清以來的上古韻研究，是以中古韻往上歸納合併而得，所以就將合併後的韻稱為「韻部」。

上古韻的研究，從古韻觀念與研究方法來看，有幾個發展歷程，他的成果是逐步累積而成，每個斷代的研究都有其貢獻：

1.「蒙昧期」：六朝到宋代，對古韻概念薄弱，也缺乏正確研究方法。

2.「發展期」：元明兩代，開始有了古韻觀念，也開始了歸納方法。

3.「確立期」：清代，大量學者投入研究，以中古韻往上歸併，又注重上古語音材料，是古韻觀念與方法的確立時期。

4.「成熟期」：現代學者，加入了擬音工作，是上古韻研究的科學期。

三、蒙昧期的古韻研究

㈠六朝改讀今音

六朝時期對於上古韻，別說是研究，許多觀念都尚未確立，甚至不明白古今音不同的道理，所以遇見古音不合今音的情況，通常是改讀今音，稱為「協韻」、「取韻」、「合韻」。

例如北朝梁沈重的《毛詩音》經常在注音時，將中古不押韻的字改讀今音，以求押韻。在〈邶風・燕燕〉第一章：「遠送于野」的「野」字下注說：「協句，宜音時預反」，以使中古音的「羽、野、羽」三個韻腳可以押韻。；第三章「遠送于南」的「南」字下注說：「協句，宜音乃林反」，以使「音、南、心」可以押韻。

又例如，唐陸德明《經典釋文》在〈邶風・日月〉首章「寧我不顧」的「顧」字下，引徐邈的《毛詩音》說：「徐音古，此亦協韻也。」在《經典釋文》中許多上古音引的都是六朝這些改讀今音的注解，可見到了唐代依然對上古音不明究裡。

㈡唐代韻緩說

「韻緩」，是唐代陸德明為經籍注音所提出的觀念，他在〈邶風・燕燕〉第三章「遠送于南」的「南」字下，引了沈重的「協句，宜音乃林反」，不過他也發表了自己的意見說：「今謂古人韻緩，不煩改字。」意思是說，今音不同，但古音可以押韻，這是因為古代的押韻條件比後人寬，「南」與「音、心」在唐代不押韻，但在上古韻卻因「韻緩」而可以押韻，其實不必要去改其音讀，以使押韻。

陸德明的「韻緩說」，提示了當時將上古音改讀今音是「以今律古」、「削足適履」的做法，並不是古音的真實。雖然陸德明並沒有後續具體去研究上古韻的真相，但認為改古音以求「協韻」的做法錯誤，這是一個寶貴意見。

(三)唐宋妄改文字

改音讀以求「協韻」，或是「韻緩說」，都還知道古今音不同，只是改讀今音以使押韻和諧的做法。唐宋時期甚至出現了更動經籍文字，以求音韻和諧的謬誤做法。例如唐玄宗開元十三年下詔：

> 朕聽政之暇，乙夜觀書，每讀尚書洪範至「無偏無頗，尊王之義」，三復兹句，常有所疑。據其下文，並皆協韻，惟「頗」一字，實則不倫……疑改為「陂」。

這種直接改字的做法，在唐宋頗為普遍，例如宋范諤昌改《易經・漸卦》：「鴻漸於陸」為「鴻漸於逵」；孫奕改《易經・雜卦》：「明夷，誅也」為「明夷，昧也」，甚至朱熹也做此事，將《易經・小過》：「弗遇過之，飛鳥離之」改為「弗過遇之」。

這些妄自更動經籍文字以求合韻的做法，完全泯滅了古今音變的道理，縱然合於今音，但對於上古韻的認知卻毫無助益，反而還破壞了古書原文樣貌，非常不可取。

四、發展期的古韻研究

宋代雖然普遍有更動經籍文字的做法，但是也開始有了少量歸納古韻的研究，例如吳棫、鄭庠。到了元明的戴侗、焦竑、陳第，古音觀念已有了較明確的進展。

(一)吳棫古韻九部

宋代吳棫《韻補》一書，以《廣韻》為據，凡某韻字古書中有與他韻字押韻者，就在該韻目下注明「古通某」、「古轉聲通某」、「古通某或轉入某」。這樣歸併下來，得出了上古韻共九部：

1.東部：（冬鍾通，江或轉入）。

2.支部：（脂之微齊灰通，佳皆咍轉聲通）。

3.魚部：（虞模通）。

4.真部：（諄臻殷痕耕庚清青蒸登侵通，文元魂轉聲通）。

5.先部：（僊鹽沾嚴凡通，寒桓刪山覃談咸銜聲通）。

6.蕭部：（宵餚豪通）。

7.歌部：（戈通，麻轉聲通）。

8.陽部：（江唐通，庚耕清或轉入）。

9.尤部：（侯幽通）。

吳棫「通轉說」的毛病，仍在其以今律古，忽略古今音異。上古沒有韻書，如何去「通」、「轉聲通」？而且他取材冗雜，甚至歐陽修、蘇軾、蘇轍的詩歌都拿來做證據，頗為荒唐。不過，對於古韻分部而言，仍有其先導之功，也不可一筆抹殺。

㈡鄭庠古韻六部

宋代鄭庠所著書已不傳，其古韻六部見於清夏炘的《詩古韻表二十二部集說》。鄭庠六部如下：

1.東、冬、江、陽、庚、青、蒸。

2.支、微、齊、佳、灰。

3.魚、虞、歌、麻。

4.真、文、元、寒、刪、先。

5.蕭、肴、豪、尤。

6.侵、覃、鹽、咸。

鄭庠雖有古韻分部的觀念，不過他依據的部目完全是《平水韻》的韻目，所以可能不是他的原作，而這個分部表現的也只是宋代時期的韻部系統，不能算是上古韻部。

(三)戴侗

元代戴侗著有《六書故》一書，在部分內容中提出了上古音的唸法，例如：

> 書傳「行」皆户朗切，《易》與《詩》雖有合韻者，然「行」未嘗有協庚韻者；「慶」皆去羊切，未嘗有協映韻者；如「野」之上與切、「下」之後五切，皆古正音，與合異，非叶韻也。

戴侗在此反駁了當時的「叶韻說」，也就是任意改讀字音的做法，並且直接提出了他考定的上古音讀，這是一個首創的做法，就如同今日的擬音工作般，他雖然沒有大量與明確的系統與證據，但是對上古音的研究邁開了一大步。

(四)焦竑

明代焦竑延續戴侗的觀念，在他的《焦氏筆乘》中提出「古詩無叶韻說」駁斥當時的以今律古：

> 學者于《毛詩》、離騷皆以今韻讀之，其有不合，則強為之音，曰此叶也。予意不然，如「騶虞」一虞也，既音牙而葉「葭」、「豝」，又音五紅反而叶「蓬」與「豵」；「好仇」一仇也，既音求而叶「鳩」與「洲」，又音渠之反而叶「逵」，如此則東亦可音西、南亦可音

北，前亦可音後，凡字皆無正呼，凡詩皆無正字矣，豈理也哉。

焦竑明確指出古今韻的不同，當代叶韻說的無理，為後人的研究提供了正確的觀念。

㈤陳第

明代陳第在其《毛詩古音考》中提出了正確的古音觀念，並且有具體的古音例證，是非常重要的一部古音研究書籍。《毛詩古音考》序文提出了古今音異的觀念：

時有古今、地有南北、字有更革、音有轉移，亦勢所必至，故以今之音讀古之作，不免乖剌而不入，於是悉委之叶。夫其果出於叶也，作之非一人，采之非一人，何母必讀米、非韻杞韻止，則韻祇韻喜矣；馬必讀姥，非韻組韻黼，則韻旅韻土矣……厥類實繁，難以殫舉，其矩律之嚴，即唐韻不啻，此其故何耶。又《左》、《國》、《易・象》、《離騷》、《楚辭》、秦碑、漢賦以至於上古歌謠、箴銘、贊頌，往往韻與《詩》合，實古音之證也。

在全書中，陳第考定了496個古今音讀差異的例子，並且如其序文：「懼子姪之學詩不知古音也，於是稍為考據，列本證、旁證兩條；本證者，詩自相證也；旁證者，采之他書也。二者俱無，則宛轉以審其音，參錯以諧其韻，無非欲便於歌詠，可長言嗟嘆而已矣！」他舉出了「本證」、「旁證」以證明其考證正確。例如

「母」字上古音「米」，他的證據如下：

本證：

〈葛覃〉：「害澣害否，歸寧父母。」

〈蝃蝀〉：「蝃蝀在東，莫之敢指。女子有行，遠父母兄弟。」

〈將仲子〉：「將仲子兮，無踰我里，無折我樹杞。豈敢愛之？畏我父母。」

旁證：

〈遠夷慕德歌〉：「涉危歷險，不遠萬里。去俗歸德，心向慈母。」

《淮南子》：「以天為父，以地為母，陰陽為經，四時為紀。」

「母」字在《廣韻》「厚」韻，可與「有」、「黝」兩韻通押，不過《詩經》中是和「止」韻的「杞、止、祉、喜」押韻，所以陳第認為「母」字古讀「米」。

雖然陳第的許多古音的考證，被後人批評不夠精密，或是直音多謬誤，不過他的觀念與方法已經完全正確了。清代的學者庚續這種方法，後出轉精，古音之學也才能持續進展。

五、確立期的古韻分部

元明時期逐漸將古韻不同今韻的觀念釐清，雖然不能有整體古韻的概念，但也下開了清代古韻分部系統化的歸納工作，清代大量學者投入古韻研究，也造就了古韻分部的成果。以下依照清儒古韻分部的先後次序，一一介紹。

㈠顧炎武：古韻十部

1.《音學五書》古韻十部

一部東	（平聲）東冬鍾江
二部支	（平聲）脂之微齊佳皆灰咍、支半、尤半 （去聲）祭泰夬廢 （入聲）質術櫛昔半職物迄屑薛錫半月沒曷末黠鎋、麥半、德半、屋半
三部魚	（平聲）魚虞模侯、麻半 （入聲）屋半、沃半、燭覺半、藥半、鐸半、陌麥半、昔半
四部真	（平聲）真諄臻文殷元魂痕寒桓刪山先仙
五部蕭	（平聲）蕭宵肴豪幽、尤半 （入聲）屋半、沃半、覺半、藥半、鐸半、錫半
六部歌	（平聲）歌戈、麻半、支半
七部陽	（平聲）陽唐、庚半
八部耕	（平聲）耕清青、庚半
九部蒸	（平聲）蒸登
十部侵	（平聲）侵覃談鹽添咸銜嚴凡 （入聲）緝合盍葉怗洽狎業乏

2.離析與歸併《廣韻》韻目

顧炎武有《唐韻正》一書，為糾正唐韻而作，清人所稱「唐韻」其實就是《廣韻》。顧炎武認為《廣韻》的音讀有許多錯誤，於是一方面糾正音讀，一方面也歸併上古韻部，十部中的某韻之「半」，就是他離析與歸併的地方，這是前人所沒有的。

3.入聲配陰聲

傳統韻書的四聲配置，都是以入聲配陽聲，陰聲不配入聲韻。但是顧炎武的十部中，除第十部外，所有入聲都與陰聲相配，打破了傳統韻書的體例，這是一個創舉。在《詩經》的押韻中，入聲字往往就與陰聲字押韻，例如〈采薇〉的「翼、服、戒、棘」押韻，「戒」是陰聲，其他三字是入聲；〈七月〉「發、烈、褐、歲」押韻，「歲」是陰聲，其他是入聲。由此看來，上古韻中，入聲與陰聲的關係是極為密切的。顯然顧炎武已經將古代韻文中這種現象，運用到古韻研究中來。

(二)江永：古韻十三部

1.《古韻標準》古韻十三部

江永十三部為平上去三聲專屬，入聲則另外獨立為八部，這是與顧炎武不同之處。

江永平上去聲十三部表	
一部東	東冬鍾江
二部脂	脂之微齊佳皆灰咍、支半、尤半
三部魚	魚虞模、麻半
四部真	真諄臻文殷魂痕、先半
五部元	元寒桓刪山仙、先半
六部宵	蕭半、宵肴半、豪半
七部歌	歌戈、麻半、支半、
八部陽	陽唐、庚半
九部耕	庚半、耕清青
十部蒸	蒸登
十一部侯	尤半、侯幽虞半、蕭半、宵半、肴半、豪半
十二部侵	侵覃半、談半、鹽半
十三部覃	覃半、談半、鹽半、添嚴鹹銜凡

江永入聲八部表	
一部屋	屋沃半、燭覺半
二部質	質術櫛物迄沒、屑半、薛半
三部月	月曷末黠鎋、屑半、薛半
四部藥	藥鐸沃半、覺半、陌半、麥半、昔半、錫半

江永入聲八部表	
五部錫	麥半、昔半、錫半
六部職	麥半、職德
七部緝	緝合半、葉半、洽半
八部葉	合半、盍葉半、帖、業洽半、狎乏

2.增加之韻部

江永比顧炎武多出三部，差異在：

(1)真元分部

顧炎武將韻尾[-n]的字全部合併為第四部，江永認為「真諄臻文殷魂痕」幾韻「口斂而聲細」、「元寒桓刪山仙」幾韻「口侈而聲大」，二者不同所以再行分部。

(2)侵談分部

顧炎武將韻尾[-m]的字合為第十部，江永認為中有「口弇聲細」如「侵」、「口侈聲洪」如「凡」兩類差異，於是分開為「侵」、「覃」二部。

(3)侯尤幽合併

顧炎武將「侯」歸入「魚虞模」，江永區別二者。再把顧炎武「蕭宵肴豪尤幽」的「尤幽」分開，合為「侯尤幽」一部。

3.數韻同一入

江永把入聲韻獨立分部，不專配某部，這是他「數韻同一入」的理論。〈四聲切韻表凡例〉說：

數韻同一入，猶之江漢共一流也……非強不類者而混合之也，必審其音呼，別其等第，察其字音之轉，偏旁之聲，古音之通，而後定其為此韻之入。

江永這個理論，開啟了「陰陽入三分」、「陰陽對轉」的先河，後來的戴震、孔廣森便延續了這個理論。以下是江永「四聲切韻表」中的陰、陽、入配合：

陽　聲	入　聲	陰　聲
東一	屋一	侯
東三	屋三	尤、幽
冬	沃	豪
鍾	燭	虞
江	覺	肴
清	昔	支
真、先	質	脂開
諄	術	脂合
臻	櫛	
蒸	職	之
殷	迄	微開
文	物	微合
陽	藥開	魚
陽	藥合	虞
唐	鐸	模豪
先	屑	齊
仙	薛	祭
寒	曷	泰開、歌
桓	末	泰合、戈
耕	麥	佳
刪	黠	皆
山	轄	夬
魂	沒	灰
登	德	咍
元	月	廢
青	錫、屋	蕭
陽	藥開	宵

陽　聲	入　聲	陰　聲
耕	麥	麻二
庚	陌	麻二
清	昔	麻三
	屋三	尤
侵	緝	
覃	合	
談	盍	
鹽	葉	
忝	帖	
嚴	業	
咸	洽	
銜	狎	
凡	乏	

㈢段玉裁：古韻十七部

1.諧聲偏旁歸納法

段玉裁（1735～1815）之前的古韻研究，通常以古書韻語為主要材料。段玉裁因為注解《說文解字》，發現凡形聲字諧聲偏旁相同者，其古韻部亦同，於是除了古韻語外，又增加了以漢字形聲字的諧聲偏旁歸納古韻的方法。形聲字占漢字九成五以上，能以諧聲偏旁歸納古韻，則許多沒有在古韻語押韻中出現的字，也都可以一一納入古韻部之中，這是段玉裁的一大發明。

段玉裁將古音研究成果製成「六書音韻表」，附在其《說文解字注》之後，共有五個內容：〈今韻古分十七部表〉、〈古十七部諧聲表〉、〈古十七部合用類分表〉、〈詩經韻分十七部表〉、〈群經韻分十七部表〉。古韻的研究，從此才算是納入周秦兩漢的所有音讀，在古韻研究上有卓越的貢獻。

2.古韻十七部

古韻十七部，是按照音的遠近而編排，分十七部為六類，凡同類之韻，多有相通之現象，段玉裁稱之為「合韻」，這也是段玉裁首創。依據合韻狀況，又產生了「異平同入」的理論，這是合韻的樞紐，也是後來陰陽對轉說的開端。以下是其六類十七部，段氏原分只有部數，以下增加括弧中的傳統部名以供對照：

段玉裁古韻十七部	
第一類	一部（之）：之咍（平聲） 職德（入聲）
	二部（宵）：蕭宵肴豪
	三部（尤）：尤幽（平聲） 屋沃燭覺（入聲）
	四部（侯）：侯
第二類	五部（魚）：魚虞模（平聲） 藥鐸（入聲）
	六部（蒸）：蒸登
	七部（侵）：侵鹽添（平聲） 緝葉怗（入聲）
第三類	八部（覃）：覃談咸銜嚴凡（平聲） 合盍洽狎業乏（入聲）
	九部（東）：東冬鍾江
	十部（陽）：陽唐
第四類	十一部（耕）：庚耕清青
	十二部（真）：真臻先（平聲） 質櫛屑（入聲）
	十三部（文）：諄文欣魂痕
第五類	十四部（元）：元寒桓刪山仙
	十五部（脂）：脂微齊皆灰（平聲） 術物迄月沒曷末黠鎋薛（入聲）
	十六部（支）：支佳（平聲） 陌麥昔錫（入聲）
第六類	十七部（歌）：歌戈麻

3.分部特色

段玉裁的十七部，其實是在顧炎武、江永的分部基礎上再行細分，不過卻是古韻學上的一大進步，他有以下幾個特色：

(1)支脂之分部

此三韻在過去合為一部，段玉裁從古書用韻例辨別而加以區分，他在〈六書音韻表〉中說：

今試取詩經韻表第一部（之）、第十五部（脂）、第十六部（支）觀之，其分用乃截然。且字三百篇外，凡群經有韻之文，及楚辭、諸子、秦漢六朝詞章所用，皆分別謹嚴，隨舉一章數句，無不可證。或有二韻連用而不辨為分用者……自唐初功令不察，支、脂、之同用……而古之畫為三部，始湮沒不傳。

〈六書音韻表〉列舉許多先秦韻文「支、脂、之」分別押韻的例子，來證明此三韻應當分開，這是古韻學上的一大貢獻，後來的分韻也都遵循。

(2)侯部獨立

顧炎武將「侯」韻字歸入「魚虞模」，江永再把「侯」歸入「尤幽」，段玉裁則根據先秦韻文將「侯」部獨立，認為《詩經》中凡「侯、尤、幽」通押者，並非同類，乃是轉韻而來，這個說法在後來也成為定論。

(3)真文分部

舌尖鼻音[-n]韻尾的十四個韻，江永分成「真」、「元」兩部，段玉裁進一步將「真」部再分為「真臻先」、「諄文欣魂痕」兩部。上古[-n]類韻尾，從顧炎武、江永到段玉裁，歷經三變，最終分為「真、元、文」三類，成為定論。

(4)更動韻部次序

分韻的先後排列，自《廣韻》以下，向來有傳統的次序，到顧、江兩人也未能改變傳統。到了段玉裁大膽的更動了《廣韻》的次序，他認為韻部的排列，應該以音近為前提，而不應該受到韻書的拘限，所以他的六類十七部就是以音近而排列，過去「東」始終位居首位，段玉裁移至第九部，便是依據前後音近之理，這又是一項突破傳統的創舉。

(四)戴震：古韻二十五部

1.《聲類表》古韻二十五部

戴震（1723～1777）有《聲韻考》、《聲類表》兩部音韻著作，《聲類表》一書中分古韻為九類二十五部，部目皆以喉音影母字表現各韻音讀，以下是其古韻分部：

戴震二十五部			
歌魚鐸類	1.阿（平）	歌戈麻	（陰）
	2.烏（平）	魚虞模	（陰）
	3.堊（入）	鐸	（入）
蒸之職類	4.膺（平）	蒸登（陽）	
	5.噫（平）	之咍（陰）	
	6.億（入）	職德（入）	
東尤屋類	7.翁（平）	東冬鍾江	
	8.謳（平）	尤侯幽	
	9.屋（入）	屋沃燭覺	
陽蕭藥類	10.央（平）	陽唐	
	11.夭（平）	蕭宵肴豪	
	12.約（入）	藥	

戴震二十五部		
庚支陌類	13.嬰（平）	庚耕清青
	14.娃（平）	支佳
	15.戹（入）	陌麥昔錫
真脂質類	16.殷（平）	真臻諄文欣魂痕先半
	17.衣（平）	脂微齊半皆半灰
	18.乙（入）	質半術櫛物迄沒黠半屑半薛
元祭月類	19.安（平）	元寒桓刪山先半仙
	20.靄（平）	祭泰夬廢齊半皆半
	21.遏（入）	月曷末黠轄屑薛
侵緝類	22.音（平）	侵覃半談半鹹半鹽半添半
	23.邑（入）	緝合半盍半洽半葉半帖半
覃合類	24.醃（平）	覃半談半鹽半添半咸半銜嚴凡
	25.諜（入）	合半盍半葉半帖半洽半狎業乏

2.陰陽入三分

每類均含有「陰」、「陽」、「入」三個韻部，以入聲為樞紐，過去沒有入聲的韻部，戴震都安排了入聲相配。他的配置雖然偶有勉強，但陰陽相配確是首開先河，直接影響了後來黃侃的古韻三分法。

3.古韻通轉

戴震認為古韻可以通轉，也就是音近者押韻，見其〈答段若膺論韻書〉：

其正轉之法有三：一為轉而不出其類，脂轉皆、之轉咍、支轉佳是也。一為相配互轉，真文魂先轉脂微灰齊，換轉泰；咍海轉登等、侯轉東、厚轉講、模轉歌是也。一為連貫遞轉，蒸登轉東、之咍轉尤、職德轉屋、東冬轉江、尤幽轉蕭、屋燭轉覺、陽唐轉庚、藥轉錫、真轉先、侵轉覃是也。以正轉知其相配及次序，而不以旁轉惑之，以正轉之同入相配定其分合，而不徒侯古人用韻為證，僕之所見如此。

正轉規律有三：「轉而不出其類」、「相配互轉」、「連貫遞轉」，要之以音理相近為原則，後來章太炎「成均圖」的「旁轉」、「對轉」之論，也發端於此。

4.審音缺失

戴震雖然論韻以「審音」為重，但是他的審音多以等韻之學為主，也就是以中古音審上古音，自然疏謬就多。例如他認為「侵」以下九韻沒有陰聲字，理由是「以其為閉口音，而配之者更微不成聲也」。這種說法與語音學道理印證，完全無稽。又如他認為「歌」、「戈」近於陽聲，而以「魚」、「虞」、「模」與之相配，這更不合音理。另外，他雖分韻二十五部，但其實並沒有析出新的理論，因為他將入聲獨立為九部，扣除後只有十六部，比段玉裁少一部，雖然多寡無損審音，但其實並無創見。

(五)孔廣森：古韻十八部

1.《詩聲類》古韻十八部

孔廣森（1752～1786）的音韻理論，在其《詩聲類》、《詩聲分例》之中，分古韻十八部，陰聲九部、陽聲九部，兩兩相配，可以對轉。他將段玉裁十七部中的十二、十三兩部合為「辰」類；第九部分為「東」、「冬」兩類；再將七、八兩部的入聲合併立為「合」類，共得十八部。以下是其《詩聲類》十八部：

孔廣森十八部		
陰聲	一部原類（元）	元寒桓刪山仙（平聲）
	二部丁類（耕）	耕清青（平聲）
	三部辰類（真）	真諄臻先文殷魂痕（平聲）
	四部陽類（陽	陽唐庚（平聲）
	五部東類（東）	東鍾江（平聲）
	六部冬類（冬）	冬（平聲）
	七部綅類（侵）	侵覃凡（平聲）
	八部蒸類（蒸）	蒸登（平聲）
	九部談類（談）	談鹽添咸銜嚴（平聲）
陽聲	十部歌類（歌）	歌戈麻（平聲）
	十一部支類（支）	支佳（平聲）麥錫（入聲）
	十二部脂類（脂）	脂微齊皆灰 祭泰夬廢（去聲） 質術櫛物迄月沒曷末黠轄屑薛（入聲）
	十三部魚類（魚）	魚模（平聲）鐸陌昔（入聲）
	十四部侯類（侯）	侯虞（平聲）屋燭（入聲）
	十五部幽類（幽）	幽尤蕭（平聲）沃（入聲）
	十六部宵類（宵）	宵肴豪（平聲）覺藥（入聲）
	十七部之類（之）	之咍（平聲）職德（入聲）
	十八部合類（合）	合盍緝葉帖洽狎業乏（入聲）

2.東冬分部

過去的「東、冬、鍾、江」都歸為一部，孔廣森首創「東」、「冬」分部。「東」部包括鍾、東之半、江之半、凡從「東同丰充公工冢悤從龍容用封凶邕共送雙尨」得聲者。「冬」部包括東、冬之半、江之半、凡從「冬眾宗中蟲戎宮農降宋」得聲者。這個「東」、「冬」分部，和段玉裁的「支」、「脂」、「之」分部，同為古韻創見，後來學者都肯定與遵循。

3.合部獨立

過去的[-p]、[-m]入聲韻部相配為一類，不過孔廣森將屬於[-p]韻尾的九個韻獨立為「合」部，這是一個創見。因為中古韻如此配合，但上古韻則未必，孔廣森依據古韻語配合狀況將其分開，也使得古韻分部越加細膩。

4.陰陽對轉

所謂「陰陽對轉」，指的是陰聲部的字和陽聲部的字可以通押或諧聲，而可以對轉的兩部，具有相近的主要元音。這個理論得自戴震的啟發，但正式的「陰陽對轉」名稱則起於孔廣森，這是他在古韻學中最受到重視的地方。其對轉狀況如下：

(1)歌原對轉　(2)支丁對轉　(3)脂辰對轉
(4)魚陽對轉　(5)侯東對轉　(6)幽冬對轉
(7)宵侵對轉　(8)之蒸對轉　(9)合談對轉

陰陽對轉，萌芽於戴震正轉中所謂「相配互轉」，《詩聲類・自序》：「分陰分陽，九部之大綱；轉陽轉陰，五方之殊音。」所謂「分陰分陽，九部之大綱」，意即每一部又分陰陽兩類，就音韻結構而言，其陰聲陽聲的配列是更整齊的。

為何同樣的字音，會變成有陰聲陽聲之別？陰聲陽聲之間關係何在？分陰分陽，其實是不同的語音系統所造成的，故陰陽對轉最基本的條件就是必須分屬兩種不同的方言，兩種不同的方言對同樣的字會有陰聲、陽聲音讀的不同，但它們的主要元音必須是相同的。

孔廣森此說的優點，是使陰聲、陽聲配列更為整齊。但缺點在於：與戴震相同，無法完全相配密合，例如談、合對轉非陰陽關係；侵、宵對轉有欠合理。孔廣森的古韻分部最主要是根據諧聲偏旁，而不是有韻文字的押韻現象。前代學者的考察，多是根據考古資料的用韻現象，也就是韻部系統的考察；但是到了後來韻部系統的考察不能面面俱到的關照，於是加入韻母系統的考察。孔廣森的古韻分部是根據形聲字的得聲偏旁，屬於韻部系統的考察，卻沒有實際語言的例證以為說明，造成其不足之處，也就是其審音的觀點不夠齊全。

㈥江有誥：古韻二十一部

1.《音學十書》古韻二十一部

江有誥（？～1851），在古韻的研究上極有成就，著有《音學十書》，包括《詩經韻讀》、《群經韻讀》、《楚辭韻讀》、《子史韻讀》、《漢魏韻讀》、《二十一部韻譜》、《二十部諧聲表》、《入聲表》、《唐韻再正》、《古韻總論》，可見其審音與歸納用力至深。

江有誥二十一部		
韻　部	平　聲	入　聲
一部之	之咍灰1／3尤1／3平聲	職德屋1／3（入聲）
二部幽	尤幽蕭半肴半豪半	沃半屋1／3覺1／3錫1／3
三部宵	宵蕭半肴半豪半	沃半藥半鐸半覺1／3錫1／3
五部魚	魚模虞半麻半	陌藥半鐸半麥半昔半
六部歌	歌戈麻半支1／3	
七部支	佳齊半支1／3	麥半昔半錫1／3
八部脂	脂微皆灰齊半支1／3	質術櫛物迄沒屑黠半
九部祭	祭泰夬廢（去聲）	月曷末轄薛黠半
十部元	元寒桓山刪仙先1／3	
十一部文	文欣魂痕真1／3諄半	

江有誥二十一部		
韻 部	平 聲	入 聲
十二部真	真臻先諄半	
十三部耕	耕清青庚半	
十四部陽	陽唐庚半	
十五部東	鍾江東半	
十六部中	冬東半	
十七部蒸	蒸登	
十八部侵	侵覃鹹半凡半	
十九部談	談鹽添嚴銜鹹半凡半	
二十部葉		葉帖業狎乏盍半洽半
二十一部緝		緝合盍半洽半

2.二十一部的形成

江有誥以段玉裁十七部為基礎，先分出「祭泰夬廢、月曷末轄薛黠」獨立為「祭」部；又分析「緝合盍洽」為「緝」部；另外，「葉帖業狎」為「葉」部，共得二十部。後來看見孔廣森「東」、「冬」分部，覺得有理，於是也將二者區分，並改「冬」為「中」部。於是二十一部完成，「祭」、「緝」、「葉」、「中」便是較段玉裁多出的四部。

3.借韻說

對於古書中的押韻現象，段玉裁有「古本音」、「古合韻」觀點，戴震又發明「正轉」、「旁轉」關係來說明這些現象。不過江有誥都覺得不夠謹嚴，所以他不承認戴震所謂「旁轉」之說。江有誥認為押韻是兩個韻相同才可押韻，若是相近關係，勉強可以合用，然「近者可合，遠者不可合」，所以「旁轉」之說過於寬泛。至於古書當中的用韻若超過了正轉關係的現象，他就視之為「借韻」。

江有誥作《借韻譜》，超越了先前學者所歸納的對轉關係，使人更了解韻與韻之間的關係。前面提過的之、蒸對轉，江有誥便視之為借韻。所以，除了戴震「正轉」中的「轉而不出其類」之外，其他的韻轉關係，江氏皆視為借韻，不信合韻、陰陽對轉之說，條件更加嚴謹。

4.入聲分配

江有誥的入聲分配，擺脫了中古韻部的限制，依據《說文》諧聲偏旁與《詩經》用韻來決定，從其《音學十書》中的《諧聲表》、《入聲表》改正了段玉裁的缺失與不足，以及其他對古韻文研究的規模來看，這一點是邁越前賢的。

㈦王念孫：古韻二十一部

1.《古韻譜》二十一部

王念孫（1744～1832），著有《詩經群經楚辭韻譜》、《古韻譜》諸書。他的二十一部如下：

王念孫二十一部	
一東	平上去
二蒸	平上去
三侵	平上去
四談	平上去
五陽	平上去
六耕	平上去
七真	平上去
八諄	平上去
九元	平上去
十歌	平上去
十一支	平上去入
十二至	去入

王念孫二十一部	
十三脂	平上去入
十四祭	去入
十五盇	入
十六緝	入
十七之	平上去入
十八魚	平上去入
十九侯	平上去入
二十幽	平上去入
二十一宵	平上去入

2.二十一部的形成

若與段玉裁十七部比較，王念孫「支脂之」分部、「真諄」分部、「侯」部獨立，與段玉裁相同。而多出的四部是「至」部獨立、「緝」、「盇」獨立、「祭」部獨立。若與江有誥比較，則多出「至」部，但「東冬」又合為一部，總計還是二十一部。王念孫晚年曾將「東」、「冬」再行分部成二十二部，不過其晚年著作《合韻譜》始終沒有刊行，所以一般仍據其二十一部討論。

3.入聲獨立

王念孫在古韻研究上最為重要的特徵，就是將入聲韻部真正獨立出來。之前的孔廣森已經將入聲「合」部獨立出來，但是卻不承認入聲的存在，只說是陰聲。再前的江永雖然另立入聲八部，戴震也分出入聲九部，但同樣是附而不論，故不能說是真正將入聲韻部獨立出來。一直到王念孫將「至」部與「祭」部獨立出來之後，入聲韻部方可說是真正獨立，並兼承陰陽。

4.至部獨立

陳新雄先生《古音學發微》，對「至」部獨立有著極高評價：「綜觀王氏於古韻分部上之四條創見，盍、緝、祭三部之分，戴氏、江氏皆不謀而合，侯部配入之說，孔氏既隸屬於前，江氏又從分於後，亦皆不約而同。唯至部獨立一說，前之戴氏分而未密，後之江氏竟不之從，實為王氏獨到之見，侯儒分部，咸相遵用，條理密察。清儒之中，罕有其比也。」

段玉裁的古韻十七部，還是純粹站在考古的角度，所以並不能夠將入聲韻部區分出來，如第十五部「脂」，所包含的韻部就相當廣泛。後來的學者考察押韻現象，加上戴震等人利用審音的觀點，結合實際語音現象逐步考察之後，發覺「脂」部確實太過寬泛，王念孫於是首先將「脂」部分為「脂」「至」「祭」三部。

之前的戴震將「歌」「戈」「麻」看做陽聲，也許與顧炎武有關；因為顧炎武認為除了歌戈麻本無入聲，侵覃以下九韻本有入聲之外，其餘皆以入聲配陰聲，而歌戈麻本來就沒有與之相配的入聲，所以歌戈麻有可能就是陽聲；戴震果然就將戈麻當作陽聲看待。又，戴震將祭泰夬廢當作陰聲，而祭泰夬廢原本就是入聲韻部，在韻圖上一直也擺在入聲的位置，之所以會變成陰聲，是後來語音變遷的結果。王念孫在考察古韻的時候，也是根據《廣韻》將祭泰夬廢與至部當作陰聲韻部看待，此為王念孫古韻分部的很大貢獻。

六、成熟期的古韻分部

成熟期指的是清末、民國以來的古韻分部進展，在清儒的分部基礎下，此時期的分部有了後出轉精的成熟。從章太炎二十三部到黃侃二十八部、陳新雄三十二部，古韻分部有了最精確的數量，加上當代擬音工作的投入，於是整個上古韻母型態，終於底定。

(一)章太炎：古韻二十三部

1.《小學說略》二十三部

章太炎（1868～1936），音韻著作在其《國故論衡》、《文始》二書之中。古韻二十三部是依據王念孫晚年的二十二部，再析出「隊」部，成二十三部：

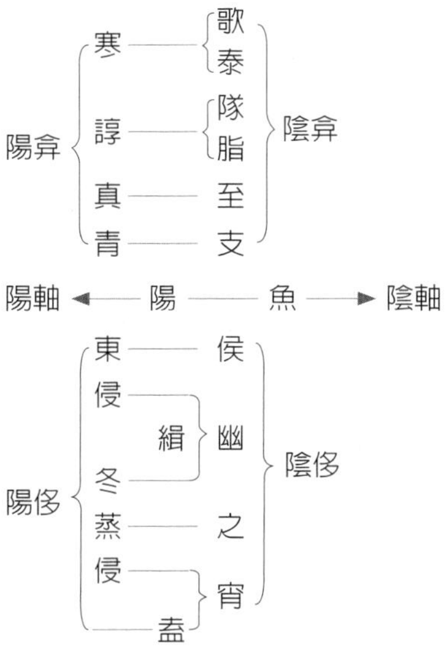

2.通轉理論

通轉理論，是章太炎針對古韻通用所設計的最得意理論，其重心就在「對轉」與「旁轉」，這是繼孔廣森陰陽對轉理論之後的總歸納。章先生為了說明這些理論，設計了一個「成均圖」，並且附有定義說明：

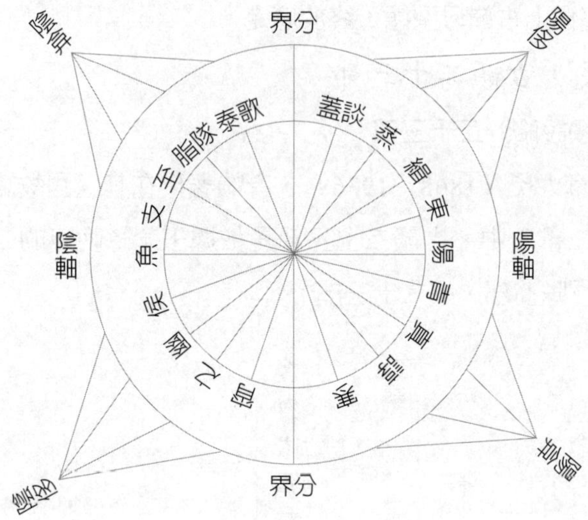

成均圖的使用方式定義如下：

⑴同列：陰弇與陰弇為同列；陽弇與陽弇為同列；陰侈與陰侈為同列；陽侈與陽侈為同列。

⑵近轉：凡二部同居為近轉。

⑶近旁轉：凡同列相比為近旁轉。

⑷次旁轉：凡同列相遠為次旁轉。

⑸正對轉：凡陰陽相對為正對轉。

⑹次對轉：凡自旁轉成對轉為次對轉。

⑺正聲：凡近轉、近旁轉、次旁轉、正對轉、次對轉為正聲。

⑻變聲：凡雙聲相轉，不在五轉之例為變聲。

簡而言之，「旁轉」指陰聲韻部之間，或陽聲韻部之間，有通押、假借、諧聲的現象。「對轉」指陰聲韻部與陽聲韻部之間，有通押、假借、諧聲的現象。這兩種現象在上古韻中出現，應該是因為方言間的異同所致。

在成均圖中，「分界」是陰陽兩界的分隔線，通過圓中心的直線所聯繫的兩個韻部就是「陰陽對轉」，例如「支」與「青」。同在陰界或陽界一邊而相鄰者，就是「旁轉」，例如「支」與「至」；「青」與「真」。「弇」、「侈」、「軸」則是指元音開口度的大小。

(二)黃侃：古韻二十八部

1.《黃侃論學雜著》二十八部

黃侃（1886～1935），是章太炎的弟子，音韻論文包括〈音略〉、〈聲韻略說〉、〈聲韻通例〉、〈詩音上作平證〉等，後人張世祿收其十七種編為《黃侃論學雜著》，這是我們認識其古音理論的依據。

黃侃二十八部皆折衷前人所劃韻部，下表根據其陰陽入三分原則，羅列各韻部名稱，第一個括弧內注明前人慣用之名稱，第二個括弧注明取自何家分韻：

黃侃二十八部		
陰　聲	陽　聲	入　聲
歌（歌）（顧）	寒（元）（江）	曷（祭）（王）
	先（真）（鄭）	屑（至）（戴）
灰（脂）（段）	痕（文）（段）	沒（隊）（章）
齊（支）（鄭庠）	青（耕）（顧）	錫（錫）（戴）
模（魚）（鄭）	唐（陽）（顧）	鐸（鐸）（戴）
侯（侯）（段）	東（東）（鄭）	屋（屋）（戴）
蕭（幽）（江）		
豪（宵）（鄭）	冬（冬）（孔）	沃（沃）（戴）
咍（之）（段）	登（蒸）（顧）	德（德）（戴）
	覃（侵）（鄭）	合（緝）（戴）
	添（談）（江）	怗（葉）（戴）

2.考定古韻之法

黃侃考定古韻部的方法和清儒不同，他不是以《詩經》用韻和諧聲來歸那韻部，而是直接由《廣韻》206韻中整理，這個方法與觀念來自他的老師章太炎。

章太炎先生認為《廣韻》既然包有古今音系，那麼206韻就不是同時同地所產生，因此有「正韻」、「支韻」之分，正韻為上古所有、支韻則是中古所出。黃侃稟承師訓，發現《廣韻》中，凡是輕唇、舌上這些上古所無聲紐之韻類，便是「古本韻」，也就是上古已有的韻類。他再進一步分析宋元等韻圖，認為凡是居圖中一、四等之韻，皆為古本韻；而一、四等之聲紐亦為「古本紐」。於是居一、四等的三十二個韻便為上古韻部，其中「歌戈」、「曷末」、「寒桓」、「魂痕」開合對立，只有四個韻部，所以上古韻部共二十八部。

3.陰陽入三分

黃侃上承戴震的陰、陽、入三分法，將元音、鼻音、塞音韻尾分為三類，這是清儒以來最合乎音理的一種分法，照顧了韻母型態差異的特性，也與傳統韻書長期以來的四聲配置不同。其二十八部、陰陽入三分，一直是現代古韻研究的依據。

4.古韻三十部

黃侃晚年，又從《廣韻》「添部」分出了一個「談部」，以「談」、「銜」韻為主，並收「鹽」、「嚴」二韻的一部分字。另外，再從「怗部」分出了「盍部」，以「盍」、「狎」韻為主，另收「葉」、「業」二韻一部分字。於是黃侃晚年的分韻，便成了三十部。

另外，黃侃弟子黃永鎮著有《古韻學源流》一書，他認為

「齊、模、侯、蕭、豪、咍」六部都有收[-k]的入聲字，可是黃侃只立了「錫、鐸、屋、沃、德」五個入聲韻部，唯有「簫部」入聲沒有獨立，於是增立了「肅部」以收《廣韻》「屋、沃、覺、錫」的一部分字。如此以來，便有三十一部。

(三)陳新雄：古韻三十二部

陳新雄（1935～）著有《古音學發微》，採用黃侃晚年的三十部、黃永鎮的「肅部」，更名為「覺部」，另外又採用了王力的「脂微分部」，定古韻為三十二部，韻部名稱多恢復傳統而與黃侃不同，這也是目前古韻分部最後與最多的一次。以下是其《古音學發微》三十二部：

陳新雄三十二部		
陰　聲	陽　聲	入　聲
歌	元	月
脂	真	質
微	諄	沒
支	耕	錫
魚	陽	鐸
侯	東	屋
宵		藥
幽	冬	覺
之	蒸	職
	侵	緝
	添	怗
	談	盍

七、各家分部對照表

從顧炎武到陳新雄，古韻分部後出轉精，由十部擴大到三十二部，對於上古韻語等相關語料的分析，該分的業已盡分，分部工作宣告完成，也大致成為定論。之後學者雖偶有出入，但重點工作已經是進行擬音不再分部。以下將顧炎武到陳新雄的分部，引據竺家寧《聲韻學》所製對照表以見分合：

<table>
<tr><th>顧炎武
10部</th><th>江　永
13部</th><th>段玉裁
17部</th><th>王念孫
21部</th><th>江有誥
21部</th><th>章炳麟
23部</th><th>黃　侃
28部</th><th>董同龢
22部</th><th>高本漢
35部</th><th>王　力
29部</th><th>羅常培
31部</th><th>陳新雄
32部</th></tr>
<tr><td rowspan="2">東</td><td rowspan="2">東</td><td rowspan="2">東</td><td rowspan="2">東</td><td>東</td><td>東</td><td>東</td><td>東</td><td>32</td><td>東</td><td>東</td><td>東</td></tr>
<tr><td>中</td><td>冬</td><td>冬</td><td>中</td><td>29</td><td>（併于侵）</td><td>冬</td><td>冬</td></tr>
<tr><td>陽</td><td>陽</td><td>陽</td><td>陽</td><td>陽</td><td>陽</td><td>陽</td><td>陽</td><td>16</td><td>陽</td><td>陽</td><td>陽</td></tr>
<tr><td>耕</td><td>庚</td><td>庚</td><td>耕</td><td>庚</td><td>青</td><td>青</td><td>耕</td><td>22</td><td>耕</td><td>耕</td><td>耕</td></tr>
<tr><td>蒸</td><td>蒸</td><td>蒸</td><td>蒸</td><td>蒸</td><td>蒸</td><td>登</td><td>蒸</td><td>21</td><td>蒸</td><td>蒸</td><td>蒸</td></tr>
<tr><td rowspan="6">支</td><td rowspan="6">支</td><td rowspan="2">支</td><td rowspan="2">支</td><td rowspan="2">支</td><td rowspan="2">支</td><td>齊</td><td rowspan="2">佳</td><td>24</td><td>支</td><td>支</td><td>支</td></tr>
<tr><td>錫</td><td>23</td><td>錫</td><td>錫</td><td>錫</td></tr>
<tr><td rowspan="4">脂

（併于真）</td><td rowspan="4">脂</td><td rowspan="4">脂</td><td rowspan="2">脂</td><td rowspan="2">灰</td><td>脂</td><td rowspan="2">7（平上）</td><td>脂</td><td>脂</td><td>脂</td></tr>
<tr><td rowspan="3">微</td><td>微</td><td>微</td><td>微</td></tr>
<tr><td>隊</td><td>沒</td><td>5 / 6（微去）</td><td>物</td><td>術</td><td>沒</td></tr>
<tr><td>至</td><td>屑</td><td>10 / 11（脂去）</td><td>質</td><td>質</td><td>質</td></tr>
<tr><td rowspan="4"></td><td rowspan="4"></td><td rowspan="2"></td><td rowspan="2">祭</td><td rowspan="2">祭</td><td rowspan="2">泰</td><td rowspan="2">曷末</td><td rowspan="2">祭</td><td>2（入）</td><td rowspan="2">日</td><td>祭</td><td rowspan="2">月</td></tr>
<tr><td>3（去）</td><td>月</td></tr>
<tr><td rowspan="2">之</td><td rowspan="2">之</td><td rowspan="2">之</td><td rowspan="2">之</td><td>咍</td><td rowspan="2">之</td><td>20</td><td>之</td><td>之</td><td>之</td></tr>
<tr><td>德</td><td>19</td><td>職</td><td>職</td><td>職</td></tr>
<tr><td rowspan="2">魚</td><td rowspan="2">魚</td><td rowspan="2">魚</td><td rowspan="2">魚</td><td rowspan="2">魚</td><td rowspan="2">魚</td><td>模</td><td rowspan="2">魚</td><td>33（平上）/ 18（去）</td><td>魚</td><td>魚</td><td>魚</td></tr>
<tr><td>鐸</td><td>17</td><td>鐸</td><td>鐸</td><td>鐸</td></tr>
<tr><td>歌</td><td>歌</td><td>歌</td><td>歌</td><td>歌</td><td>歌</td><td>歌戈</td><td>歌</td><td>35（平上）/ 8（去）</td><td>歌</td><td>歌</td><td>歌</td></tr>
</table>

顧炎武 10部	江永 13部	段玉裁 17部	王念孫 21部	江有誥 21部	章炳麟 23部	黃侃 28部	董同龢 22部	高本漢 35部	王力 29部	羅常培 31部	陳新雄 32部
真	真	真	真	真	真	先	真	9	真	真	真
		諄	諄	文	諄	魂痕	文	4	文	諄	諄
	元	元	元	元	寒	寒桓	元	1	寒	元	元
蕭	蕭	蕭	宵	宵	宵	豪	宵	26	宵	宵	宵
		（併于尤）				沃		25	藥	藥	藥
	尤	尤	幽	幽	幽	蕭	幽	28	幽	幽	幽
								27	覺	沃	覺
（併于魚）		侯	侯	侯	侯	侯	侯	34（平上） 31（去）	侯	侯	侯
		（併于尤）				屋		30	屋	屋	屋
侵	侵	侵	侵	侵	侵	覃	侵	14	侵	侵	侵
			緝	緝	緝	合	緝	15	緝	緝	緝
	覃	覃	談	談	談	添	談	12	談	談	添
						談					談
			盍	葉	盍	怗	葉	13	葉	盍	怗
						盍					盍

八、上古韻部擬音

現代學者的古韻分部，雖然稍有差異，不過通常重點已經放在擬音工作上，其韻部差異也只是分合之間而已，並無礙於音值的擬測。自瑞典高本漢《中國聲韻學大綱》的三十五部以來，擬音內容較為常見的有：董同龢《漢語音韻學》二十二部、王力《漢語語音史》二十九部、陳新雄《古音學發微》三十二部。

以下依據陳新雄《古音學發微》一書中，以元音同類，類聚陰、陽、入三部共十二類的次序，提供董、王、陳三家擬音對照：

上古韻部各家擬音表			
	陳新雄《古音學發微》	董同龢《漢語音韻學》	王 力《漢語語音史》
1	歌[a]	歌[a]	歌[ai]
	月[at]	祭[ad]	月[at]
	元[an]	元[an]	元[an]
2	脂[æ]	脂[ed]	脂[ei]
	質[æt]	微[əd]	質[et]
	真[æn]	真[en]	真[en]
3	微[ɛ]	（同上微）	微[əi]
	沒[ɛt]	（同上微）	物[ət]
	諄[ɛn]	文[ən]	文[ən]
4	魚[ɑ]	魚[ag]	魚[a]
	鐸[ɑk]		鐸[ak]
	陽[ɑŋ]	陽[aŋ]	陽[aŋ]
5	支[ɐ]	佳[eg]	支[e]
	錫[ɐk]		錫[ek]
	耕[ɐŋ]	耕[eŋ]	耕[eŋ]
6	侯[ɔ]	侯[ug]	侯[ɔ]
	屋[ɔk]		屋[ɔk]
	東[ɔŋ]	東[uŋ]	東[ɔŋ]
7	宵[ɑu]	宵[ɔg]	宵[o]
	藥[ɑuk]		藥[ok]
8	幽[o]	幽[og]	幽[u]
	覺[ok]		覺[uk]
	冬[oŋ]	中[oŋ]	
9	之[ə]	之[əg]	之[ə]
	職[ək]		職[ək]
	蒸[əŋ]	蒸[əŋ]	蒸[əŋ]
10	緝[əp]	緝[əp]	緝[əp]
	侵[əm]	侵[əm]	侵[əm]
11	怗[ɐp]	葉[ap]	葉[ap]
	添[ɐm]	談[am]	談[am]

上古韻部各家擬音表			
	陳新雄《古音學發微》	董同龢《漢語音韻學》	王　力《漢語語音史》
12	盍[ap]	（同上葉）	（同上葉）
	談[am]	（同上談）	（同上談）

以上三家擬音，元音的差異主要來自開口度大小的選擇不同，這與各家對韻母開合或介音數量與音值的判斷有關係，各家擬音自有規律即可。差異最大的是董同龢的陰聲韻尾擬音，他認為上古陰聲韻有濁塞音韻尾存在，所以「魚、佳、侯、宵、幽、之」這六個陰聲韻都有舌根濁塞音[-g]韻尾，而該六部中都有舌根清塞音[-k]的入聲韻字可以押韻。「祭、脂、微」三部都有舌尖濁塞音[-d]韻尾，可與該三部中的舌尖清塞音[-t]入聲韻字押韻。王力與陳新雄則否定陰聲韻有濁塞音韻尾，從上表的對照可以很清楚看見這兩派意見的不同。

課後測驗

1.何謂「上古音」，主要的研究材料與方法爲何？

2.何謂「韻部」？與後來的「韻母」概念有何不同？

3.唐宋時期的古韻觀念有何缺失？

4.何謂「數韻同一入」，對後來古韻研究有何影響？

5.何謂「通轉」、「旁轉」、「對轉」？

6.試述段玉裁在古韻分部與研究上的成果與貢獻。

第16堂課

上古語音系統(二)：聲母與聲調

學習進程與重點提示

聲韻學概說→範圍→屬性→異稱→漢語分期→材料→功用→基礎語音學→範疇→分類→分支學科→語音屬性→音素→發音器官→收音器官→元音→輔音→音變規律→原因分析→漢語音節系統→定義→音節與音素量→音節結構→聲母類型→韻母類型→聲調系統→古漢語聲韻知識→認識漢語音節系統→掌握術語→材料→方法→方言概說→認識反切與韻書→漢語注音歷史→反切原理→反切注意事項→韻書源流→廣韻研究→切韻系韻書→廣韻體例→四聲相配→四聲韻數→反切系聯→聲類→韻類→等韻圖研究→語音表→開合洪細等第→等韻圖源流→韻鏡體例→聲母辨識法→韻圖檢索法→中古音系→中古音定義→擬測材料→聲母音值擬測→韻母音值擬測→聲調音值擬測→中古後期音系→韻書→韻部歸併→等韻圖→併轉為攝→語音音變→語音簡化→近代音系→元代語音材料→明代語音材料→清代語音材料→傳教士擬音→官話意義內涵→現代音系→國語由來→注音符號由來→注音符號設計→國語聲母→國語韻母→國語聲調→拉丁字母拼音系統→國語釋義→中古到現代→現代音淵源→語音演化→演化特點→聲母演化→韻母演化→聲調演化→上古音系→材料→方法→上古韻蒙昧期→上古韻發展期→上古韻確立期→上古韻成熟期→韻部音值擬測→***上古聲母理論→上古聲母擬音→上古聲母總論→上古聲調理論→上古聲調總論***

專詞定義

古無輕唇音說	清錢大昕上古聲母理論。主張上古沒有「非、敷、奉、微」輕唇聲母，中古輕唇聲母字古讀重唇「幫、滂、並、明」。例如閩語「房」讀[p-aŋ]即是。
古無舌上音說	清錢大昕上古聲母理論。主張上古沒有「知、徹、澄」舌上聲母，中古舌上聲母字古讀舌頭「幫、滂、並、明」。例如閩語「陳」讀[t-an]即是。
娘日歸泥說	章太炎上古聲母理論。主張上古沒有「娘、日」二母，中古娘日二母古讀舌頭「泥」母。例如先秦「女」字（娘母），常替代第二人稱「汝」字（日母）；又今閩語沒有日母也是一證。
四聲一貫說	顧炎武上古聲調理論。此說是一種簡單易學，誦讀《詩經》的實用辦法。與宋代「叶音」說相近，只是把「叶」限制在聲調範圍內，並制定明確的「叶調」條例：上聲可改讀平聲、去聲可改讀平或上、入聲可改讀平上去、平聲字不變。其論述時有矛盾，或說「一字之中自有平上去入」、又說「古人之字有定作於一聲者，有不定作於一聲者。」歷來學者解讀「四聲一貫」，遂有二說，一說此為「古有四聲」、一說此為「古無四聲」。
四聲兩類說	上古聲調理論。段玉裁主張古有四聲，但「平上」相近、「去入」相近，故為四聲兩類，章太炎亦主此說。其後王力循此說，配合其上古韻母「長元音」、「短元音」兩類之說，提出「舒促兩調說」，「促」即上古入聲。上古「舒而長」者演化為中古平聲、「舒而短」者演化為中古上聲、「促而長」者演化為中古去聲、「促

	而短」者保持為入聲，近人陳新雄亦主王力之說。
古無去聲說	清段玉裁上古聲調理論。雖主「四聲兩調」，但又進一步主張上古聲調系統只有平、上、入三聲，沒有去聲，漢以後上、入聲才多轉為去聲。王力認為上古聲調諸家之論，此說最有價值。

一、材料與研究法

自清代以來，上古聲母的研究，遠不及上古韻的成績，最重要的原因就是受限於客觀材料的不足。研究古韻部有古代韻文的大量押韻可供依據，聲母的研究就沒有這項便利，因為漢語音節的聲母由單純的輔音擔任，詞彙中容或有許多雙聲詞，但卻不是像韻母結構般可以去「押聲」，所以研究古聲母就沒有韻部的方便。

(一)材料

大體來說，清代以下研究古聲母，有以下幾種材料：

1.經籍異文：指上古文獻中同一詞的幾種不同書寫形式。

例如「伏羲」、「庖羲」。

2.聲訓：指以同音字或近音字所做的注解。

例如《釋名》：「房，傍也。」

3.注音：指以同音字或反切所做的注音。

例如《說文》：「沖，讀若動。」

4.重文：指古籍中重複出現的古今異體字。

例如《說文》：「彬，古文份。」

5.諧聲字：即形聲字，同聲符的字上古一定同音。

例如「寺、特、等、偫」。

㈡研究法

上述材料，每一種都包含兩種不同的書寫與讀音，異文中的兩個字、聲訓中的注音字與被注音字、注音中的同音字、重文中的古字今字、諧聲字中的主諧字與被諧字。這些現在不同的文字讀音，理論上其上古音應該是相同或相近的，於是研究者就通過這些材料的比對，證明某些聲母在上古的不存在，今音只是後期的音變。

一一將這些不存在於上古的聲母，從中古聲母中剔除或是往上歸併，剩下來的就是上古聲母，從清代錢大昕開始，都是應用這種歸納研究法，直到今天。為了說明與理解方便，以下先列出本書中古聲母表，再說明各家歸併成果：

中古聲母音值表				
幫[p]	滂[p´]	並[b]	明[m]	
非[pf]	敷[p´f]	奉[bv]	微[ɱ]	
端[t]	透[t´]	定[d]	泥[n]	來[l]
知[ȶ]	徹[ȶ´]	澄[ȡ]	娘[ȵ]	日[ȵʑ]
見[k]	溪[k´]	群[g]	疑[ŋ]	
精[ts]	清[t´s]	從[dz]	心[s]	邪[z]
章[tɕ]	昌[t´ɕ]	船[dʑ]	書[ɕ]	禪[ʑ]
莊[tʃ]	初[t´ʃ]	崇[dʒ]	生[ʃ]	俟[ʒ]
影[ʔ]	曉[x]	匣[r]	云[rj]	以[ϕ]

二、錢大昕上古聲母理論

㈠古無輕唇音說

錢大昕（1727～1786），是最早投入上古聲母研究的清代學者，他在《十駕齋養新錄》卷五提出：「凡輕唇之音，古讀皆為重唇。」也就是「古無輕唇音」之說，上古沒有「非、敷、奉、微」四母，成為後來的定論。錢大昕在書中舉出的例證如下：

1.古讀「封」（非）如「邦」（幫）：

《論語》：「且在邦域之中矣。」，《釋文》：「邦或做封。」《論語》：「謀動干戈於邦內。」，《釋文》：「鄭本作封內。」

2.古讀「敷」（敷）如「鋪」（滂）：

《詩經・常武》：「鋪敦淮墳」，《釋文》：「韓詩作敷。」《左傳》引此詩作「鋪」。

3.古讀「扶」（奉）如「匍」（並）：

《詩經・谷風》：「凡民有喪，匍匐救之。」《禮記・檀弓》引作「扶服」、《孔子家語》引作「扶伏」。

4.古讀「文」（微）如「門」（明）：

《水經注・漢水篇》：「文水即門水也。」

錢大昕根據經籍異文資料，歸納出「古無輕唇音」的結論，證明上古沒有「非、敷、奉、微」四個輕唇音，輕唇音是由重唇所分化而出，所謂：「古無輕唇音」、「輕唇音古歸重唇音」。這個理論信而有徵，在現代的語料中，仍然可以看見這種分化。例如同源詞：「父」、「爸」；「莫」、「無」、「緲」、「微」，一個重唇、一個輕唇。諧聲偏旁：「旁」、「方」；「潘」、「番」；「盆」、「分」，一個重唇、一個輕唇。方言資料：例如閩語「分」、「肥」、「佛」、「蜂」，仍唸重唇，吳、粵方言也都保存重唇音。

㈡古無舌上音說

舌上音「知徹澄」三母，古讀舌頭音「端透定」，這也是錢大昕所考。他在〈舌音類隔不可信〉一文中說：「古無舌頭舌上之分，知徹澄三母，以今音讀之，與照穿牀無別也，求之古音，則與端透定無異。」又說：「古人多舌音，後來多變為齒音，不獨知徹澄三母為然。」這就是所謂「古無舌上音」理論。錢大昕在文中，舉證如下：

1.古讀「中」（知）如「得」（端）：

《周禮・地官》：「師氏掌王中之事。」

故書：「中為得。」杜子春云：「當為得，記君得失，若春秋是也。」《三蒼》云：「中，得也。」

2.古讀「抽」（徹）如「搯」（透）：

《詩經・清人》：「左旋右抽。」《釋文》：「抽說文作搯，他牢反。」

3.古讀「直」（澄）如「特」（定）：

《詩經・柏舟》：「實維我特。」《釋文》：「韓詩作直。」《孟子》：「直不百步耳。」趙注：「直，但也，但直聲相近。」《說文》：「田，陳也。」

上古沒有舌上音「知徹澄」三母，中古這些聲母的字上古都唸「端透定」，這就是「古無舌上音」、「舌上音古歸舌頭音」理論。以形聲字來印證：「動」、「重」；「逃」、「兆」；「橙」、「登」，一為捲舌、一為舌尖。又方言資料：「橙」、「智」、「桌」、「知」這些字，閩語都唸舌尖音。

三、夏燮上古聲母理論

夏燮（1800～1875），著有《述韻》十卷，認為正齒音「照系」字，在上古有兩類，三等字讀舌頭音、二等字讀齒頭音，也就是「照、穿、禪」古歸「端、透、定」。這個說法得到後來學者的普遍認同，例如黃侃、高本漢、董同龢、王力均採用此說。以下是其證據：

(一)照三古讀舌頭音

錢大昕有「古人多舌音，後代多變齒音」之說，夏燮承其說並提出證據：

1.《易・咸九四》：「憧憧往來」。

《釋文》：「憧，昌容切，又音童。」

2.《書・禹貢》：「被孟豬」。

《釋文》：「豬，張魚反，又音諸。」

3.《左傳・僖公七年》：「堵叔」。

《釋文》：「堵，丁古反，又音者。」

4.《春秋・桓十一年》：「公會宋公于夫鍾」，公羊作「夫童」。

㈡照二古讀齒頭音

1.《周禮・考工記・弓人》：「莫能從速中」。

注：「故書速（齒頭）為數（正齒）。」

2.《詩經・車攻》：「助我舉柴（正齒）」。

《說文》引作「舉㧘（齒頭音）」。

3.《漢書》：「席用苴稭」。

如淳讀「苴」（正齒）為「租」（齒頭）。

4.《周禮・遂人》注：「鄭大夫云：耡（正齒）讀為藉（齒頭）。」

四、章太炎上古聲母理論

㈠娘日歸泥說

中古「娘」、「日」二母，上古都讀「泥」母，這是章太炎的「娘日歸泥說」。《國故論衡》：「古音有舌頭泥紐，其後支別，則舌上有娘紐、半舌半齒有日紐，於古皆泥紐也。」所舉之例如下：

1.「涅」從「日」聲（泥日）：《廣雅・釋詁》：「涅，泥也。」

2.《釋名》：「男，任也。」（泥日）

3.《釋名》：「泥，邇也。」（泥日）

4.「年」從「人」聲。（泥日）

5.「仲尼」，《三蒼》作「仲昵」。（娘泥）

6.「仍」從「乃」聲。（日泥）

7.「諾」從「若」聲。（泥日）

8.「耐」從「而」聲。（泥日）

(二)正齒齒頭不分說

這也是章太炎的見解，《文始》：「精、清、從、心、邪，本是照、穿、牀、審、禪的副音，當時不解分等，分析為正齒、齒頭二目。」也就是說「精、清、從、心、邪古歸照、穿、牀、審、禪」。《文始》中附有〈紐目表〉，整理了他考定的上古聲母如下：

喉音	牙音	舌音	齒音	脣音
見	曉	端（知）	照（精）	幫（非）
溪	匣	透（徹）	穿（清）	滂（敷）
群	影（喻）	定（澄）	（從）	並（奉）
疑		泥（娘）（日）	審（心）	明（微）
			禪（邪）	

章太炎這個理論，後人並不接受，其弟子黃侃的古聲十九紐中，也沒有將正齒、齒頭合併，反而「照系」併入了「端系」；「莊系」併入了「精系」。不過既是前人研究，所以也收錄於此，以供參考。

五、黃侃上古聲母理論

(一)古聲十九紐

黃侃歸納綜合前人之說，在《音略》一書中定有「古聲十九紐」，也就是上古聲母十九個，如下：

喉　音	淺喉音	舌　音	齒　音	唇　音
影（喻為）	見	端（知照）	精（莊）	幫（非）
	溪（群）	透（徹穿審）	清（初）	滂（敷）
	疑	定（澄神禪）	從（牀）	並（奉）
	曉	泥（娘日）	心（疏邪）	明（微）
	匣	來		

㈡繼承前人之說法

其中「古無輕唇音」、「古無舌上音」、「娘日歸泥」得自錢大昕與章太炎，正齒「照系」歸舌頭「端系」、正齒「莊系」歸舌頭「精系」得自夏燮。

㈢補充前人之說法

1.喻為古歸影

此說源自戴震《聲類表》，錢大昕、章太炎亦有此主張。黃侃補充此說，認為「喻」、「影」乃清濁相變，「影」是「正聲」、「喻」是「變聲」，今音「喻、為」者，上古皆讀「影」母。

2.群紐古歸溪

此說也得自戴震啟發，《聲類表》主張「心、邪」同位、「溪、群」同位。黃侃認為韻圖中二、三等韻皆為「今變音」，中古「群」母只有三等字，所以不是上古聲母所謂「古本紐」，「群」、「溪」是清濁相變，所以「群紐古歸溪」。

3.邪紐古歸心

戴震說「心邪同位」，黃侃以二者為清濁相變，韻圖「邪」母只出現三等，所以不是「古本紐」，「心」母才是「古本紐」。

六、曾運乾上古聲母理論

曾運乾（1884-1945），著有《喻母古讀考》，提出「喻三古歸匣」、「喻四古歸定」。「喻三」指「喻」母的三等字，也就是中古「云」母；「喻四」指「喻」母四等字，也就是中古「以」母。「云以」二母在中古後期歸併為「喻母」，喻三、喻四就是云以二母的指稱。曾運乾這兩個理論，是繼錢大昕之後，上古聲母的最重要發明，現代理論也都依據其說。

(一)喻三古歸匣

喻母三等字，例如「羽、雲、雨、王、永、遠」這些中古「云」母字，在上古和「匣」母同類，例如：

1.《詩經・皇矣》：「無然畔援（喻三）」。

《漢書序》傳注引作：「畔換（匣）」。

2.《周禮・考工記》：「弓人弓而羽（喻三）殺」。

《注》「羽讀為扈（匣）」。

3.《書・堯典》：「靜言庸違（喻三）」。

《左傳・文公十八年》引作「庸回（匣）」。

4.《易經・說卦》：「易六位（喻三）而成章」。

《儀禮・士冠禮》注引作「六畫（匣）」。

5.《詩經》：「聊樂我員（喻三）」。

《釋文》「員，韓詩引作魂（匣）」。

(二)喻四古歸定

喻母四等字，例如「余、夷、羊、與、移、悅」這些中古「以」母字，在上古和「定」母同類，例如：

1.《易經・渙卦》：「匪夷所思」，釋文：「夷，荀本作弟。」

2.《管子・戒篇》：「易牙」，《大戴記・保傳》作「狄牙」。

3.《詩經・谷風》：「棄予如遺」，《文選・歎逝賦》注引韓詩章句「遺作隤」。

4.《老子》：「亭之毒之」，《釋文》：「毒作育。」

5.《莊子・大宗師》：「而我猶為人猗」，《釋文》：「猶崔本作獨。」

6.《詩經・山有樞》：「他人是愉」，箋：「愉讀曰偷。」

7.《尚書・說命》，釋文：「本亦作兌命。」

8.《詩經・板》：「無然泄泄」，《孟子》：「泄泄，猶沓沓也。」

七、錢玄同：邪紐古歸定

㈠古音無邪紐證

錢玄同（1887～1936），著有《文字學音篇》內有〈古音無邪紐證〉，以形聲字為證：

1.寺：特：待

2.涎：誕

3.徐：途

4.隋：墮

5.緒：屠

6.序：杼

㈡古音無邪紐補證

錢玄同的例證較少，他的弟子戴君仁於是再從異文、讀若的資料，進一步考訂，寫成「古音無邪紐補證」，其例證如下：

1.《詩經・桑柔》：「大風有隧」、《禮記・曲禮》：「出入不當門隧」、《左傳・襄公十八年》：「連大車以塞隧」，「隧」字傳注皆訓「道也」。

2.《左傳・哀公十二年》：「若可尋也」，服注：「尋之言重（直容切）也。」

3.《易經・困卦九四》：「來徐徐」，《釋文》：「子夏作荼荼。」

4.《左傳・莊公八年》：「治兵」，《公羊傳》作「祠兵」。

八、上古聲母擬音

錢大昕以下到錢玄同，就研究法而言，都是文獻資料的考證，並且進行聲母的上溯與歸併。各家多是探討單一的聲母現象，不具體系，直到黃侃才有了系統性的研究。這些文獻考證工作，為現代學者的擬音提供了重要論述基礎。

現代語音學者根據前賢上古聲母歸併體系，又各自根據語音原理，進行了現代擬音工作。各家擬音容有差異，但亦各有其理論敘述。以下提供各家擬音結果，重點則放在上古到中古的聲母分化，以使觀念明晰。

(一)高本漢擬音

1.上古聲母類型與音值

現代擬音工作，由瑞典高本漢《中國聲韻學大綱》開始，其上古聲母共33類如下：

脣　音	p	p´	b´	m		
舌尖音	t	t´	d	d´	n	l
舌面音	t̂	t̂´	d̂	d̂´	ń	ś
舌尖前音	ts	t´s	dz	d´z	s	z
捲舌音	tṣ	t´ṣ		d´ẓ	ṣ	
舌根音	k	k´	g	g´	ng	x
喉　音	●					

2.上古到中古聲母演化

(1)p p´ b´ m → p p´ b´ m　幫滂並明

(2)t t´ d´ n → t t´ d´ n　端透定泥
　　　　　　→ +i̯ → t̂ t̂´ d̂´　知徹澄

(3)d → oi̯　喻

(4)l → l　來

(5)t̂ t̂´ d̂´ ś ń → t́s t́´s d́´z ś ńź　照穿牀審日

(6)d̂ → (dź) → ź　禪

(7)dz → z　邪

(8)z → oi̯　喻

(9)ts t´s d´z s → â → ts t´s d´z s　精清從心
　　　　　　　→ a å → tṣ t´ṣ d´ẓ ṣ　照穿牀審(二)
tṣ t´ṣ d´ẓ ṣ → tṣ t´ṣ d´ẓ ṣ

(10)k k´ ng x → k k´ ng x　見溪疑曉

(11)g → oi̯　喻
　　→ r　匣
　　→ +i̯ → g´　群

(12)● → ●　影

(二)董同龢擬音

1.上古聲母類型與音值

董同龢《上古音韻表稿》以及《漢語音韻學》，考定上古聲母共36類：

唇音	p	p´	b´	m	m̥		
舌尖音	t	t´	d	d´	n	l	

舌尖前音	ts	t´s	d´z	s	z		
舌面前音	ȶ	ȶ´	ȡ´	ȵ	ɕ	ʑ	
舌面後音	c	c´	ɟ̄´	ɲ	ç	j	
舌根音	k	k´	g	g´	ŋ	x	r
喉音	ʔ						

2.上古到中古聲母演化

(1)p p´ b m → p p´ b´ m　幫滂並明

(2)m̥ → x　曉

(3)t t´ d´ ↗ 一四等 → t t´ d´　端透定；↘ 二三等 → ȶ ȶ´ ȡ´　知徹澄

(4)n → n　泥（娘）

(5)l → l　來

(6)ts t´s d´z s z ↗ 一三四等 → ts t´s d´z s z　精 清 從 心 邪；↘ 二等 → ʧ t´ʃ d´ʒ ʃ ʒ　莊 初 崇 生 俟

(7)ȶ ȶ´ ȡ´ ȵ ɕ ʑ　c c´ ɟ̄´ ɲ ɕ j → tɕ t´ɕ d´ʑ nʑ ɕ ʑ　照 穿 牀 日 審 禪

(8)k k´ g´ ŋ x → k k´ g´ ŋ x　見溪群疑曉

(9)r ↗ 一二四等 → r　匣；↘ 三等 → r(j)　云

(10)g → o　以

(11)ʔ → ʔ　影

(三)王力擬音

王力《漢語語音史》，考定上古聲母共33類，在其擬音結論中，將上古聲母音值與中古聲母標目對照，於是便知其演化過程。整理如下：

脣音	p（幫非）	p´（滂敷）	b´（並奉）	m（明微）		
舌音	t（端知）	t´（透徹）	d（喻）	d´（定澄）	n（泥娘）	l（來）
齒頭	ts（精）	t´s（清）	d´z（從）	s（心）	z（邪）	
	tʃ（莊）	t´ʃ（初）	d´ʒ（牀）	ʃ（山）	ʒ（俟）	
正齒	ȶɕ（照）	ȶ´ɕ（穿）	ȡ´ʑ（神）	ɕ（審）	ʑ（禪）	ȵ（日）
牙音	k（見）	k´（溪）	g´（群）	ŋ（疑）		
喉音	x（曉）	r（匣）	o（影）			

㈣李方桂擬音

1.上古聲母類型與音值

李方桂《上古音研究》，考定上古聲母25類，如下：

脣　音	p	ph	b	m		
舌尖音	t	th	d	n	l	r
齒　音	ts	tsh	dz	s		
舌根音	k	kh	g	ng	h	
圓　脣 舌根音	k^w	kh^w	g^w	ng^w	h^w	
喉　音	•					

2.上古到中古聲母演化

⑴p ph b m → p ph b m　幫滂並明

⑵t th d ─┬ t th d　端透定
├ +j → t´s t´sh d´z　照穿牀㈢ ´z禪
├ +r → ṭ　/ +r+j → ṭi̯　} 知
│　ṭh / ṭhi̯　} 徹
└　ḍ / ḍi̯　} 澄

(3) n → n　泥
　　n → +j → ȵʑ　日

(4) l → l　來

(5) r → ϕi̯　喻
　　r → +j → z(i̯)　邪

(6) ts tsh dz s → ts tsh dz s　精清從心
　　ts tsh dz s → +r → tṣ、+r+j → tṣi̯ } 照　tṣh、tṣhi̯ } 穿　dẓ、dẓi̯ } 牀　ṣ、ṣi̯ } 審

(7) k kh ng h → k kh ng h　見溪疑曉（開口）

(8) k^w kh^w ng^w h^w → k kh ng h　見溪疑曉（合口）

(9) g → 一二四等 → r　匣（開口）
　　g → 三等 → g　群

(10) g^w → 一二四等 → r^w ru　匣（合口）
　　g^w → 三等 → j^w　喻

(11) ● → ●　影

(五)陳新雄擬音

1.上古聲母類型與音值

陳新雄《古音學發微》，考定上古聲母22類，如下：

脣　音	p	p´	b´	m	m̥	
舌尖音	t	t´	d	d´	n	l
舌尖前音	ts	t´s	d´z	s		
舌根音	k	k´	g	ŋ	x	r
喉　音	ʔ					

2.上古到中古聲母演化

⑴p p´ b´ m
- → 一二四等、三等開口 → p p´ b´ m 幫滂並明
- → 三等合口 → f f´ v ɱ 非敷奉微

⑵m̥
- → 開口 → m 明
- → 合口 → x 曉

⑶t t´ d´ m
- → 一四等 → t t´ d n 端透定泥
- → 二等 → ȶ ȶ´ ȡ´ ȵ 知徹澄娘
- → 三等 → ȶ ȶ´ ȡ´ ȵ；ȶɕ ȶ´ɕ ȡ´ʑ ɕ ʑ ȵʑ
  照 穿 神 審 禪 日

⑷l → l 來

⑸d
- → o 喻
- → z 邪

⑹ts t´s d´z s
- → 一四等 → ts t´s d´z s 精清從心
- → 二等 → tʃ t´ʃ d´ʒ ʃ 莊初牀疏
- → 三等 → tʃ；ts t´s d´z s 精清從心

⑺k k´ ŋ x
- → 一二四等 → k k´ ŋ x 見溪疑曉
- → 三等 → k k´ ŋ x；ȶɕ ȶ´ɕ ȵʑ ɕ 照穿日審

⑻r
- → 開口一二四等 → r 匣　三等 → g 群
- → 合口一二四等 → r 匣　三等 → j 為

⑼g
- → o 喻
- → z 邪

⑽ʔ → ʔ 影

九、上古聲母總論

(一)研究尚未完成

綜觀錢大昕以下各家研究的成果，若從個別材料應用來看都是有根據的，但是這些材料是否可以全面觀照到中古聲母，則是個問題。

首先，從材料歸納而言，各家所提出的主張，是否能把研究材料百分之百納入自訂的條例而絕無例外，或極少例外，這還需要詳審深考。尤其各家使用來論證的材料，只是上古大量文獻的一部分、甚至一小部分而已，是否就代表了全面性的正確，這是值得後繼者努力之處。

其次，姑不論材料的全面性不足，各家的結論，仍需要在是否符合音理發展規律上多所論證，才能更加精密。語音發展的基本規律是：在一定時間、地區和相同條件下，同樣的語音系統會發生相同的變化，沒有例外。如果同一語音到後代，變成了幾個不同的音，則原來必然就有導致這些不同結果的條件。綜合前文諸家所考以及擬音的差異，除了「古無輕唇」、「古無舌上」、「喻三歸匣」較有共識外，其餘的語音分析都存在著或小或大的差異。看來這個基本規律以及各家所討論的上古面貌，仍然是歧義的。所以各家說的「某古歸某」的「歸」，我們應該視為一種現象的提示，而不要被限制住了。

整體來說，上古聲母研究至今，仍待努力的應該不再是傳統以中古聲母往上歸併的路線，反而應尋找由上古到中古語音分化的條件與規律，這部分的研究就有待學界後續的投入了。

(二)本書上古聲母擬音

本書綜合清代以來各家說法，取其各家共同定論，或共識較多者，也提供一個較為簡易的上古聲母擬音，共分聲母20類，如下：

唇音	[p]幫（非）	[p´]滂（敷）	[b]並（奉）	[m]明（微）	
舌音	[t]端（知照）	[t´]透（徹穿）	[d]定（澄神審禪喻）	[n]泥（娘日）	[l]來
牙音	[k]見	[k´]溪	[g]群	[ŋ]疑	
齒音	[ts]精（莊）	[t´s]清（初）	[dz]從（牀）	[s]心（疏）	
喉音	[ʔ]影	[x]曉	[r]匣		

以上20聲母主要依據如下：

1.「古無輕唇音」（非敷奉微），依據錢大昕說法及各家共識。
2.「古無舌上音」（知徹澄娘），依據錢大昕說法及各家共識。
3.「邪紐古歸定」，依據錢玄同、戴君仁說法。
4.「照系」三等古歸舌頭音「端系」，依據夏燮說法及各家共識。
5.「照系」二等古歸齒頭音「精系」，依據夏燮說法及各家共識。
6.「莊系」與「精系」合併，依據高本漢、董同龢說法。

十、上古聲調

中古音有「平、上、去、入」四個調類，現代漢語也有「陰平、陽平、上、去」四個調類，一般觀念自然認為上古也是四個調類，只是古今音變而有不同。不過從宋代開始，學者開始懷疑這樣的觀念，並且提出了許多不同的看法，聲調的論述於是熱鬧起來。

㈠四聲不分說

「四聲不分」，指上古之時沒有固定的四聲，發音時的輕重緩急、高低疾徐，隨語氣而自由變化，一個字在不同的句子裡，其高揚或低沉未必是相同的。既然如此，那麼上古聲調有四個、五個或是更多更少，就無從確定了，這就是「四聲不分」說。

1.吳棫、陳第「四聲互用」

宋代吳棫有「古四聲互用」、「切響同用」之說，這是最早打破中古四聲藩籬的第一人。不過吳棫並沒有多加論述，到了明代陳第的「四聲通韻」說，才有了較具體的論述，《毛詩古音考・邶風・谷風》「怒」字下注：

四聲之說，起於後世，古人之詩，取其可歌可詠，豈屑屑毫釐，若經生為也，且上去二音，亦輕重之間耳。

這個說法本於吳棫「古四聲互用」說而來，四聲是後人說法，上古並無界限，語音或歌詠之音，頂多是輕重差異而已，

2.顧炎武「四聲一貫」

顧炎武〈音論〉有「四聲一貫」說：

古之為詩，主乎音者也，江左諸公之為詩，主乎文者也。文者，一定而難移；音者，無方而易轉，夫不過喉舌之間，疾遲之頃而已；諧乎音，順乎耳矣。故或平或仄，時措之宜，而無所窒礙。

此說認為上古四聲沒有嚴格的區分，只在隨文應用的語氣高低而已，因此他又主張上古四聲可以互叶，這就是他的「四聲一貫」說。他另有「入為閏聲」的主張，就認為四聲不但沒有嚴格區分，入聲尤其不固定，可以轉入其他三聲押韻，所以就稱之為「閏聲」。

3.錢大昕「古無四聲」

錢大昕《潛研堂文集》〈音韻問答〉有「古無四聲」說，本於顧炎武「四聲一貫」之義，認為上古漢語是四聲不分，只有自然的輕重緩急：

古無平上去入之名，若音之輕重緩急，則自有文字以來，固區以別矣。虞廷賡歌「朋、良、康」與「脞、隋、墮」，即有輕重之殊。三百篇每章別韻，大率輕重相間，則平仄之理已具。緩而急者，平與上也；重而急者，去與入。雖今昔之音不盡同，而長吟密詠之餘，自然有別。

㈡「平上去、入」兩分說

此說依據詩文用韻與音理，將入聲與平上去聲區分為二類，以宋代程迥、清代江永為主。

1.程迥「三聲通用」

宋代程迥繼吳棫之後論古音，著《音式》一書，有「三聲通用」說。《音式》現已不傳，根據《四庫總目提要》「韻補」條下說：

自宋以來，著一書以明古音者，實自棫始，而程迥《音式》繼之。迥書以「三聲通用」、「雙聲互轉」為說，今已不傳。

程迥的「三聲通用」，根據清代學者歸納古韻語所顯示，所指的是「平上去」三聲，也就是此三聲可以互通，入聲則獨立。

2.江永

江永的說法，見於《古韻標準》〈入聲第一部總論〉，他反對顧炎武的「四聲一貫」說，認為「入聲」不能與「平上去」通轉：

> 入聲與去聲為近，詩多通為韻，與上聲韻者間有之，與平聲韻者最少，以其遠而不諧也。韻雖通，而入聲自如其本音，顧氏於入聲皆轉為平、為上、為去，大謬，今亦不必細辨也。

(三)「平上、去入」四聲兩類說

1.段玉裁「四聲兩類」

將「平上」、「去入」兩分，始於清段玉裁，認為上古有四聲，但「平上」相近，「去入」相近，因此其理論是「四聲兩類」。段玉裁〈答江有誥書〉：

> 各韻有有平無入者，未有有入無平者。且去入與平上不合用者，他部多有然者，足下徒增一部無平之韻，豈不駭俗？……僕謂無入者，非無入也，與有入者同入也；入者，平之委也，源分而委合，此自然之理也。無上去者，非無上去也，古四聲之道有二無四：二者，平入也，平稍揚之則為上、入稍重之則為去，故平上一類也、去入一類也。抑之、揚之、舒之、促之，順遞交逆而四聲成。

2.章太炎「平上、去入兩分」

章太炎是第二位主張「平上」、「去入」兩分的學者，《國故論衡・二十三部音準》中說：

> 江、戴以陰陽二聲同配一入，此於今韻得其條理，古韻明其變遷，因是以求對轉，易若截肪，其實古韻之假象耳，以知對轉，猶得免可以忘蹏也。然顧氏以入聲麗陰聲，及「緝盍」終不得不麗「侵談」，無陰聲可承者，皆若自亂其例。此二君者，坐未知古「平上韻與去入韻塹截兩分」，平上韻無去入、去入韻亦無平上。

章太炎與段玉裁，根據歸納上古韻語，認為無論詩、騷、六經之文，大抵平上互諧、去入互諧者最多，平上與去入之間或有少許互諧現象，但為數不多，故二人都認為上古卻有四聲，但「平上」、「去入」是兩分的，這就是「四聲兩類」之說。

3.「舒促兩調」說

(1)王力

王力採用段玉裁四聲兩類的說法，提出了「舒促兩調」說，認為上古有「舒」、「促」兩調，「促」即是上古入聲。他認為上古韻母有「長元音」、「短元音」的區別，舒、促兩類聲調各包含了這兩種元音的字。其中舒而長的演化為中古的平聲、舒而短的演化為中古上聲；促（上古入聲）而長的，失落[-p、-t、-k]韻尾，演化為中古的去聲、促而短的則保留[-p、-t、-k]韻尾，成為中古入聲。這就是其「舒促兩調」說，並且也說明了上古到中古的演化過程。

(2)陳新雄

陳新雄也贊成「舒促兩調」說，其《古音學發微》說：

古人實際語音中，確有四種不同之區別在，而就《詩》平上合用、去入合用之現象看，古人觀念尚無後世之四聲區別，而於聲之舒促則固已辨之矣。後世之所謂平上者，古皆以為平聲，即所謂「舒聲」也。後世所謂去入者，古皆以為入聲，即所謂「促聲」也。因其觀念上惟辨舒促，故平每與上韻、去每與入韻。

(四)古無去聲說

此說也出自段玉裁，他雖主張「平上、去入」四聲兩類，但在其《六書音韻表・古四聲說》中，則進一步認為去聲是在魏晉時期才確立：

古平上為一類，去入為一類；上與平一也、去與入一也。上聲備於三百篇、去聲備於魏晉。

段玉裁分析上古用韻，認為去聲字或與平上聲押韻、或與入聲押韻，可見上古時期去聲尚未全備，也就是還沒有成為一個固定的調類，要到魏晉時期才正式被劃分出來，成為聲調之一。在段玉裁的〈詩經韻分十七部表〉、〈群經韻分十七部表〉中，每部都不列去聲字，中古的去聲字是分別併入平上去三聲中的，顯然他又認為上古沒有去聲。

㈤古有四聲與後人不同

1.江有誥

比段玉裁稍晚的江有誥，認為上古確有四聲，但與後來的四聲並不相同。這個觀點，和前人以中古四聲往上歸併或排除某聲的做法，顯有不同。江有誥〈再寄王石臞（念孫）先生書〉說：

有誥初見，亦謂古無四聲，說載初刻凡例。至今反覆紬繹，始知古人實有四聲，特古人所讀之聲，與後人不同……有誥因此撰成《唐韻四聲正》一書，仿《唐韻正》之例，每一字大書其上，博採三代兩漢之文，分注其下，使知四聲之說，非創於周（顒）、沈（約）。

2.王念孫

與江有誥同時的王念孫，主張也是「古有四聲」，〈覆江有誥書〉說：

顧氏四聲一貫之說，念孫向不以為然，故所編古韻，如札內所舉：頯、饗、化、信等字，皆在平聲；偕、茂等字，皆在上聲；館字亦在去聲，其他指不勝屈，大約皆與尊見相符。

㈥「平、入」兩聲說

上古只有「平」、「入」兩個聲調，這是黃侃演繹段玉裁的「古無去聲」、「平上、去入兩分」兩個說法而來的。在其〈音略〉的略例中說：

四聲古無去聲，段君所說。今更知古無上聲，唯有平入而已。

黃侃另有〈詩音上作平證〉一文，列出《詩經》中平、上通押的例子129條，證明「古無上聲」，也證明段玉裁的「古無去聲」，扣除「上、去」，上古聲調便只有「平、入」兩聲。

(七)五聲說

上古有五個聲調，這是王國維所創，《觀堂集林‧韻學餘說‧五聲說》：

段、王、江三君，雖不用陰聲、陽聲之名，然陽聲諸韻皆自相次。段君謂此類有平入、無上去，王、江二君則謂有平上去而無入。今韻於此類之字，謂為上、去者，皆平聲之音變，而此類之平聲又與陰類之平聲性質絕異。如謂陰類之平為平聲，則此類不可不別立一名。陽聲一，與陰聲平、上、去、入四，乃三代秦漢間之五聲。此說本諸音理，徵之周、秦、漢初人之用韻，求諸文字之形聲，無不吻合。

王國維認為陽聲韻悠揚，所以沒有上、去、入聲調，先秦典籍中，陽聲韻的上、去多與平聲押韻，陰聲韻則多自相押韻，而且陽聲韻諸部以平聲為調的占多數，而陰聲諸部字，則以上去入為調的比平聲多出許多。因此，他認為陽聲韻是沒有上、去、入的，並且陽聲為一種聲調，加上陰聲的四種聲調，共為五個聲調，這就是其「五聲說」。

㈧四聲三調說

董同龢上承江有誥的觀點，認為上古同調相押的情況較為普遍，所以認為上古也應該有四類聲調，只是去、入的關係特別密切，因為二者調值相近。後來李榮在《切韻音系》中就提出了「四聲三調說」，認為平聲一類、上聲一類、去入聲一類，聲調四但調值三，其類別如下：

調類	陰聲韻	韻尾[-m、-n、-ŋ]韻母	韻尾[-p、-t、-k]韻母
一	平	平	
二	上	上	
三	去	去	入

㈨上古聲調總論

1.上古漢語有聲調

研究上古漢語的「聲調」部分，第一件事當然得先確定上古是有聲調的，這點從前述諸家說法論證中，可以先得出這個結論，雖然諸家說法或同或異，但基本上都贊成上古是有聲調的。

其次，從古韻語中來歸納，也顯示上古具備聲調。例如《詩經》中「之、幽、宵、侯、魚、佳」等韻部，平上去三聲的界限是相當分明的，特別是入聲部分，往往跟平聲有嚴格的區分界線。縱然是主張「四聲一貫」的顧炎武，也說古人用韻「平多韻平、仄多韻仄」；江永的《古韻標準》也說：「平自韻平，上去入自韻上去入者恆也。」可見「四聲」的梗概在諸家理論中，仍然是存在的。

再從同族語言來觀察，與漢語同族的「藏語」、「泰語」、「緬甸語」等「漢藏語系」家族，他們也都具有聲調。漢藏語系的音節多數是音素最大量固定的「單音節」，沒有詞的型態變化，所以在有限的音節數量上，加上辨義功能強大的聲調在音節之上，這就使得「無型態語」一樣可以具備強大的辨義效果了。

2.方言聲調觀察

上古漢語具備聲調，現代漢語方言都源自上古漢語，所以一定也保存了上古漢語的大量語音形式，或是由上古形式經演化而為現代形式，所以從方言材料來觀察是一個可行的上溯路線。

謝雲飛先生在〈中國語音中的上古聲調問題〉一文中，提供了許多現代方言聲調調查資料，可以清楚看見，除了官話方言外，全部都是平、上、去、入四聲具備。雖然這不能直接等同於上古聲調，但也提供了我們一個演化的跡象。以下是其九大方言聲調資料：

⑴北平方言

第幾聲	相當於中古音	現在名稱	現在調值
一	陰平（包括部分陰入）	陰平	55
二	陽平（包括部分陰入及大部陽入）	陽平	35
三	上聲（包括部分陰入）	上聲	315
四	去聲（包括部分陰入及少數陽入）	去聲	51

⑵成都方言

第幾聲	相當於中古音	現在名稱	現在調值
一	陰平	陰平	44
二	陽平、陰入、陽入	陽平	31
三	陰上、陽上	上聲	53
四	陰去、陽去	去聲	13

(3)揚州方言

第幾聲	相當認中古音	現在名稱	現在調値
一	陰平	陰平	31
二	陽平	陽平	34
三	陰上、陽上	上聲	42
四	陰去、陽去	去聲	55
五	陰入、陽入	入聲	4

(4)蘇州方言

第幾聲	相當於中古音	現在名稱	現在調値
一	陰平	陰平	44
二	陽平	陽平	24
三	陰上、陽上	上聲	41
四	陰去	陰去	513
五	陽去	陽去	31
六	陰入	陰入	4
七	陽入	陽入	23

(5)福州方言

第幾聲	相當於中古音	現在名稱	現在調値
一	陰平	陰平	44
二	陽平	陽平	52
三	陰上、陽上	上聲	31
四	陰去	陰去	213
五	陽去	陽去	242
六	陰入	陰入	23
七	陽入	陽入	4

(6)廈門方言

第幾聲	相當於中古音	現在名稱	現在調值
一	陰平	陰平	55
二	陽平	陽平	24
三	陰上、陽上	上聲	51
四	陰去	陰去	11
五	陽去	陽去	33
六	陰入	陰入	32
七	陽入	陽入	5

(7)廣州方言

第幾聲	相當於中古音	現在名稱	現在調值
一	陰平	陰平	55或53
二	陽平	陽平	21
三	陰上	陰上	35
四	陽上	陽上	23
五	陰去	陰去	33
六	陽去	陽去	22
七	上陰入（陰入的一部分）	上陰入	5
八	下陰入（陰入的另一部分）	下陰入	33
九	陽入	陽入	22或2

(8)梅縣方言

第幾聲	相當於中古音	現在名稱	現在調值
一	陰平	陰平	44
二	陽平	陽平	12
三	陰上、陽上	上聲	31
四	陰去、陽去	去聲	42
五	陰入	陰入	21
六	陽入	陽入	4

(9)越南東京方言

第幾聲	相當於中古音	現在名稱	現在調值
一	陰平	陰平	33
二	陽平	陽平	22
三	陰上	陰上	13
四	陽上	陽上	454
五	陰去	陰去	35
六	陽去（包括部分陽上）	陽去	121
七	陰入	陰入	35
八	陽入	陽入	22

3.上古有四個調類

我們認為上古漢語的確有四個調類，首先，根據前人研究，雖然有諸多理論，有諸多分類法，例如「四聲一貫」、「四聲通韻」、「四聲三調」、「平上、去入兩分」、「平、入兩聲」、「平上去、入兩分」、「舒促兩調」，甚至王國維的「五聲說」，其實差異都在「調值」實際發音的「輕重」、「舒促」、「緩急」等的討論與區分，歸納各家總聲調「調類」，則仍然是四個。

至於上古的四個調類，叫做「平、上、去、入」也好，改叫「一、二、三、四」；「A、B、C、D」也好，並不是關鍵，因為這必須要有調值的材料與研究才可以定論。然而古音久遠，古人的音值無法重現，聲調又是附屬在音節韻母上的「上加元素」，要得到具體上古聲調的音值，在現階段是不可能做到的。

其次，我們從人類語音系統的各種屬性來觀察，其「音類穩定」但「音值易變」是一個普遍規律。例如：語音由「元音」、「輔音」兩類組成，這類別至今不變，但是各語音系統的音素發音卻有著快速的變化。現代國語的聲母有「捲舌」[ㄓ、ㄔ、ㄕ]與「舌尖」[ㄗ、ㄘ、ㄙ]兩類，這類別很難改變，但是國語的個人發音中卻不是嚴格的區別，甚至有合流的現象，所有人都知道有這兩類，但是音值上卻不一定只有兩種發音形式。

那麼上古聲調何嘗不是如此，「調類」是不容易改變的，但是「調值」卻因語音場合、環境、輕重、緩急、情緒、方言等因素而多有變化。所以目前我們認為上古聲調有「調類」四，稱之為「平、上、去、入」也沒有問題，至於真正的調值發音形式，就有待更多資料的出現，或是學者更積極的投入了。

課後測驗

1.試舉例說明錢大昕「古無舌上音」、「古無輕唇音」之聲母理論。

2.試述章太炎、黃侃對上古聲母的研究與貢獻。

3.現代語音學者對於上古聲母的研究與清儒有何不同？有何貢獻？

4.何謂「四聲一貫」、「四聲兩類」、「舒促兩調」？

5.上古究竟有無聲調？大致情形爲何？

參考書目

語言學、聲韻學

1.《中國音韻學史》，張世祿，商務印書館，1965年。

2.《問學集》，周祖模，中華書局，1966年。

3.《國故論衡》，章太炎，廣文書局，1967年。

4.《語言問題》，趙元任，商務印書館，1968年。

5.《文字學音篇》，錢玄同，學生書局，1969年。

6.《文始》，章太炎，中華書局，1970年。

7.《漢語史稿》，王力，泰順書局，1970年。

8.《論學雜著》，黃侃，中華書局，1970年。

9.《中國聲韻學大綱》，高本漢，中華叢書，1972年。

10.《中國聲韻學》，姜亮夫，文史哲出版社，1974年。

11.《音略證補》，陳新雄，文史哲書局，1980年。

12.《中國音韻學研究》，高本漢，商務印書館，1982年。

13.《中國聲韻學大綱》，謝雲飛，蘭臺書局，1983年。

14.《漢語音韻學》，董同龢，文史哲出版社，1983年。

15.《古音學入門》，林慶勳、竺家寧，學生書局，1983年。

16.《漢語語音史》，王力，中國社科，1985年。

17.《語音學大綱》，謝雲飛，學生書局，1987年。

18.《聲韻學》，竺家寧，五南圖書出版公司，1992年。

19.《國語學》，羅肇錦，五南圖書出版公司，1992年。

20.《音韻學教程》，唐作藩，五南圖書出版公司，1994年。

21.《漢語音韻學導論》，羅常培，臺北里仁書局，1994年。

22.《語言學綱要》，葉蜚聲、徐通鏘，北京大學出版社1997年。

23.《聲韻學中的觀念和方法》，何大安，大安出版社，1998年。
24.《音韻學入門》，張世祿、楊劍橋，復旦大學出版社，2005年。
25.《中原音韻概要》，陳新雄，學海出版社，2001年。
26.《漢語歷史音韻學》，潘悟云，上海教育出版社，2000年。
27.《語言學概論》，葛本儀，五南圖書出版公司，2002年。
28.《漢語音學學講義》，楊劍橋，復旦大學出版社，2005年。
29.《漢語語言學》，盧國屏，新學林圖書出版公司，2008年。

韻書、韻圖

30.《廣韻》，陳彭年，黎明文化公司，1982年。
31.《廣韻研究》，張世祿，商務印書館，1983年。
32.《怎樣讀廣韻》，學海出版社，1993年。
33.《廣韻聲系》，沈兼士，中華書局，1969年。
34.《十韻彙編》，劉復，學生書局，1968年。
35.《十韻彙編研究》，葉鍵得，學生書局，1987年。
36.《切韻考》，陳澧，學生書局，1969年。
37.《切韻音系》，李榮，鼎文書局，1973年。
38.《切韻聲母韻母及其音值研究》，陳志清，文史哲出版社，1996年。
39.《等韻五種》，張麟之等，藝文印書館，1981年。
40.《等韻述要》，陳新雄，藝文印書館，1974年。
41.《等韻源流》，趙蔭棠，文史哲書局，1974年。
42.《韻鏡研究》，孔仲溫，學生書局，1981年。
43.《韻鏡校注》，龍宇純，臺北藝文印書館，1992年。
44.《明清等韻學通論》，耿振生，北京語文出版社，1992年。

字書、上古音專書、其他

45.《說文解字注》，段玉裁，洪葉書局，1999年。

46.《觀堂集林》，王國維，世界書局，1961年。

47.《音學五書》，顧炎武，廣文書局，1966年。

48.《聲韻考》，戴震，廣文書局，1966年。

49.《音學辨微》，江永，廣文書局，1966年。

50.《音學十書》，江有誥，廣文書局，1966年。

51.《古韻學源流》，黃永鎮，商務印書館，1966年。

52.《古音學發微》，陳新雄，文史哲出版社，1972年。

53.《利馬竇中國札記》，何高濟譯，北京中華書局，1983年。

54.《音韻闡微研究》，林慶勳，學生書局，1988年。

55.《古音系研究》，魏建功，北京中華書局，1996年。

56.《清代上古聲紐研究史論》，李葆嘉，五南圖書出版公司，1996年。

57.《上古音研究》，李方桂，北京商務印書館，1998年。

58.《上古漢語的輔音系統》，蒲立本，北京中華書局，1999年。

59.《西儒耳目資源流辨析》，譚惠穎，外語教學與研究出版社，2008年。

Note

國家圖書館出版品預行編目資料

聲韻學16堂課／盧國屏著. ——初版. ——
臺北市：五南圖書出版股份有限公司，
2010.05
面；　公分. ——（語言文字學系列）
ISBN 978-957-11-5846-4（平裝）

1.漢語　2.聲韻學

802.4　　98021124

1X1W 語言文字學系列

聲韻學16堂課

作　　者— 盧國屏(395.6)
發 行 人— 楊榮川
總 經 理— 楊士清
總 編 輯— 楊秀麗
副總編輯— 黃惠娟
責任編輯— 吳佳怡
封面設計— 童安安
出 版 者— 五南圖書出版股份有限公司
地　　址：106台北市大安區和平東路二段339號4樓
電　　話：(02)2705-5066　　傳　　真：(02)2706-6100
網　　址：https://www.wunan.com.tw
電子郵件：wunan@wunan.com.tw
劃撥帳號：01068953
戶　　名：五南圖書出版股份有限公司
法律顧問　林勝安律師事務所　林勝安律師
出版日期　2010年5月初版一刷
　　　　　2021年10月初版五刷
定　　價　新臺幣430元